Pretty Womanizer

Karin Koenicke

Lektorat: Simona Turini, Team Textehexe, www.textehexe.com
Coverdesign: Casandra Krammer - www.casandrakrammer.de
unter Verwendung von Bildmaterial von www.shutterstock.com:
Mann: Innervision Ar
Muffins: Piotr Krzeslak
Illustration „El Hombre“: Kirsty Pargeter (www.123rf.com)

Kontakt:
Karin Koenicke
Primelstr. 9
85386 Eching
koenicke@t-online.de

ISBN-10: 1533498873
ISBN-13: 978-1533498878

Anmerkung:
Handlung, Personen sowie alle erwähnten Unternehmen sind frei erfunden. Ähnlichkeiten mit realen Orten, Menschen oder Firmen sind rein zufällig und nicht beabsichtigt.
Leider.
Hin und wieder würde ich mir durchaus mal bei „Angel Escort" einen schnuckligen Begleiter buchen oder zumindest bei Emilia ein paar Pralinen kaufen. Falls jemand beim Lesen Appetit auf Automechaniker bekommt, empfehle ich die nächst gelegene Werkstatt. Bei Appetitanfällen auf einen wunderbaren New York Cheesecake kann ich leicht Abhilfe schaffen, nämlich mit einem Rezept am Ende des Buches.

Karin Koenicke

Für mehr Rezepte, Gewinnspiele und Infos besucht mich gerne auf meiner Seite
https://www.facebook.com/k.koenicke/

INHALT

EL HOMBRE

Der Blog für echte Männer

Hey Männer,

kennt ihr das?

Ihr gebt euer hart verdientes Geld für teure Pralinen und Blumensträuße aus, um einer Frau zu gefallen. Ihr seht mit ihr öde französische Filme an und macht ein interessiertes Gesicht, wenn sie stundenlang von der neuen Schuhmode schwärmt. Und trotz all dieser Anstrengung klappt es nicht richtig mit den Ladies.

Dabei ist es gar nicht so schwer, als Kerl gut rüberzukommen. Habt ihr Lust, euch von mir ein paar Tipps zu holen? Zu lernen, wie man als ganzer Mann bei den Señoritas punkten kann?

Dann abonniert meinen Blog.

Hasta luego
Euer El Hombre

1. Meet Miss Miller

Gleich ging es los!

Rebecca Millers Finger krampften sich unwillkürlich um die Kante des polierten Besprechungstisches, an dem sie und die anderen Anwälte der noblen Kanzlei „Armadon, Hall and Piddlefield“ saßen. Jeden Donnerstag fand ein Meeting statt, in dem die aktuellen Fälle vorgestellt wurden, und dieses Mal war auch sie selbst an der Reihe. Die Klimaanlage rauschte leise, einer der zwölf Kollegen raschelte mit einem Blatt, von draußen drang gedämpft der Sirenenton eines Polizeiautos herein.

Quentin Armadon, die Ehrfurcht einflößende Galionsfigur der berühmten Kanzlei, nickte Rebecca zu. Mit seiner silberweißen Mähne, die ihm bis zum Kragen seines tadellosen Anzugs reichte, dem aristokratischen Profil und dem scharfen Adlerblick wäre auch einem Außenstehenden sofort klar gewesen, wer hier das Sagen hatte. Dass der Name Armadon im Schriftzug der Kanzlei als erster aufgeführt war, lag ganz bestimmt nicht am Alphabet.

„Miss Miller hat sich als vielversprechender Neuzugang in unserer Firma erwiesen“, erklärte Quentin. „Sie hat es geschafft, einen Fuß ins Stone-Imperium zu bekommen. Ich muss sicher nicht erklären, wie lukrativ es wäre, diesen Mandanten in allen Belangen des Konzerns zu vertreten. Rebecca, bitte berichten Sie.“

Rebecca räusperte sich und straffte die Schultern. Selbstverständlich war sie perfekt vorbereitet und würde ihren mächtigen Chef nicht enttäuschen. Das hier war nach dem Studium ihre erste Anstellung und sie war unfassbar stolz, ausgerechnet bei einer der renommiertesten Kanzleien von ganz New York City untergekommen zu sein. An ihrer Präsentation hatte sie viele Stunden gearbeitet und würde nun ihre Kollegen gewaltig beeindrucken.

„Mir ist es gelungen, die anwaltschaftliche Vertretung von Global Invest zu übernehmen. Wie Sie sicher wissen, ist Global Invest eine hundertprozentige Tochtergesellschaft des Stone Konzerns. Durch meinen Einsatz wurde der CEO des Mutterkonzerns, Richard Stone, auf mich aufmerksam. Ich unterbreitete ihm ein Angebot unserer Kanzlei und er ließ mich als Test einen Plan zur Umgestaltung der Führungsebene ausformulieren. Mein Ziel ist es natürlich, den kompletten Stone-Konzern als Mandanten zu akquirieren."

Sie klickte auf den Knopf einer winzigen Fernbedienung und sofort startete die Powerpoint Präsentation. Die Köpfe aller Anwälte wandten sich den von ihr erstellten Tabellen zu, die der Beamer an die Wand warf. Kein schlechtes Gefühl!

Hochkonzentriert erläuterte Rebecca die kurz- und mittelfristige Honorarplanung der diversen Szenarien und gab Informationen zum aktuellen Vertrag weiter.

Dass sie es geschafft hatte, an den begehrten Großkunden heranzukommen, lag allerdings nicht an ihrem immensen Verhandlungsgeschick, sondern am Step Aerobic-Kurs im Fitnessstudio „Body Kiss", drüben in der 85ten Straße. Während des schweißtreibenden Trainings hatte sie sich nämlich mit Gwendolyn Morehouse angefreundet, der Chefsekretärin bei Global Invest. Die hatte Rebecca bei einem Eiweiß-Shake mit Goji-Beeren und Rucola den begehrten Termin mit ihrem Boss verschafft. Aber das musste sie den hier anwesenden Vollblutanwälten ja nicht auf die Nase binden.

„… und so bin ich guter Dinge, dass unsere Kanzlei sich bald über Großaufträge aus dem Stone-Konzern freuen kann", schloss sie ihre Ausführungen. „Ich habe Mister Stone Senior und Junior bereits bei einem Meeting kennengelernt und die Kanzlei – wie ich hoffe – gewinnbringend vertreten."

Einige der Kollegen nickten beeindruckt. Die Präsentation war gut gelaufen, da war sich Rebecca sicher. Trotzdem suchten ihre Augen die von Quentin, denn nur seine Meinung zählte. Er ließ sich jedoch nichts anmerken, sondern rief den nächsten Kollegen auf, damit der seine Sammelklage gegen einen Einrad-Hersteller erläutern konnte.

Die fehlende Reaktion ihres Chefs verunsicherte Rebecca nun doch. Hatte sie etwas falsch gemacht? Nervös wippte sie unterm Tisch mit dem Fuß, der in eleganten Pumps steckte. Die waren zwar unbequem, insbesondere jetzt im Hochsommer und an den elend langen Arbeitstagen hier in der Firma, aber sie passten perfekt zu Rebeccas Kostüm und der lachsfarbenen Bluse. Als Neue und dazu als einzige Frau in dieser Herrenrunde musste sie sich dem eleganten Stil der Kanzlei anpassen. Bei ihr zu Hause waren alle nur in löchrigen Jeans oder ausgeleierten Shirts herumgelaufen, Rebecca hatte ihre Mutter kein einziges Mal in einem Rock gesehen. Dass die jüngste Tochter aufs College wollte, war ihren Eltern überhaupt nicht recht gewesen, sie waren einfache Arbeiter und wollten keine besserwisserische Studierte in der Familie. Doch Rebecca war früh klar geworden, dass sie nicht in der Imbissbude Hamburger braten und abends mit Frittierfett in den Haaren ins Bett fallen wollte. Ihr Fleiß und Ehrgeiz hatten sie hierher gebracht, nun würde sie diese Chance auf eine Bilderbuchkarriere zweifellos nutzen.

Als das Meeting vorbei war, stand sie genau wie ihre Kollegen auf, um den Sitzungssaal zu verlassen und sich wieder auf ihre Aktenberge zu stürzen. Doch Quentin Armadon stellte sich ihr in den Weg.

„Rebecca, bleiben Sie kurz hier“, sagte er und zog sein unvermeidliches Mundspray aus der Tasche, mit dem er sich in regelmäßigen Abständen frischen Atem verpasste. Der Boss hatte einen echten Spleen, was Hygiene anging. Er desinfizierte sich jedes Mal nach Kundenkontakt mehrfach die Hände und ließ sich täglich die Schuhe samt Sohlen putzen, unten bei Rajesh, der seinen Stand gleich am Ausgang des funkelnden Bürogebäudes aufgebaut hatte. Angeblich trug er auch seine Socken nur einen Tag und entsorgte sie dann, aber das war vielleicht nur ein böswilliges Gerücht. Auf jeden Fall war er einer der Top-Anwälte von New York und Rebecca verehrte ihn für seine Statistik der gewonnenen Fälle wie einen Popstar.

Nervös fuhr sie sich durch ihre schulterlangen Haare. War etwas mit dem Vortrag nicht in Ordnung gewesen? Quentin wartete, bis alle anderen den Raum verlassen hatten, dann wandte er sich ihr zu.

„Gute Arbeit. Ich sehe, es war die richtige Entscheidung, Sie hier einzustellen", sagte er und ihr fielen die halben Rocky Mountains vom Herzen. Quentin war nicht unbedingt für seinen lobenden Führungsstil bekannt. „Da haben Sie sicher jede Menge Zeit hineingesteckt. Beschwert sich Ihr Verlobter denn nicht, wenn Sie ihn so vernachlässigen?"

Lächelnd winkte Rebecca ab. „Ach wissen Sie, der war am letzten Wochenende sowieso unterwegs. Drüben in Boston, ein Termin mit wichtigen Kunden. Er nimmt seinen Job ebenfalls sehr ernst."

Ihr Verlobter war ehrgeizig, als hoch bezahlter Manager in der Automobilbranche tätig und – nicht real. Rebecca hatte ihn sich ausgedacht. Für eine Beziehung fehlten ihr Zeit und Lust, sie wollte sich ausschließlich auf ihre Karriere konzentrieren. Aber weil der Boss Wert auf geregelte Familienverhältnisse legte und die Kollegen oft von ihren Ehefrauen sprachen, hatte sie sich kurzerhand einen Lebensgefährten zusammengereimt.

Quentin sah sie durchdringend an. „Trotzdem sollten Sie sich um Ihr Privatleben kümmern. Nur wenn das in Ordnung ist, kann man auch im Job alles geben."

Rebecca spitzte die Ohren. Es war ganz offensichtlich an der Zeit, eine andere Taktik einzuschlagen. Sie nickte eifrig.

„Keine Sorge, Mister Armadon. An diesem Freitag kommt er pünktlich von der Arbeit, das hat er mir versprochen. Und dann haben wir das ganze Wochenende für uns. Reine Entspannung, damit ich am Montagmorgen wieder fit bin für die Kanzlei."

Zufrieden lächelte sie. Selbstverständlich hatte sie alles im Griff, gar kein Problem. Sogar ein Foto ihres imaginären Liebsten – aus einem Prospekt für ein Mittel gegen Haarausfall ausgeschnitten – steckte vorsorglich in ihrem Geldbeutel. Rebecca war wie immer perfekt vorbereitet. Sie hasste Überraschungen wie die Pest und war schon in der Schule dafür bekannt gewesen, immer alles gut durchzuplanen. Daran hatte sich bis heute nichts geändert.

„Das freut mich für Sie", sagte Quentin. „Dann können Sie ihn am Samstag zum Dinner im ‚Per Se' mitbringen, nur ein kleiner Kreis. Randolph, Darren, ich und Sie, jeweils mit den Ehepartnern. Wenn man so viele Stunden zusammen arbeitet, muss man sich auch hin und wieder mal privat sehen. Ich freue mich schon darauf, Ihren Verlobten kennenzulernen!"

Damit drehte er sich um und verließ den Sitzungssaal mit den langen Schritten eines Mannes, der sich seiner Bedeutung bewusst ist.

Rebecca starrte ihm entsetzt hinterher. Verdammt!

Das war in ihrem Plan nicht vorgesehen. Wo zum Teufel sollte sie jetzt einen Verlobten herzaubern? Es blieb nur eine Möglichkeit – sie musste sich eine Ausrede für den Abend ausdenken. Irgendetwas Unabkömmliches. Einen Besuch bei einer kranken Tante. Oder dass ihr Lover leider mit einer Sommergrippe flach lag.

Nachdenklich schob sie ihre Unterlagen zusammen, steckte sie in ihre Mappe und schritt den Gang entlang, direkt auf ihr Büro zu.

Auf der rechten Seite öffnete sich eine Tür. Randolph Myers, ein aufgeblasener Wichtigtuer, der sich hauptsächlich auf Scheidungen spezialisiert hatte, kam heraus. Als er sie sah, nickte er ihr zu.

„Gut gemacht, Rebecca. Du hast offenbar sogar San Quentin beeindruckt! Er hat mir gesagt, dass du auch zum Quartalsdinner eingeladen bist. Das schafft kaum jemand so schnell."

Rebecca hasste es, wenn jemand den Chef „San Quentin" nannte, in Anspielung auf das berühmte Gefängnis in Kalifornien. Er hatte wirklich mehr Respekt verdient! Aber es stand ihr nicht zu, ihren Kollegen in die Schranken zu weisen. Noch nicht.

„Was meinst du mit ‚Quartalsdinner'?", fragte sie Randolph.

„Eine super wichtige Angelegenheit. Einmal im Vierteljahr lädt Quentin diejenigen Anwälte zum Essen ein, die ihm besonders positiv aufgefallen sind. Schafft man es innerhalb eines Jahres nicht, dort zum Austernschlürfen vorgeladen zu werden, kann man seine Sachen packen. Er ist da knallhart."

Rebeccas Hals war mit einem Mal völlig zugeschnürt.

„Und die Ehepartner?", presste sie hervor und ahnte Schlimmes.

„Die nimmt er auch unter die Lupe, ist doch klar. Wer für ‚Armadon, Hall and Piddlefield' arbeitet, hat kaum Privatleben. Deshalb ist es Quentin wichtig, dass die Partner das unterstützen. Hat er den Verdacht, dass das heimische Umfeld zu viel Kraft kostet, ist man schnell weg vom Fenster."

Damn it!

Erst jetzt wurde Rebecca klar, wie tief sie in der Patsche saß. Absagen war quasi unmöglich. Und auch die Krankheitssache würde nichts helfen, denn irgendwann lud sich Quentin ganz sicher ihren hoch dotierten Manager der Automobilindustrie vor.

„Wo ist die Akte zum Weldon-Fall?", rief einer der Seniorpartner dazwischen und Rebecca eilte in ihr Büro, um die Unterlagen zu holen, an denen sie am Morgen gearbeitet hatte. Sie musste sich jetzt auf den Job konzentrieren, über das Dinner würde sie später nachdenken. Irgendeine Lösung fiel ihr sicher ein.

Vier Stunden später war sie auf dem Weg in ihre Wohnung. Da ihr Gehalt größtenteils für die Rückzahlung des College-Darlehens draufging, konnte sie sich nur ein Zimmer in einer WG leisten. Es wurmte sie immer noch, dass eine Handvoll geistig unterbelichteter Football-Spieler aus ihrer Highschool sich aufgrund von Sportstipendien das beste College hatten aussuchen können, während sie als Jahrgangsbeste noch heute den Kredit abstotterte.

Sie investierte ihren Lohn in elegante Kleidung und einen guten Friseursalon, neulich hatte sie sich sogar einen echten Montblanc-Füller geleistet. Niemand in der Kanzlei sollte erfahren, dass ihr Vater bei „Fred's Burger Heaven" arbeitete und ihre Mutter bei Walmart an der Kasse saß. Das würde einfach nicht zum Stil von „Armadon, Hall and Pidddlefield" passen, denn ihre Kollegen unterhielten sich gemeinhin über ihre Golfhandicaps und die Wertpapierdepots ihrer Eltern. Rebecca wollte auf keinen Fall negativ auffallen, sondern sich in die Kanzlei einfügen wie die Tintenpatrone in die glänzende Öffnung ihres Schreibgerätes.

Dazu gehörte dummerweise auch ein Begleiter für das Quartals-Dinner. Noch in der U-Bahn verfluchte sie sich dafür, dass sie kaum Kontakte pflegte. Aus ihrem Bekanntenkreis konnte sie also keinen Pseudo-Verlobten rekrutieren. Blieben also nur zwei Männer übrig: Jamie und Mo, ihre WG-Mitbewohner.

Rebecca stieg an der Station am Union Square aus und ging zwei Blöcke der 15. Straße entlang, bis sie zum Mietshaus kam, in dem sie wohnte.

Als sie die Treppe nach oben stieg, hörte sie schon erste Reggae-Töne. Ganz offensichtlich war Mo bereits zu Hause. Er kam zwar aus Wisconsin statt aus Jamaika, fühlte sich aber trotzdem wie die bleiche Reinkarnation von Bob Marley. Mo jobbte in einem Plattenladen am Washington Square drüben in Greenwich und Rebecca hatte das Gefühl, dass er selbst sein bester Kunde war. Zumindest stapelten sich CDs und alte Vinylscheiben in jeder Ecke seines Zimmers.

„Hey, Baby, alles klar?“, begrüßte er sie, als sie im Flur aus ihren Pumps schlüpfte. Er trug ein Batik-Shirt mit Hanfblatt-Muster und seine Rastalocken hüpften im Takt zur Musik.

Rebecca entschied, dass es eine unlösbare Aufgabe sein würde, aus ihm einen repräsentativen Manager in der hochpreisigen Automobilbranche zu machen. Sie hatte den flippigen Kerl wirklich in ihr Herz geschlossen, aber als seriösen Geschäftsmann konnte sie ihn beim besten Willen nicht verkaufen.

„Yo, alles easy“, erwiderte sie, ging in ihr Zimmer und warf sich in bequemere Klamotten. In ihrem Kleiderschrank war natürlich alles penibel einsortiert, schließlich wollte sie niemals in einem Chaos leben wie ihre Schwester Rhonda. Sie räumte ihr Business-Outfit auf, wobei sich ihre Gedanken ausschließlich um das anstehende Dinner drehten. Ihre einzige Hoffnung war Jamie.

Um ihn für diese Mission zu begeistern, musste sie sich einen ordentlichen Plan zurechtlegen, aber das war schließlich Rebeccas Stärke. Sie setzte sich aufs Bett und machte eine gedankliche Liste. Jamie hatte eine halbwegs gute Schulbildung, mit etwas Coaching würde er geschäftlichen Smalltalk hinbekommen. Punkt eins war somit abgehakt.

Sein Look war nicht berauschend, aber annehmbar. Er trug einen Kurzhaarschnitt und an beiden Unterarmen großflächige Seeungeheuer. Mit einem langen Hemd und Sakko würde man die Tattoos verstecken können. Zwei Straßen weiter war ein Kostümverleih, da könnte sie ihm einen tollen Anzug besorgen. Das Aussehen passte also auch.

Punkt drei auf ihrer Liste war etwas heikler, denn sie mussten schließlich ein verliebtes Paar spielen. Rebecca wusste, dass Jamie ein bisschen auf sie stand, wollte ihm aber keine Hoffnungen machen. Sie hatte im Moment keinerlei Interesse an einem Boyfriend. Das würde sie einfach vorab klären und alles war okay.

Erleichtert stand sie auf, band ihre Haare zu einem Pferdeschwanz und verließ voll Tatendrang ihr Zimmer, weil sie gerade die Wohnungstür gehört hatte.

Sie fand Jamie in der Küche, wo er am Herd stand und sich irgendetwas in der Pfanne brutzelte.

„Jamie, ich habe ein Riesenproblem. Du bist der einzige, der mir helfen kann“, begann sie und setzte sich hinter ihn an den kleinen Esstisch.

„Lass mich raten: Über deinem Bett sitzt eine Spinne?“ Er schlug ein Ei auf und gab klein geschnittene Zwiebeln ins Essen.

Rebecca lachte. „Nein, dieses Mal ist es etwas anderes. Ich bin zu einem Dinner eingeladen und mag nicht ohne Begleitung hingehen. Deshalb dachte ich, du hättest vielleicht Lust mitzukommen.“

„Eine Party?“ Pfeffer und Tabascosoße folgten. Rebecca musterte Jamies athletischen Rücken, der ihr durchaus gefiel. Es war fast schon sexy, wie sein Hintern wackelte, während er eifrig rührte.

„Eher ein Geschäftsessen.“

„Ne, sorry, auf steife Anwälte habe ich wirklich keinen Bock.“

Mist. Sie hatte schon erwartet, dass das ein Problem darstellen würde. Jamie war Grafikdesigner und Anarchist, außerdem spielte er leidenschaftlich Bass in diversen Bands. Mit Anzugträgern hatte er nicht viel am Hut. Aber wie alle Musiker hatte er etwas anderes, nämlich chronische Geldsorgen.

„Es ist echt wichtig für mich“, sagte Rebecca. „Ich gebe dir sogar fünfzig Dollar, wenn du mich begleitest.“

„Fünfzig Mäuse?“ Jamies Schultern strafften sich. „Dann haben wir ‘nen Deal!“

Rebecca grinste zufrieden. Na also. War doch gar nicht

so schwer gewesen. Doch als Jamie sich umdrehte, einen Untersetzer auf den Tisch warf und die Pfanne schwungvoll darauf stellte, starrte sie ihn fassungslos an.

„Was ist das?“ Sie deutete auf seine Nase. Dort glänzte etwas Metallisches, das da Rebeccas Meinung nach absolut nichts zu suchen hatte.

„Cool, oder?“, sagte er, nahm sich eine Gabel und begann in aller Seelenruhe, das Essen in sich hineinzuschaufeln.

„Du hast ein Piercing!“, rief Rebecca schrill.

„Hey, du hörst dich an, als sei das der Untergang des Abendlandes. Ist doch nichts Außergewöhnliches.“ Jamie sah sie an, als wäre sie die größte Spießerin des ganzen Bundesstaates.

„Für einen Manager in der Automobilbranche schon! Kannst du das Ding rausmachen?“

Er zog die Augenbrauen zusammen. „Du redest wirres Zeug. Hast du was von Mos Keksen gegessen? Ich arbeite immer noch als Grafiker, nicht als Manager. Und nein, das muss erst verheilen, hab das Ding ja heute erst stechen lassen. Tat übrigens gar nicht mal so weh.“

Verflucht!

Rebecca sparte sich die Erklärung und stand auf. So konnte sie Jamie auf gar keinen Fall auf den stets gepflegten und frisch gebügelten Quentin loslassen. Was sollte sie nur tun?

Mo steckte seinen Kopf in die Küche.

„Die Jungs kommen gleich, wir proben ein paar neue Stücke. Bist du fertig, Jamie? Dann bauen wir die Anlage auf.“

Auch das noch. Rebecca hatte null Lust auf eine Horde kiffender Möchtegern-Musiker, die nach dem einzig wahren Groove suchten. Normalerweise hörte sie der Band gerne bei den Proben zu, aber heute wäre das eindeutig zu viel.

Sie marschierte in ihr Zimmer, zog ihre Sporttasche unterm Bett hervor und machte sich auf den Weg ins

Fitnessstudio. Dort begann in einer halben Stunde ein Poweryoga-Kurs und der war herrlich ruhig im Vergleich zu ihrer Wohnung.

*

Frisch gedehnt, aber nicht wirklich entspannt, saß Rebecca zwei Stunden später an der kleinen Bar des Studios. Gwendolyn Morehouse ließ ihre Tasche neben sich fallen und zog einen Barhocker heran. Ihr blonder Bob hatte auch nach den Verrenkungen auf der Bodenmatte noch scharfe Kanten, im Gegensatz zu ihren Formen, die eher gut gerundet waren. Da half auch der viele Sport nichts, sie hielt sich eben nicht so konsequent wie Rebecca von Süßem fern.

„So richtig relaxt siehst du nicht aus“, stellte Gwen fest. „Fandest du den Kurs nicht gut?“

„Es liegt nicht am Yoga, sondern an einem Hinkelstein von Problem, das ich mit mir herumschleppe.“ Sie legte ihrer Sportkameradin kurz dar, worum es ging.

Gwen zog am Strohhalm ihres Joghurt-Fruchtshakes mit Heidelbeeren und sah dann auf.

„Wieso hast du dir überhaupt diesen Verlobten ausgedacht? Du hättest doch einfach sagen können, dass du Single bist.“

Doch Rebecca schüttelte den Kopf. „Das wird nicht gern gesehen. Quentin Armadon stellt nur Leute mit geregeltem Privatleben ein, das hat mir eine Insiderin geflüstert. Singles stehen bei ihm nicht hoch im Kurs, die sind angeblich zu unzuverlässig.“

„So ein Idiot“, schimpfte Gwen, die ebenfalls keinen Mann vorweisen konnte. „Du hast also gleich beim Vorstellungsgespräch geflunkert?“

„Klar. Ich dachte, ich könnte die angebliche Verlobung ja lösen, wenn ich erst einmal in der Kanzlei Fuß gefasst hätte. Habe das dann aber irgendwie vergessen.“

„Oder dir gefiel die Idee von einem tollen Manager-

Verlobten, der dich daheim auf Rosen bettet."

Rebecca seufzte. Ein bisschen hatte Gwen damit ja recht. Es war tatsächlich eine schöne Sache gewesen, den anderen von gemeinsamen Wochenenden zu erzählen, von Theaterbesuchen und Candlelight Dinnern im Liebesnest. Manchmal hatte sie fast selbst daran geglaubt, gerade von einem spannenden Ausflug mit ihrem Lover zurückgekommen zu sein. Es schlichen sich durchaus Abende und Nächte in ihr Leben, in denen sich das Alleinsein nicht besonders prickelnd anfühlte.

„Na ja, wenn du keinen Freund hast, dann miete dir eben einen", sagte Gwen und schlug die kleine Speisekarte auf. „Weißt du zufällig, wie viele Kalorien ein Caesar's Salad hat?"

Wie vom Blitz getroffen starrte Rebecca ihre Freundin an.

„Mieten?", wiederholte sie, ohne auf den Salat einzugehen.

Gwen rollte mit den Augen. „Natürlich! Das macht doch fast jede. Ruf bei ‚Angel Escort' an und buch dir Christopher, den nehme ich immer. Der Mann ist einfach ein Traum!"

Ihr Blick verschleierte sich und sie lächelte glückselig. Dann winkte sie den Ober herbei und bestellte eine Baked Potato mit doppelter Portion Sourcream.

Rebecca rückte näher heran.

„Du hast dir eine männliche Hostess gemietet?", fragte sie mit ungläubig kratzender Stimme.

„Mein Gott, du klingst ja, als hätte ich vier griechische Lustknaben für eine Orgie bestellt! Es ging doch nur um eine Begleitung, genau wie bei dir. Ist keine große Sache. Wie gesagt, Christopher ist dein Mann! Unglaublich attraktiv, ein Typ wie aus der Parfumwerbung, elegant, redegewandt und ein echter Gentleman. Jeder wird dir abkaufen, dass er dein Manager-Lover ist. Und wenn du ein Scheinchen drauflegst, kannst du ihn auch noch die ganze Nacht behalten."

Gwen kicherte wie ein junges Mädchen.

Angewidert lehnte Rebecca sich zurück. „Das habe ich nicht vor. Ich brauche ausschließlich jemanden, der bei einem Dinner im Nobelschuppen meinen Verlobten spielt. Und zwar mit Stil."

Die Freundin nickte und schlürfte lautstark ihren Shake leer.

„Den hat er auf alle Fälle. Er kennt sich mit Politik aus, mit Wirtschaft und Kunst. Ein echter Volltreffer, total kultiviert. Ich glaube, er lässt seine Anzüge sogar maßschneidern. Glaub mir, wenn Christopher von der Entwicklung des Dow Jones erzählt und dir gleichzeitig tief in die Augen schaut – da beneidet dich jede einzelne Frau im Lokal um diesen Mann. Ich kriege schon Gänsehaut, wenn er nur das Wort ‚Bruttosozialprodukt' ausspricht." Gwen seufzte träumerisch. „Ruf am besten heute noch an und buche dir deinen Mister Elegant. Du wirst sehen, ihr werdefake halten einen absolut fabelhaften Abend haben."

Rebecca strahlte. Das klang nach einem Plan ganz nach ihrem Geschmack. Als Gwen verschwand, um sich die Nase zu pudern, holte Rebecca ihr Handy hervor und ließ sich von der Auskunft mit „Angel Escort" verbinden. Für einen Mann, der sich so gut in der Finanzwelt und dem Big Business auskannte, dazu noch elegant und klug war, würde sie sogar ein paar Dollar ausgeben. Von jetzt an würde alles perfekt laufen, das spürte sie!

EL HOMBRE
Der Blog für echte Männer

Hey Männer,

ihr seid der Wahnsinn! Es kamen über dreißig Beiträge, in denen ihr euch Luft gemacht habt. Sieht aus, als ob das ein heißes Thema ist.

(@Jasper: Ich finde auch, dass Perlenstickerei kein wirklich männliches Hobby ist und sie dich nicht dazu zwingen kann!)

Also Jungs, ich hab mir Folgendes überlegt:

Die Natur hat mir ein halbwegs ansehnliches Gesicht mitgegeben und da ich mein Geld mit echter Arbeit verdiene, ist auch mein Körper in Schuss. Bei den Frauen komme ich gut an, aber ich weiß, dass viele von euch sich irrsinnig abmühen. Ihr verschleudert eure mühsam verdienten Dollars für Blumen und Pralinen, legt euch ne Menge Komplimente zurecht, helft ihr in den Mantel und nickt interessiert zu jeder Story über ihre öden Kolleginnen.

Schluss damit.

Ich arbeite an den Wochenenden seit einiger Zeit für eine Begleitagentur und habe auch sonst ein paar Eisen im Feuer. Und soll ich euch was sagen? Die Señoritas stehen auf harte Kerle. Ich verbiege mich nicht und lass mich nicht zum Müsli-Esser bekehren.

Wie das geht?

Ganz einfach. Ich stelle es von Anfang an klar. Schon beim ersten Treffen umschwärme ich die Dame nicht mit abgedroschenen Floskeln oder verkaufe mich als kulturell interessierter Top-Manager. Ich stehe zu dem, was ich bin: Ein Mann, der mit seinen Händen arbeitet und auch mal ein Bier trinkt.

Ich überhäufe sie auch nicht mit ausgelutschten Komplimenten, sondern lasse am ganzen Abend nur ein einziges fallen. („Schöne Augen“ kommt immer wieder gut an!). Glaubt mir, sie ist dafür dankbarer, als wenn ich ihr alle zehn Minuten vorlüge, wie unwiderstehlich sie ist.

Seid also sparsam mit Komplimenten, dann haben sie viel mehr Effekt!

Das war‘s erst mal für heute, ich hab noch ein Date. Geschäftsfrau. Natürlich werde ich nicht pünktlich sein, sondern eher ein wenig zu spät kommen, das macht meinen Auftritt viel spannender. Lasst sie zappeln und haut sie dann um mit eurer Männlichkeit, wenn ihr endlich auftaucht. Das zieht mehr als ein Strauß Rosen, mit dem ihr schon da steht, wenn die Lady endlich ankommt. Macht euch rar, dann bleibt ihr viel interessanter!

In diesem Sinne:

Hasta luego
Euer El Hombre

2. Elegant Dinner for Eight

Am Samstagabend, um drei Minuten nach halb sieben, lief Rebecca in ihrem Zimmer auf und ab wie ein Raubtier, das frisch im Zoo gelandet war. Langsam wurde es wirklich Zeit! Alle dreißig Sekunden riss sie ihr Handgelenk hoch und starrte auf ihre Armbanduhr. Sie trug ein schwarzes Kleid, das elegant, aber trotzdem bescheiden wirkte, dazu täuschend echt aussehende Brillantohrringe und eine Hochsteckfrisur, die Sandy ihr aufgeschwatzt hatte.

„Glaub mir", hatte die Hairstylistin beteuert, „mit dieser klassischen ‚Banane' am Hinterkopf wirst du rüberkommen wie Grace Kelly. Und jeder Mann liebt die gute Grace! Ich finde sowieso, du hast eine gewisse Ähnlichkeit mit ihr. Diese kühle Eleganz, hach, dafür beneide ich dich."

Sandy, die gern schrille Frisuren und knallbunte Outfits trug, hatte herzerweichend geseufzt und dann mit resoluten Strichen weitergebürstet.

Rebecca war sich nicht sicher, ob der Grace Kelly-Style für eine Anwältin wirklich erstrebenswert war und ob kühle Eleganz etwas Beneidenswertes darstellte, aber sie konnte die sorgfältig eingeschlagenen Haare sowieso nicht mehr lösen. Außerdem war sie inzwischen dazu übergegangen, sich nicht mehr über ihr Aussehen, das ihrer Meinung nach keineswegs mit der ebenmäßigen Leinwandschönheit zu vergleichen war, zu ärgern. Vielmehr regte sie sich über die Verspätung des gebuchten Begleiters auf.

Sie hatte bei der überaus freundlichen Telefondame von „Angel Escort" angegeben, dass Christopher um Punkt halb sieben in ihrer Wohnung sein sollte. Es gab schließlich noch eine Menge Details durchzugehen. Rebecca warf zum wiederholten Mal einen Blick auf die

Liste, die sie vorbereitet hatte und in der alle wichtigen Punkte akribisch genau aufgeführt waren.

Viertel vor sieben!

Allmählich wurde es Rebecca richtig flau im Magen. Um halb acht begann das Dinner, sie mussten aber vorher noch mit dem Taxi rauf zum Columbus Circle, wo sich das Sternelokal „Per Se“ befand. Natürlich wollte sie auf jeden Fall pünktlich sein und der Verkehr in Manhattan am Samstagabend war nicht zu unterschätzen.

Als ihr Handy vibrierte, zuckte sie zusammen.

Eine SMS, Nummer unbekannt. Das war sicher Christopher. Hoffentlich würde er rechtzeitig kommen! Nervös rief sie den Text auf.

„Hatte Ärger mit dem Bentley. Ich schaffe es aber, wenn wir uns direkt in der Lobby des Time Warner Centers treffen, vor den Aufzügen. Durch die blaue Tür gehen wir dann gemeinsam.“

Rebecca las die Nachricht zweimal. Erst wusste sie nicht, von welcher Tür er sprach, aber dann fiel ihr ein, dass man das berühmte Restaurant durch diese betrat. In irgendeinem Magazin hatte sie ein Foto davon gesehen. Im Gegensatz zu ihr war Christopher also schon im „Per Se“ gewesen. Diese Tatsache und die Erwähnung eines Bentleys beruhigte sie so sehr, dass sie ihm sogar die Verspätung verzieh. Gwendolyn hatte recht gehabt, er war ein Mann mit Stil. Fuhr mit einem britischen Luxuswagen vor, das konnte nun wirklich nicht jeder. Und wie passend die Wahl der Marke war! Sie hatte schließlich bei der Buchung angegeben, dass er als Manager in der Automobilbranche auftreten musste. Als würde er Gedanken lesen, hatte er sich für einen hochpreisigen Wagen entschieden, sicher nur geliehen, aber das war egal. Dieser Christopher wusste genau, worauf es ankam.

Rebecca fühlte sich erstaunlicherweise viel ruhiger nach diesem ersten Kontakt, obwohl sie Verzögerungen hasste. Aber dieser Mann war ein Profi, das spürte sie aus jedem Buchstaben, den er ihr geschickt hatte.

Schnell schrieb sie zurück.

„Perfekt! Ich werde in der Halle warten, mittelgroß, schwarzes Kleid, hellbraune Haare, Grace Kelly-Frisur."

Anschließend nahm sie ihre kleine Handtasche und ging nach unten auf die 15. Straße, um sich eines der gelben Cabs heranzuwinken und sich in Richtung Central Park chauffieren zu lassen. Kaum saß sie auf der Rückbank, meldete ihr Handy eine neue Nachricht.

„Keine Sorge, ich werde dich auf jeden Fall erkennen, auch ohne Beschreibung."

Rebecca lächelte. Ihr Herz begann schneller zu klopfen, als sie Christophers Sätze las. So aufgeregt war sie schon lange nicht mehr gewesen, und das lag nicht nur am wichtigen Geschäftsessen. Sie stellte erstaunt fest, dass sie sich richtig auf ihren charmanten Begleiter freute. Es war ewig her, dass sie mit einem Mann Essen gegangen war, und die Vorstellung, ausnahmsweise mal nicht alleine oder mit Freundinnen in einem Lokal zu sitzen, gefiel ihr von Minute zu Minute mehr.

Als sie nach der Ankunft vor dem Time Warner Center zahlte und ausstieg, konnte sie es kaum mehr erwarten, Christopher endlich zu sehen.

In der Lobby bei den Lifts angekommen, ging sie ein paar Minuten auf und ab, aber dann entschloss sie sich, vor einer Plakatwand zu warten und so zu tun, als würde sie die Poster studieren. Aus den Augenwinkeln blickte sie natürlich ständig auf die Tür. Irgendwo im Center spielte eine Jazz-Combo „Fly me to the moon" und der würzige Geruch frisch gerösteter Kaffeebohnen drang aus einem Café bis zu den Aufzügen.

Dann sah sie ihn.

Sie erkannte ihn sofort. Zwischen all den anderen Menschen, die durch die gläserne Eingangstür strömten, stach er heraus wie ein Diamant aus einer Handvoll Kieselsteine.

Ihr Begleiter für den heutigen Abend kam mit geschmeidigen Schritten auf sie zu, lässig und selbstbewusst. Seine schwarzen Schuhe glänzten in den einfallenden Strahlen der Abendsonne. Wer auch immer seinen Anzug geschneidert hatte, verstand sein Handwerk, denn der Stoff brachte Christophers Körper perfekt zur Geltung. Rebecca vergaß fast, zu atmen, als der Mann sich weiter näherte. Sein dunkles Haar war mit einem Hauch von Gel in Form gebracht worden und unterstrich seine markanten Züge. Das kräftige Kinn und die gerade Nase passten zu seiner maskulinen Ausstrahlung, ebenso wie die dunkelbraunen Augen, die unter dichten Brauen wie blank polierte Kastanien schimmerten. Rebecca roch ein herbes Aftershave, das sie an altes Leder, Mahagoniholz und ein bisschen an den Geruch von Benzin erinnerte. Nur ein echter Mann konnte so ein Parfüm tragen.

Sie hatte nach der Unterhaltung mit Gwen aus unerfindlichen Gründen einen blonden Mann erwartet, aber dieser hier hatte die geheimnisvoll dunkle Aura eines Latin Lovers. Sein Lächeln begann bei den Augen und war pure Verheißung, sein Blick versprühte Funken.

Rebecca musste schlucken. So wie es aussah, hatte Gwen tatsächlich nicht übertrieben. Dieser Christopher war elegant, stilvoll und unfassbar attraktiv. Er strahlte die Selbstsicherheit eines Mannes aus, der wusste, worauf es ankam. Im Job eiskalter Geschäftsmann, privat gebildeter Gesprächspartner. Und in der Nacht überaus talentierter Verführer. Sie war völlig hingerissen von seinem Charisma.

Als er ihr – noch ohne ein Wort – die Hand entgegenstreckte, schien die Luft zu knistern, als stünde man direkt unter einer Hochspannungsleitung. Rebecca ergriff Christophers Finger und ein heißes Prickeln durchlief ihren Körper. Sie waren rau und fest, nicht die Hände eines Schönlings, sondern die eines echten Mannes. Herrlich maskulin.

Ihr Blick traf den seinen und sie merkte, wie ihre Knie leicht zitterten.

Dann hörte sie zum ersten Mal seine Stimme, dieses heisere Timbre fuhr ihr sofort mitten in den Bauch.

Zumindest, bis seine Worte in ihrem Gehirn ankamen.

„Hallo, meine Süße. Ich bin Logan“, sagte er. „Dann werden wir deine Anwaltsfuzzis mal gehörig aufmischen.“

Völlig versteinert starrte Rebecca ihn an. Sie war so verdutzt, dass sie erst beim zweiten Anlauf ein Wort herausbrachte.

„Logan?“, wiederholte sie krächzend.

„Genau. Christopher hat sich irgendeinen dämlichen Virus eingefangen, deshalb hab ich seinen Job übernommen.“

Sie zog ihre Hand, die er immer noch festhielt, zurück. Hatte er tatsächlich von „Anwaltsfuzzis“ gesprochen? Und von „aufmischen“?

Der Glanz, der noch vor ein paar Momenten von ihm ausgegangen war, als wäre er ein überirdisches Wesen, schien plötzlich verschwunden zu sein. Rebecca stellte fest, dass ein dunkler Bartschatten auf seinem Kinn lag und sein oberster Hemdknopf unter der Krawatte offen stand.

„Wir müssen noch einiges durchgehen.“ Sie zog eilig die Liste aus ihrer Handtasche. „Du weißt Bescheid, dass du einen Manager spielst, oder? Kennst du dich aus in der Automobilbranche?“

„Kein Thema, Sweetheart, bei Autos macht mir keiner was vor.“ Er grinste erschreckend selbstsicher.

Na immerhin.

„Nenn mich nie wieder Sweetheart!“, erwiderte sie und sprach schnell weiter. „Du bist viel unterwegs, wir gehen gerne ins Theater, du wohnst noch in deiner eigenen Wohnung, wir wollen aber zusammenziehen, sobald es in deinem Job ruhiger ist.“

„Aye, Captain.“ Sein Lächeln war so breit, dass Rebecca sich fragte, ob es freundlich oder unverschämt war. Aber sie hatte keine Zeit, darüber nachzudenken, denn es gab noch jede Menge zu klären.

„Für mich hängt immens viel von diesem Abend ab“, erklärte sie. „Ich muss unbedingt einen guten Eindruck auf Quentin Armadon machen, das ist der Boss der Kanzlei.“

„Das bekomme ich hin. Ich habe ein gutes Gespür für Menschen. Meist braucht man ihnen gar nicht allzu viel vorzuspielen, sondern ist am besten man selbst.“ Er schnipste einen Fussel von seinem Anzugärmel.

Allmählich geriet Rebecca in Panik. Lässigkeit war ja etwas Schönes, aber doch nicht, wenn es um den stets perfekten Quentin ging!

„Überlass einfach mir das Reden“, schlug sie vor. „Dann geht nichts schief. Vorher noch ein paar Dinge zu uns.“ Sie checkte kurz die Liste. „Und mach um Himmels willen deinen Kragen richtig zu!“, sagte sie, bevor sie rasch die weiteren Details mit ihm klären wollte.

Logan lockerte die Krawatte und fummelte ungeschickt am obersten Knopf herum. Entnervt verdrehte Rebecca die Augen. Was hatte sie nur angerichtet? Dieser Kerl hielt sich zweifelsohne für den tollsten Mann unter der Sonne, hatte aber schon mit dem Hemdkragen Probleme! Jetzt fiel ihr sogar ein, warum ihr sein Name bekannt vorkam. War „Logan“ nicht einer der X-Men? Das passte zu diesem Typen, sich als Superheld auszugeben. Dabei hätte sie so dringend einen bescheidenen, seriösen und makellosen Begleiter gebraucht, um bei dem Dinner einen perfekten Eindruck zu hinterlassen.

Sie schob die Liste, die sie inzwischen auswendig konnte, in ihre Handtasche und seine Hände von seinem Kragen.

„Lass mich das machen“, beschloss sie und legte selbst Hand am widerspenstigen Knopf an. Ein wenig Zeit blieb noch, da würde sie Logan alles eintrichtern, was sie sich über ihr Kennenlernen zurechtgelegt hatte. Bei einer Vernissage war es passiert, so hatte sie es sich ausgedacht. Moderne Kunst kam sicher gut an. Das musste sie ihm nur noch einbläuen.

Eine Stimme ließ sie erstarren.

„Gefummelt wird später“, hörte sie Quentin Armadon sagen. „Aber schön, dass Sie beide so pünktlich sind. Das mag ich.“

Rebecca fuhr herum.

„Mister Armadon!“, rief sie überrascht und spürte, wie sie rot anlief. Sie war noch nicht bereit!

Doch es gab kein Zurück mehr. Der Boss, wie immer im tadellosen Anzug und faltenfreien Hemd, schüttelte erst ihre Hand und streckte sie dann ihrem Begleiter entgegen.

„Sie sind also Rebeccas Verlobter. Schön, Sie kennenzulernen. Es ist ein Graus mit den engen Kragen, stimmt es?“

„Logan Rodriguez, ebenfalls sehr erfreut. Oh ja, da haben Sie recht. Aber ich fürchte, in T-Shirts lässt man uns nicht ins ‚Per Se‘ hinein.“

Er schenkte Quentin eine Art kumpelhaftes Lächeln, dass seinen Zweck ganz offensichtlich nicht verfehlte.

„Kommen Sie, wir genehmigen uns einen Aperitif, bevor die anderen kommen“, beschloss Rebeccas Boss und drückte auf den Aufzugsknopf. Hinter ihm stand seine Frau Edna, eine klapperdürre Kleiderstange um die fünfzig mit gelangweiltem Blick, hängenden Mundwinkeln und dem teuersten Schmuck, den Rebecca jemals gesehen hatte. Selbst ihr Händedruck war spröde. Langsam wurde Rebecca klar, warum ihr Boss so selten lächelte.

Er betrat als erster den Lift und wählte den vierten Stock. Anschließend zog er ein kleines Feuchttuch aus seiner mitgebrachten Aktentasche und desinfizierte sich damit die Hand. Logan beobachtete ihn mit hochgezogenen Augenbrauen, ließ das Ganze aber zum Glück unkommentiert.

Im „Per Se“ angekommen, wurde Quentin vom Chefkoch persönlich begrüßt und seine Austernbestellung bestätigt. Danach nahmen sie an einem Tisch am Fenster Platz, der beste Aussicht über den Columbus Circle bot. Eine sehr junge Kellnerin, die etwas unsicher wirkte, brachte vier Martini on the Rocks.

Nach ein wenig Smalltalk kamen auch Randolph und Darren mit ihren Frauen an. Die Kollegen beäugten Rebeccas Begleiter neugierig. Quentin hatte darauf bestanden, dass Rebecca neben ihm saß, was sie ein wenig verunsicherte. Sie kam sich vor wie bei einem wichtigen Bewerbungsgespräch, wobei man auch noch ein mehrgängiges Menü meistern musste, und war angespannt. Es lag auf der Hand, dass ihr Boss einiges über sie erfahren wollte, und sie war sich nicht sicher, ob ihr schrecklich uninteressantes Privatleben seinen Ansprüchen genügen würde.

„Was machen eigentlich Ihre Eltern, Rebecca?“, ging es auch los, kaum dass die erste Vorspeise – ein Salat aus violetten Artischockenherzen, Kumquats und Rettich – serviert worden war.

Rebeccas Puls beschleunigte sich. Nun musste sie bereits zum ersten Mal flunkern.

„Mein Vater ist in der Lebensmittelindustrie tätig. Er leitet ein kleines Food Imperium, wenn ich es so nennen darf.“ Das war nicht ganz gelogen, denn bei „Fred’s Burger Heaven“ hatte er immerhin noch eine koreanische Küchenkraft unter sich, die Zwiebeln schnitt.

„Und Mom sorgt zu Hause dafür, dass alles perfekt ist.“ Wenn sie nicht gerade an der Walmart-Kasse saß. „Es gibt ja doch ab und zu gesellschaftliche Verpflichtungen, die recht aufwendig sind.“ Zum Beispiel das BBQ mit den Nachbarn, wo der einzige Beitrag ihrer Mutter darin bestand, fünf gesalzene Maiskolben in die Mikrowelle zu schieben.

„Sehr schön“, nickte Quentin. Offenbar hatte ihn ihre Antwort zufriedengestellt. Er aß ein paar Bissen Salat und wandte sich danach an Randolphs Begleitung, sodass Rebecca sich entspannen konnte.

„Wie läuft es bei meiner Lieblingsgeigerin?“, fragte er die zierliche Brünette. Sie hieß Victoria und spielte offenbar in einem der berühmten New Yorker Orchester. Das passte zu dieser eleganten Erscheinung mit den feingliedrigen Händen. Rebecca war sehr froh, dass sie einen Manager an ihrer Seite vorzuweisen hatte. Mit allem anderen hätte sie sich in dieser Runde sicher disqualifiziert.

Eine riesige Platte mit Austern wurde herangetragen und der Chefkellner beobachtete mit Argusaugen seine junge Kollegin, die den passenden Weißwein in die Gläser goss.

Erst jetzt fiel Rebecca auf, dass Quentin ein flaches Täschchen neben den Teller gelegt hatte, aus dem er sein eigenes Besteck hervorzog. Die Salatgabel, die nun auf einer Serviette ruhte, trug am Griff in verschnörkelter Gravur seine Initialen. Also, ein klein wenig übertrieb er es schon mit seinem Hygienewahn, fand Rebecca, versuchte aber, den nun hervorgeholten funkelnden Löffel nicht weiter zu beachten.

Logan schaufelte sich beherzt Austern auf seinen Teller, während Rebecca mit ihrem Ekel zu kämpfen hatte. Dieses Glibberzeug sollte sie nun essen? Widerwillig griff sie zur Zange und legte sich zwei der Muscheln auf den Teller. Gerade, als sie eine davon in ihren Mund leerte und die Auster nur mit viel Überwindung schlucken konnte, drehte sich Quentin zu Logan.

„Sie sind in der Automobilindustrie tätig, wenn ich mich recht entsinne?"

Logan schlürfte seine Auster leer und nickte. „Genau. Ich repariere alte Chevys und Fords und so Sachen."

Rebeccas lautes Husten ließ alle am Tisch zusammenzucken. Hatte Logan den Verstand verloren?

Sie tat so, als hätte sie sich an einer dieser ekelhaften Austern verschluckt, was nur dazu führte, dass Logan ihr mitfühlend auf den Rücken klopfte. Der Hustenanfall hatte die Kollegen leider nicht wie erhofft von seiner Aussage abgelenkt.

„Sie sind Automechaniker?", wiederholte Randolph und das Entsetzen in seiner Stimme war überdeutlich zu hören.

„Wir dachten, Rebeccas Verlobter ist Manager", mischte sich nun auch Darren ein und sah sie so vorwurfsvoll an, dass sie am liebsten an Ort und Stelle im Boden versunken wäre.

„Alte Chevys?“, donnerte Quentins mächtige Stimme über den Tisch.

Instinktiv zog Rebecca den Kopf ein. Ihr brach der kalte Schweiß aus, denn nun ging es ihr an den Kragen. Der Boss fand es mit Sicherheit nicht witzig, dass sie ihm Märchen über ihren Verlobten aufgetischt hatte. Ja, er würde ganz bestimmt auch nachbohren, was die Jobs ihrer Eltern betraf, und am Ende würde ihr sorgsam zurechtgelegter Lebenslauf wie ein Kartenhaus in sich zusammenstürzen. Und ihre Karriere dazu, denn Lügnerinnen würde die Kanzlei „Armadon, Hall and Piddlefield“ garantiert nicht weiterbeschäftigen.

Verflucht!

Alles nur, weil dieser idiotische Logan sich nicht an die Absprachen hielt!

„Ja“, sagte dieser ungerührt. „Ich bin Mechaniker bei ‚Eddie's Classic Cars‘. Wir haben uns auf Oldtimer spezialisiert. Gerade heute hatte ich Ärger mit einem 52er Bentley, das Getriebe machte Zicken.“

Hatte Logan einen Knall? Statt sich wenigstens als Chef der Werkstatt zu verkaufen oder irgend so was, um ihren Kopf zu retten, laberte er jetzt völlig deplatziert von uninteressanten Schrottteilen! Sie hätte ihm jetzt gerne gegen sein Schienbein getreten.

„R-Type oder Mark IV?“, fragte Quentin und seine Augen leuchteten mit einem Mal, als hätte jemand den Weihnachtsbaum am Rockefeller Center angeknipst.

„Mark IV. Einer der letzten, die gebaut wurden. Sie kennen sich aus mit Classic Cars?“

Plötzlich kam es Rebecca vor, als wären die anderen Anwälte abgeschrieben. Quentin hatte nur noch Augen für Logan. Er drehte sogar seinen Stuhl etwas zur Seite, um sich besser mit ihm unterhalten zu können.

„Ich habe unter anderem einen 41er Chevrolet.“ Quentin klang so stolz, als würde er von einem Sohn sprechen, der die Law School summa com laude abgeschlossen hatte.

„Das Coupé?“

„Ganz genau.“

„Wow. Netter kleiner Wagen“, bestätigte Logan, lächelte anerkennend und schlürfte die letzte Auster leer.

Randolph konnte nicht mehr an sich halten. „Das war aber ein starkes Stück von Rebecca, uns alle anzulügen“, rief er über den Tisch.

Dieses Kollegenschwein! Rebecca sog die Luft ein. Nur weil er mal nicht im Mittelpunkt von Quentins Gunst stand, musste er gleich petzen wie ein kleines Mädchen in der Elementary School.

Doch der Big Boss machte eine wegwischende Handbewegung. „Ach was, das ist doch völlig in Ordnung. Sie dachte sicher, wir wären alle Snobs und sie müsste Mister Rodriguez' Beruf etwas aufpäppeln, um dazuzugehören. Das ist kein Kapitalverbrechen, sondern gesunder Menschenverstand.“

Er schenkte ihr eines seiner seltenen Lächeln, was sie ziemlich verwirrte. Dann wandte er sich wieder Logan zu und diskutierte eine Keilriemenfrage.

Die Kellnerin räumte ab und trug kurz darauf den nächsten Gang auf, Täubchenbrust mit Pasteten und Cranberry-Burgunder-Soße.

„Wo haben Sie beide sich eigentlich kennengelernt?“, fragte die Geigerin Victoria freundlich.

Dummerweise antworteten Rebecca, die darauf vorbereitet war, und Logan, der offenbar parallel zwei Unterhaltungen folgen konnte, gleichzeitig.

„Bei einer Vernissage“, ratterte sie ihr sorgfältig geplantes Drehbuch herunter.

„Bei einem Footballspiel“, kam von ihm spontan aus dem Bauch.

Verwirrt sah die aparte Victoria sie beide an und auch Darrens Frau, eine rundliche Blonde, schaute von ihrem Teller auf.

„Stimmt schon“, erklärte Logan geistesgegenwärtig. „Zum ersten richtigen Date zerrte sie mich in eine Galerie.

Aber getroffen haben wir uns bei den Giants. Sie saß zufällig neben mir auf der Tribüne und sah sehr süß aus in ihrem Fan-Shirt. Es war Liebe auf den ersten Blick. Oder auf den ersten Touchdown." Er strahlte sie an, als würde er sich frisch verknallt an ihren Kennenlerntag im „MetLife Stadium" erinnern.

Ausgerechnet Football! Rebecca schnappte nach Luft. Legte er es darauf an, sie zu blamieren?

„Gegen welches Team haben die Giants denn gespielt?", kam auch sofort die Frage von Darren, der erklärter Fan dieser rabiaten Sportart war.

Rebecca musste reagieren, sonst würde es noch peinlicher werden. Falls das überhaupt möglich war. Sie griff sich an das linke Auge und begann, hektisch damit zu zwinkern. „Ich glaube, ich habe meine Linse verloren", sagte sie und tastete ihr Kleid ab. „Sie ist wohl unter den Tisch gefallen. Hilfst du mir suchen, Schatz?"

Sie funkelte ihn mit dem anderen Auge an.

„Na klar, Becky", erwiderte Logan und kroch mit ihr zusammen unter den Tisch.

„Ich heiße Rebecca, nicht Becky", zischte sie ihm so leise wie möglich zu, als sie am Fußboden ankamen. „Und wie kommst du dazu, dich nicht an die Absprachen zu halten? Du solltest einen Manager spielen!"

„Ich mache das nicht zum ersten Mal", flüsterte er zurück. „Und ich habe ein Gespür dafür, was Leute wie dieser Anwaltsfuzzi hören wollen. Du siehst doch, er fährt voll auf meinen Job ab."

„Zufall", fauchte sie halblaut. „Außerdem ist das mit dem ersten Treffen völlig idiotisch, ich hasse Football!"

„Ach komm schon, hör endlich auf, herumzuzicken. Es läuft doch alles prima."

„Prima?", japste sie und wich einem Fuß von Randolph aus, der gerade seine Beine ausstreckte. „Du machst mich zum Gespött der Kollegen!"

„Aber dein Boss liebt mich." Logan grinste so selbstzufrieden, dass Rebecca ihm am liebsten die

Krawatte um den Hals gewickelt und zugezogen hätte.

„Ich habe null Ahnung von Football", erklärte sie.

„Das kriegen wir hin, Darling. Mach dir keinen Kopf. Was ist jetzt mit deiner Linse?" Er scannte den Fußboden.

„Die war nur eine Ausrede, um dir zu sagen, du sollst dich zurückhalten. Ich brauche keine Brille."

„Clever!" Logan kam näher, was wegen des im Weg herumstehenden Tischbeins gar nicht so leicht war, und sah sie genau an. „Du hast echt schöne Augen, weißt du das?"

„Das ist das elaborierteste Kompliment, das ich jemals unter einer Tischdecke erhalten habe. Hör auf mit dem Unsinn und übernimm deine Rolle!"

„Was treibt ihr so lange da unten, sucht ihr nach Rohdiamanten?", belustigte sich Randolph von oben.

Sie krochen beide wieder nach oben. Rebecca strich sich das Kleid glatt.

„Linse gefunden?", fragte Quentins Frau.

„Ja, es war ein Fehlalarm, die Linse war nur verrutscht. Aber es war natürlich nett von Logan, mir erst beim Suchen zu helfen. Er ist ein echter Gentleman."

Sie sah ihn eindringlich an, um ihm zu zeigen, dass sie genau das von ihm erwartete. Logan legte seine Hand auf ihre. „Das ist doch selbstverständlich, mein Schatz."

Er strahlte sie an und ihr blieb nichts anderes übrig, als zurückzulächeln, dabei kochte sie innerlich. Es war nie die Rede davon gewesen, dass er sie antatschen sollte! Gerade eben hatte sie doch betont, er solle ein Gentleman sein. Und nun dachte er überhaupt nicht daran, seine kratzigen Finger wieder von ihrer Hand zu nehmen. Um ein Haar hätte sie seinen Arm weggeschoben, aber das ging natürlich nicht.

„Also, welches Spiel war es?", hakte der impertinente Randolph nach. Dabei war Football eher Darrens Thema. Aber Randolph schien zu ahnen, dass Rebecca in diesem Punkt unsicher war und nutzte das natürlich gnadenlos aus.

„Ach, ich weiß gar nicht mehr, das ist schon ein Jahr her. Ich hatte die Karten geschenkt bekommen."

Randolph sah nicht überzeugt aus.

„Hey, Randy", kam von Logan, „glaubst du wirklich, Rebecca hatte noch Augen für das Spiel? Nachdem wir ins Gespräch gekommen waren, schaute sie natürlich keine Sekunde mehr auf das Feld, sondern nur zu mir. Sie bekam kaum mit, dass das Match irgendwann vorbei war, geschweige denn den Ausgang."

Sein selbstsicheres Grinsen war widerlich.

„So war es doch, Schatz, oder?", fragte er und strich ihr über den Rücken.

Rebeccas Nackenhaare stellten sich auf. Sie hasste es, wenn ein Fremder sie anfasste. Und dass sie auch noch gute Miene dazu machen musste, setzte dem Ganzen die Krone auf.

„Ganz genau", presste sie hervor.

Randolphs Verlobte kam zu Hilfe. „Du weißt sicher auch nicht mehr, welchen Komponisten ich bei unserem ersten Treffen gespielt habe, oder?", fragte Victoria ihn. Dankbar lächelte Rebecca die Geigerin an.

„Äh …", stammelte Randolph. „Irgendeinen aus der Romantik?"

Lachend schüttelte Victoria den Kopf, während ihr ertappter Lebensgefährte rot anlief. Geschah ihm recht!

Rebecca war wirklich froh, als auch der nächste Gang geschafft war und man bald beim Dessert ankommen würde. Sie musste diesen Abend irgendwie durchstehen, danach würde sie zwei Wochen warten und ihre Trennung von Logan bekannt geben. Auf diese Weise musste sie diesen selbstverliebten Macho nie mehr wiedersehen.

Als die junge Kellnerin Rebeccas Geschirr abräumte, fiel ihr klappernd ein Messer herunter. Sofort kam der Chefkellner herangestürmt und zischte dem verunsicherten Mädchen zu, dass so etwas nie mehr passieren dürfe, sonst sei sie ihren Job los. Logan, auf dessen Stirn sich eine Falte gebildet hatte, hob den Arm, um sich einzumischen.

„Entschuldigen Sie bitte", sagte er, „hier liegt ein Missverständnis vor. Ich habe meinen Stuhl zurück geschoben, als Ihre junge Kollegin hinter mir stand, und sie angerempelt. Es ist meine Schuld, dass ihr etwas herunterfiel."

Rebecca sah ihn überrascht an. Sein Stuhl hatte sich keinen Millimeter bewegt, da war sie sich sicher.

„Dann bitte ich um Verzeihung." Der strenge Kellner deutete eine Verbeugung in Logans Richtung an und presste für die junge Frau ein Lächeln hervor. Anschließend verschwanden beide.

„Ich hasse Ungerechtigkeiten", brummte Logan, als er Rebeccas fragenden Blick bemerkte. „Reicht schon, dass ich mit einer Ladung Rechtsverdreher hier sitze, da muss sich nicht auch noch der Kellner wie ein Halbgott aufführen."

Gut, dass Quentin sich gerade angeregt mit Darren über die Börsenkurse unterhielt und hoffentlich nichts gehört hatte. Was nahm dieser Logan sich eigentlich heraus? Sie zahlte ihm immerhin gutes Geld dafür, dass er hier beim exklusivsten Dinner von ganz New York City sitzen durfte, und er kritisierte ständig an ihrem Beruf herum.

Immerhin erntete er ein zuckersüßes Lächeln von der Bedienung, als sie den Nachtisch – Variationen von verschiedenen Desserts – servierte. Und natürlich flirtete er sofort mit dem jungen Ding. Rebecca schüttelte sich innerlich. Womanizer, wie er einer war, hatte sie noch nie leiden können. Solche Typen waren ihr schon oft begegnet. Nur schleimige Sprüche, aber nichts dahinter. Klar, Komplimente hatten sie drauf und sicher gingen ihnen die Frauen reihenweise auf den Leim. Aber wenn man genauer hinsah, waren sie fürchterlich oberflächlich.

Sie probierte von der recht üppigen Mousse au Chocolat und legte anschließend ihren Löffel zur Seite. Bei Süßem war sie sehr zurückhaltend, denn sie sah vor ihrem inneren Auge ständig ihre Schwester Rhonda vor sich, die auf dem Sofa lag, eine Soap Opera ansah und Schokoladeneis aus einem 2-Liter-Eimer in sich hineinstopfte, obwohl selbst ihre ausgeleiertsten Jogginghosen überall spannten. Niemals wollte Rebecca so werden. Sie wusste, dass gerade als Businessfrau in Manhattan Designerkleidung Pflicht war, und man passte nur in ein Armani-Kostüm, wenn man schlank genug war. Deshalb hatte sie es sich mühsam abtrainiert, Süßigkeiten zu essen.

„Isst du das nicht mehr?“, fragte Logan, der seinen Dessertteller so leer gefegt hatte, dass Rebecca eine Sekunde lang vermutete, er hätte das Porzellan abgeleckt. Zum Glück würde nicht mal er so weit gehen.

„Nimm ruhig.“ Sie schob ihm ihren Nachtisch zu und er stürzte sich sofort darauf.

Als er fertig war, wandte er sich an Quentin. „Das Essen hier ist wirklich einzigartig. Ich bedanke mich jetzt schon mal, dass Sie mich eingeladen haben, Mister Armadon.“

„Nennen Sie mich Quentin.“

Rebecca traute ihren Ohren nicht. Jeder in der Kanzlei wusste, dass es lange dauerte, bis man den Boss mit seinem Vornamen ansprechen durfte. Das war sozusagen ein Ritterschlag, von dem Rebecca noch meilenweit entfernt war, obwohl sie unfassbar hart gearbeitet hatte, seit sie dort eingestellt worden war. Und nun bot Quentin das ausgerechnet einem Automechaniker an?

„Sie denken also, man könnte den Chevy wieder zum Laufen bringen?“, kam Quentin auf sein Lieblingsthema zurück.

„Einen Versuch wäre es wert.“ Logan erklärte irgendetwas, das für Rebecca wie Fachchinesisch klang, deshalb unterhielt sie sich den Rest des Abends mit der Verlobten von Randolph und Darrens Frau. Edna Armadon hüllte sich in Schweigen und sah nicht aus, als sei sie an einem Gespräch interessiert, sei es mit oder ohne das spannende Thema Stoßdämpfer.

Es war schon weit nach elf Uhr, als Quentin die Runde auflöste. Erleichtert stand Rebecca auf. Endlich hatte sie den Abend überstanden und war somit auch ihren selbstverliebten Gigolo los! Sie war heilfroh, das Dinner mit ihrem „Verlobten“ abhaken zu können und vor allem, ebendiesen nie mehr wiedersehen zu müssen. Sollte er doch einer anderen Bedürftigen Kosenamen geben oder das Händchen halten, ihr Fall war dieser Latin Lover ganz und gar nicht.

„Lassen Sie ihre Verlobte nicht so viel allein“, riet ihm Quentin gut gelaunt, als sie durch das Lokal zum Ausgang gingen. „Nicht dass da noch ein anderer dazwischenkommt. Sie ist schließlich eine sehr attraktive Frau.

Rebecca fand es entwürdigend, dass man über sie sprach, als wäre sie gar nicht anwesend. Aber sie presste die Lippen zusammen und ging einfach weiter den Gang zwischen den Tischen entlang, einen halben Schritt vor den beiden Männern her.

„Keine Sorge“, gab Logan zurück, „sie gehört nur mir.“ Als Bestätigung seiner Besitzansprüche tätschelte ihr dieser widerliche Kerl tatsächlich den Hintern! Rebecca konnte den Reflex, sich umzudrehen und ihm eine zu scheuern, nur mit größter Mühe unterdrücken. Ihre Backenzähne mahlten. Sie hielt sich an der Aussicht fest, Logan nur noch maximal zwei Minuten ertragen zu müssen, denn länger würde die Fahrt nach unten und das Einsteigen in ein Taxi nicht dauern.

Als sie das Gebäude verließen, verabschiedete sich Quentin erst von Randolph und Darren samt deren Begleiterinnen. Edna stand unbeteiligt daneben und wischte auf ihrem goldenen Dolce - und Gabbana-Handy herum.

„Nehmen Sie ruhig das erste Taxi, Mister Armadon“, sagte Rebecca und deutete auf das gelbe Cab an der Spitze der wartenden. Wenn die Armadons erst einmal abgefahren waren, würde es nicht auffallen, dass Logan und sie verschiedene Taxen nehmen und getrennte Wege gehen würden.

„Ja, das machen wir. Aber eine Sache gibt es noch zu klären."

Er blieb stehen, während die hagere Edna schon den Wagen bestieg, und packte wieder sein rares Lächeln aus.

„Wissen Sie was, Rebecca? Übernächsten Freitag fahre ich mit Randolph zu einer Lodge oben in Vermont. Bisschen Angeln, vielleicht ein paar Hasen schießen. Ein kleiner intimer Kanzleiausflug sozusagen. Und ich hätte gerne, dass Sie und Logan mitkommen."

„Ich … äh … ich weiß gar nicht, was ich sagen soll." Rebecca war nicht nur überrascht, sondern völlig entsetzt. Sie musste sich eine Ausrede einfallen lassen, schnell! Doch ihr Kopf war so leer wie ein Gerichtssaal nach der Räumung.

„Oder haben Sie etwas Besseres vor?" Quentins Augen verengten sich gefährlich.

„Natürlich nicht", erwiderte Rebecca sofort. „Es ist nur eine so große Ehre!"

„Ach was. Wir besprechen Ihre weitere Karriere in der Kanzlei. Mir scheint, Sie sind eine fähige Mitarbeiterin. Und Logan kann an diesem Wochenende ein wenig an meinem Baby basteln."

Für den Bruchteil einer Sekunde dachte Rebecca, dass ihr Boss Logans wahre Bestimmung als Gigolo durchschaut habe und ihn auf sein sprödes Eheweib ansetzen wolle, aber dann fiel es ihr zum Glück ein: Er sprach von seinem Oldtimer!

„Na logisch schaue ich mir Ihren Kleinwagen an." Logan fand die Situation offenbar immens witzig. „Bin sehr gespannt auf das Innenleben der Kiste."

„Perfekt!"

Quentin strahlte wie ein kleiner Junge, dem man einen Besuch im Disneyland versprochen hatte, verpasste sich noch eine Ladung seiner Mundsprays und bestieg das wartende Taxi.

Als es abfuhr, drehte sich Rebecca langsam zu Logan um. Ihr Hals war wie zugeschnürt und sie hatte ihre Hände zu Fäusten geballt.

„Sieht aus, als hätten wir noch einmal das Vergnügen, Becky“, sagte er, schenkte ihr ein breites Zahnpastagrinsen und knöpfte mit einem erleichterten Seufzen seinen Hemdkragen auf.

EL HOMBRE

Der Blog für echte Männer

Hey Männer,

hier bin ich wieder. Es freut mich sehr zu lesen, dass einige von euch meine Tipps zum ersten Date ausprobiert haben und solche Erfolge damit hatten. Ihr seid auf dem richtigen Weg, Jungs!

(@Jasper: Nein, deine Freundin kann nicht darauf bestehen, dass du ausschließlich im Sitzen pinkelst. Vor allem nicht, wenn ihr einen Waldspaziergang macht!)

Heute widme ich mich mal dem Thema Gespräche.

Du hast gerade ein Problem mit deinem Boss und da die Lady auch eine halbe Stunde lang von Zickereien unter Kolleginnen berichtet hat, willst du der Dame von deinen eigenen Schwierigkeiten erzählen?

Vergiss es. Sie will keinen Jammerlappen. Wenn du Sorgen hast, geh mit deinen Kumpels in die Bar und lass dich mit Whiskey volllaufen, aber labere die Señorita nicht damit zu. Erzähl ihr, wie du deinem Chef die Meinung gegeigt hast. Oder den nervigen Kollegen gefragt hast, ob er den Streit mit dir nicht lieber draußen vor der Tür klären will. Dann wird sie dich anhimmeln und alles über dich wissen wollen, statt dich mit fadem Büroklatsch zu langweilen.

Wichtig: Du musst weder ein Schläger sein noch Karate beherrschen und schon gar nicht deinem Kollegen jemals eins übergebraten haben. Sie muss nur glauben, dass du bereit wärst, das zu tun! Das ist alles.

Keine Frau der Welt will einen Warmduscher. Also, gib ihr die Illusion, dass du tickst wie ein harter Kerl, dann wird sie das auch in dir sehen. Und dich sogar dein blutiges Steak essen lassen.

Glaubt mir: Die Frauen tun zwar oft so, als hätten sie gerne den angepassten Krawattenträger an ihrer Seite, aber in ihrer Schublade mit der Unterwäsche liegt garantiert ein Foto von einem halb nackten Bauarbeiter. Und drei Mal dürft ihr raten, von wem sie träumen, während sie Blümchensex mit ihrem langweiligen Bürohengst haben …

Macht's gut, Männer!

Hasta luego
Euer El Hombre

3. Family and other Fantasies

Den Sonntag hatte Rebecca darauf verwendet, auf Logan zu schimpfen, ihre Socken zu sortieren und sich den Kopf zu zerbrechen, wie sie aus der Nummer mit der Blockhütte in den Wäldern von Vermont rauskommen sollte. Bis zum Abend war sie zu der Erkenntnis gelangt, dass trotz der peniblen Ordnung in ihrem Kleiderschrank fünf einzelne Söckchen fehlten und es keinen Ausweg aus der Pfadfinder-Sache gab. Wohl oder übel musste sie sich noch einmal mit ihrem glutäugigen „Verlobten" herumschlagen.

Da sie durch Zufall mitbekommen hatte, wie teuer das Dinner gewesen war, wollte sie eine Kleinigkeit für Quentin besorgen, sozusagen ein kleines Dankeschön. Deshalb stand sie am Montag etwas eher auf und machte sich auf den Weg in die 16. Straße.

Eine der Sekretärinnen in der Kanzlei besorgte jeden Tag Gebäck für ein verspätetes Frühstück und hatte Rebecca den Tipp mit „Pastry Passion" gegeben. Angeblich war Quentin völlig verrückt nach den Chocolate Bomboloni – gefüllten italienischen Krapfen – die es dort gab. Als Rebecca erfahren hatte, dass diese Bäckerei sich gleich in ihrer Nachbarschaft befand, war sie auf die Idee gekommen, auf dem Weg zur Arbeit dort vorbeizugehen.

Ein roter Oleander im Terrakottatopf schmückte den Eingang des Ladens, der wohl eher eine Konditorei als eine herkömmliche „Bakery" war. Rebecca drückte die Tür auf und ein altmodisches Glöckchen verkündete ihre Ankunft. Umgehend stieg der Duft nach Vanille, feinen Gewürzen und frisch gebackenem Hefeteig in ihre Nase. Ihr lief das Wasser im Mund zusammen.

Eine junge Frau mit dunklen Locken, die munter wippten, und einem freundlichen Lächeln, eilte aus einem Nebenzimmer herein und rief: „Guten Morgen!"

Überrascht sah Rebecca sie an. Das war doch die Freundin von Richard Stone, dem CEO des Stone Imperiums! Sie hatten sich vor einigen Wochen bei einem Meeting getroffen, da war diese Emilia hereingeplatzt und hatte einige Dinge ins Rollen gebracht.

„Wir kennen uns von irgendwoher“, stellte auch Emilia fest und schien zu überlegen.

„Ich war als Juristin bei einer Besprechung im Stone Konzern dabei“, half ihr Rebecca auf die Sprünge.

Sofort hellte sich das Gesicht der Ladenbesitzerin auf.

„Ja richtig! Wollten Sie nicht einen neuen Vertrag ausarbeiten für die Zuständigkeiten in Richards Firma?“

„Genauso ist es. Aber es läuft noch die Probezeit. Einige Mitarbeiter sollen sich beweisen und erst nach ein paar Monaten wird der richtige ausgewählt.“

Emilia nickte. „Stimmt. Das hat mir Richard erzählt. Was kann ich denn für Sie tun, Miss …“ Sie dachte nach.

„Miller. Aber nennen Sie mich doch Rebecca. Ich brauche zwölf Bomboloni, mein Boss in der Kanzlei liebt die. Und die Kollegen sollen auch was davon haben.“

„Kein Problem. Ich habe sie gerade fertig gemacht.“ Die hübsche Italienerin ging in den Nebenraum und kam kurz darauf mit einem Tablett zurück, auf dem die Krapfen gestapelt waren. Rebecca hätte sich am liebsten einen geschnappt und sofort hineingebissen, so verlockend sahen sie aus. Sie waren mit Schokolade gefüllt, mit Puderzucker bestäubt und dufteten himmlisch. Und nicht nur dieses Gebäck, auch alle anderen Leckereien hier im Laden waren zum Anbeißen, hatten aber sicher zehn Mal mehr Kalorien als ihr übliches Frühstück, das aus einem kleinen Müsli mit Naturjoghurt und viel Obst bestand.

„Ich habe vegane Brownies im Angebot, lowfat, und auch Fruchtriegel ohne Zucker.“

Emilia hatte Rebeccas sehnsuchtsvollen Blick ganz offensichtlich richtig interpretiert. Sie war die perfekte Verkäuferin, das stand außer Frage. Trotzdem riss sich Rebecca zusammen. Vielleicht würde ihr Quentin einen der Krapfen aufdrängen, den konnte sie aus Höflichkeit nicht ablehnen, aber sie wollte auf keinen Fall noch mehr sündigen.

„Nein danke, heute nicht. Aber ich wohne in der Nachbarschaft, wir werden uns sicher noch häufiger sehen."

„Das würde mich freuen", sagte Emilia und händigte ihr die Bomboloni in einer lila Schachtel aus.

Rebecca verabschiedete sich von der sympathischen Konditorin und eilte zur U-Bahn. Es wurde Zeit für die Kanzlei.

Als sie ankam und die Box mit dem Gebäck im Aufenthaltsraum neben die Kaffeemaschine stellte, kam Randolph dazu. Er hob erst den Deckel an und dann seine Augenbraue.

„Du arbeitest mit allen Tricks, oder?" Sein Blick war kalt.

„Was meinst du?"

Er wies mit einer Kopfbewegung auf die Schachtel. „Schleppst das Lieblingsfrühstück von San Quentin an und legst dir einen Freund zu, der ganz zufällig Oldtimer repariert. Dabei weiß doch jeder, dass die alten Kisten das größte Hobby vom Boss sind." Auf seiner Stirn bildete sich eine steile Falte.

„Ich hatte keine Ahnung davon, dass Quentin einen Oldtimer hat!", verteidigte sich Rebecca.

„Lüg mich nicht an. Ich glaube dir auch kein Wort davon, dass du diesen Schrottplatztypen schon länger kennst. Das war alles eingefädelt. Aber bilde dir bloß nicht ein, dass dir das etwas hilft. Ich behalte dich im Auge."

Rebecca holte tief Luft. Was nahm sich dieser schleimige Kerl eigentlich heraus? Von dem ließ sie sich ganz bestimmt nicht unterkriegen. Sie trat näher an ihn heran und hielt seinem Blick eisern stand.

„Was genau willst du von mir?", zischte sie. „Wenn etwas mit meiner Arbeit nicht in Ordnung ist, kannst du das gerne sagen. Aber mein Privatleben geht dich nichts an. Und wenn du zu geizig bist, um hin und wieder etwas für die Kollegen auszugeben, ist das ebenfalls dein Problem und nicht meines."

„Gibt es Schwierigkeiten?", dröhnte eine bekannte Stimme durch den Raum.

Rebecca und Randolph stoben auseinander.

„Alles okay, Quentin", beeilte Randolph sich, zu sagen, und quetschte ein Grinsen hervor.

„Dann ist es ja gut", sagte der Boss. „Ein bisschen Konkurrenz zwischen meinen Anwälten schadet nicht, so strengt sich jeder viel mehr an."

Er ging zum Tisch, auf dem Rebecca die „Pastry Passion"-Schachtel abgestellt hatte. „Bomboloni! Das ist ja eine Überraschung. Haben Sie die mitgebracht, Rebecca?"

Er nahm sich einen heraus, wobei er eine Serviette verwendete, und legte ihn auf einen Teller. Wahrscheinlich würde er ihn mit seinem gravierten Besteck fein säuberlich sezieren, ohne den Krapfen beim Essen auch nur mit einer Fingerspitze zu berühren.

„Die Bäckerei ist gleich in der Nähe meiner Wohnung", erklärte sie. „Und da Sie uns am Samstag so königlich bewirtet haben, wollte ich mich ein wenig revanchieren."

„Feiner Zug von Ihnen", erwiderte Quentin und ging, den Teller vor sich hertragend, in sein Büro.

Randolph sagte nichts, aber seine Blicke sprachen Bände. Wäre er ein Teekessel gewesen, hätte er jetzt sicher begonnen, schrill zu pfeifen.

Vorsichtshalber zog sich Rebecca in ihr Büro zurück, wo sie den Rest des Tages konzentriert an diversen Fällen arbeitete. Sie mochte ihren Job, denn viele Mandanten kamen mit schwerwiegenden Problemen zum Anwalt und waren sichtlich erleichtert, wenn sich jemand ihrer annahm. Erst letzte Woche hatte Rebecca eine völlig zu Unrecht ausgesprochene Kündigung verhindern können und einen grauhaarigen Fließbandarbeiter vor dem finanziellen Desaster bewahrt. Gerade einfache Menschen waren oft mit juristischen Sachverhalten überfordert und es freute Rebecca jedes Mal wieder, wenn sie helfen konnte. Schon in der Schule war sie dafür bekannt gewesen, einen ausgeprägten Gerechtigkeitssinn zu haben. Mehrmals war sie mit Lehrern aneinandergeraten, obwohl sie ansonsten eine fleißige und ruhige Schülerin gewesen war. Aber sie konnte es nicht ertragen, wenn jemand unfair behandelt wurde.

An der Law School hatte man sie für ihren Idealismus belächelt, denn die meisten ihrer Kommilitonen interessierten sich eher für die erwartete Honorarabrechnung als für die Gerechtigkeit. Aber das war Rebecca egal. Sie war schon immer eine Außenseiterin gewesen, da kam es auf die Universität auch nicht mehr an.

Eine der Sekretärinnen klopfte an und steckte ihren Kopf in Rebeccas Büro. „Mister Armadon will Sie sprechen“, sagte sie und rauschte gleich wieder ab.

Als sie in das riesige Chefbüro trat, dessen Ausblick auf die Stadt ihr jedes Mal wieder den Atem raubte, hielt er ihr eine dicke Akte entgegen.

„Lust auf einen Mordfall?“, sagte er und verpasste sich mit seinem Mundspray eine Ladung frischen Atem.

Rebecca zögerte. „Strafrecht fällt doch gar nicht in meine Zuständigkeit“, erwiderte sie.

„Ich allein entscheide, wer für was zuständig ist“, klärte der Boss sie auf und setzte sich somit kurzerhand über ihre Stellenbeschreibung hinweg. „Die Verhandlung ist übernächste Woche, ich werde sie übernehmen. Gehen Sie die Akte durch und unterbreiten Sie mir bis Freitag Vorschläge, wie Sie die Verteidigung aufbauen würden. Dann schauen wir mal, ob wir aus Ihnen nicht doch noch eine eiskalte Strafverteidigerin machen können.“

Nach dem letzten Wort drehte er sich mit seinem Chefsessel zum Telefon und wählte. Ein klares Zeichen, dass Rebeccas zugewiesener Anteil an seiner kostbaren Zeit aufgebraucht war. Sie nahm den dicken Ordner und verließ Quentins Büro.

Zurück an ihrem Schreibtisch wühlte sie sich grob durch die Akte. Sich durch diese Berge an Vernehmungsprotokollen, Berichten und Schriftverkehr zu lesen, dazu noch Gesetzestexte nachzuschlagen, würde sie voll auslasten. Sie hatte schließlich noch ihre eigenen Fälle und einige Termine mit Mandanten.

Bei der Vorstellung, einen bereits vorbestraften Verbrecher namens Benito Alvarez, der seine eigene Frau mit sieben Schüssen niedergestreckt hatte, zu verteidigen, spannten sich ihre Nackenmuskeln schmerzhaft an. Das war genau der Bereich in der Juristerei, den sie nicht bedienen wollte. Aber die Chance, einen so großen Fall zusammen mit Quentin Armadon zu verhandeln, bekam sie sicher nicht noch einmal.

Rebecca stürzte sich für den Rest der Woche in jeder freien Minute auf den Mordfall. Als sie am späten Freitagnachmittag ihre ausgearbeiteten Verteidigungsstrategien beim Boss vortrug, hielt sich seine Euphorie trotzdem in Grenzen. Außerdem sprach Kollege Randolph schon seit Tagen nur das Nötigste mit ihr und zu den anderen Anwälten hatte sie sowieso wenig Kontakt. Mit dem Gefühl, sich in dieser Woche mehr Feinde als Freunde geschaffen zu haben, fuhr Rebecca abends mit der Subway zu ihrer Wohnung.

Am nächsten Tag, dem Samstag, stand ein Besuch bei ihrer Familie an. Vorher wollte sie noch die einschlägigen Passagen im Strafgesetzbuch auswendig lernen. Zumindest das Geschenk für ihre Schwester sollte inzwischen angekommen sein.

Sie betrat die Wohnung und hörte die beiden Jungs in Jamies Zimmer reden. Da Rebecca im Flur vergeblich nach dem Postpaket Ausschau hielt, klopfte sie an die Tür und ging hinein. Mo und Jamie saßen in trauter Zweisamkeit vor dem Computer und scrollten in einer Art Blog herum. Das Logo sah sehr machohaft aus.

„Was schaut ihr denn so Wichtiges an?“, fragte Rebecca. „Sucht ihr etwa ganz verzweifelt nach euren

Grammy-Nominierungen?"
„Du brauchst dich gar nicht über uns lustig zu machen", erwiderte Mo, der seine Rastas heute unter einer turbanartigen Häkelmütze versteckte. „Wir haben nämlich einen Gig!"
„Ganz genau", verkündete auch Jamie stolz. „Das ‚Come together' in SoHo hat uns für sein Sommerfest gebucht."
Rebecca hatte zwar noch nie davon gehört, freute sich aber mit ihren Kumpels.
„Ist was mit der Post gekommen?", fragte sie. „Ich warte darauf."
Statt einer Antwort fischte Jamie mit seinen langen Armen ein Paket von seinem Kleiderhaufen auf dem Bett und warf es ihr zu. Erleichtert riss Rebecca das bestellte Geschenk für Rhonda auf.
„Was kriegt deine Schwester denn?", wollte Jamie wissen.
„Eine DVD-Box mit alten MacGyver-Folgen."
Mo sah sie an, als hätte sie den Verstand verloren. „Diese Uraltserie mit dem blonden Typen, der aus alten Thunfischdosen Atombomben zusammenleimt und so Zeug?"
„Genau die." Rebecca grinste. „Meine Schwester steht auf Basteleien. Sie hat schon als Kind in Dads Werkstatt alles zusammengelötet, was ihr in die Hand gekommen ist. Außerdem fährt sie sehr auf blonde Kerle ab."
„Hat sie einen oder haben wir Chancen?" Beide sahen sie erwartungsvoll an.
Rebecca musste lachen. Manchmal benahmen sich ihre Mitbewohner wie kleine Jungs und genau dafür liebte sie die beiden. Reichte ja schon, wenn es in ihrem eigenen Leben notorisch ernst zuging.
„Rhonda ist Single. Was nicht weiter verwunderlich ist, denn sie geht kaum aus dem Haus. Sie hat ihren Job verloren und hängt leider viel zu viel vor dem Fernseher herum. Aber zumindest liest sie nicht wie ihr im Internet

dubiose Ratgeber für verzweifelte Männer."

„Wir machen uns nur schlau, wie man am besten bei Frauen landen kann", erklärte Mo ernsthaft.

Rebecca seufzte hörbar. „Na, dann bin ich ja gespannt, ob ihr mir morgen das Frühstück ans Bett bringt und mich mit Komplimenten überhäuft." Grinsend verzog sie sich aus Jamies Zimmer.

„Pah! Echte Männer haben so was gar nicht nötig!", krähte Jamie ihr hinterher.

Sie schüttelte den Kopf und musste lachen. Manchmal fragte sie sich wirklich, wie alt die beiden waren.

*

Als Rebecca am Samstagmorgen aufwachte, dröhnte ihr Kopf. Sie hatte bis tief in die Nacht hinein in Fachbüchern gelesen und einige alte Studienunterlagen hervorgezogen. Die ultimative Verteidigungsstrategie für diesen Benito Alvarez war ihr trotzdem noch nicht eingefallen, denn alle Indizien und Zeugenaussagen sprachen gegen ihn.

Nachdem sie sich aus dem Bett gequält hatte, warf sie die Unterlagen auf ihren Schreibtisch und beschloss, sich heute einen jurafreien Tag zu gönnen. Es würde ihr guttun, ihre Familie zu sehen und ein paar Stunden überhaupt nicht an die Kanzlei, Quentin Armadon und DNS-Spuren auf einem blutbespritzten Satinbettlaken zu denken. Selbst für sie war es erlaubt, mal einen Tag Urlaub vom stressigen Job zu machen. Und dazu war ein Besuch bei ihren Eltern genau das Richtige.

Rebecca packte die DVD-Box in hübsches Geschenkpapier, auf dem kleine Reagenzgläser abgebildet waren, weil sie das passend für Rhonda fand. Da ihre Schwester ein Faible für Süßes hatte und sich aufgrund des fehlenden Jobs nichts Besonderes leisten konnte, marschierte Rebecca zu „Pastry Passion". Wenn die Pralinen dort nur halb so gut schmeckten, wie sie rochen, würde sich Rhonda ganz bestimmt über diese Schokoladen freuen.

Als sie den Laden betrat, wartete dort nicht Emilia hinter der Theke, sondern eine völlig deplatziert wirkende Lady in einem Kleid, das man eher in einem alten Varieté-Theater erwarten würde als in einer Backstube.

„Nur hereinspaziert", flötete sie und winkte Rebecca mit einer eleganten Handbewegung heran. „Wir führen Pralinen, die Herz und Verstand öffnen!"

Rebecca musste lachen. Sie deutete auf die einladende Auswahl von Leckereien, die in der Theke um die Wette glänzten.

„Welche davon sind fürs Herz und welche für den Verstand?", fragte sie.

Die Frau im Chiffonkleid machte eine weit ausholende Geste. „So genau kann man das nicht trennen, meine Liebe. Nehmen Sie von allen ein paar und kommen Sie am Montag wieder, um mir zu sagen, welche am besten beim Denken geholfen haben und bei welchen Sie in romantische Stimmung geraten sind."

Geschäftstüchtig war diese alte Dame, das musste man ihr lassen.

„Eine Mischung wäre tatsächlich toll. Aber die Mission kann ich wohl nicht erfüllen, denn es ist ein Geschenk."

„Non fa niente, das macht nichts. Wollen Sie einen Trüffel probieren? Der wird Ihnen guttun. Sie sehen aus, als hätten Sie einen anstrengenden Beruf. Emilia sagt, die Himbeer-Nougat-Pralinen wirken Wunder bei Stress."

„Nein danke", lehnte Rebecca ab. „Mit dem Job haben Sie zwar recht, aber ich bin später noch bei meinen Eltern eingeladen und werde da sicher vollgestopft. Wo ist Emilia denn heute?"

Als hätte sie ihren Einwand nicht gehört, hielt die perfekt frisierte Verkäuferin ihr eine formschöne Trüffelpraline mit winziger weißer Schokoblüte entgegen und lächelte liebenswürdig. „Ich springe manchmal für meine Nichte ein. Sie soll ja auch ein wenig Freizeit haben.

Mein Name ist übrigens Violetta."

Angesichts dieser Charmeattacke blieb Rebecca nichts anderes übrig, als die Praline anzunehmen und in den Mund zu stecken. Für einen Moment schloss sie die Augen. Dieser Trüffel mit seinem feinen Nussaroma und der säuerlichen Himbeerfüllung war ein Gedicht! Da vergaß Rebecca sogar ihre strengen Prinzipien.

„Davon nehme ich auch sechs Stück für meine Schwester mit", beschloss sie spontan.

Violetta schmunzelte und befüllte geschickt eine lila Schachtel mit einer ganzen Armada unterschiedlicher Pralinen.

„Wo arbeiten Sie denn?", fragte sie nebenbei.

„Ich bin Anwältin."

Das Gesicht der alten Lady hellte sich umgehend auf.

„Ach, wie spannend! Wissen Sie, ich gehe manchmal zum Gericht und höre mir die Verhandlungen an. Das ist ungemein interessant! Außerdem hat man die Gelegenheit, große Hüte zu tragen. Es ist schließlich ein besonderer Ort, für den man sich auch zurechtmachen muss, finden Sie nicht auch?"

Rebecca lachte. „Ich trage eher selten Hüte", erwiderte sie. „Und bei Gericht schon gar nicht."

„Sollten Sie aber, so etwas macht immer Eindruck."

Violetta klappte den Deckel der lila Box zu und übergab sie an ihre Kundin, dann ging sie zur altmodischen Kasse und tippte mit spitzen Fingern etwas ein.

Rebecca konnte sich die extravagante Dame gut im Gerichtssaal vorstellen. Übersehen würde man sie sicher nicht, mit oder ohne Hutmonster auf dem Kopf.

Als sie schließlich den Preis hörte, musste sie schlucken. Dafür hätte sie auch noch einen halben Baumarkt leerkaufen und ihre Bastelkönigin mit Laubsägen beglücken können. Aber egal, Rhonda hatte schließlich nur einmal im Jahr Geburtstag und Rebecca verdiente gut.

„Denken Sie daran: Herz und Verstand!“, schärfte ihr Violetta zum Abschied ein.

Rebecca winkte der skurrilen Lady zu und ging nach nebenan in die kleine Blumenhandlung, wo sie bei einem bärtigen Mann im Grizzly-Shirt einen kleinen Sommerstrauß für ihre Mutter erstand.

Zwei Stunden später saß sie mit ihren Geschenken in der U-Bahn und gondelte rüber nach Queens. Sie musste zwei Blocks gehen, bis sie zum Mietshaus kam, in dessen Erdgeschoss ihre Eltern wohnten. Der Putz bröckelte an einigen Stellen ab und auch das Dach hätte dringend eine Reparatur nötig gehabt. Aber der kleine Vorgarten, der zur Wohnung ihrer Familie gehörte, war wie immer gut in Schuss. Die alte Rostlaube ihres Dads stand in der Einfahrt und Rebecca wunderte sich, dass das Ding überhaupt noch funktionierte. Die rechte Seite sah aus, als hätte der Wagen einen Unfall gehabt. Wäre nicht das erste Mal, dass ihre Mutter, die nicht gern fuhr, das Auto gegen einen Zaun setzte. Rebecca würde es sicher gleich erfahren.

Es fühlte sich gut an, wieder hier zu sein. Auch wenn sie jetzt drüben in Manhattan wohnte – in Queens war ihre Heimat. Hier hatte sie mit Kreide Kästchen für Hüpfspiele auf die Straße gemalt und war vor Stolz fast platzend nach Hause gerannt, als sie ihre ersten guten Zeugnisse bekommen hatte.

Rebecca hatte sich extra in Freizeitklamotten geworfen und genoss die bequemen Turnschuhe. Heute durfte nicht nur sie selbst sich erholen, sondern auch ihre Füße. Endlich mal den Kopf in einen Liegestuhl legen und das Hirn Urlaub machen lassen von Paragrafen und eifersüchtigen Kollegen. Darauf freute sie sich mächtig. Sogar die unvermeidlichen Soaps im Fernseher, der ständig lief, würde sie gerne über sich ergehen lassen. Das war allemal besser, als Akten zu studieren und sich Gedanken über Verteidigungsstrategien zu machen. Mit jedem Schritt, den sie auf die von der Sonne ausgebleichte

Haustür zu machte, fühlte sie sich freier.

Mrs. Morton von nebenan winkte freundlich aus dem Fenster, hinter dem sie die meiste Zeit des Tages saß. Die Nachbarin war, wie einige andere hier auch, stolz darauf, dass Rebecca es nach Manhattan in eine so angesagte Kanzlei geschafft hatte. Das passierte hier nicht oft. Auch das trug dazu bei, dass Rebecca sich auf den Besuch daheim freute, denn sie galt in dieser heruntergekommenen Seitenstraße von Queens als eine Erfolgsfrau. Während sie in der Kanzlei die kleinste Nummer war, sah man hier zu ihr auf.

„Da bist du ja endlich", rief ihre Mom strahlend, nachdem sie die Tür geöffnet hatte, und drückte Rebecca an ihre üppige Brust. Sie trug wie immer alte Jeans und dazu ein T-Shirt, das schon bessere Tage gesehen hatte. Ihre Haare riefen geradezu nach einem Friseur und sie hatte sich den abgebrochenen Eckzahn immer noch nicht richten lassen. Aber die Herzlichkeit ihrer Mutter war nicht zu überbieten. Mom hatte selbst in den Zeiten, als die Familie äußerst knapp bei Kasse gewesen war, immer ein paar Dollar für einen Wohltätigkeitsbasar oder die Kirchensammlung übrig gehabt. Vielleicht war ihre Gutherzigkeit sogar der Grund, warum sie nie eine Gehaltserhöhung bekam und immer noch für einen Hungerlohn an der Kasse arbeitete.

„Setz dich doch zu Rhonda ins Wohnzimmer, ich taue inzwischen die Torte auf."

Rebecca blickte sich vorher noch um. „Wo ist denn Dad?"

„Der müsste jeden Moment auftauchen. Hängt noch bei seinem Versicherungsfritzen rum."

Sie gab ihrer erfreuten Mom den Blumenstrauß und ging dann hinüber ins nächste Zimmer, wo ihre Schwester erwartungsgemäß auf dem Sofa ruhte wie Nero bei einem römischen Gelage. Nur dass vor ihr auf dem Tisch nicht saftige Weintrauben und Wachtelbrüste warteten, sondern die Familienpackung Paprikachips und Vanilleeis mit

Cookie-Stückchen. Statt aus einer Rotweinkaraffe schenkte sich Rhonda gerade aus einer gigantischen Colaflasche ein.

„Hi Becky“, sagte sie. „Was geht ab?“

„Erst mal alles Gute, Schwesterchen!“ Rebecca ging näher an die Couch, um Rhonda zu umarmen. „Kaum zu glauben, dass du schon dreiundzwanzig bist.“

„Kommt mir auch komisch vor“, lachte Rhonda und strahlte. Sie trug eine bauchige Latzhose und ein verwaschenes rotes Top, das die Blässe ihrer Arme unvorteilhaft betonte.

Rebecca seufzte innerlich. Aus ihrer Schwester hätte man eine hübsche junge Frau machen können. Sie hatte die gleichen bernsteinfarbenen Augen wie Rebecca, verwendete aber weder Kajal noch einen Hauch von Mascara, um sie zu betonen. Auch ihre Haare, deren helles Braun beide Töchter von der Mutter geerbt hatten, hingen lieblos herab statt mit einem flotten Schnitt in Form gebracht zu werden. Rebecca hatte es längst aufgegeben, ihrer jüngeren Schwester in dieser Hinsicht Ratschläge zu geben.

„Ich habe dir etwas mitgebracht.“ Sie stellte die beiden Geschenke vor Rhonda ab. Die starrte auf die Verpackung, in die die DVD-Box gewickelt war.

„Das sind ja kleine Reagenzgläser“, freute sie sich. „Mensch, dann kann ich mir vorstellen, was drin ist!“ Sie begann sofort, das Papier abzureißen.

Als ihre Mutter das Wohnzimmer betrat, hob Rhonda den Kopf. „Mom, ich glaube, Becky hat mir den Chemiebaukasten geschenkt, den ich mir schon so lange wünsche. Hast du ihr den Tipp gegeben?“

Ihre Mutter zuckte mit den Schultern. „Kann schon sein, dass ich das mal am Telefon erwähnt habe, so genau weiß ich das gar nicht. Ist wirklich nett von deiner Schwester.“

Rebecca schluckte und schaute wie gebannt auf Rhondas Hände, die das bunte Papier jetzt vollständig von der Box zogen. Irgendwas lief hier gar nicht rund.

„Oh, eine MacGyver-Box", sagte Rhonda und die Enttäuschung war ihrer Stimme deutlich anzuhören. „Dankeschön."

Mist. Rebecca verfluchte sich selbst. Offenbar hatte sie nicht richtig zugehört, als sie mit ihrer Mom über den anstehenden Geburtstag gesprochen hatte. Während der ersten Wochen in der Kanzlei war sie so konzentriert auf den neuen Job gewesen, dass all ihre Gedanken nur um ihren Arbeitsplatz gekreist waren. Da hatte sie dem Telefonat mit ihrer Mutter wohl nicht die nötige Aufmerksamkeit geschenkt und nun bekam sie die Quittung dafür.

„Was Süßes habe ich auch noch besorgt", versuchte Rebecca, den Tag zu retten. „Es sind ganz besondere Pralinen aus einer exquisiten kleinen Konditorei."

Mit wenig Begeisterung in der Miene öffnete Rhonda die Schachtel und steckte sich einen der Nougattrüffel in den Mund, ohne die zauberhafte Miniaturblüte aus weißer Schokolade überhaupt zur Kenntnis zu nehmen.

„Yo, die sind ganz okay", stellte sie fest, nachdem sie sie zerbissen und sofort hinuntergeschluckt hatte. „Aber eigentlich mag ich die Peppermint Ponds von ‚Sweet Temptation' lieber."

Sie zog eine flache Verpackung unter einer Klatschzeitschrift hervor. Reine Massenware, das sah Rebecca sofort. Noch dazu von einem Unternehmen des Stone-Konzerns, was sie umgehend daran erinnerte, dass sie noch drei Klauseln des Umstrukturierungsvertrages ändern musste.

Von der durch Violetta angekündigten Auswirkung auf Herz und Verstand war im Moment äußerst wenig zu spüren.

„Wie läuft es auf der Arbeit?", fragte ihre Mutter, um die Situation zu entschärfen. „Hast du nette Kollegen, die dir helfen?"

„Na ja, man arbeitet schon eher allein", musste sie zugeben. „Es gibt irrsinnig viel zu tun im Moment, die

Kanzlei boomt. Wir kommen kaum mehr nach mit den Mandanten."

„Also bei mir in der Firma waren wir ein super Team", mischte Rhonda sich ein. „Wir hatten total viel Spaß und sind fast jede Woche zum Bowling gegangen."

Rebecca versuchte, sich den geleckten Randolph und seine Geigenfreundin mit den zarten Händen auf der Bowlingbahn vorzustellen, und scheiterte kläglich. Ihre Schwester hatte nach dem Highschool-Abschluss, bei dem sie um ein Haar durchgerasselt wäre, einen Job in einem chemischen Labor gefunden, der sie sichtlich hatte aufblühen lassen. Nach drei Jahren hatte jedoch ein großes Unternehmen die kleine Firma aufgekauft, alles umgebaut und produzierte dort nun eine teure Haarpflegeserie. Da das Meiste voll automatisiert lief, waren nur ein paar wenige Kräfte übernommen worden, darunter zwei von Rhondas Kollegen. Für sie selbst hatte man keine Verwendung gehabt, was Rebecca sehr leid getan hatte. Ihre Schwester war eine engagierte Mitarbeiterin gewesen, die sich mit Leib und Seele ihrem Job gewidmet hatte. Doch etwas Passendes war schwer zu finden, obwohl Rhonda immer wieder die Zeitungen durchforstete. Also schlug sie sich mit Gelegenheitsjobs durch oder lag auf dem Sofa, mit Pfefferminztalern statt mit herzerweiternden Nougattrüffeln.

„Dann bist du also Einzelkämpferin?", hakte ihre Mutter nach, die ein Talent hatte, den Finger auf die Wunde zu legen.

„Ist mir lieber so", erwiderte Rebecca schnell. „Dann brauche ich mich nach niemandem zu richten."

Kaum hatte sie das ausgesprochen, wurde ihr bewusst, dass das nicht stimmte. Insgeheim sehnte sie sich durchaus danach, nicht jede verdammte Entscheidung in ihrem Leben selbst treffen zu müssen. Ja, sie war stark und sie kam zurecht. Im Beruf und privat. Aber sie erinnerte sich in diesem Moment an die Abende, an denen ihre Eltern auf diesem abgewetzten Sofa eng nebeneinandergesessen hatten und in Gespräche vertieft gewesen waren. Sie hatten alles gemeinsam entschieden: Wie es in Dads Job weiterginge, ob man sich einen Nachhilfelehrer für Rhonda leisten könne oder ob es am Wochenende Hackbraten mit Maisbrot gäbe. Rebecca fühlte einen Stich in ihrem Herz, wenn sie daran dachte. Ob sie jemals einen Menschen finden würde, der ihr bei großen und kleinen Dingen zur Seite stand?

Schnell schob sie den Gedanken beiseite und goss für alle die Limonade ein, die ihre Mom zusammen mit einem Cheesecake, der aus der Tiefkühltruhe kam, angeschleppt hatte. Der Kuchen war dank Moms geliebter Mikrowelle innen kalt und am Rand heiß, aber die herrliche selbst gemachte Limonade glich das locker aus.

„Das ist ja die mit Blaubeeren“, freute sich Rebecca. Ihre Mutter war wirklich keine Göttin in der Küche, aber ihre kreativen Getränke vermisste Rebecca in Manhattan schmerzlich. Sie nahm einen großen Schluck der lilafarbenen Limonade und fühlte sich sofort in die Kindheit zurückversetzt.

Rhonda schob sich ein üppiges Stück des Kuchens in den Mund. „Weißt du, wen ich neulich getroffen habe?“, fragte sie etwas undeutlich.

„Wen denn?“

„Bryan Gibson. Er ist jetzt Papa geworden. Bin ihm neulich bei Ace Hardware über den Weg gelaufen, als er Steckdosensicherungen gekauft hat.“

Rebecca versuchte, möglichst unbeteiligt zu erscheinen. Mit Bryan war sie fast zwei Jahre liiert gewesen. „Wusste gar nicht, dass er geheiratet hat“, sagte sie und steckte den Strohhalm in den Mund.

„Doch, doch. Schon vor einem Jahr. Es war Liebe auf den ersten Blick, hat er mir mal erzählt. Er hat seine Annie gesehen und eine ganze Nacht lang mit ihr geredet, bis zum Sonnenaufgang. Dann hat er sich bei der Arbeit krank gemeldet und sie am nächsten Tag nach Coney Island ausgeführt, wo sie sich schon nach dem ersten Kuss verlobt haben. Total irre, findest du nicht?" Rhonda sah ihre Schwester an.

Nachdenklich nickte Rebecca. „Total verrückt", gab sie zu. „Bei mir ist er immer recht kühl gewesen. So richtig vernünftig", rutschte ihr heraus.

„Na ja, vielleicht lag das ja an dir." Das nächste Stück Kuchen verschwand in Rhondas Mund.

Rebecca war der Appetit vergangen. Hatte ihre Schwester recht?

Schon oft, wenn sie einen Roman gelesen hatte oder ein Liebesfilm im Fernsehen gelaufen war, hatte sie sich diese Frage gestellt. Denn in den Beziehungen, die sie bisher gehabt hatte, waren nie solche Gefühle entstanden wie bei den Hollywood-Blockbustern. Meist hatte Rebecca das darauf geschoben, dass sie sich eben gern vernünftige Männer aussuchte, die ihr intellektuell gewachsen waren. Und die waren nun mal emotional nicht so übersprudelnd wie eine Flasche Champagner, mit der man vorher über eine Schotterpiste gefahren war. Aber dass ausgerechnet der so beherrschte Bryan sich Hals über Kopf in eine Fremde verliebte, brachte ihre Theorie durcheinander. Nie im Leben hätte er zu ihrer Zeit auch nur daran gedacht, sich ohne Grund krank zu melden. Das hatte er nicht einmal getan, als sie mit einer Lungenentzündung todkrank im Bett lag. Und nun machte er blau, um in einen Vergnügungspark zu fahren.

Irgendwie klappte es mit dem total entspannten Nachmittag überhaupt nicht so, wie sie sich das vorgestellt hatte. Rebecca hatte eher das Gefühl, am laufenden Band mit unangenehmen Dingen konfrontiert zu werden. Bevor sie weiter über das schwer zu begreifende Verhalten ihres Ex-Freundes nachgrübeln konnte, hörte man einen Schlüssel in der Haustür.

„Hi Dad", rief Rhonda in den Flur. „Wir haben Kuchen!"

Als Rebecca ihren Vater sah, erschrak sie. Ein Bluterguss erstreckte sich auf seiner linken Gesichtshälfte von der Schläfe bis hinunter zum Kinn und es waren verkrustete Wunden zu erkennen. Auch seinen Arm zierten mehrere breite Pflaster.

„Was ist denn mit dir passiert?"

Entsetzt blickte sie von einem zum anderen. Weder ihre Mutter noch ihre Schwester machten Anstalten, irgendetwas zu erklären. Sie schienen auch nicht überrascht von Dads Aussehen zu sein.

„Ich hatte Ärger mit dem Rasenmäher", sagte er und seine tiefe Brummstimme ließ sofort ein Gefühl von Heimat und auch ein wenig Wehmut in Rebeccas Brust entstehen.

„Ärger?", hakte sie nach. „Was ist denn passiert? Das sieht nicht aus, als wäre das Ding einfach an einem Stein im Vorgarten hängen geblieben."

Ihr Vater setzte sich in seinen fleckigen Sessel und zog einen Teller zu sich heran.

„Der verfluchte Mäher ist explodiert", erklärte er. „Ein Teil der Abdeckung hat mich erwischt, aber dummerweise hat auch das Auto einiges abgekriegt. Deshalb war ich jetzt bei unserem Versicherungsfritzen."

„Wann genau war das?"

„Letzten Sonntag." Er schnitt sich ein Stück vom Kuchen ab.

Verwirrt blickte Rebecca ihre Mom an. „Und ihr habt mich nicht angerufen?"

„Ach Kind, wir wissen doch, wie viel du in der Kanzlei um die Ohren hast. Da wollten wir dich nicht belasten. Du hättest doch sowieso nichts machen können."

„Trotzdem." Sie musterte ihren Vater genau. Seine grauen Strähnen waren zahlreicher geworden und sie entdeckte ein paar neue Falten rund um seine Augen. Aber er zwinkerte ihr munter zu, als er ihren Blick bemerkte.

„Was kam denn raus wegen der Autoreparatur?", fragte Rhonda.

Dad hob die Schultern und ließ sie wieder fallen. „Die sagen, wir müssen uns das Geld vom Hersteller des

Rasenmähers holen. Der Typ von der Versicherung hat im Internet nachgelesen und sogar herausgefunden, dass das bei diesem Modell schon mehrmals vorgekommen ist. Ich hab ja nichts falsch gemacht, die Kiste ist mitten beim Mähen in die Luft geflogen, einfach so."

„Dann könnte ja unsere hochstudierte Anwältin einen Brief schreiben", schlug Rhonda vor und ihre Stimme war kalt. Sie hatte es Rebecca schon immer übel genommen, dass sie so erfolgreich war. Vielleicht fühlte sie sich unterlegen. Oder es war einfach Geschwisterrivalität.

Langsam nahm Rebecca das Glas in die Hand und trank einen weiteren Schluck von der Blaubeerlimonade.

„Als Familienangehörige darf ich euch nicht vertreten", erklärte sie mit schwerer Zunge.

Rhonda setzte sich auf. „Du wirst doch sicher einen netten Kollegen haben, mit dem du dich gut verstehst und der das als Freundschaftsdienst übernehmen kann. So wie mein Kumpel Charlie uns beim Fliesenlegen im Bad geholfen hat, nach dem Wasserschaden. Oder hast du das auch nicht mitbekommen, dass da was kaputt war?"

„Rhonda!" Dad funkelte seine jüngere Tochter an. „Lass Becky in Ruhe. Sie arbeitet hart."

„Ja klar, die heilige Becky!", fauchte Rhonda und lud sich noch ein Stück vom Cheesecake auf ihren Teller, das sie sich sogleich in den Mund zu schaufeln begann.

Rebecca war hin und hergerissen. Einerseits wollte sie ihren Eltern selbstverständlich helfen. Andererseits wusste sie, dass Quentin es überhaupt nicht gern sah, wenn man Privatfälle bearbeitete. Wenn sie es wirklich darauf anlegte, würde er vielleicht mit sich reden lassen. Aber dann bestellte er ihre Eltern womöglich in die Kanzlei ein! Das war völlig unmöglich, denn in diesem Fall würde ihre sorgsam zurechtgebogene Vita komplett auseinanderbrechen. Jeder in der Kanzlei würde auf ihre einfache Herkunft und ihre nicht besonders repräsentative Familie herabsehen. Nein, das ging nicht. Außerdem lag dieser Fall so klar, dass jeder Student im ersten Semester einen Brief aufsetzen könnte.

„Ich würde ja gerne helfen", sagte sie, „aber das wird in meiner Kanzlei nicht gern gesehen. Weißt du, Dad, die Sache ist so glasklar, dass da gar nichts schiefgehen kann! Lass doch einfach Bernie einen Brief an den Hersteller des gefährlichen Rasenmähers aufsetzen. Ich wette, wenn da sowieso schon einige Fälle vorliegen, werden die blitzschnell bezahlen. Und falls es wider Erwarten Probleme geben sollte, rede ich gerne mit meinem Chef."

Bernie Mason war ein unscheinbarer Rechtsanwalt aus der Nachbarschaft, der sich um Kleinkram kümmerte.

„Lass gut sein", beschloss ihr Dad. „Das kriegt Bernie sicher hin. Du hast ja ganz andere Kaliber am Hals als so was."

Rebecca musste schlucken. Ihr war nicht wohl dabei, ihrem Vater eine Abfuhr zu erteilen. „Ja, sogar einen Mordprozess, stell dir vor!", sagte sie schnell.

Sie erzählte ein wenig von dem anstehenden Fall, ohne Namen zu nennen, aber es wollte keine gelöste Stimmung aufkommen. Nicht einmal, als Mom ein paar Anekdoten von der Walmartkasse zum Besten gab. Rhonda schob die mitgebrachten Pralinen von „Pastry Passion" in ein Fach unterm Couchtisch, das normalerweise für halb gelesene Zeitschriften benutzt wurde. Die DVD-Box lag unbeachtet neben ihr auf dem Sofa und verschwand fast hinter einem ausgeblichenen Kissen. Nach einer weiteren Stunde beschloss Rebecca, dass es Zeit war, zu gehen.

Sie stand auf und streckte ihrer Schwester die Hand hin. „Tut mir wirklich leid wegen des Geschenks", sagte sie. „Ich wollte dich nicht enttäuschen. Ich glaube, ich bin einfach so im Stress und werde dann unaufmerksam."

Rhonda rang sich ein Lächeln ab.

„Ach, ist schon gut. Ich bin doch kein Kind mehr. War ja nur, weil ich dieses Einwickelpapier mit den Reagenzgläsern gesehen habe. Da dachte ich halt … Aber was soll's."

Sie umarmte Rebecca und auch ihre Eltern

verabschiedeten sich von ihrer älteren Tochter. Auf dem Weg zur U-Bahn-Station fühlte sich Rebecca längst nicht mehr so leicht wie auf dem Hinweg zum Haus ihrer Familie. Von der geplanten Entspannung keine Spur, ganz im Gegenteil. Alles Mögliche spukte ihr im Kopf herum, als sie den nächsten Block entlang ging.

Da war natürlich die Sache mit der anwaltschaftlichen Vertretung ihrer Familie. Sie fühlte sich wie eine miese Verräterin, weil sie ihren eigenen Vater nicht in der Rasenmähergeschichte unterstützen konnte. Auch wenn er es nicht gezeigt hatte, tief drin war er bestimmt enttäuscht von seiner Tochter. Genau wie Rhonda von ihrer Schwester. Rebecca zerbrach sich immer noch den Kopf darüber, ob ihre Mutter ihr tatsächlich irgendwann mal am Telefon erzählt hatte, dass sich Rhonda ein Hobby-Labor wünschte. Sie konnte sich nicht erinnern. Aber auszuschließen war es ganz sicher nicht, denn sie hatte wirklich viel mehr die neuen Fälle im Kopf gehabt als ihre Familie. Was war sie nur für eine schreckliche Tochter!

Nicht einmal einen richtig großen Blumenstrauß hatte sie ihrer Mom mitgebracht und die Anrufe zu Hause verschob sie auch so lange, bis ihre Mutter sich selbst meldete.

Rebecca fühlte sich schäbig. Sie betrat die Bahnstation, die genauso grau und dreckig war, wie sie selbst sich vorkam. Im Zug, der ratternd wieder nach Westen fuhr, rüber auf die reiche Halbinsel Manhattan, hörte sie noch die Stimme ihrer Schwester.

„… meine Kollegen … super Team … Freundschaftsdienst …“, hatte Rhonda gesagt. Ja, es stimmte. Rebecca hatte keine wirklichen Freunde und auch keine Kollegen, die sie mochten. Wie eine tolle Anwältin war sie sich heute Nachmittag keine Sekunde vorgekommen, eher wie eine totale Versagerin. Sie, die sich immer so verdammt überlegen fühlte mit ihrem erfolgreichen Studium und Job, war im Grunde eine armselige Kreatur. Das wurde ihr jetzt so richtig bewusst.

Und da war noch eine Sache. Bryan. Nicht, dass Rebecca noch Interesse an ihm gehabt hätte, das ganz sicher nicht. Aber die Tatsache, dass der von ihr so spröde eingeschätzte Mann plötzlich hochromantische Anwandlungen zeigte, gab ihr zu denken.

Es lag also an ihr. Eine andere Erklärung gab es nicht. Rhonda hatte völlig recht gehabt. Sie erinnerte sich an Juan, einen der zahlreichen Boyfriends ihrer Schwester. Wie verliebt die sich immer angesehen hatten! Und er hatte sogar Gedichte für Rhonda geschrieben, mit blauem Kuli auf Snoopy-Briefpapier. Selbstverständlich hatte sich Rebecca sofort uber seine Orthografie und das nicht ganz korrekte Versmaß lustig gemacht. Doch nun fiel ihr auf, dass für sie selbst noch nie ein Mann so etwas getan hatte.

Die U-Bahn hielt an und Rebecca blickte aus dem Fenster. Ein Werbeplakat von „Sweet Temptation" stach ihr ins Auge und sie erinnerte sich an Emilias Auftritt bei der Stone-Besprechung. Richard war ein kühler Geschäftsmann, der knallhart verhandeln konnte. Aber dieser zärtliche Ausdruck, mit dem er Emilia angesehen hatte – so etwas kannte Rebecca nicht. Sie konnte nicht einmal sagen, dass sie selbst irgendeinen ihrer fünf oder sechs Lover jemals so angesehen hatte.

Stimmte etwas nicht mit ihr?

Diesen Gedanken trug sie schon lange mit sich herum. In ihren Beziehungen hatte sie stets den intellektuellen Austausch genossen. Bei Joshua hatte sie sein juristisches Verständnis bewundert und liebend gerne mit ihm gelernt oder über Rechtsauslegung diskutiert. Frederics Stärke war seine kulturelle Bildung gewesen, sie hatte wie ein Schwamm alles aufgesogen, was er ihr über Kunst und Musik beibrachte. Und Eli war ein Meister des Debattierens gewesen, außerdem war er der einzige, mit dem sie den Sex halbwegs erstrebenswert gefunden hatte. Bei den anderen war das mehr eine Pflichtübung gewesen. Doch irgendwo tief drin hatte Rebecca schon immer gespürt, dass es zwischen zwei Menschen noch eine andere, sehr viel intensivere Verbindung gab als die, die sie bisher erlebt hatte. So etwas war ihr allerdings noch nicht untergekommen.

Weil sie emotional frigide war.

Zu dieser weitreichenden Erkenntnis war sie vor ein paar Jahren gelangt. Sie gehörte offenbar nicht zu den Frauen, wie Emilia eine war. Zu Frauen, die Leidenschaft und Feuer mitbrachten, die einem Mann mit Haut und Haar verfielen, die schon bei der kleinsten Berührung eine vollkörperliche Gänsehaut bekamen oder schmachtend dahinsanken. Ihr fehlte alles davon. Sie zählte wohl zu den kühlen Typen, was Gefühle anbelangte. Da war es dann auch kein Wunder, dass Männer ihre Emotionen ihr gegenüber auch nur auf Sparflamme hielten. Quasi Kirschkernkissen statt lodernder Flamme. Völlig verständlich. Deshalb war es sicher besser, sich gar nicht auf eine neue Beziehung einzulassen. Rebecca würde dabei ja doch wieder nur versagen.

Sie war auch als Frau eine Null, nicht nur als Tochter oder Schwester.

Aber es gab eine Sache, in der sie richtig gut war: als ehrgeizige Anwältin. Was das betraf, war sie eine echte Praline, und zwar eine mit Verstand.

Auch wenn mit ihrem Gefühlskostüm irgendwas nicht in Ordnung war, auf ihren Intellekt war vollster Verlass. Und wenn sie sich einfach auf ihre Karriere konzentrierte – so wie es ein Großteil der New Yorker Anzugträger machte – würde sie glücklich sein. Das war gar keine Frage.

Rebecca setzte sich aufrecht hin. Sie wusste, was zu tun war. Die Kanzlei „Armadon, Hall and Piddlefield“ bot ihr beste Chancen zu einem beruflichen Aufstieg und zu einem erfüllten Leben. Sie würde diese Möglichkeiten voll und ganz ausschöpfen, selbst wenn es dafür nötig war, ein Wochenende in Onkel Toms Hütte zu überstehen. Der nächste Schritt, den sie unternehmen musste, lag so glasklar vor ihr wie ein Bergsee in Vermont: Sie musste diesen unmöglichen Logan aufsuchen und ihm wie Professor Higgins seiner Eliza Doolittle eine Lektion geben. Das Wochenende mit Quentin und dem misstrauischen Randolph musste absolut rund über die Bühne gehen, so viel stand fest. Und genau dafür würde sie sorgen. Wenn sie Logan genau instruierte, ihn zur Not einige Aufzeichnungen auswendig lernen ließ und die wichtigen Dinge abfragte, sollte selbst er es hinbekommen, als ihr Verlobter zu agieren. Sie fürchtete, dass dazu mehrere Nachhilfestunden notwendig waren, aber das war egal. Hauptsache, am Ende würde – genau wie in „My Fair Lady" – aus dem Womanizer ein vorzeigbarer Verlobter werden. Dann stand ihrer juristischen Karriere, die sie zur New Yorker Spitzenanwältin machen würde, absolut nichts mehr im Wege.

EL HOMBRE
Der Blog für echte Männer

Hey Männer,

holy cow, die Abonnenten werden ja immer mehr! Mir scheint, es gibt da draußen eine Menge von euch, die gern wieder zu ihrer Männlichkeit zurückfinden möchten. Richtig so!

(@Jasper: Sie besteht darauf, dass du dir die Beine rasierst? Sag ihr, wenn sie ein Mädchen haben will, soll sie sich eins suchen!)

Okay, lasst uns über Styling und Klamotten reden. Ich war neulich beim Einkaufen und hab ein Pärchen beobachtet. Erst musste er stundenlang vor den Kabinen warten, bis sie in zwanzig verschiedene weiße Blusen geschlüpft war, von denen sie am Ende sowieso keine kaufte. Dann war er an der Reihe und wurde von ihr in diverse Outfits gesteckt wie eine Ankleidepuppe. Sogar ein rosa Hemd drehte sie ihm an, dazu einen Pullunder (!!!). Und anschließend einen Anzug, der weibisch glänzte.

Wozu das?

Erinnert ihr euch, wie Brad Pitt berühmt wurde? Als staubiger Anhalter in „Thelma und Louise". Und was trug er? Eine verwaschene Levi's, ein weißes T-Shirt und ein selbstbewusstes Lächeln im Gesicht. (Den weißen Stetson solltet ihr weglassen, insbesondere wenn ihr außerhalb von Texas lebt).

Wenn ihr euch gerne unbequeme Binder um den Hals schnürt oder Lackschuhe tragt, okay, dann ist das in Ordnung. Aber wenn ihr euch nur so verkleidet, um eine Señorita zu beeindrucken, läuft etwas falsch. Ihr müsst euch wohlfühlen in euren Klamotten, dann kommt die Lässigkeit von ganz allein. Und genau dafür werden euch die Frauen anbeten, für die Art, wie ihr in euren Klamotten dasteht, nicht für den Preis des Outfits.

Und glaubt mir: Die Ladies werden sich nicht eine Sekunde an den Stoff eines Designeranzugs erinnern, den ihr ohne Selbstbewusstsein tragt. Aber wenn sie sich voll Verlangen danach verzehren, einen maskulinen Kerl aus seinen Levi's zu schälen, wird ihnen jeder einzelne Knopf auf ewig im Gedächtnis bleiben.

Und wenn erst eure Bartstoppeln über ihre heiße Haut reiben und sie völlig verrückt machen vor Lust, wird sie nie auf die Idee kommen, euch einen Rasierer zu schenken. Das garantiere ich euch!

Hasta luego
Euer El Hombre

4. Over the Wild Rover

„Barnie, wirf mir den Sechser-Schlüssel rüber“, rief irgendwo eine Stimme, und ein Motor heulte auf. Rebecca, die gerade die Werkstatt von „Eddie's Classic Cars“ am Rand von Brooklyn betreten hatte, fühlte sich völlig deplatziert. Sie war spät aus der Kanzlei weggekommen und direkt hierher gefahren. Deshalb musste sie jetzt in ihren hellen Pumps und dem Business-Kostüm über einen Hof stöckeln, in dem es von Ölpfützen und Männern in schmutzigen Arbeitsklamotten nur so wimmelte.

Ein Typ mit Halbglatze und Brille kam auf sie zu.

„Kann ich Ihnen helfen, Ma'am?“, fragte er freundlich. Sicher hielt er sie für eine Kundin, obwohl dieser Bereich hier eher nicht aussah, als würden ihn kaufwütige New Yorker betreten, dafür gab es den Empfang am Eingang.

„Ich bin auf der Suche nach Logan“, antwortete sie. „Er sagte, er wäre um diese Zeit fertig.“

Der Mann, offenbar der Besitzer der Werkstatt, musterte sie neugierig. „Logan ist sicher gleich soweit. Gehen Sie ruhig zu ihm, er liegt dort drüben, unter dem Rover.“

Er deutete mit einem Nicken zu einer Halle, in der mehrere Oldtimer standen, und machte sich auf den Weg zur Rezeption.

Ratlos starrte Rebecca auf die vier Wagen. Sie hatte keine Ahnung von Classic Cars und wusste nicht einmal annähernd, wie das Logo von Rover aussah, ganz zu schweigen von den historischen Automodellen dieses Unternehmens. Unsicher ging sie ein paar Schritte in die Halle hinein.

„Logan?“, rief sie vorsichtig.

„Der steckt unter der schwarzen Kiste“, klärte ein hellblonder Kollege sie auf, der gerade seine Sachen zusammenpackte, und hob dann seine Stimme. „Hey, Logue, hier is' ne hübsche Lady für dich!"

Dann zwinkerte er ihr zu und verließ die Werkstatthalle.

Rebecca sah zwei Beine in Jeans, die unter dem dunklen Luxuswagen hervorlugten. Ein Werkzeug klapperte und anschließend rollte der ganze Mann mit einer fließenden Bewegung unter dem Auto hervor. Sie hielt unwillkürlich die Luft an, als sie Logan sah. Geschmeidig wie ein Raubtier stand er von dem Rollbrett auf und wischte sich die Hände an der fleckigen Jeans ab. Sein dunkelblaues T-Shirt lag eng an seinem Körper an und zeigte gut definierte Muskeln, sein Haar war verstrubbelt und seinen rechten Unterarm zierte ein langer Streifen Schmieröl. Er sah aus wie ein Kerl aus einem dieser „For Ladies"-Kalender, in denen sich sexy Cowboys und gut gebaute Fensterputzer von ihrer besten Seite präsentierten.

„Wir hatten einen Termin vereinbart", sagte Rebecca und merkte erst, nachdem sie die Worte ausgesprochen hatte, wie sehr das nach Anwaltsvokabular klang. Als sie mit Logan ausgemacht hatte, ihn zu treffen, war sie eigentlich davon ausgegangen, dass er geschniegelt und gebügelt auf sie wartete, um sie in eine Bar zu begleiten. Aber so, wie er gerade aussah, konnte man kein Lokal betreten.

„Sorry, ich habe nicht auf die Uhr gesehen. Mein wildes Baby hatte Probleme mit der Ölwanne, da lief mir irgendwie die Zeit davon."

Das „wilde Baby" ließ sie aufhorchen, aber schnell wurde ihr klar, dass es nicht um einen Badezusatz aus Olivenöl für sein Sweetheart ging, sondern er von dem Auto sprach. Rebecca hatte keinen Wagen, denn das war in Manhattan nicht notwendig und kostete nur Geld. Und selbst wenn sie einen fahrbaren Untersatz besessen hätte, wäre ihr die Ölwanne – was immer das sein sollte – völlig egal gewesen.

Sie sah Logan mit vorwurfsvollem Blick an, wobei sie versuchte, nicht zu sehr auf seinen knackigen Bizeps zu starren. „Wir haben einiges zu besprechen. Mein Kollege hat Verdacht geschöpft, deshalb muss unser Auftritt in Vermont als Paar absolut perfekt sein."

„Dann sollten wir uns wohl irgendwo in Ruhe unterhalten", schlug er vor.

Leicht panisch sah sich Rebecca um. Gab es hier eine heruntergekommene Bar, in der verschwitzte Mechaniker nach der Arbeit herumhingen? Logan hatte einen dunklen Bartschatten, was ihm einen verwegenen Ausdruck verlieh und sehr männlich wirkte.

„Und wo?", fragte sie.

„Bei mir", antwortete er, achtete nicht auf ihre überraschte Miene und verließ die Halle durch eine schmale Seitentür. „Was ist, worauf wartest du?", fragte er.

„Ich soll mit in deine Wohnung fahren?"

Logan lachte. „Nicht fahren. Gehen. Ich wohne gleich hier oben."

„Über der Werkstatt?"

„Ganz genau. Eddie hat mir erlaubt, hier oben eine Bude herzurichten. Direkt über dem Rover ist mein Schlafzimmer." Er stieg eine wacklige Außentreppe hinauf.

Widerwillig folgte ihm Rebecca und überlegte dabei, ob das mit dem Schlafzimmer eine anzügliche Bemerkung gewesen war oder nur eine harmlose geografische Angabe. Als er oben die Metalltür aufsperrte, offenbarte sich dahinter tatsächlich eine gar nicht mal so kleine Wohnung. Überrascht trat Rebecca ein. Die Wände waren aus Backstein und alles war sehr pragmatisch eingerichtet, hatte aber einen gewissen herben Charme. Und war auf jeden Fall zehn Mal größer als ihre eigene Bleibe.

„Ist halt eine Männerbude", erklärte er und es klang fast schon entschuldigend. „Nur das Nötigste und ohne Schnickschnack. Aber du hättest es vorher sehen sollen! Es war ein Lager für jeden Schrott, der unten bei den Autos abfiel. Betonboden mit Ölflecken, keine

Zwischenwände und auch die Wasserleitungen musste ich erst einmal hochziehen."

„Du hast das selbst gemacht?" Beeindruckt sah Rebecca sich genauer um. Der helle Holzboden glänzte und die Aufteilung sah aus, als wären hier schon immer mehrere Zimmer gewesen.

„Na ja, zwei Kollegen haben hin und wieder mitgeholfen, aber das Meiste habe ich selbst erledigt. Die beiden haben Familie und ich wollte sie nicht ständig nach Feierabend wegen meiner Bude aufhalten, das wäre doch echt ungerecht. Ist ja auch kein Ding, ich hatte Zeit. Hab den Boden verlegt, das Bad installiert, eine kleine Küchenzeile angeschlossen. Weißt du, ich arbeite gern mit meinen Händen. Ich mag es, wenn etwas entsteht. Das ist wie mit den Autos: Man kriegt eine Kiste in die Werkstatt, die kaum mehr läuft oder nur noch stottert. Dann hänge ich mich in die Sache rein, ein paar Tage oder zwei Wochen, und am Ende schnurrt das Baby wieder wie eine Katze vor dem Kachelofen. Das ist ein schönes Gefühl."

Er fuhr sich durch die Haare, als wäre ihm peinlich, dass er so viel von sich preisgegeben hatte.

„Das glaube ich." Rebecca nickte. „Mein Dad hat auch gern was gebastelt. Und ich konnte sehen, wie stolz er am Ende auf sein Werk war. Bei meinem Job ist das ja irgendwie anders, die Aktenberge wachsen ständig an."

Sie konnte sich Logan gut beim Werkeln hier in der Baustelle vorstellen. Staub in den dunklen Haaren, die Hände in groben Arbeitshandschuhen, aber ein Lächeln im Gesicht, wenn der Raum wieder ein Stück wohnlicher geworden war. Fast wünschte sie, sie könnte ihm bei solchen Dingen zusehen.

„Du hast wirklich gute Arbeit geleistet", lobte sie ihn und stellte verwundert fest, dass ihm diese Bemerkung ein kleines Lächeln entlockte.

„Danke. Hat mich auch verdammt lange Monate und literweiße Schweiß gekostet."

Es war jeden Tropfen wert, fand Rebecca und

versuchte, die Bilder eines verschwitzten Logans in knapper Arbeitsmontur aus ihrem Kopf zu verscheuchen.

„Wie lange wohnst du schon hier?"

„Vor einem Jahr bin ich fertig geworden. Ich bin Eddie echt dankbar, dass er mich den Raum nutzen lässt. Sogar der Preis ist fair. Das erlebt man nicht oft. Schau dir nur an, was diese Immobilienhaie teilweise verlangen für irgendwelche Bruchbuden. Wie soll das eine normale Familie bezahlen können? Das ist schon krass in New York, findest du nicht? Die einen brauchen zwei Jobs, um sich das Nötigste leisten zu können, andere logieren in der Park Avenue und ernähren sich von Kaviar."

Er schüttelte den Kopf, als wolle er das Thema loswerden.

„Ja, da hast du absolut recht", erwiderte Rebecca und fühlte sich unwohl, weil sie ihn zu Austern ins Nobellokal geschleppt hatte. Andererseits bot er freiwillig seine Dienste als Begleiter an. Niemand zwang ihn, durch die Arbeit in der Agentur sein Gehalt aufzubessern.

Sie öffnete den Mund, um ihm zu erzählen, dass auch sie nicht aus reichem Hause stamme und sich nur ein kleines WG-Zimmer leisten könne, stoppte sich aber noch rechtzeitig. Wenn er zu viel über ihren Hintergrund wüsste, bestand die Gefahr, dass er sich bei Quentin verplapperte. Das wollte sie auf keinen Fall riskieren. Lieber hielt er sie für eine dieser arroganten Reichen, dann war sie zwar nicht sympathisch, aber auf der sicheren Seite. Es war sowieso an der Zeit, mit dem Geschäftlichen zu beginnen.

„Können wir jetzt die Details fürs Wochenende durchgehen?", schlug sie vor.

„Setz dich doch erst mal aufs Sofa, ich werfe mich schnell unter die Dusche, dann bin ich repräsentativer." Er grinste. „Magst du inzwischen was trinken?"

„Ja gerne." Sie bemerkte gerade, dass ihr Mund ziemlich ausgetrocknet war. „Was hast du denn im Angebot?"

„Bud oder Corona."

„Das sind Biersorten", stellte sie fest.

„Ich weiß."

„Ich trinke kein Bier."

Logan seufzte. „Echt nicht leicht mit dir, Prinzessin. Aber warte, ich habe ein Frauengetränk. Sogar eisgekühlt. Liegt irgendwo hinten im Kühlschrank."

Er ging zur Küchenzeile, zog die Kühlschranktür auf und steckte seinen Kopf hinein. Nach einem triumphierenden „Hier ist es" schloss er die Tür wieder, öffnete eine bunte Dose und befüllte ein Glas. Logan stellte es freundlich lächelnd auf den kleinen Couchtisch vor ihr, direkt neben eine Schale mit appetitlichen Blueberry Muffins.

„Bitte sehr", sagte er und verschwand gleich darauf im Badezimmer.

Misstrauisch beäugte Rebecca die braune Flüssigkeit, die leicht schäumte. Sie zog erst einmal die mitgebrachten Notizzettel aus ihrer Tasche und legte sie neben das Glas, aber dann siegte ihr Durst. Schon als sie an dem Getränk roch, ahnte sie, was es war, und der erste vorsichtige Schluck bestätigte ihre Vermutung: Root Beer! Dieses pappsüße Zeug, das sie schon als Kind gehasst hatte, weil es sie an den Geschmack von Hustensaft erinnerte. Jetzt sorgte es dafür, dass ihr Mund zwar nicht mehr trocken, aber dafür klebrigsüß war. Sie ärgerte sich, nicht doch zum Corona gegriffen zu haben, das wäre ganz sicher die angenehmere Alternative gewesen.

Während man die Dusche rauschen hörte, sah Rebecca sich um. Es gab kaum persönliche Gegenstände in der Wohnung, die sehr männlich wirkte mit ihren kargen Wänden und den dunklen Möbeln. Auf einem Schränkchen entdeckte sie zwei Fotos von Oldtimern und einen Stapel Automagazine, aber sie fand weder Familienbilder noch etwas, das auf eine Frau hinwies. Ein Männer-T-Shirt hing über einem Stuhl, neben der Eingangstür lagen Sportschuhe verstreut und die

Grünpflanze auf dem etwas staubigen Fensterbrett hatte ein paar Blätter verloren.

Rebecca stand auf, um sich das CD-Regal genauer anzuschauen. Offenbar hörte Logan gern erdigen Rock, denn sie fand eine Menge Alben von ZZ Top, Springsteen und den Foo Fighters. Direkt daneben gab es aber noch ein paar andere CDs. Sie stellte schnell fest, dass das wohl seine Anmach-Musik war. Da tummelten sich Marvin Gaye, Simon and Garfunkel und nicht mal vor James Blunt schreckte Logan zurück. Rebecca zog die Augenbrauen hoch. James Blunt! Sie konnte sich förmlich vorstellen, wie Logan das machte: Er würde sicher Wein besorgen, dazu ein paar Knabbereien bereitstellen und natürlich wäre der Raum in sanftes Kerzenlicht getaucht. Dann würde er sein Hemd aufknöpfen, sodass seine wohl trainierte Brust optimal zur Geltung kam, und das bedauernswerte Opfer mit seinen samtbraunen Augen in den Bann ziehen, während im Hintergrund James Blunts Schmusetenor aus der Anlage tropfte.

„Möchtest du noch Vanille-Eis dazu?“

Ertappt zuckte Rebecca zusammen. Sie hatte vor lauter Kerzenscheinfantasien gar nicht mitbekommen, dass die Dusche nicht mehr rauschte. „Wie bitte?“

„Na, zum Root Beer. Das ist doch ein Klassiker: Vanille-Eis ins Glas und mit Root Beer auffüllen.“

„Gott bewahre!“, rief sie entsetzt und Logan lachte.

Er sah unverschämt gut aus. Seine Haare waren nass und schimmerten wie Ebenholz, ein Tropfen Wasser lief aufreizend langsam seine Schläfe hinab. Rebecca ertappte sich bei dem Gedanken, den Tropfen mit ihrem Zeigefinger wegzuwischen und dabei an Logans Hals hinunterzufahren bis zu seiner Schulter.

Wie sich seine Haut wohl anfühlen würde? Es kribbelte in ihren Händen und ihr Herzschlag beschleunigte sich bei der Vorstellung. Logans nackte Füße schauten aus hellen Jeans hervor, die keinen Reißverschluss hatten, sondern mit Knöpfen geschlossen wurden. Ihr Blick saugte sich daran fest und sie konnte ihn nur mühsam wieder wegreißen.

Logan trug ein weißes Freizeithemd, das vorne offen stand. Seine wohltrainierte Brust kam dadurch optimal zur Geltung und er sah sie mit seinen samtbraunen Augen so intensiv an, dass sie sich in seinen Bann gezogen fühlte … Stop! Rebecca rief sich zur Ordnung. Um ein Haar hätte sie angefangen, eine James Blunt Nummer zu summen. Sie musste sich endlich in den Griff bekommen und sich darauf besinnen, warum sie hier war, statt darüber zu fantasieren, jeden einzelnen Tropfen von seinem heißen Körper zu küssen. Außerdem hatte Logan ja wohl genug Auswahl an Damen.

Schnell ging sie zum Couchtisch, nahm auf dem Sofa Platz und hob mit leicht bebenden Händen die vorbereiteten Zettel auf.

„Okay, was willst du mir eintrichtern?“

Er setzte sich neben sie, um mit in ihre Aufzeichnungen schauen zu können. Der herbe Duft seines Duschgels stieg ihr in die Nase und beeinträchtigte ihr klares Denkvermögen. War das nur das Shampoo oder lag darunter noch sein eigener, maskuliner Geruch? Selbst ihr Körper reagierte auf seine Nähe, ihr wurde warm, als hätte jemand mitten im Hochsommer die Heizung aufgedreht, und in ihrem Unterleib begann ein verräterisches Ziehen.

Rebecca ärgerte sich maßlos. Sie war ganz sicher nicht eine seiner kleinen Eroberungen, die er mit Mister Blunt und billigem Rotwein beeindrucken konnte! Entschlossen, sich nicht einlullen zu lassen von diesem Berufs-Womanizer, räusperte sie sich und bemühte sich um einen geschäftsmäßigen Tonfall.

„Wie bereits erwähnt, hat mein Kollege, der bei diesem Meeting in Vermont ebenfalls anwesend sein wird, Verdacht geschöpft. Wir müssen eine absolut überzeugende Leistung abliefern.“

„Das kriegen wir hin, Becky.“ Er brach einen der

saftigen Muffins auseinander und stecke sich ein Stück davon in den Mund.

„Nenn mich nicht so!", fuhr sie ihn an. Dieser Name gehörte nach Queens und nicht in ihr erfolgreiches Manhattaner Leben.

Er hob beschwichtigend die Hände. Schöne Hände, wie ihr dummerweise auffiel, mit schmalen Fingern, die gar nicht zu einem Kerl passten, der an dicken Autos herumschraubte. Hände, die eine Frau sicher verwöhnen konnten.

„Okay, okay, ich werde es mir merken. Was muss ich sonst noch wissen?" Seine Stimme war sanft und tief. Ihr Puls beschleunigte sich, ohne dass sie etwas dagegen tun konnte. Schnell hob sie die Liste hoch und ging alle wichtigen Punkte mit ihm durch, wobei sie versuchte, möglichst wenig von seinem immens maskulinen Geruch einzuatmen. Leicht war das nicht.

Logan verdrückte während dieser Zeit zwei Blaubeermuffins und pries die knusprige Zimtkruste an. Mehrmals bot er ihr einen an, aber sie lehnte selbstverständlich ab. Ein wenig Disziplin gehörte zu einer gut geplanten Karriere dazu.

Nach einiger Zeit hakte Rebecca die ersten Punkte ihrer Liste ab. „Gut, dann haben wir also Ausbildung, Hobbies, Essensvorlieben und Allergien geklärt." Sie nickte zufrieden.

„Brauchst du noch Schuhgröße und die Marke meiner Zahnpasta?" Logans dunkle Augen funkelten spöttisch. Erneut musste sich Rebecca sehr bemühen, sich auf ihre Notizen zu konzentrieren. Verdammt, dieser Kerl hatte wirklich eine starke Ausstrahlung!

„Deine Kindheit fehlt noch. Wo bist du aufgewachsen?"

Über seiner Nase entstand eine steile Falte. „Das ist doch nicht wichtig, wir haben uns sicher nicht im Sandkasten kennengelernt."

„Das nicht, aber Liebespaare sprechen nun mal auch

über ihre Familie. Du kommst doch nicht aus New York, oder?"

„Doch." Seine Antwort kam viel zu schnell, um ehrlich zu sein.

„Aber du sprichst eher wie jemand von der Westküste oder so. Irgendeinen Akzent höre ich da raus." Sie war sich absolut sicher, dass er nicht wie sie aus der Stadt stammte.

„So redet man eben in der Bronx, das kannst du schließlich nicht wissen. In deinen elitären Kreisen hat man eben einen anderen Akzent, Prinzessin. Über meine Familie gibt es nichts zu erzählen." Er rückte ein Stück zur Seite und verschränkte die Arme.

„Moment mal – ich als deine Verlobte muss doch wissen, ob du Geschwister hast, in einem Quäkerdorf aufgewachsen bist oder auf einer Schweinefarm den Stall ausgemistet hast!"

Sein Blick machte deutlich, dass er nicht vorhatte, dieses Thema zu vertiefen. „Einzelkind, New York, keine Schweine", warf er ihr hin wie ein Bauer die Kartoffelschalen vor besagte Ringelschwänze. „Und lass dir eins gesagt sein: Männer labern nicht ständig über ihre Kindheit so wie ihr Hühner."

„Quentin Armadon darf nicht den geringsten Zweifel hegen, dass wir beide uns schon seit zwei Jahren kennen", erklärte sie. „Das ist außerordentlich wichtig."

Sie sah ihm tief in die Augen. Natürlich nicht verführerisch, sondern eindringlich. Ausschließlich, um ihr Anliegen zu verstärken.

„Du verehrst diesen aufgeblasenen Gesetzesverdreher wie einen Messias."

Rebecca unterbrach den Blickkontakt und setzte sich aufrecht hin. „Er ist der renommierteste Anwalt in der Stadt!", verteidigte sie ihren Boss. „Und ein genialer dazu. Niemand sonst hat eine so gute Statistik der gewonnenen Fälle wie er."

Logan verschränkte die Arme, was seinen Bizeps noch

besser zur Geltung brachte. „Meine Güte, das klingt, als sei er dein Guru."

„Ja und?", gab sie spitz zurück. „Er hat eine Menge drauf und ich kann viel von ihm lernen."

„Der Typ ist nicht ehrlich und ihm geht es nur ums Geld, nicht um die Gerechtigkeit", stellte Logan fest.

Sie spürte, dass ihr das Blut in den Kopf schoss. Was bildete sich dieser dahergelaufene Schraubendreher eigentlich ein?

„Bist du verrückt? Quentin ist absolut integer! Sonst würde ich gar nicht bei ihm arbeiten."

„Glaub ich nicht", sprach er weiter und stand dabei auf, um in Richtung Kühlschrank zu gehen. „Ich hab ein gutes Gespür für Menschen und er kommt mir nicht sauber vor."

„Na wunderbar, du kennst dich ja offenbar aus in der Juristerei. Oder wie kommst du zu so einer Behauptung?"

„Nur so ein Gefühl." Er öffnete eine Bierdose und trank direkt daraus.

Rebecca schäumte vor Wut. Schon wieder gab Logan mit seinem ach so unbestechlichen Gefühl an! Als ob das irgendeine Aussagekraft hätte. Emotionen waren ja wohl wirklich nicht verlässlich und überhaupt eine dämliche Sache. Sie hasste es, wenn so etwas als Argument angeführt wurde.

„Das muss ich mir von einem Kerl, der für Geld mit Frauen ins Bett hüpft, nicht anhören!"

„Ach nein? Wenn du doch so eine perfekte und immer über den Dingen stehende Frau bist, wieso musst du dir dann einen Begleiter kaufen? Will dich keiner haben?"

Ihre Fingernägel bohrten sich in ihre Handflächen und sie atmete heftig.

„Ich habe keine Zeit, mich mit Kerlen herumzuschlagen", zischte sie. „Ich habe nämlich eine Karriere und verdiene eine Menge Geld damit."

„Von wegen. So kratzbürstig, wie du bist, nimmt doch jeder vernünftige Mann sofort Reißaus vor dir. Kein

Wunder, dass du solo bist.“

Sie schnappte nach Luft. Wie konnte er nur!

„Lieber bin ich Single, als mich wie du für Sex bezahlen zu lassen“, spie sie aus. „Wahrscheinlich kommst du dir so toll dabei vor, dass du es sogar ohne das Geld tun würdest. Du legst James Blunt auf, säuselst den Damen was ins Ohr und beweist dir selbst, wie unwiderstehlich du bist. Dabei bist du nur ein erbärmlicher Gigolo!“

Das saß.

Logan wurde blass und sie sah, wie sein Adamsapfel hüpfte. Er kam einen Schritt auf sie zu und Rebecca rutschte instinktiv ganz nach hinten an die Couchlehne. Würde er ihr etwas antun? Zuzutrauen wäre es ihm. Seine Augen funkelten gefährlich.

„Soll ich dir mal was über mich verraten, Becky?“ Seine Stimme war so leise und beherrscht, dass Rebecca eine Gänsehaut bekam vor Anspannung. „Ich gehe niemals mit Kundinnen ins Bett. Und ich begleite verkrampfte, überhebliche Tussis wie dich nur deshalb, weil ich das Geld tatsächlich brauche, und zwar nicht für irgendeinen dämlichen Schnickschnack. Wofür, das geht dich nichts an, also spar dir das Thema. Manche Leute haben eben noch andere Probleme als die Frage, ob sie heute das Gucci-Kostüm anziehen oder das von Prada. Aber das kann sich ein Luxusweibchen wie du nicht vorstellen. Und jetzt verschwinde.“

Zitternd stand Rebecca auf und ging mit wackligen Beinen zur Tür. Hatte sie nun das Wochenende mit Quentin zerstört? Sie wagte es kaum, daran zu denken.

„Was ist mit Vermont?“, fragte sie heiser.

Logan nahm noch einen Schluck von seinem Bier und sah sie mit eiskaltem Blick an. „Ich werde pünktlich zur Abfahrt da sein und deinen Verlobten spielen. Allerdings hat sich der Preis für das Wochenende seit heute verdoppelt. Wenn es dir nicht passt, kannst du ja einen anderen Begleiter suchen.“

Er wusste genau, dass das nicht möglich sein würde.

Also nickte sie kleinlaut und verließ seine Wohnung über der Werkstatt, in der der Rover noch immer vor sich hin glänzte, als wolle er sich über sie lustig machen.

*

Auch ein paar Tage später, als Rebecca längst wieder an ihrem Schreibtisch in der Kanzlei saß, rumorte die Begegnung mit Logan noch in ihrem Innersten. Sie strengte sich mächtig an, ihn als arroganten und selbstverliebten Frauenheld zu betrachten, und legte sich dazu eine gedankliche Liste über alle Indizien an. Davon gab es jede Menge. Sein Job bei der Agentur, die Flachleg-Musik und überhaupt sein ganzes Auftreten. Außerdem war sie stinksauer, dass er sie als kratzbürstigen Ladenhüter dargestellte hatte. Nur, weil sie nicht jeden Tag mit einem anderen Typen ins Bett hüpfte, sondern sich lieber vernünftig ihrer langfristigen Karriereplanung widmete! Aber davon hatte ein einfacher Automechaniker keine Ahnung.

Es wurmte sie, dass er ihren wunden Punkt erwischt hatte. Aber noch viel mehr ärgerte sie sich darüber, dass sie das Bild, als er aus der Dusche gekommen war, immer noch so deutlich vor Augen hatte. Fast meinte sie, noch seinen herben Duft zu riechen und den Wassertropfen an seiner Schläfe berühren zu können. Vor diesem Wochenende in Vermont grauste ihr mehr als vor Professor Mitchell, der sie ein einziges Mal unvorbereitet erwischt und ausgefragt hatte.

Irgendwie lief im Moment alles schief. Erst der desaströse Besuch bei ihrer Familie, der ihr all ihre Unzulänglichkeiten aufgezeigt hatte, und nun auch noch Logan, der sie wegen ähnlicher Themen zum Ausrasten gebracht hatte. Das würde echt anstrengend werden mit ihm.

Wütend schlug sie einen Ordner auf, um sich endlich wieder auf ihren Job zu konzentrieren, da läutete ihr

Telefon. Sie meldete sich und lauschte gespannt in die Leitung.

„Jason Donalds hier, Vorzimmer Richard Stone. Hallo Miss Miller, erinnern Sie sich an mich?“

Rebecca lächelte. Selbstverständlich tat sie das! Das Meeting im Stone Konzern war eines der wichtigsten in ihrer bisherigen Laufbahn gewesen.

„Natürlich“, erwiderte sie schnell. „Was kann ich für Sie tun, Mister Donalds?“

„Mister Stone würde Sie gerne sprechen und bat mich, einen Termin mit Ihnen zu vereinbaren.“

Sofort saß Rebecca aufrecht da wie ein Jagdhund beim Knall der Flinte. Richard Stone wollte sie sprechen? Das war ja wunderbar! Sie würde zur Not sämtliche anderen Mandanten verschieben, denn einen Fuß in den Stone-Konzern zu bringen, hatte absoluten Vorrang.

„Ich kann es jederzeit einrichten, dass ich zu ihm kommen kann“, erklärte sie.

Donalds war begeistert. „Das ist perfekt“, erwiderte er. „Wie wäre es gleich heute Nachmittag um drei Uhr? Da habe ich eine kleine Lücke in seinem Terminkalender.“

„Ich werde da sein.“

Der Assistent verabschiedete sich freundlich und ließ eine äußerst zufriedene Rebecca zurück. Das lief ja wie am Schnürchen! Es ging sicher um den Vertrag bezüglich der neu verteilten Aufgabenbereiche im Konzern. Sie holte das dicke Schriftstück heraus und ging es noch einmal durch, um jedes Detail parat zu haben. Gute Vorbereitung war nun mal eine ihrer Stärken.

Zehn Minuten vor drei Uhr betrat Rebecca das Stone Building und fuhr mit dem Aufzug in die oberste Etage, wo sie von Donalds freundlich begrüßt wurde. Es dauerte nicht lange, dann kam der Boss aus seinem Büro und bat sie zu sich hinein. Rebecca war wie bei der ersten Begegnung sehr angetan von Richard Stone. Man sah ihm an, dass er ein erfolgreicher Geschäftsmann war, aber er hatte sich trotzdem eine gewisse Lockerheit bewahrt. Das spiegelte sich auch in der freundlichen Einrichtung seines Büros wieder, wo Bilder von europäischen Sehenswürdigkeiten an der Wand hingen und große Tröge mit Zimmerpflanzen für ein entspanntes Klima sorgten.

„Schön, dass sie es so kurzfristig einrichten konnten", begann er und bot ihr einen Stuhl an seinem Besprechungstisch an.

„Gar kein Problem", sagte Rebecca und konnte kaum glauben, dass sie tatsächlich einem der reichsten Geschäftsmänner von New York gegenübersaß. „Geht es um den Vertrag zur Umstrukturierung?"

Er rückte seinen Stuhl näher an den Tisch. „Eigentlich nicht. Wir sind in diesem Punkt immer noch in der Testphase. Aber ich habe ein anderes Anliegen."

Gespannt blickte Rebecca ihn an. Sie hatte nicht die leiseste Ahnung, worum es ihm ging.

„Miss Miller", fuhr er fort, „ich will offen zu Ihnen sein. Wir haben gerade einen unserer führenden Mitarbeiter entlassen. Ich kann nicht ausschließen, dass er juristische Schritte einleiten wird."

Sie nickte interessiert, weil sie die Sache am Rande mitbekommen hatte.

Richard strich sich durch die dunklen Haare und sprach weiter.

„Natürlich haben wir Anwälte, die seit langer Zeit für unser Unternehmen arbeiten. Aber ich weiß nicht, inwieweit der betreffende Mitarbeiter Verbindungen zu ihnen hat."

„Sie vermuten also, diese Anwälte sind nicht loyal?"

„Ich kann jedenfalls nicht ausschließen, dass Bestechungsgelder fließen oder ähnliches. Ich traue diesem gefeuerten Mitarbeiter alles zu. Sie hingegen erscheinen mir ehrlich. Deshalb würde ich diese Angelegenheit gern in Ihre Hände legen."

Rebeccas Puls beschleunigte sich. Der große Richard Stone erteilte ihr ein neues Mandat! Und mehr noch – er sprach ihr sein Vertrauen aus. Sie wusste kaum, was sie antworten sollte.

„Das ehrt mich natürlich sehr“, sagte sie schließlich. „Ich verspreche Ihnen, dass die Kanzlei ‚Armadon, Hall and Piddlefield‘ absolut unbestechlich und integer ist. Und Arbeitsrecht ist eine große Stärke von uns.“

Mister Stone neigte den Kopf zur Seite und wirkte nachdenklich.

„Wissen Sie“, erwiderte er, „ich kenne Ihre Kanzlei nicht wirklich gut. Aber ich vertraue gerne meinem Bauch. Und der sagt mir, dass Sie, Miss Miller, kein falsches Spiel mit Mandanten treiben.“

„Ganz sicher nicht.“ Rebecca sah ihm direkt in die Augen und ihr wurde ein bisschen warm. Dieses intensive Blau war außergewöhnlich. Sein Blick schien sie prüfend zu durchdringen, aber sie hielt ihm stand, denn sie hatte nichts zu verbergen. Als Anwältin war sie über jeden Zweifel erhaben.

„Gut“, meinte er. „Ein bisschen frischer Wind in unserer Rechtsvertretung kann sicher nicht schaden. Meiner Meinung nach ist es dringend Zeit, die verkrusteten Routinen und Seilschaften innerhalb des Unternehmens etwas aufzubrechen. Ich lasse Ihnen die Akte der Personalabteilung bringen. Formulieren Sie eine wasserdichte Kündigung. Wenn Sie Fragen haben, können Sie sich jederzeit an Mister Donalds wenden.“

Er stand auf und geleitete Rebecca nach draußen. Der nächste Termin wartete sicher schon auf ihn. Sie ließ sich von Donalds die Akte und einige Aufzeichnungen übergeben, anschließend ging sie, die Beute unter dem Arm, mit einem äußerst zufriedenen Gesichtsausdruck zurück in die Kanzlei.

Kaum betrat sie den Gang zu ihrem Büro, kam ihr Randolph entgegen und grinste überheblich.

„Ah, Rebecca, unterwegs mit Kleinkram? Na ja, auch den muss jemand erledigen. Ich habe übrigens am Sonntag mit Quentin eine Runde Golf gespielt. Natürlich habe ich den Boss gewinnen lassen und er war in bester Laune.“

Randolph schnippte sich einen Fussel vom Ärmel seines teuren Sakkos. Ausnahmsweise tat ihm Rebecca den Gefallen und machte ein interessiertes Gesicht.

„Dann bist du jetzt sicher in seiner Gunst gestiegen", sagte sie und schlug dabei einen beeindruckten Ton an.

Er ging ihr voll auf den Leim. „Allerdings!", fuhr er fort. „Stell dir vor, meine Liebe, wir fahren sogar nächstes Wochenende gemeinsam auf eine Hütte."

„Gratulation!", beglückwünschte sie ihn. Anscheinend hatte ihm Quentin noch nicht offenbart, dass sie auch mit an Bord sein würde.

Seine Wut auf Rebecca war offenbar aufgrund dieses deutlichen Wettbewerbsvorteils verraucht, denn er wandte sich ihr mit einem großherzigen Lächeln zu.

„Hattest du einen Termin auswärts? Lief es gut?"

„Ach ja, war ganz okay." Sie nahm die Akte enger unter ihren Arm und öffnete die Tür zu ihrem Büro. „Ich war bei Richard Stone", sagte sie, als sie im Türrahmen stand, „er hat mich persönlich mit einem wichtigen Mandat beauftragt und wird mich auch künftig für sein Stone-Imperium arbeiten lassen. Na ja, wie du schon gesagt hast: Kleinkram eben."

Damit schloss sie die Tür und freute sich diebisch. Eigentlich schade, dass sie Randolphs Gesicht nach dieser Ankündigung nicht noch gesehen hatte. Seine Laune würde auch sicherlich nicht bei der Mitteilung steigen, dass sie und Logan ebenfalls in Onkel Toms Hütte dabei sein würden. Aber so war es nun mal und sie hatte garantiert nicht vor, klein beizugeben.

EL HOMBRE
Der Blog für echte Männer

Hey Männer,

ich bin echt baff, dass ihr so viele Kommentare dalasst. Der Hammer!

(@Jasper: Sorry, auf alle Fragen kann ich nicht eingehen. Aber wenn deine Schwiegermutter jeden Sonntag Sauerkrautpizza macht, heißt das noch lange nicht, dass du immer zwei Portionen davon essen musst.)

Da viele von euch Tipps zum Thema „Anmache“ wollten, soll das unser heutiges Thema sein.

Lawrence hat Folgendes gefragt: „Ich bin beruflich viel unterwegs und hocke in Hotelbars herum. Sehe ich eine schöne Frau, traue ich mich meist nicht, sie anzusprechen. Und wenn ich es doch wage, scheint die Frage, ob wir uns von irgendwo kennen, nicht wirklich zu ziehen.“

Also, Lawrence, so wird das echt nichts!

Ich fang mal von vorne an. Wenn ihr eine Bar betretet, dann latscht da gefälligst nicht mit eingezogenem Kopf rein wie ein Teenager, der Klebstoff geschnüffelt hat. Stellt euch vor, ihr seid Eastwood. Ihr öffnet kraftvoll die Tür, bleibt dort einen Moment stehen, und schaut erst mal mit coolem Blick in die Runde. Anschließend geht ihr zur Theke, und zwar so, als gehöre euch das gesamte Lokal. Dort bestellt ihr mit lauter Stimme einen Drink. Und bitte kein Mädchengesöff mit Cola oder Prickelwasser! Ihr wollt schließlich ein Mann sein. Nickt dem Barkeeper zu, als wärt ihr alte Bekannte, und trinkt euren Bourbon so, wie es Clint im staubigen Saloon täte.

Wenn ihr das umsetzt, braucht ihr euch wegen Anmachsprüchen gar keine Gedanken zu machen, weil die Señoritas nämlich EUCH ansprechen werden!

Falls ihr doch mal etwas sagen wollt, dann keine alte Leier. Haltet euch möglichst knapp. Nickt der Lady zu und werft ihr ein herbes „Geschäftlich hier?“ vor die Beine, ohne allzu interessiert zu klingen. Je attraktiver die Señorita ist, umso mehr müsst ihr den Anschein erwecken, gar nicht wirklich mit ihr reden zu wollen. Das weckt nämlich ihren Ehrgeiz.

Alternativ könnt ihr halbherzig fragen: „Noch ’n Drink?“, wobei ihr sie kaum anseht.

Ihr werden erkennen, Männer, die Ladies fressen euch aus der Hand.

Seid mehr Dirty Harry als Versicherungsvertreter!!

In diesem Sinne …

Hasta luego
Euer El Hombre

5. Rolling the Stone

Es gab eine Sache, auf die sich Rebecca noch mehr freute als über den kleinen Sieg bei Randolph: Nämlich den Moment, in dem sie Quentin stolz verkünden konnte, einen weiteren Auftrag des Stone-Konzerns an Land gezogen zu haben.

Sie wusste, dass die Kanzlei schon sehr lange versuchte, dort einen Fuß in die Tür zu bekommen. Bisher hatte aber keiner der langgedienten Anwälte punkten können und nicht mal Vince Piddlefield, einer der drei Partner, hatte es geschafft, ein Mandat zu ergattern. Und nun kam sie als Newbie daher und hatte sogar die Aussicht auf weitere Honorare!

Quentin würde sicher mehr als zufrieden mit ihr sein. Diese Gewissheit verschaffte Rebecca ein euphorisches Hochgefühl, denn die Meinung ihres Bosses bedeutete ihr viel. Nicht nur, weil sie vorhatte, hier Karriere zu machen. Auch, weil er ihr Idol war und sie wollte, dass er sie als Anwältin schätzte.

Die folgenden beiden Tage war Quentin leider kaum zu sprechen. Er sauste von einer Anhörung zur nächsten oder hatte eine Ladung Mandanten in seinem Büro sitzen. Rebecca wurde schon ganz unruhig bei dem Gedanken, noch länger warten zu müssen. Natürlich hätte sie das wöchentliche Meeting nutzen können, um von ihrem neuen Fall zu berichten, aber sie wollte Quentin die frohe Botschaft lieber unter vier Augen überbringen.

Erst am übernächsten Tag war es soweit. Am späten Nachmittag, als die ersten Kollegen sich bereits anschickten, in den wohl verdienten Feierabend zu gehen, wurde sie zu Quentin gerufen.

„Wir müssen in der Mordsache Benito Alvarez noch einiges durchgehen“, begrüßte er Rebecca, kaum dass sie sein Büro betreten hatte. Sie setzte sich auf den Stuhl an seinem Schreibtisch, direkt ihm gegenüber, und schlug hoch konzentriert die Akte auf.

„Was kann ich tun?“, fragte sie gespannt.

„Ich will alles wissen über diesen Freund, mit dem Benitos Frau im Bett war, als auf sie geschossen wurde. Er ist der Hauptzeuge und wir müssen sehen, wie wir ihn kriegen können.“ Quentin blätterte in den Unterlagen herum.

„Gut. Ich werde schauen, was ich über ihn herausfinden kann.“

Bisher hatte nur Quentin mit Benito Alvarez gesprochen. So wie es aussah, war dieser Benito früher von der Arbeit heimgekommen und hatte seine Ehefrau im Bett mit Mickey Bloomington vorgefunden. Mickey hatte die Lage richtig eingeschätzt und war aus dem Fenster gesprungen, die Ehefrau hatte weniger Glück. Sie wurde von sieben Schüssen niedergestreckt. Auf der Tatwaffe fand man Benitos Fingerabdrücke und die Polizei, die von den Nachbarn gerufen worden war, griff ihn in der Nähe der Wohnung auf. Man wies ihm Schmauchspuren an den Händen nach. Doch er leugnete. Dummerweise hatte er sich bei der Vernehmung in Widersprüche verstrickt und keine wirklich guten Erklärungen abgegeben, inwiefern er in die Tat verwickelt war.

Gemeinsam diskutierten Quentin und Rebecca die Beweislage und diverse Ansätze für eine Verteidigung. Draußen klapperten nach einiger Zeit ein paar Türen, anschließend war alles ruhig. Sie waren alleine in der Kanzlei.

„Glauben Sie, Benito ist unschuldig?“, fragte Rebecca ihren Boss.

Der zog die Augenbrauen zusammen. „Was ich glaube, ist völlig unwichtig! Wir werden den Prozess gewinnen, nur darum geht es. Und seien Sie doch mal ehrlich, Rebecca, gerade bei einem so aussichtslosen Fall kribbelt es doch am meisten, oder nicht? Es gibt keinen besseren Kick, als das Unmögliche zu erreichen. Das ist aufregender als Sex. Oder was meinen Sie?“

Seine hellgrauen Augen schienen sie zu durchbohren und irgendwas an diesem Blick versetzte ihr einen eisigen Schauer, der über ihren Rücken lief.

Rebecca räusperte sich. „Kann ich mir gut vorstellen“, erwiderte sie. „Ich bin da ja noch nicht so erfahren.“

„Tja, was das Strafrecht anbelangt, sind Sie wohl wirklich noch jungfräulich.“ Quentins Stimme hatte einen eigenartigen Unterton angenommen, irgendetwas zwischen Lou Reed und dem Rascheln einer Gesetzbuchseite, außerdem glitten seine Augen über Rebeccas Körper.

Sie wusste nicht, ob sie sich geschmeichelt oder unwohl fühlen sollte. Das Wort „jungfräulich“ kam ihr ein klein wenig zweideutig vor.

„Ist ein heißer Tag, nicht wahr?“ Quentin zog den Knoten seiner Seidenkrawatte auf und löste sie, danach öffnete er die oberen beiden Knöpfe. „Es sind ja keine Mandanten mehr im Haus. Wenn wir schon so lange arbeiten, können wir es uns auch gemütlich machen.“

Sein Lächeln wirkte anzüglich.

In Rebeccas Kopf schwoll das Jaulen einer Alarmsirene immer lauter an. Sie musste die Notbremse ziehen und sie wusste auch genau, wie. Das Beste war sicher, Quentins Augenmerk wieder auf die Kanzlei zu richten statt auf ihren Ausschnitt. Es war an Zeit, den Stone hinterm Ofen vorzurollen.

„Ich muss Ihnen noch etwas erzählen, Mister Armadon“, begann sie und rückte ein Stück zurück.

„Ich bin ganz Ohr“, raunte er und beugte sich ihr entgegen.

Rebecca zog eine schwarze Mappe mit den Unterlagen ihres neuen Kunden unter der anderen Akte hervor und legte sie demonstrativ zwischen sich und ihrem Chef auf den Schreibtisch.

„Richard Stone rief mich zu sich“, sagte sie und ließ diesen Satz ein paar Sekunden in der Luft hängen.

Es wirkte. Quentin nahm mit einem Mal eine aufrechte

Haltung ein und setzte wieder sein geschäftsmäßiges Anwaltsgesicht auf. Puh. Was für eine Erleichterung!

„Was wollte er von Ihnen?" Selbst seine Stimme hatte zum normalen Ton zurückgefunden. Rebecca entspannte sich deutlich.

„Er hat mich beauftragt, mich um die Formsache einer Kündigung zu kümmern. Es geht um einen hochrangigen Mitarbeiter. Aber das ist nicht alles."

„Heraus damit!"

Erfreut stellte sie fest, dass Quentin wieder zum ehrgeizigen Kanzleichef geworden war. Gut so.

Sie strich ihren knielangen Rock glatt. „Laut seiner Aussage traut er seinen langjährigen Juristen nicht vollständig über den Weg. Aber mir hat er ausdrücklich sein Vertrauen ausgesprochen. Und mehr sogar – er hat in Aussicht gestellt, dass unsere Kanzlei auch künftig stärker in den Stone-Konzern eingebunden wird. Ich schätze, wir haben da einen ganz großen Fisch an der Angel."

Gespannt sah sie in Quentins Gesicht. Das zufriedene Grinsen, das dort entstand, war ihr einen Hauch zu breit.

„Rebecca, Rebecca. Ich habe Sie wirklich unterschätzt", raspelte er und stand auf, um sich am Sideboard Whiskey in ein Kristallglas zu schenken. „Sie sind eine wirkliche Bereicherung für unsere Kanzlei. Und zwar in jeder Hinsicht."

Er leerte das Glas und kam näher.

Sie unterdrückte nur mühsam den Reflex, aufzustehen, ihre Sachen zu packen und in ihr Büro zu flüchten. Quentin Armadon war ein fantastischer Anwalt und sie bewunderte seinen Intellekt. Aber sie hatte, auch wenn sie ihn ein wenig anhimmelte, null Interesse an einer schnellen Nummer auf seinem verheißungsvoll schimmernden Mahagonischreibtisch.

Jetzt stand er so nah neben ihr, dass sie sein süßliches Rasierwasser riechen konnte, gemischt mit dem Aroma des teuren Whiskeys. Sie mochte seinen Duft nicht. Quentins Augen tasteten ihren Körper ab. Seine Finger berührten ihre Schulter und strichen darüber, was Rebecca dazu brachte, die Luft anzuhalten.

„Mister Armadon, wir sollten vielleicht lieber…"

„Nennen Sie mich Quentin", unterbrach er sie und fuhr mit der Hand ihren Oberarm herab.

Es kribbelte und war gleichzeitig unangenehm.

In Rebeccas Kopf wirbelten die Gedanken durcheinander wie Papierschnipsel in einem Ventilator. Quentin war ihr Boss und sie sollte stolz sein, dass er sie so anziehend fand. So etwas war doch in den Büros von Manhattan an der Tagesordnung. Und tausend andere Frauen hatten keinerlei Vorbehalte, sich auf eine Affäre zur Karriereförderung einzulassen.

Und doch widerstrebte ihr der Gedanke.

„Es ist eine feine Sache, nicht nur Männer hier zu haben", schmeichelte er. „Ich rede gern mit einer Frau. Wissen Sie, Rebecca, ich hatte heute einen langen Tag. Unangenehme Sache mit einer Sammelklage. Bei GT Green gibt es Ärger mit der Qualität ihrer Produkte. Übermorgen ist die Verhandlung. Ich hasse Sammelklagen wie die Pest und die Geschäftsführer von GT Green sind eine Plage." Er seufzte lautstark. „Da tut ein wenig Ablenkung wirklich gut."

Es war höchste Eisenbahn, sich zu überlegen, wie sie reagieren sollte. Am liebsten wäre sie seiner Hand ausgewichen, die immer noch sanft über ihren Arm strich, aber das würde Quentin garantiert als Affront verstehen. Auf eine Runde Bürosex wollte sie sich aber auch nicht einlassen. Und noch viel weniger hatte sie die Hoffnung, dass ihr Boss ernsthafte Absichten hatte, seine Frau verlassen und mit Rebecca zum Traualtar schreiten würde wie im Disneymärchen. Sie musste also irgendwie aus der Sache rauskommen, ohne ihn total vor den Kopf zu stoßen. Dazu gab es nur einen Weg.

„Aber Quentin, Sie wissen, ich bin sehr ehrgeizig. Und ich möchte es allein durch meine Leistung schaffen, in der Kanzlei voranzukommen. Nicht, weil ich eine Frau bin."

Sie lächelte ihn an und hoffte, dass er ihre Unsicherheit nicht spürte.

Mit gerunzelter Stirn betrachtete Quentin sie und zog seine Hand zurück.

„Unterstellen Sie mir, dass ich manche Mitarbeiter bevorzuge?"

„Keinesfalls! Aber ich würde mich im Falle einer Karriere hier im Haus immer fragen, ob sie aufgrund meiner guten Arbeit entstanden ist oder weil ich Ihnen den Nacken massiert habe. Denn Sie sind natürlich extrem anziehend – als erfolgreicher Anwalt, aber auch als Mann! Deshalb muss ich mich da sehr gut im Griff haben."

Ein wenig Honig ums Maul schmieren konnte sicher nicht schaden.

Der Hauch eines selbstzufriedenen Grinsens schlich sich in Quentins Gesicht.

„Das kann ich verstehen", sagte er. „Ich mag Mitarbeiter mit strengen Prinzipien. Aber die Sache mit der Nackenmassage klingt nicht schlecht, das werde ich im Gedächtnis behalten. Ich spiele nun mal gerne."

Rebecca stand langsam auf und versuchte es mit einem verruchten Blick in seine Richtung.

„Das tun wir doch alle, nicht wahr?"

Er lachte. „Sie gefallen mir, Rebecca. Aus Ihnen wird noch eine große Anwältin, da bin ich mir sicher. Wir sehen uns dann morgen. Wieder mit vollem Arbeitseinsatz!"

Erleichtert nickte sie, raffte ihre Ordner zusammen und verließ das Büro. Am liebsten wäre sie gerannt, aber sie zwang sich zu beherrschten Schritten. Anschließend riss sie in ihrem Zimmer die Handtasche vom Haken im Schrank und machte sich eilig auf den Weg nach draußen.

Erst, als sie unten die Straße betrat, konnte sie richtig durchatmen.

Was für ein Mist!

Sie schüttelte den Kopf über sich selbst. Hatte sie sich wieder mal als Zicke disqualifiziert? Vielleicht war es Quentin ja wirklich nur ums Spielen gegangen, um einen kleinen Flirt. Er war doch viel zu seriös, um sie tatsächlich quer über Lineal und Locher zu legen, damit er wilden Bürosex mit ihr haben konnte. Nein, das konnte sie sich beim besten Willen nicht vorstellen!

Trotzdem nagte der Gedanke an ihr. Hatte sie überreagiert mit ihrer – immerhin elegant eingefädelten – Flucht? War sie am Ende tatsächlich frigide und eine richtige Kratzbürste, so wie Logan gesagt hatte?

*

„Wie viel darf ich absäbeln?", fragte Sandy und hob eine Strähne von Rebeccas Haar in die Höhe, um die Länge anzuzeigen. „So ungefähr?"

„Ist das nicht ein bisschen viel?" Rebecca vertraute ihrer Friseurin durchaus, fragte sich aber, warum alle Hairstylisten ständig scharf drauf waren, einen möglichst großen Haufen abgeschnittener Haare auf dem Fußboden zu produzieren.

„Du willst doch richtig klasse aussehen für dieses mörderwichtige Wochenende, oder? Hast du zumindest gesagt. Ich zaubere dir einen Stufenschnitt, mit dem du deinen Boss und alle anderen Männer der Welt umhaust."

„Okay", gab Rebecca sich geschlagen und lehnte sich im Stuhl zurück.

Während Sandy, die nicht nur schrille Klamotten trug, sondern sich die Haarspitzen in allen Farben des Regenbogens getönt hatte, sie shampoonierte, dachte Rebecca an Quentin. Vielleicht sollte sie sich eine möglichst hässliche Frisur zusammenbauen lassen, damit sie richtig unattraktiv war? Dann wäre sie in Vermont sicher.

Dann fiel ihr ein, dass sie ja einen Verlobten mit an Bord haben würde und somit nicht in Gefahr war. Den hatte sie die letzten Tage erfolgreich verdrängt. Sie seufzte. Naja, immerhin dafür war er gut.

„Stell dir vor", plapperte Sandy munter los. „Ich mache

jetzt eine Ausbildung zur Visagistin. Abendschule. Ist total interessant. Nur halt dreißig Girls auf einem Haufen." Sie verdrehte die Augen.

„Versteht ihr euch nicht?"

„Ach, du weißt doch, wie das ist. Zu viele Frauen auf einmal, das geht nie gut. Da gibt es ständig Stutenbissigkeit. Ich beneide dich total, dass bei dir in der Kanzlei nur heiße Jungs in todschicken Anzügen herumlaufen."

Als wolle sie damit ihre Aussage akustisch unterstreichen, klimperte Sandy mit ihren bunten Armreifen herum.

Rebecca lachte. „Von wegen! Das sind alles stocksteife Typen. Nix mit heiß."

„Stocksteif ist ja manchmal nicht verkehrt." Sandy grinste zweideutig.

Abwehrend hob Rebecca die Hand.

„Lass mich damit nur in Ruhe. Mein Chef hat versucht, mich anzubaggern."

„Der Anwaltshäuptling? Wow. Sei bloß vorsichtig. Ich hab da ja ganz strenge Grundsätze."

Obwohl Rebeccas Haare nass waren, weil gerade die Litschi-Spülung einwirkte, richtete sie sich auf. Die Hairstylistin hatte nämlich aufgrund ihren freimütigen Erzählungen immer so gewirkt, als ob sie nichts anbrennen ließe.

„Und die wären?", erkundigte sich Rebecca und fühlte, wie ihr Wasser unter den Kragen lief.

„Na das ist doch klar", erwiderte Sandy. „'Never fuck the Company.'.Ich fange niemals etwas mit Kollegen oder einem Boss an."

„Ist ja auch nicht schwer. Dein Kollege Maurice steht auf Männer." Rebecca deutete auf den höchst attraktiven Jungspund neben der Trockenhaube.

Sandy kicherte. „Da hast du recht. Aber ich habe ja auch schon in anderen Salons gearbeitet. Nein, nein, ich bleibe dabei. Man muss Privates und Beruf strikt trennen."

Sie spülte während des Redens die Haare aus und rubbelte sie trocken. Als sie mit dem Schneiden anfing, nickte Rebecca nachdenklich.

„Dann habe ich es also richtig gemacht, dass ich ihn zurückgewiesen habe?“

„Aber sicher, Schätzchen!“

Die Schere flog nur so und säbelte garantiert mehr als nur die Spitzen von Rebeccas Haaren ab, aber das war in Ordnung. Sie lehnte sich völlig entspannt im Frisierstuhl zurück. Heute würde sie nichts mehr aus der Ruhe bringen. Wenn sogar Sandy sagte, dass sie sich richtig verhalten hatte, musste es schließlich stimmen. Zum Glück hatte auch Quentin nach dem Vorfall so reagiert, als wäre nichts passiert.

Eine Affäre mit dem Boss wäre in der Tat völliger Blödsinn. Am Ende würden dabei vielleicht noch Gefühle entstehen und die machten grundsätzlich alles im Leben viel zu kompliziert. Nein, auf irgendwelche emotionalen Achterbahnfahrten hatte sie weiß Gott keine Lust, so etwas fraß nur unnötig Energie und brachte nichts. Es war bei Weitem sinnvoller und gewinnbringender, sich über die Akquirierung des Stone-Mandats zu freuen, statt sich in irgendwelche Gefühle zu stürzen, egal für wen. Da war sich Rebecca absolut sicher.

Eine halbe Stunde später sah ihr Spiegelbild tatsächlich außerordentlich stylish aus. Sandy nebelte sie gerade mit einer großen Ladung Haarspray ein, da läutete Rebeccas Handy. Sie ging ran und hörte die ungewohnt aufgeregte Stimme ihrer Mutter: „Es ging alles schief. Dieser schreckliche Mensch hat ihn total auseinandergenommen. Er ist jetzt völlig am Ende. Und Geld bekommen wir auch keines.“

Erschrocken sprang Rebecca vom Stuhl hoch und ging in Richtung Ausgangstür, weil es im Salon so laut war.

„Wovon redest du, Mom?“

„Na, von der Verhandlung. Dein Vater war doch heute vor Gericht wegen der Rasenmähersache. Und jetzt ist er irgendwie total durch den Wind. Ich mache mir Sorgen um ihn." Sie begann, leise zu weinen.

Rebecca klemmte sich das Telefon zwischen Schulter und Ohr, drückte Sandy schnell einen Schein aus ihrer Geldbörse in die Hand, und stürmte nach draußen auf die Straße.

„Ich bin schon auf dem Sprung zur U-Bahn, Mom. In zwanzig Minuten bin ich da!"

Im Laufschritt machte sie sich auf den Weg zur nächstgelegenen Station. Ihre Gewissensbisse waren leider genauso schnell wie sie, sie ließen sich nicht abschütteln und nagten mit vollem Elan an ihr. Warum, verdammt noch mal, hatte sie sich nicht selbst darum gekümmert? Offenbar hatte dieser Idiot von Bernie irgendetwas komplett verbockt und den Wagen an die Wand gefahren. Dabei war der explodierte Rasenmäher juristisch ein glasklarer Fall gewesen.

Als sie endlich zu Hause ankam, herrschte dort so gedämpfte Stimmung, dass es Rebecca den Hals zuschnürte. Der Fernseher schwieg und ihr Dad saß ebenso wortlos in seinem Sessel. Er starrte vor sich hin und wirkte genauso zerschlissen wie das alte Möbelstück.

Mom kam rein und stellte eine dampfende Tasse vor ihn auf den Couchtisch, aber er beachtete den Kaffee nicht. Von Rhonda war nichts zu sehen.

„Erzähl mir alles", wandte sich Rebecca an ihre Mutter. Der Ausdruck im Gesicht ihres Dads gefiel ihr überhaupt nicht.

„Bernie hatte sich schlaugemacht wegen der Sache mit dem Rasenmäher", berichtete diese mit brüchiger Stimme. „Und fand heraus, dass da bereits einiges am Laufen war. Es war wohl noch zu anderen Unfällen gekommen, aber weil bei uns auch noch das Auto was abgekriegt hatte, war der Schaden am größten. Naja, so rutschten wir in den Prozess mit hinein."

„Als Zeugen? Nahm man euch ins Verhör?"

Mom nickte und warf Dad einen Seitenblick zu, wohl

in der Hoffnung, dass dieser weitererzählte. Aber er schwieg. Also atmete sie schwer ein und fuhr fort:

„Er musste sich nach vorne setzen, vor den ganzen Saal, und dann kam der Anwalt der Rasenmäherfirma." Wieder ein verzweifelter Blick zur Seite. Erfolglos. „Und hat ihn sehr gemein ausgefragt. Weißt du, man kommt ja auch durcheinander, wenn man als harmloser Bürger plötzlich vor einem Richter steht! Wie stellen die sich das vor? Da weiß doch keiner mehr, was er genau getan hat."

Die Stimme ihrer Mutter wurde schrill.

Rebecca beugte sich nach vorne und legte ihre Hand beruhigend auf den Arm ihrer Mom. „Ich weiß", sagte sie. „Es ist wirklich eine stressige Situation. Da ist jeder nervös."

„Ich war nicht nervös", meldete sich Dad unvermittelt zu Wort. Er sah Rebecca an und seine Augen waren so glanzlos, dass ihr Magen sich zusammenzog.

„Was ist passiert, Dad?", wandte sie sich an ihn.

„Er hatte sicher recht", erwiderte er. „Ich weiß wirklich nicht mehr, wie es genau war. Ja, es ist wohl richtig, dass wir verloren haben und auch noch die Prozesskosten zahlen müssen."

„Was redest du da?" Rebecca war verwirrt. Aber mehr noch – sie war entsetzt vom resignierten Ton in seiner Stimme.

„Ich bin ein alter Mann. Und vielleicht nicht mehr ganz klar im Kopf. Das wurde mir heute so richtig bewusst. Ist wohl besser, ich sehe das ein."

„Daddy!"

Das gequälte Lächeln, das ihr Vater ihr schenkte, ließ Rebecca frösteln.

„Ist schon gut, Becky. Man muss sich der Wahrheit stellen. Ich bringe eben manchmal Dinge durcheinander. Und was ich da gestammelt habe, damit habe ich mich nun mal lächerlich gemacht. Ich werde die nächste Zeit lieber im Haus bleiben. Dank Bernie macht so was schnell die Runde."

Als er zur Kaffeetasse griff, zitterte seine Hand.

Entsetzt sah Rebecca von einem zum anderen. Sie wandte sich noch einmal an ihre Mom. „Erzähl mir bitte ganz genau, was gesagt wurde!“

„Dieser schmierige Anwalt ritt darauf herum, ob dein Dad manchmal was verwechselt. Oder schon mal seinen Schlüssel vergessen hätte. Dann erkundigte er sich nach unserer Garage, was da alles herumsteht, welche Flaschen und so weiter. Na ja“, sie zuckte die Achseln, „irgendwie ist man dann halt nicht mehr ganz sicher, ob man wirklich Benzin in den Mäher gefüllt hat oder vielleicht doch was anderes.“

Sie starrte auf das Muster im Teppichboden und wagte es nicht, ihren Mann anzuschauen.

„Ich weiß es ja selbst nicht mehr“, gab dieser mit leiser Stimme zu. „Und vielleicht hat er recht, ich trinke ja wirklich oft ein Bier.“ Er schluckte schwer.

„Aber du bist kein Alkoholiker, so wie er dich dargestellt hat!“, brauste Mom auf.

Rebecca wusste, dass ihr Vater niemals mehr als ein oder zwei Dosen Bud wegkippte, nicht mal an heißen Tagen. Er war niemand, der sich betrank, und griff im Sommer lieber zu Moms Limonade. Außerdem hatte sie ihn in keiner einzigen Situation verwirrt erlebt. Er war sogar der Einzige im Haus, der niemals seinen Schlüssel vergessen hatte oder etwas verlegte, damit zog er oft Rhonda auf, die sehr schlampig war.

Was war bei der Verhandlung nur vorgefallen? Ihr Vater war noch nie ein Nervenbündel gewesen, hatte früher sogar bei Versammlungen der Nachbarschaft gesprochen. Sie hasste das Gefühl, dass er sich jetzt als alter, etwas verwirrter Mann fühlte.

„Wie ging es weiter?“, fragte sie.

„Es gab noch ein paar andere Zeugen, aber Dad war der wichtigste. Die Klage wurde abgewiesen, angeblich war es in allen Fällen Eigenverschulden. Und GT Green muss keinen Cent bezahlen.“ Moms Mundwinkel zitterten bedenklich, aber nicht nur wegen des Geldes, das wusste Rebecca.

„GT Green?", wiederholte sie.

„Ja, das ist die Firma."

War das nicht die, von der Quentin neulich gesprochen hatte? Ganz sicher war sich Rebecca nicht, denn sie war so entsetzt gewesen von seinem anzüglichen Verhalten, dass sie nicht richtig zugehört hatte.

„Dad, wie sah der Anwalt aus?"

Er zuckte mit den Schultern. „So ein Typ im feinen Zwirn halt. Graue Haare, die viel zu lang waren. So was finde ich ja affig. Eiskalte Augen. Und dann hat er noch ständig mit seinem Mundspray rumgeblasen, das Zeug riecht ekelhaft." Angewidert verzog er das Gesicht.

Also doch!

Rebeccas Bauch verwandelte sich in einen harten Klumpen. Ausgerechnet ihr Boss hatte ihrem eigenen Vater so zugesetzt! Allmählich verstand sie, warum der Prozess für ihre Eltern so schlecht gelaufen war. Mit seiner autoritären Aura verstand es Quentin meisterlich, Zeugen zu verunsichern. Sie hatte das schon mehrmals erlebt. Wenn der einen Gegner vor sich hatte und ihn in die Zange nahm, wusste der am Ende nicht mal mehr seinen eigenen Namen.

„Es war mein Boss, oder?", fragte sie ihren Vater. „Quentin Armadon nahm dich in die Mangel."

Er nickte nur stumm.

Wie schrecklich musste das für ihn sein! Seine vermeintlich erfolgreiche Tochter arbeitete ausgerechnet für den Menschen, der ihm jeden Selbstrespekt geraubt hatte. Sie fühlte sich wie eine miese Verräterin.

„Dad, warum hast du mir nicht gesagt, dass meine Kanzlei die Gegenpartei vertritt? Du musst den Namen doch im Vorfeld auf dem Schriftverkehr gesehen haben."

Mit müden Augen sah er sie an. „Du hättest doch nichts daran ändern können. Und ich wollte nicht, dass du Ärger bekommst. Am Ende hättest du dich vielleicht noch eingemischt und deinen Job verloren. Das konnte ich doch nicht riskieren."

Ein Frösteln lief über Rebeccas Wirbelsäule. Sie wäre am liebsten aufgesprungen und hätte ihren Vater lange in den Arm genommen, aber er war nicht der Typ für so etwas. Das hätte ihm erst recht das Gefühl gegeben, schwach zu sein.

„Ich hätte dir zumindest im Vorfeld erzählen können, was da so passiert", sagte sie und fand, es klang lahm.

Er hatte sie schützen wollen, ihr keine Umstände machen, dabei wäre es im Grunde schon vorher ihre Pflicht als Tochter gewesen, sich der ganzen Sache anzunehmen. Sicher war er enttäuscht von ihr. Sie schluckte hart.

„Läuft das immer so ab im Gerichtssaal?", fragte ihre Mutter. „Dass man so lange befragt wird, bis man gar nichts mehr weiß?"

Rebecca wand sich. Ihr Beruf, auf den sie immer so stolz gewesen war, kam ihr mit einem Mal fürchterlich schmutzig vor.

„Nun, Strafanwälte legen es natürlich drauf an, Gegner zu verunsichern", erklärte sie mit belegter Stimme.

„Findest du, das ist gerecht?", hakte Mom nach.

Rebecca wusste nicht recht, was sie antworten sollte. „Nun ja, ich wüsste nicht, wie man sonst die Wahrheit rausfinden soll. Manchmal muss man Zeugen eben unter Druck setzen."

„Also, ich hatte nicht das Gefühl, dass der aus deinem Dad die Wahrheit herausgeholt hat."

„Lass gut sein", beschloss Dad. „Es ist vorbei und ich kann nichts daran ändern. Ich lege mich ein bisschen hin."

Er stand auf und verließ das Wohnzimmer. Noch niemals war er so gebeugt gegangen. Sie sah ihm hinterher, bis er aus dem Raum verschwunden war.

Als sie allein waren, musterte Mom Rebecca.

„Machst du so was auch? Dieses Strafverteidigerzeug?" Ihr Blick war eine Mischung aus herber Enttäuschung und leiser Hoffnung, dass ihre älteste Tochter doch ein anständiger Mensch wäre.

„Ist nicht mein Fachgebiet. Ich helfe zwar einem Kollegen gerade bei einem Fall, aber normalerweise kümmere ich mich mehr um Unternehmen und Arbeitsrecht und solche Dinge. Erst vorletzte Woche habe ich einem Fließbandarbeiter seinen Job zurückgeholt."

„Na, dann ist es gut." Moms Miene hellte sich auf. „Ich hatte für einen Moment schon Angst, du gehörst auch zu denen. Entschuldige bitte, ich sollte wissen, dass meine Tochter das Herz am rechten Fleck hat."

Sie war sichtlich froh, nicht enttäuscht worden zu sein. Zu zweit gingen sie in die Küche und Mom ließ es sich nicht nehmen, ihrer Tochter ein Icecream Soda unterzujubeln. Rebecca erzählte ihrer Mutter, um sie abzulenken, von dem tollen Deal mit dem Stone-Konzern.

„Das ist wirklich eine irrsinnig wichtige Sache, Mom. Es kann der Stein sein, der meine Karriere so richtig ins Rollen bringt."

„Das freut mich für dich, Becky." Mom sah schon wieder viel fröhlicher aus als bei Rebeccas Ankunft.

„Weißt du was, ich zahle einfach auch was von den Prozesskosten. Im Moment bleibt mir trotz der Kreditrate noch ein bisschen was übrig", schlug sie vor.

„Oh, die großzügige Spenderin." Rhonda war hereingekommen, von Rebecca unbemerkt, und stellte eine Einkaufstüte vom Supermarkt auf den Küchentisch.

„Und eine neue Frisur hast du auch, Schwesterherz. Was zahlt man für so was drüben in Manhattan?"

Bevor Rebecca antworten konnte, ging ihre Mutter dazwischen.

„Rhonda hat heute wieder eine Jobabsage kassiert", erklärte sie beschwichtigend. „Deshalb ist sie schlecht gelaunt."

Ausnahmsweise war Rebecca sogar froh, dass sich nun wieder einiges um ihre Schwester drehte und nicht mehr um das Thema Anwälte. Sie unterhielt sich noch ein wenig mit ihrer Mutter und Rhonda, die mit der Zeit wieder halbwegs verträglich wurde. Am Ende holte Rhonda sogar die „Pastry Passion“ Schachtel hervor und sie stürzten sich zu dritt auf die Trüffel. Dieses Mal schienen sie sogar zu wirken, denn sowohl Rhondas als auch Moms Stimmung verbesserte sich sehr.

Nur Rebecca war offenbar völlig resistent gegen die Pralinen fürs Herz. Aber vielleicht lag es auch daran, dass sie nur eine einzige gegessen hatte. Manche Droge wirkte nun mal erst in größeren Mengen. Als sie sich auf den Heimweg machte, war ihr keineswegs leicht ums Herz, ganz im Gegenteil. Sie beschloss, ab sofort zu sparen und jeden Cent zur Seite zu legen, um ihre Eltern bei den Prozesskosten zu unterstützen. Das war sie ihnen schuldig.

Als sie ihre Wohnung betrat, lungerten der Lautstärke nach ihre beiden Mitbewohner schon wieder in Jamies Zimmer herum. Ihre aufgeregten Stimmen übertönten sogar noch die Reggaemusik aus dem Lautsprecher.

Sie öffnete die Tür und steckte ihren Kopf hinein.

„Alles klar bei euch in Downtown Jamaica?“, rief sie den Jungs zu.

„Logo!“ Mo grinste. „Wie gehen heute noch auf die Piste.“

„Ich komme mit“, beschloss Rebecca spontan. „Ihr ladet mich auf einen Drink ein und ich erzähle euch, wieso ich mir den gerade nicht leisten kann. Heute brauche ich echt jemanden zum Reden!“

Sie war heilfroh, dass die Jungs nicht auf einer Probe waren. Ein lockerer Abend im Freundeskreis war genau das, was sie jetzt nötig hatte.

Jamie schielte zu seinem Bandkollegen. „Na ja, ist blöd heute. Schlechtes Timing“, erklärte er.

„Weißt du, wir haben eine Wette laufen. Weil wir was ausprobieren wollen. Ein paar Tricks aus dem Internet.“ Mo drehte eine seiner Dreadlocks um den Finger und sah dabei aus wie ein kleines Mädchen. Lächerlich! Rebecca wurde allmählich sauer.

„Und da könnt ihr mich nicht brauchen oder was? Ich dachte, ich bin euer Kumpel!"

„Ja, schon, aber du bist halt auch 'ne Frau!"

Daran zweifelte Rebecca langsam. Wenn nicht mal ihre beiden Mitbewohner sie einen Abend lang ertragen konnten, wie sollte sie sich jemals einem Mann zumuten?

„Ach, macht doch, was ihr wollt", zischte sie und stapfte ins Bad. Von dort hörte sie, wie die beiden sich fertigmachten und kurz danach die Wohnung verließen. Dabei murmelten sie in künstlich tiefer geschraubten Stimmen Sätze vor sich hin, die klangen wie: „Noch 'n Drink?" oder irgendwas mit „Geschäftlich hier?". Vielleicht wollten sie eine Angestellte eines Musiklabels verführen, damit die Band endlich eine CD produzieren durfte, oder irgend so was in der Art. War ja auch egal.

Obwohl sie die ganze Wohnung für sich allein hatte, zog sich Rebecca in ihr Zimmer zurück. Jetzt, wo die Jungs sich verdrückt hatten, war es unangenehm still. So still, dass das Ticken der Wanduhr schmerzhaft gegen ihr Trommelfell pochte. Sie hätte gerne mit irgendeiner Menschenseele geredet.

Es war seit Tagen das erste Mal, dass sie halbwegs zur Ruhe kam, und genau diese Ruhe schien sie plötzlich zu erdrücken. Jedes Geräusch von draußen, der Straßenlärm auf der 16ten und das Klappern von Absätzen im Treppenhaus, kam ihr vor wie Hohngelächter. Ganz New York hatte sich gegen sie verschworen, alle anderen Menschen waren heute irgendwo unterwegs, kuschelten sich auf dem Sofa aneinander, um einen uralten Blockbuster zu sehen, oder lebten zumindest als Familie unter einem Dach.

Nur sie saß an einem Sommerabend allein in ihrem penibel aufgeräumten Zimmer.

Rebecca dachte zurück an die letzten Tage. An den Annäherungsversuch von Quentin, den sie so gerne noch ausführlicher mit Sandy diskutiert hatte. Dabei fiel ihr ein, dass Sandy nicht mal eine Freundin war, sondern nur ihre verdammte Friseurin. Die sich wahrscheinlich nur mit ihr unterhielt, damit das Trinkgeld am Ende besser ausfiel.

Sie dachte an ihren Dad, der wie ein Schatten seiner selbst im Sessel eingesunken war. Weil ein Anwalt sein Selbstwertgefühl tief verletzt hatte, so einer, wie sie es war. Ein Rechtsverdreher und Menschenverächter. Und doch – was blieb ihr anderes übrig, als sich auf ihre Karriere zu konzentrieren? Quentin Armadon war nun mal der Beste der Besten und eines war Rebecca stets klar gewesen: Was immer sie tat, sie wollte in der obersten Liga mitspielen.

Außerdem dachte sie an Logan. Der saß ganz sicher nicht einsam zu Hause, sondern wälzte sich mit einer seiner James Blunt-Beschmachteten zwischen den Laken. Sie glaubte ihm kein Wort davon, dass er nicht mit den Frauen, die ihn gebucht hatten, ins Bett stieg. Und das Geld benötigte er wahrscheinlich nur für irgendeinen Unsinn wie einen Oldtimer, unter dem er dann hervorrollen konnte in diesen körperbetonten Klamotten und sich lässig an die Karosserie lehnen.

Rebecca klopfte das Kopfkissen in ihrem Bett zurecht, mit viel mehr Kraft als benötigt, und legte sich zielstrebig auf die Matratze. Sie war wild entschlossen, früh zu schlafen, denn das anstehende Wochenende in der Lodge würde sicher sehr anstrengend werden. Vielleicht ergab sich ja die eine oder andere Unterhaltung mit Victoria, denn die Geigerin hatte sehr sympathisch gewirkt. Und das, obwohl sie mit Randolph verbandelt war. Irgendwie hatte Rebecca plötzlich das Gefühl, es täte ihr gut, eine Freundin zu haben. Irgendeine Seele, die ihr nahestand. Der sie nichts vorspielen musste und der sie auch mal ihre ängstliche Seite zeigen konnte.

Aber das war natürlich Unfug. Völliger Blödsinn. Rebecca Miller kam gut allein zurecht. Das war schon immer so gewesen und würde auch so bleiben, solange der Hudson River in Richtung Atlantik floss.

EL HOMBRE
Der Blog für echte Männer

Hey Männer,

welcome back zu meinem Blog!

(@Jasper: Nein, ich besitze keine Nagelfeile. Ich knipse sie ab. Ja, das bleibt dann etwas rau und das ist okay für einen Mann!)

Machen wir also weiter im Text.

Sie hat euch an der Bar angesprochen und ihr gebt ihr einen Drink aus. Nun müsst ihr das Gespräch irgendwie am Laufen halten. Das ist gar nicht so leicht, denn es gilt, die richtige Balance zu finden. Auf gar keinen Fall labert ihr sie voll!

Stellt ihr ein paar Fragen. Aber wenn sie länger als vier Minuten über ein langweiliges Thema redet, seht ihr zum Fernseher in der Ecke und sagt: „Ich war angeblich auch ein guter Quarterback, aber dann kam mir diese verfluchte Verletzung dazwischen."

In jeder Frau steckt eine kleine Florence Nightingale und sie wird es lieben, später mit ihrem kleinen Finger über eure sexy Narbe zu streichen. (Auch wenn die nur von einer Blinddarm-OP kommt.) Tief in ihrem Herzen will sie einen Helden, und sei es auch nur ein verhinderter Footballspieler.

Zeigt euch interessiert, aber nicht zu interessiert. Und bleibt kurz angebunden. Je weniger ihr über euch erzählt, umso geheimnisvoller wird sie euch finden. Und glaubt mir, die Señoritas lieben Geheimnisse! Sie finden es unwiderstehlich, euch Details zu entlocken, die ihr nur widerwillig preisgebt. Es gibt für sie nichts Besseres als einen Mann, den man erst knacken muss.

Macht wenige Worte, kehrt den harten Kerl raus und seht ihr dann, wenn sie es am wenigsten erwartet, so tief in die Augen, dass ihr der Atem wegbleibt. Sie wird dahinschmelzen, wenn ihr sie einen winzigen Blick hinter eure raue Fassade werfen lässt.

Falls auch das nicht reicht, bittet einen Kumpel, die Lady anzupöbeln. Ihr spielt sofort den tapferen Ritter und vertreibt den Störenfried. Dann seid ihr ihr Held und sie wird euch bereitwillig in ihr Schlafgemach führen. Dazu demnächst mehr.

Bis dahin

hasta luego
Euer El Hombre

6. Lama in Love

„Alles klar, Becky?“, begrüßte Logan sie am Samstagmorgen und grinste unverschämt. Rebecca schluckte die übliche Bemerkung runter und zog erst einmal ihren Trolley zum Taxi, mit dem er sie abholte.

„Alles perfekt“, sagte sie und gab dem Fahrer die Adresse der Kanzlei. Quentin hatte sie dorthin bestellt, sie würden dann gemeinsam in einer Limousine nach Vermont gondeln.

Sie hoffte inständig, dass Logan sich anständig benahm. Für sie hing so viel von diesem Treffen ab und wenn er ihr das ruinierte, würde sie ihm die Gurgel umdrehen. Die Begrüßung mit „Becky“ sprach jedenfalls nicht dafür, dass er ihr den gemeinsamen Aufenthalt besonders leicht machen wollte.

Randolph hatte offenbar schon vorab erfahren, dass er seinen San Quentin an diesem Wochenende nicht für sich allein haben würde, denn er wirkte recht gefasst, als Rebecca und Logan aus dem Taxi stiegen. Victoria stand freundlich lächelnd vor ihrem schwarzen Koffer und hielt ihren Geigenkasten fest umklammert. Wenn es nach Rebecca gegangen wäre, hätte sie gut auf das Instrument verzichten können. Gegen ein bisschen Gitarrengeklimper am abendlichen Lagerfeuer war nichts einzuwenden, aber Victoria wirkte nicht wie eine dieser irischen Fiddler, die ein ganzes Pub zum Mitklatschen brachten. Andererseits – wer wusste schon, ob sie nicht doch locker wurde, wenn sie ein paar Guinness intus hätte.

„Spielst du uns abends zum Tanz auf?“, fragte Logan, der anscheinend ganz ähnliche Gedanken hatte.

Victoria zog die sorgsam in Form gezupften Augenbrauen in die Höhe.

„Mein Orchester geht bald auf große Tournee“, erklärte sie. „Selbstverständlich muss ich ständig üben.“

„Auch am Wochenende?" Logan machte ein ungläubiges Gesicht.

Sie nickte. „Ein alter Musikerspruch besagt: Übe ich zwei Tage nicht, höre ich den Unterschied, aber übe ich eine Woche nicht, hört ihn das Publikum."

„Puh, da bin ich froh, dass ich nur an alten Kisten herumschraube. Bei mir ist es völlig egal, ob ich mal in Urlaub gehe, die Autos laufen nicht weg."

Wie auf Kommando kam eine silberne Limousine angerauscht. Der Chauffeur stieg aus und lud das Gepäck ein, wobei Victoria darauf bestand, ihre wertvolle Geige mit nach innen zu nehmen.

Quentin Armadon saß bereits im Wagen, allerdings ohne Gattin, was Rebecca nicht wirklich störte. Da die langen Sitzbänke aus Leder seitlich angebracht waren, konnten alle bequem darauf Platz nehmen.

Logan, der Rebecca bisher kaum eines Blickes gewürdigt hatte, begann mit Quentin eine angeregte Unterhaltung über den Wagen, in dem sie gerade saßen. Victoria steckte sich den Kopfhörer ihres MP3-Players ins Ohr und lauschte sicher irgendeinem höchst anspruchsvollen Orchesterwerk. Blieb für eine Unterhaltung nur Randolph übrig, aber auf den hatte Rebecca nun wirklich keine Lust. Allerdings wagte sie es auch nicht, eine der mitgebrachten Fachzeitschriften hervorzuziehen, denn Quentin hatte im Vorfeld betont, dass es ein Wochenende ausschließlich zur Erholung und zum besseren Kennenlernen untereinander werden sollte.

Der Vorsatz des Kanzleibosses hielt allerdings nur bis zur Interstate, denn dann war schon eine angeregte Diskussion über den Mordfall Benito Alvarez im Gange. Logan tat so, als würde er während dieser internen Gespräche aus dem Fenster schauen und die Landschaft genießen, aber Rebecca vermutete, dass er eifrig zuhörte. Sie hatte, da sie ihn heimlich von der Seite betrachtete, festgestellt, dass er erstens das perfekte Profil eines griechischen Halbgottes besaß und zweitens seine

Kieferknochen verräterische Bewegungen machten, wenn es um Verteidigungsstrategien in der Mordsache ging.

„Wie unhöflich von mir", sagte Quentin irgendwann, wobei er sich an Victoria und Logan wandte. „Da lade ich euch zu einem gemütlichen Ausflug in meine Lodge ein und langweile euch mit Anwaltsgeschwätz. Ich bin ein schrecklicher Gastgeber."

Überrascht horchte Rebecca auf. Hatte er „meine Lodge" gesagt? Sie hatte keine Ahnung, wie sie sich diese Fischerhütte vorstellen sollte. Es konnte alles sein, vom Blockhaus aus „Der Mann in den Bergen" bis zu einem Luxusressort. Vorsichtshalber hatte sie Klamotten und Schuhe für sämtliche Eventualitäten eingepackt. Es ging einfach nichts über gute Planung. Sie hoffte darauf, dass im Zimmer, das sie sich leider mit Logan teilen musste, zwei Einzelbetten standen. Oder zumindest welche, die man auseinanderschieben konnte. Ein Sofa würde auch reichen. Für den Wucherpreis, den ihr bezahlter Begleiter von ihr verlangte, konnte er weiß Gott auf einer Couch nächtigen.

„Habt ihr denn schon Urlaubspläne für dieses Jahr?", erkundigte sich Randolph.

Rebecca spannte sich unwillkürlich an. Ihr Kollege führte garantiert irgendetwas Gemeines im Schilde.

„Nein", antwortete Rebecca. „Logan hat im Moment irrsinnig viele Aufträge und kann nicht leicht weg. Und ich möchte mich auch voll auf den Job konzentrieren. Du weißt doch, wie das ist als Neuling. Man hat noch viel zu lernen."

„Aber ein bisschen Zeit miteinander zu verbringen, vielleicht am Meer, tut doch auch gut, oder nicht?" Er beobachtete ihre Reaktion genau.

Rebecca verfluchte den Kerl, der sicher plante, sie vor Quentin zu blamieren, aber sie setzte ein träumerisches Lächeln auf.

„Wir waren letztes Jahr gemeinsam weg, in Florida", schwärmte sie.

„Oh ja“, ergänzte Logan, „ganz unten in Key West.“

„Es war einfach herrlich. Tolle Strände …“

„… super Wetter und in den Everglades durfte Becky sogar ein Babykrokodil in die Hand nehmen. Das war sehr süß, nicht wahr?“

Logan sah sie schmachtend an und legte seine Hand besitzergreifend auf ihren Oberschenkel.

Sie zog die Luft ein, rang sich aber einen verliebten Blick zu ihm ab. „Ja, total. Ich konnte sogar das Herz des kleinen Kerls spüren.“

Es war nicht leicht gewesen, im Vorfeld einen Ort zu finden, den sie beide schon bereist hatten. Keiner von ihnen war viel herumgekommen oder zumindest wollte Logan es nicht zugeben. Rebecca vermutete, dass die eine oder andere Frau ihn durchaus mal für einen Kurztrip buchte, aber er verlor kein Wort über derartige Reisen. Deshalb hatten sie sich auf Florida geeinigt, dort war Rebecca nach dem Abschluss mit ein paar Freundinnen hingeflogen und auch Logan hatte vor vielen Jahren einen Ausflug in den Sunshine State unternommen. Dass sie bei Randolphs Fragespiel wie ein eingespieltes Team funktionierten, gab einen winzigen Anlass zur Hoffnung. Allem Anschein nach hatte sich Logan also die Dinge gemerkt, die sie auf die Liste geschrieben hatte. Das grenzte an ein Wunder.

„Und in diesem Jahr spart ihr also euer Geld, um endlich zusammenzuziehen?“ Wieder dieser Blick eines Mäusebussards, der auf der Suche nach unschuldiger Beute den Feldrand umkreiste.

„Könnte schon sein“, erwiderte Logan mit einem vielsagenden Grinsen.

„Ach, Rebecca, wo wohnt Logan denn?“ Ihr Kollege fixierte sie.

Sie konnte nur müde lächeln. Glaubte Randolph wirklich, sie mit so einfachen Themen überführen zu können? Da musste er schon früher aufstehen!

„In Brooklyn. Er hat eine schön designte

Dienstwohnung, ganz was Ausgefallenes."

„Genau. Becky nennt sie immer eine ‚richtige Männerbude', aber ich sorge schon dafür, dass sie sich wohlfühlt, wenn sie bei mir übernachtet."

Er zwinkerte ihr auffällig zu. Innerlich kochte sie, aber sie durfte es natürlich nicht zeigen.

„Ist ja auch super von deinem Boss, dass er sie dir zur Verfügung gestellt hat. Jaja, der gute Eddie! Aber klar, du bist ja auch sein bestes Pferd im Stall. Sag mal, hast du den schwarzen Rover jetzt eigentlich fertig oder leckt die Ölwanne immer noch?"

Wie von Rebecca erhofft, sprang Quentin auf dieses Stichwort sofort an und hakte nach. Umgehend begann ein angeregtes Gespräch zwischen den beiden. Das bedeutete, dass Randolph seine spanische Inquisition erst einmal verschieben musste. Völlig entspannt lehnte sie sich im bequemen Sitz zurück und genoss das Gefühl von teurem Leder an ihrem Rücken.

Die Limousine nahm eine Ausfahrt und glitt nun auf einer kleineren Straße durch herrliche Wälder. Sonnenstrahlen tanzten über kleine Lichtungen und Rebecca sah einen Hasen munter über ein Stück Wiese hoppeln. Es war wirklich idyllisch hier und sie freute sich inzwischen darauf, endlich mal richtig ausspannen zu können.

"Wie kommst du denn mit deinen zukünftigen Schwiegereltern zurecht?", riss Randolphs Stimme sie aus ihrer Oase. „Wo genau kommt Logan denn her, dem Akzent nach sicher nicht aus New York City."

Verdammt!

Logan und Quentin diskutierten so intensiv über britische Nobelkarossen, dass Randolph seine Chance gewittert hatte. Ausgerechnet über Logans Eltern wollte er etwas wissen! Egal, was sie jetzt sagte, er würde es im nächsten Moment ihren Verlobten fragen und dabei sicher eine ganz andere Antwort erhalten.

„Warum interessiert dich das alles so brennend?",

spielte sie den Ball zurück, wohl wissend, dass ihr fieser Kollege nachhaken würde.

„Na, weil ich gerne erfahren würde, ob du dich mit deiner Schwiegermutter verstehst. Sieht sie deinem Liebsten ähnlich? Ist sie die Latina der Familie oder kommt sein Dad aus Südamerika?“

„Meine sieht aus wie Miss Piggys Oma“, donnerte Quentin lachend dazwischen. „Sie trägt nur rosa und ist kugelrund. Keine Ahnung, wieso meine Frau so dürr ist. Vielleicht weil ihre Mutter ihr nie etwas vom Essen übrig ließ.“

Er lachte schallend und genoss ganz offenbar die Aussicht auf ein Wochenende ohne seine Angetraute. In Vermont war er jedenfalls deutlich weniger steif als in der Kanzlei.

Bevor Randolph erneut mit seiner Ausfragerei beginnen konnte, bremste der Fahrer und parkte die Limousine mitten vor einem großen Haus im rustikalen Stil.

„Wow“, rief Logan und stieg aus. „Das ist aber kolossal mehr als eine ‚Hütte‘!“

„Na, das will ich hoffen.“ Quentin schälte sich ebenfalls aus dem Wagen und baute sich mit ausgebreiteten Armen vor dem Eingang auf.

„Willkommen in meinem bescheidenen Reich! Macht euch ein bisschen frisch. In einer Stunde gibt es einen leichten Lunch, danach habe ich eine Überraschung für euch.“

Eine grauhaarige Hausangestellte begrüßte sie nach dem Eintreten und händigte ihnen die Schlüssel aus. Das Haus war im Inneren exklusiv eingerichtet. Edle Teppiche dämpften die Schritte, im Flur hing ein funkelnder Kronleuchter, und die Holztreppe, die nach oben führte, zierte ein elegant gedrechseltes Geländer. Gespannt schloss Rebecca die Zimmertür auf. Sie trat ein und sah sich begeistert um. Das bodentiefe Fenster tauchte den Raum in freundliches Licht und ließ ein

Landschaftsgemälde, das über einem kleinen Sekretär angebracht war, erstrahlen. Ein Kleiderschrank aus glänzendem Holz wartete auf seine Befüllung. Die Stirnseite des Zimmers wurde von einem Doppelbett dominiert.

Logan, der ihr im Auto sehr gelöst erschienen war, hatte seinen Gesichtsausdruck seit der Ankunft im Zimmer verändert. Er wirkte äußerst schlecht gelaunt, was Rebecca ärgerte.

„Was ist los mit dir?“, erkundigte sie sich. „Du siehst aus, als hättest du in eine Zitrone gebissen. Bist du es gewöhnt, in besseren Hotels abzusteigen? Die sonstigen Damen führen dich offenbar extrem nobel aus.“

„Das hier ist ein Job, nichts weiter“, erwiderte er. „Du bezahlst mich dafür, dass ich vor den anderen Anzughelden deinen Verlobten spiele, und das werde ich erledigen. Aber du kannst wohl kaum verlangen, dass ich auch unter vier Augen noch den Clown gebe. Reicht wirklich schon, dass ich mich zwei Tage lang mit skrupellosen Anwälten herumschlagen muss. Allein dieses Gespräch über den Mordfall! Das wird sicher wieder so eine Sache, wo der Schuldige freikommt und die Opfer das Nachsehen haben. Unerträglich seid ihr!“

Was für ein arroganter Mistkerl. Er kannte die Aktenlage gar nicht und nahm sich heraus, den moralischen Richter zu spielen.

Sie hob entschuldigend beide Hände. „Tut mir sehr leid, Mister Rodriguez, dass ich schäbige Anwältin gedacht hatte, wir könnten wie normale Menschen miteinander umgehen. Vielleicht hilfst du mir dann gleich mal, die Betten auseinanderzuschieben. Wenn ich richtig gesehen habe, sind das nämlich zwei. Nicht, dass ich nachts noch in deine Richtung atme und du meinen unerträglichen Anwalts-Odem einschnaufen musst!“

„Hervorragende Idee“, knurrte er, ging zum doppelten Bett und begann, das linke ganz an die Wand zu ziehen. Durch das dunkelrote T-Shirt, das er trug, zeichneten sich seinen Muskeln bei dieser Anstrengung deutlich ab. Rebecca hasste sich selbst dafür, dass es ihr so schwerfiel, ihren Blick von ihm zu nehmen. Er war aber auch wirklich eine Augenweide!

Es klopfte an der Tür.

Erschrocken starrte Rebecca in diese Richtung. Hatten sie durch das Geräusch Aufsehen erregt? Es war doch eigentlich ganz leise gewesen. Logan reagierte schneller als sie. Er öffnete und Rebecca sah voll Entsetzen, dass Quentin davor stand.

Der Boss beachtete sie allerdings gar nicht, sondern sprach mit Logan.

„Ich habe hier ein Baby in der Garage stehen. Eine 53er Corvette, die ein paar Macken macht. Meinen Sie, Sie könnten mal einen unverbindlichen Blick darauf werfen?"

Rebecca versuchte inzwischen, mit ihren Knien das Bett so leise wie möglich an seinen angestammten Platz zurückzuschieben. Wenn ihr Chef sah, dass sie beide getrennt schlafen wollten, wäre sie in gewaltiger Erklärungsnot.

Kaum hatte sie das Möbelstück mit Mühe an den alten Platz zurückbefördert, kam Quentin tatsächlich einen Schritt ins Zimmer und sah sie an.

„Fühlt ihr beide euch wohl hier?", wollte er wissen.

Sie nickte schnell. „Alles wunderbar. Das Haus ist ein Traum!"

„Das freut mich. Ist es in Ordnung, wenn ich Ihnen Logan für eine Stunde entführe, Rebecca?", fragte der Boss.

„Ja natürlich! Er kann es sicher gar nicht erwarten, das Auto zu sehen."

Und sie selbst war ebenfalls heilfroh, diesen schrecklichen Kerl eine Zeit lang nicht hier im Zimmer zu haben.

„Ja, ich bin echt neugierig", erklärte Logan. Dann kam er auf sie zu. „Ruh dich ein bisschen aus, Darling", sülzte er und drückte ihr unverschämterweise einen

Abschiedskuss auf die Wange. Rebecca versuchte, sich ihre Abscheu nicht anmerken zu lassen. „Viel Spaß mit der Corvette!“, wünschte sie ihm.

Die beiden Männer gingen hinaus, sie ließ sich aufs Bett fallen. Die Stelle an ihrer Wange, die Logan mit seinen Lippen berührt hatte, kribbelte heiß. Energisch rieb Rebecca mit der Hand darüber. Er hatte das nur getan, um ihr eins auszuwischen! Und nicht mal darauf ansprechen konnte sie ihn, denn er würde garantiert sagen, er hätte sich nur ihren Wünschen gebeugt und Quentin den liebevollen Verlobten vorgespielt.

Sie atmete tief ein und wieder aus. Das würde garantiert ein verflucht anstrengendes Wochenende werden. Randolph, der sie belauerte und auf den kleinsten Fehler wartete. Quentin, der mit ihr noch einige geschäftliche Dinge besprechen wollte. Und nicht zuletzt der Obergriesgram Logan, bei dem sie Angst haben musste, dass er sie abschlabberte. Oder – was sogar noch schlimmer wäre – seinen Zorn gegen Anwälte, Reiche und die ungerechte Welt irgendwann in die Runde plärrte. Dabei gab sie ihm in dieser Sache sogar grundsätzlich recht. Sie hatte als Kind oft genug erlebt, wie die Gutsituierten abkassierten, während ihre Eltern leer ausgingen. Und die abartige Mietsituation in New York kannte niemand besser als sie selbst. Aber an diesem Wochenende durfte all das kein Thema sein und das würde sie ihm noch deutlich klarmachen.

Seufzend setzte sich Rebecca wieder auf und begann, ihren Trolley auszupacken. Sie grübelte darüber nach, was das für eine Überraschung sein würde, die Quentin angekündigt hatte. Für den Fall, dass es etwas Elegantes wäre, hatte sie ihr kleines Schwarzes eingepackt. Sie strich es glatt und hängte es vorsichtig in den Schrank. Die glänzenden High Heels stellte sie darunter. Aber wie immer war sie auf alle Möglichkeiten vorbereitet. Auch Sportkleidung fehlte nicht in ihrem Gepäck und sogar Outdoor-Klamotten hatte sie mitgebracht, selbstverständlich mit den entsprechenden Schuhen. Deshalb war ihr kleiner Koffer auch randvoll.

Sie nahm eine Fachzeitschrift aus der Seitentasche und strich in einem mehrseitigen Artikel wichtige Stellen an. Der Sonnenschein, der noch bei der Ankunft im Zimmer alles so freundlich beleuchtet hatte, wich grauen Wolken und kurze Zeit später rieselten sogar erste Regentropfen gegen das Fenster. Als Rebecca beim vorletzten Abschnitt ihres Artikels angekommen war, wurde unten ein Gong geschlagen.

Sie musste schmunzeln. Das war ja fast wie in alten Filmen, wo die Bewohner von Luxushäusern auch auf diese Art zum Essen gerufen wurden.

Gespannt auf den Speisesaal ging sie die Treppe hinunter und folgte dem Geruch nach Champignonsuppe. Sie betrat ein riesiges Esszimmer, in dessen Mitte ein äußerst elegant gedeckter Tisch stand. Quentin ließ sich wirklich nicht lumpen. Er und Randolph nebst Victoria standen vor dem Fenster, hielten einen Kir Royal in der Hand und sahen in die trüb gewordene Wildnis hinaus.

„Soll ich die Getränke, die zum Essen gewünscht werden, servieren, Mister Armadon?“, fragte die Hausangestellte, die auch für die Bewirtung zuständig war.

Quentin nickte und die grauhaarige Frau in Uniform nahm die Bestellungen auf, nachdem sie Rebecca ebenfalls mit einem Cocktail versorgt hatte. Überrascht sah Rebecca sich nach Logan um, der nicht im Zimmer war.

„War alles in Ordnung mit dem Auto?“, fragte sie ihren Boss und nahm einen Schluck von ihrem Kir Royal.

Er kam auf sie zu. „Ja, Logan ist wirklich ein Engel. Er hat meine Süße durchgecheckt, ein paar Sachen nachgestellt und jetzt läuft sie wieder wie eine Nähmaschine.“

Rebecca fand es etwas befremdlich, dass Männer, die ihre eigenen Frauen sicher nie mit Kosenamen ansprachen, bei ihren Autos von „Baby“ und „Süße“ redeten. Aber gut, wo die Liebe eben hinfiel.

„Wo steckt er denn eigentlich?"

„Er wäscht sich in der Garage noch die Hände, wird sicher jeden Moment auftauchen", erklärte Quentin und forderte alle auf, schon am Tisch Platz zu nehmen. Einen Augenblick später ging die Tür auf und Logan kam herein.

„Oh, es gibt Essen! Das ist super, ich habe richtig Hunger", sagte er und setzte sich neben Rebecca.

„Das haben Sie sich auch wirklich verdient, mein Freund!"

Quentin erklärte der ganzen Runde in epischer Breite, welche Herkules-Taten Logan in der Garage vollbracht hatte. Fast war Rebecca versucht zu sagen, dass sie auch nicht Däumchen gedreht, sondern sich in ein heikles juristisches Thema eingearbeitet hatte, aber sie hielt lieber den Mund. Außerdem gab es ihr eine gewisse Genugtuung, dass Randolph bei den Lobeshymnen auf Logan ein sehr sauertöpfisches Gesicht aufsetzte.

„Ich schaue mir trotzdem morgen noch den Vergaser genauer an", tönte Logan und stürzte sich anschließend auf die Suppe, die gerade aufgetragen wurde.

„Das wäre natürlich großartig." Quentin freute sich sichtlich. „Und wegen eines Termins für meinen anderen Liebling telefonieren wir einfach noch."

„Noch ein Auto?" Rebecca sah erstaunt von ihrem Teller auf.

Logan blickte sie vorwurfsvoll an. „Schatz, das hat Quentin doch schon im ‚Per Se' erzählt. Erinnerst du dich nicht? Er hat einen 41er Chevy, das Coupé!"

„Stimmt, ihr habt darüber geredet."

Jetzt fiel es ihr wieder ein. Sie stellte leider bei Themen, zu denen sie null Bezug hatte, schnell auf Durchzug.

„Und nun bringt Quentin den Chevrolet zu dir in die Werkstatt?"

Logan schüttelte den Kopf. „Nein, wir haben das anders vereinbart. Ich komme in sein Stadthaus, wo die Schönheit steht und werde sie mir dort nach und nach vornehmen. An den Sonntagen habe ich ja hin und wieder

Zeit für so etwas. Also wenn du sowieso gerade arbeitest oder so."

Er schenkte ihr ein strahlendes Lächeln, das sie nur mühsam erwidern konnte. Logan würde also künftig in Quentins Villa herumlungern? Das gab ihr ein sehr ungutes Gefühl. Aber sie war damit nicht allein, denn Randolph schien jeden Moment zu platzen vor Wut.

Gut, dass der nächste Gang aufgetragen wurde, Rinderfilet mit Kartoffelgratin, weil diese üppige Beilage Quentins Lieblingsgericht war. Die beiden Autofans hatten sich in eine angeregte Diskussion verstrickt, ob es in den Dreißigerjahren die richtige Entscheidung von Chevrolet gewesen war, bei den Sechszylindern zu bleiben und nicht Ford mit seinem V8 nachzustreben. Randolph versuchte, sich so gut wie möglich in das Fachgespräch einzubringen, scheiterte aber bei den meisten Punkten, was ihn nur noch mehr reizte.

Hilfe suchend schaute Rebecca zu Victoria, denn die hatte sicher genauso wenig Ahnung davon, was die Männer gerade redeten. Die Musikerin lächelte ihr zu, schien sich aber nicht weiter an der Unterhaltung zu stören. Rebecca kam es vor, als summte die Geigerin ein leises Lied vor sich hin.

„Ach, da kommt ja unser Dessert!", rief Quentin erfreut.

Mit etwas weniger Begeisterung blickte Rebecca auf die riesige Schale voll Butterscotch Flan mit Sahne und Schokostreuseln, die die Angestellte vor ihr abstellte.

„Ich esse eigentlich keine Desserts", sagte sie halblaut und überlegte, ob es unhöflich wäre, die Kalorienbombe zurückzugeben.

„Ach, komm schon." Logan gab ihr einen Schubs mit seinem Ellbogen. „Du hast noch gar nicht probiert!"

Er tauchte seinen Löffel tief in den reichhaltigen Karamellpudding, zog ihn noch durch die Sahne und schob ihn in Richtung ihres Mundes. Es blieb ihr nichts anderes übrig, als alles hinunterzuschlucken.

„Ein Traum, oder?" Logan sah ihr so eindringlich in die Augen, dass sie nicht anders konnte, als zu bejahen, ihre Dessertschale zu sich heranzuziehen und restlos aufzuessen. Allein dafür hasste sie ihn schon. Wenn sie am Montag nicht mehr in ihr völlig überteuertes Armanikostüm passte, war er schuld!

„Bevor wir zu unserer Überraschung aufbrechen, haben wir noch einen Programmpunkt", erklärte Quentin. „Victoria ist so freundlich, uns eine kleine Kostprobe ihres einzigartigen Talents zu geben. Folgt mir doch bitte nach nebenan."

Sie gingen in ein Wohnzimmer, das ganz in dunklem Holz gehalten war. Die Sitzecke bestand aus Möbeln, die sicher in einem Antiquitätengeschäft gestanden hatten, und an der Wand hingen großflächige Landschaftsgemälde, die in breite Goldrahmen gefasst waren. Rebecca fragte sich wieder einmal, wie viel ihr Boss eigentlich mit seiner Kanzlei verdiente. Das teure Stadthaus, die beiden Oldtimer, die Lodge hier in Vermont – da kam einiges an Vermögen zusammen.

Als sie Platz genommen hatten, hob Victoria ihre Geige vorsichtig aus dem Kasten, legte sie an ihr Kinn und brachte den Bogen in Position. Alles an dieser aparten Dunkelhaarigen wirkte elegant: Das Etuikleid, das sie trug, das dezente Make-up und ganz besonders die Bewegung, mit der sie nun den Bogen über die Saiten gleiten ließ. Sie spielte ein schnelles Stück, das aber so disharmonisch war, dass sich Rebeccas Nackenhaare aufrichteten. Die Noten sprangen in alle Richtungen davon, als flohen sie vor den hektischen Bogenstrichen, und selbst der Rhythmus überlegte noch, ob er sich in Takte pressen ließ oder lieber Anarchist blieb.

Rebecca war damals mit Frederic, ihrem Boyfriend mit Kulturtick, in einigen modernen Konzerten gewesen und hatte auch da schon mit dieser Foltermusik nichts anfangen können. Die großen Meister der Klassik gefielen ihr gut, auch Gershwin mochte sie und sie liebte

Bernsteins „West Side Story“, die allerdings weit unter Frederics Niveau gewesen war. Aber warum man absichtlich Töne zusammenfügte, die sich abstießen wie die Pole eines Magneten, war ihr nie klar geworden.

Rebecca versuchte, eine hingerissene Miene aufzusetzen, denn ein Blick auf Quentin hatte ihr gezeigt, dass der die Darbietung wirklich faszinierend fand. Und selbstverständlich platzte Randolph fast vor Stolz auf seine begabte Verlobte. Endlich konnte er auch mit etwas glänzen.

Logans Blick hingegen war mehr als verwirrt. Heimlich lächelte Rebecca. Geschah ihm recht, dass er sich nun auch durch dieses akustische Highlight der Violinmusik quälen musste.

Zum Glück dauerte das Stück nicht allzu lange. Victoria kratzte die letzte Note energisch in den Raum hinein und setzte dann ihre Geige ab. Das erlauchte Publikum wartete, wie auch im Konzertsaal üblich, einen Moment ab, bevor es mit dem Applaus beginnen würde.

„Geht’s jetzt dann los?“, fragte Logan in die Stille hinein, bevor irgendjemand seine Hände zum Klatschen erheben konnte.

Victoria sah ihn verständnislos an. „Was meinst du damit?“

Er rieb über sein markantes Kinn.

„Na, das war doch nur das Warmspielen, oder? So wie bei Sportlern, wenn sie sich dehnen vor dem Match und ein paar Bälle probehalber in Richtung Korb werfen, also als Warm-up.“

„Das war das Allegro Furioso aus der Violinsonate Nummer 134 von Dimitri Schostakowitsch!“, klärte Victoria ihn mit äußerst spitzer Stimme auf. Ihr Blick zu Logan stand japanischen Sushimessern in nichts nach.

Rebecca platzte fast vor unterdrücktem Lachen. Logan hatte ganz offenbar ein paar Lücken, was klassische Musik anging. Oder gute Ohren. Wobei Rebecca davon überzeugt war, dass die Geigerin das Stück absolut perfekt gespielt hatte. Nur war so etwas eben nicht jedermanns Sache.

„Du scheinst mir ein kompletter Banause zu sein“, kam Randolph nun seiner entwürdigten Verlobten zu Hilfe. „So eine Frage ist eine Unverschämtheit!“ Er war um mindestens zehn Zentimeter gewachsen, seit Logan sich als Kunstverächter geoutet hatte.

Auch Quentins helle Augen zogen sich missbilligend zusammen. Rebecca wusste, dass er ein glühender Fan von John Cage oder anderen gewöhnungsbedürftigen Werken war, er mochte also gerne etwas schräge Komponisten. Logan hatte ein paar Punkte auf der Beliebtheitsskala eingebüßt.

„Oh, tut mir leid“, sagte Logan. „Ich wusste wirklich nicht, dass das ein Stück ist. Zu Hause höre ich eher Allerweltsmusik. Aber sag mal, Victoria, du könntest doch sicher noch etwas anderes für uns spielen?“

Halbwegs besänftigt stimmte sie eine Saite nach und sah ihn an. „Woran hattest du denn gedacht?“

Er zuckte mit den Schultern. „Na ja, irgendwas Eingängiges. Von den Stones vielleicht. Okay, könnte schwierig sein. Vielleicht James Blunt?“

Erwartungsvoll blickte er sie an.

„Wer bitte? Ich kenne den Komponisten nicht. Welcher Epoche gehört der an?“

Rebecca entschloss sich, einzugreifen, bevor Logan sich komplett zum Affen machte. Immerhin würde es ja auf sie zurückfallen, er war ihr Verlobter.

„Weißt du, Logan tut immer auf harter Kerl, aber tief drin ist er ein totaler Romantiker. Er mag es gerne richtig lieblich. Schumann ist viel mehr sein Ding als Schostakowitsch. Und unter uns gesagt: Bei manchen Liebesfilmen muss er sich heimlich ein paar Tränchen wegwischen. Nicht wahr, Schatz?“

Sie lächelte ihn strahlend an.

„Ja, das stimmt“, presste er heraus, aber seine Augen schossen Blitze auf sie. Was sie außerordentlich freute.

Victoria seufzte tief. „Na gut. Dann eben etwas aus der Romantik. Mir ist der Barock zwar lieber, aber ich tue euch natürlich gerne den Gefallen."

Sie hob erneut ihr teures Instrument an den Hals und begann zu spielen, dieses Mal tatsächlich eine sehr eingängige Melodie.

„Warm-up! Unglaublich", zischte Randolph halblaut, aber Rebecca tat so, als lausche sie voll konzentriert der Schumannsonate. Logan hatte es geschafft, sich hier ein paar Feinde zu machen. Sie wusste nicht recht, ob sie sich darüber freuen oder ärgern sollte. Aber es war im Grunde egal, denn ändern konnte sie es sowieso nicht mehr.

Als Victoria sich nach Abschluss des Stückes formvollendet und unter stürmischem Applaus verbeugte, stand Quentin auf.

„Vielen Dank, meine Liebe. Es war wie immer ein Ohrenschmaus. Nun wird es allmählich Zeit aufzubrechen." Er warf einen skeptischen Blick aus dem Fenster. „Mit einem sonnigen Nachmittag wird es wohl nichts mehr, aber immerhin hat der Regen aufgehört. Bitte zieht euch ein wald-taugliches Outfit an, wir werden eine kleine Wanderung unternehmen."

Victoria sah nicht besonders begeistert aus, fügte sich aber Quentins Vorschlag. Die Männer fanden die Idee gut. Oder taten zumindest so. Rebecca selbst hatte zwar keine Lust auf einen Spaziergang unter nassen Nadelbäumen, aber es war ihr allemal lieber, als weiterhin hier im Wohnzimmer zu sitzen, wo nicht gerade eine gelöste Stimmung herrschte.

Sie ging mit Logan nach oben ins Zimmer. Kaum hatten sie die Tür hinter sich geschlossen, kramte er einen dünnen Pulli aus seinem Gepäck und zog sich, als wäre er allein im Zimmer, das T-Shirt über den Kopf.

„Na hör mal", protestierte Rebecca. „Du könntest wenigstens ins Badezimmer gehen!"

Seine dunklen Augenbrauen sprangen erstaunt nach oben.

„Wieso? Stimmt irgendwas nicht mit mir?“ Er blickte an sich herab, als sähe er sich zum ersten Mal.

Das veranlasste Rebecca zu ihrem Leidwesen dazu, ebenfalls seinen Oberkörper zu mustern. Der war trainiert, aber nicht aufgepumpt. Gerade die richtige Menge Muskeln, wie sie fand, und kein Gramm Fett. Kräftige Schultern, die sicher schon manchen Balken geschleppt hatten, und perfekte Brustmuskeln. Rebeccas Atem beschleunigte sich. Wie es sich wohl anfühlen würde, mit den Fingern durch die dunklen Haare zu fahren, die dort begannen und sich nach unten hin zu einem verheißungsvollen Pfad verdichteten?

Sie spürte ein unwiderstehliches Verlangen, Logan anzufassen. Es kribbelte so sehr in ihren Fingern, dass sie die Hände verschränken musste, um sich in den Griff zu bekommen. Wie es wäre, neben ihm in diesem Bett zu liegen und ihren Kopf auf seine Brust zu legen? Seine Hand dabei in ihren Haaren, zärtlich, hin und wieder sein melodiöses Lachen, das sie ganz von innen heraus hören würde. Dann ihre eigenen Finger, die den Weg der schwarzen Härchen nachfahren würden, erst über den flachen Bauch und dann …

Er zog sich mit einer zackigen Bewegung den gestreiften Pulli über den Kopf.

„Alles okay, Becky?“, riss er sie aus seinen Gedanken.

Ertappt zuckte sie zusammen. „Ich … äh … habe gerade überlegt, was ich denn anziehe.“

Er lachte. „Typisch Frau“, erwiderte er und fischte dann wetterfeste Schnürschuhe aus einer Tüte.

Oh Mann, sie musste sich wirklich zusammenreißen!

Schnell nahm Rebecca ihre Outdoor-Klamotten aus dem Schrank und verschwand im Bad, um sich eine Ladung eiskaltes Wasser ins Gesicht zu spritzen und sich anschließend umzuziehen.

Als sie wieder herauskam, in geländegängiger Jeans und Karobluse, grinste Logan sie an. „Habe ich dich erschreckt vorhin?“

„Unsinn! Ist doch nicht anders, als wenn ich ins Freibad gehe“, sagte sie eilig.

„Ja eben, deshalb dachte ich mir nichts dabei. Aber du hast dann so einen ganz seltsamen Blick bekommen. Ich hatte fast Angst, ich hätte dich überfordert.“

Sie lachte künstlich. „Mit deinem Anblick? Totaler Blödsinn! Ich war nur in Gedanken bei einem Fall. Wichtige Sache. Urheberrecht und höchst kompliziert.“

„Na, dann ist es ja gut.“ Sein Lächeln kam ihr arg überheblich vor. Es wurde Zeit, ihn wieder auf den Boden der Tatsachen zurückzuholen.

„Ich war sehr überrascht, dass du so wenig mit klassischer Musik anfangen kannst“, sagte sie. „Wirst du denn nicht manchmal als Begleitung für ein Konzert gebucht? Ich dachte, gewisse Basiskenntnisse gehören zur Grundausstattung, wenn man für eine Escort-Agentur arbeitet.“

Er schnürte in Seelenruhe seine Wanderschuhe. „Da habe ich Zeit, mich vorzubereiten. Ich sehe mir das Programm genau an und suche dann im Internet nach einem Roadster zu dem Thema.“

„Roadster? Das sind doch kleine Sportwagen oder so was. Was haben die mit Beethoven zu tun? Der ist mit der Pferdekutsche gefahren.“

„Ich meine damit kleine Schmuckstücke. Quasi Wissensperlen, mit denen ich punkten kann. Zum Beispiel, dass Beethoven vor dem Komponieren seinen Kopf in eiskaltes Wasser getaucht hat, was seine Anhänger zum Anlass nahmen, es als Weihwasser an seine Groupies zu verkaufen. So eine Aussage führt meist zu einer Diskussion über Fankult und schwupps, bin ich aus dem heiklen Thema Klassik rausgepaddelt.“

Er grinste selbstverliebt, während er die Schleife festzog.

„Das reicht?“, fragte Rebecca erstaunt.

„Alles eine Frage der Übung. Bei Kunstausstellungen kommt es klasse an, vom Picasso-Museum in Malaga zu schwärmen, weil man da so toll die Entwicklung von der gegenständlichen Malerei zum Abstrakten beobachten kann."

„Warst du jemals in Spanien?"

„Natürlich nicht."

Rebecca riss die Augen auf. „Aber das muss doch auffallen!"

Er zog die zweite Schleife fertig und richtete sich auf. „Becky, die Menschen sehen das, was sie sehen wollen. Ich trage einen maßgeschneiderten Anzug, bin attraktiv, habe eine Frau mit echten Brillanten am Arm und rede über Picasso. Kein Mensch der Welt kommt auf die Idee zu fragen, ob die spanische Sonne jemals auf mein glänzendes Haupthaar geschienen hat."

„Du spielst also deine Rolle und das genügt."

„Ja, weil ich sie gut spiele." Er hielt sie mit seinem Blick gefangen. „Ich bin für die meisten Menschen eine reine Projektionsfläche. Dein Boss will in mir den bodenständigen Automechaniker sehen, weil ihm das gefällt, also bekommt er ihn. Die Erbin aus der Park Avenue will einen gebildeten Playboy, den habe ich ebenso drauf. Und auch du siehst ganz bestimmte Dinge in mir. So ist das nun mal. Mein Job ist es, diese Erwartungen zu bedienen, nicht mehr und nicht weniger."

„Und was bitteschön ist es, was ich deiner Meinung nach in dir sehen will?"

Er seufzte. Fuhr sich durch die Haare.

„Ach, ist doch egal. Lass uns lieber losgehen."

Logan stand auf und wollte zur Tür, doch Rebecca sprang auf, um ihm den Weg zu versperren. Sie hasste überhebliche Menschen, die alles besser wussten!

„So leicht kommst du mir nicht weg, Herr Meisterpsychologe. Du glaubst wohl, du kannst in mir lesen wie in einer aufgeschlagenen Bedienungsanleitung für eine deiner Kisten?"

„Lass gut sein, Becky. Dein Quentin wartet."

Oh nein, sie würde ihn nicht gewinnen lassen!

„Raus mit der Sprache“, befahl sie und wich keinen Schritt von ihrem Platz.

„Also gut“, er sah ihr angriffslustig in die Augen. „Du bist der Ansicht, ich lege wöchentlich zehn Frauen flach, also lasse ich dich in diesem Glauben. Denn insgeheim macht dich das mächtig an. Es gefällt dir, auf mich herabzusehen, und gleichzeitig würdest du mir am liebsten die Klamotten vom Körper reißen.“

„Du bist ja völlig verrückt!“

Er kam näher. So nah, dass sie seinen Duft roch und seinen Atem über ihre Haut gleiten spürte.

„Wenn ich es darauf anlegte, liebe Becky“, raunte er ihr zu, „würdest du mich noch heute anflehen, mich mit dir zwischen den Laken zu wälzen. Aber ich bin ein netter Mensch und will nicht, dass du dich später für ‚Gigolo-Sex‘ schämst, wie du es wohl nennen würdest.“

„Niemals im Leben würde ich mit dir schlafen!“, zischte sie. „Nie, nie, nie! Da kannst du so viel Süßholz raspeln und James Blunt jaulen lassen, wie du willst. Das garantiere ich dir!“

Er lachte, als hätte sie einen Witz erzählt.

„Wir sollten endlich runtergehen“, sagte er. „Sicher wartet dein Big Boss schon. Bist du bereit?“

Ohne zu antworten, machte Rebecca auf dem Absatz kehrt, ging zur Tür und riss diese auf. Vor Wut bebend marschierte sie die Treppe hinunter. Was für ein eingebildeter Gockel! Er hielt sich für unwiderstehlich, für einen Adonis aus der Bronx, für einen erotischen Superhelden! Magic Logan, der Traum jeder Frau – tagsüber Picasso-Experte und nachts unersättliches Sexmonster.

Sie hörte seine Schritte hinter ihr, drehte sich aber nicht um, weil sie sich sein spöttisches Lächeln genau vorstellen konnte. Dieser fiese Casanova!

Wenn sie von diesem dämlichen Kindergartenausflug wieder zurückkamen, würde sie als Allerererstes die Betten auseinanderschieben. So weit es nur ging. Und am besten eine Trennwand dazwischen errichten. Sie schnaubte.

„Trouble in paradise?“ Randolphs Stimme erwischte sie kalt.

„Wieso?“ Rebecca versuchte, ihre Gesichtszüge möglichst schnell in den Griff zu bekommen, was gar nicht so leicht war, – Quentin war nämlich gerade neben ihrem Kollegen aufgetaucht.

„Du hast so finster geschaut, als hättet ihr gerade gestritten“, legte Randolph nach.

„Ach was.“ Logan trat neben sie und schlang den Arm um ihre Schultern. „Becky hat nur eben im Internet festgestellt, dass eine Tasche, die sie unbedingt haben wollte, ausverkauft ist. Da ärgert man sich schon mal.“

Herrlich, nun stellte er sie auch noch als oberflächliche Shoppingqueen dar! Dabei hasste sie von jeher Handtaschen und hatte schon immer lieber ihre paar Sachen in die Hosentaschen gestopft.

Quentin blickte sie skeptisch an. „Wirklich alles in Ordnung zwischen Ihnen und Ihrem Verlobten, Rebecca? Sie wirken in der Tat sehr genervt.“

Verdammt, nun verspielte sie wegen dieses Bastards auch noch die gute Meinung, die der Boss von ihr hatte!

„Nein, nein, es war wirklich …“, begann sie, doch Logan unterbrach sie.

„Ach komm schon, Schatz, wir beweisen einfach, dass alles okay ist“, sagte er, zog sie zu sich heran und schob ihr sein Gesicht entgegen. Bevor sie eine Chance hatte zu reagieren, lagen seine Lippen schon auf den ihren. Ein Schauer durchfuhr sie, schnell wie ein Stromschlag und heiß wie glühende Lava. Logans Arme lagen an ihrem Rücken und hielten sie fest, seine Hand kroch in ihren Haaransatz und er presste seinen großen Körper gegen ihren. Rebecca verstand sofort, dass sie ihm nicht entkommen konnte, sonst würde sie alles zerstören, was sie mühsam aufgebaut hatte. Das Schlimme war – sie wollte ihm gar nicht entkommen. Ganz automatisch hatten sich ihre Lippen geöffnet, fast so, als hätten sie die seinen erwartet. Er roch nicht nur gut, er schmeckte auch so, dass sie am liebsten gar nicht mehr aufhören wollte, ihn zu küssen. Der starke Griff seiner Arme, sein fester Körper, dazu diese wunderbar weichen Lippen… Sie schloss die Augen und vergaß alles um sich herum. Ihre Finger fanden seinen Nacken, spürten seine feinen Haare, begannen unwillkürlich, hindurch zu fahren. Sie sog seinen Duft ein und ließ ihre Zungenspitze auf eine vorsichtige Entdeckungsreise in Richtung seines Mundes gehen. Ihr Herz hämmerte und ihre Beine fühlten sich wie Watte an, aber seine Umarmung hielt sie fest und sein Kuss, der jetzt etwas fordernder wurde, vernebelte ihr komplett den Kopf.

„Ist in Ordnung, wir haben es kapiert“, drang Randolphs nölige Stimme von weit weg zu ihr durch. Erst als Logan Rebecca ganz vorsichtig von sich schob, kam sie allmählich zur Besinnung. Verwirrt blickte sie sich um.

Quentin verzog die Lippen kurz zu einem Lächeln und meinte: „Scheint in der Tat alles gut zu sein bei euch. Dann können wir ja endlich los.“ Er schritt voran, dicht gefolgt von Randolph und Logan.

Victoria trat näher an Rebecca heran. „Du bist ein Glückskind. Ich kann mich gar nicht erinnern, wann Randolph mich mal so geküsst hat“, sagte sie und kicherte. Dann machte sie sich ebenfalls auf den Weg.

Rebecca ging hinter den anderen her, als wäre sie ferngesteuert. Erst nach und nach legte sich der Wirbelsturm in ihrem Kopf und ihre Gedanken sortierten sich wieder an die passenden Puzzleplätze ein.

Er hatte sie einfach geküsst!

Sie blickte zum vor ihr gehenden Logan, der sich mit Quentin unterhielt, als wäre nichts passiert.

Geküsst!

Rebecca konnte es immer noch nicht fassen. Sie wollte sich gerade maßlos über diese Unverschämtheit aufregen, da fiel ihr siedend heiß ein, dass ebendieser Kuss ihr den Hintern gerettet hatte.

Sollte sie Logan am Ende noch dankbar sein? Der Gedanke war so unangenehm, dass sie ihn schnell abschüttelte. Leider kamen dafür ein paar andere aus irgendeiner Gehirnecke gekrochen. Zum Beispiel einer, der besagte, dass es sich irrsinnig gut angefühlt hatte, Logans Lippen auf ihren zu spüren.

Rebecca beschleunigte ihre Schritte. Nichts wie hinter den anderen her, vielleicht entkam sie dann diesen Hirngespinsten!

Sie versuchte mit aller Macht, sich auf den Pfad zu konzentrieren, der vom Haus wegführte und sie der Natur von Vermont immer näher brachte.

„Es sind nur ein paar Schritte bis zur Ranch", erklärte Quentin zehn Minuten später, als sie einen rutschigen Waldweg entlangmarschierten.

„Eine Ranch?" Victorias Stimme klang entsetzt. „Wir sollen aber doch nicht reiten, oder? In meinem Vertrag mit dem Orchester ist das verboten. Meine Finger sind einfach zu wertvoll."

Quentin bedachte sie mit einem väterlichen Schulterklopfen.

„Keine Angst. Ich würde doch niemals die Knochen meiner Lieblingsmusikerin riskieren. Nein, nein, wir unternehmen eine völlig harmlose Sache."

Alle sahen ihn an.

Aber das war Quentin Armadon gewohnt. Er hielt den Blicken locker stand. Ein kleiner Windhauch raschelte in den Blättern und irgendwo weiter hinten, auf der anderen Seite des Unterholzes, rief ein Kuckuck.

Randolph rang sich schließlich zur in der Luft hängenden Frage durch:

„Was genau werden wir denn eigentlich tun, Boss?"

„Wir wandern mit Lamas."

„Lamas?" Rebecca wiederholte das Wort ungläubig.

„Ganz genau."

„Aber die leben in den Anden und nicht in Vermont", stellte Logan, der Bildungsprotz, fest.

„Diese hier schon. Und man kann sie mieten."

„Mit Verlaub, Quentin", setzte Logan nach. „Wozu sollte man das tun? Hier ist doch kein Viertausender, den man besteigen kann."

„Wir wollen ja auch nur mit ihnen wandern."

Schweigen im Walde.

Rebecca meldete sich schließlich zu Wort. „Und das wollen wir, weil …?", fragte sie.

„Weil sie die perfekten Therapietiere sind", beendete Quentin voller Elan ihren Satz. „Wisst ihr, das ist der neuste Trend: Lamawanderungen für Manager oder andere Menschen mit stressigen Berufen. Die Tiere bestimmen das Tempo, man muss sich selbst endlich einmal entschleunigen und fühlt mit jeder Faser seines Körpers die Kraft der Natur."

Er ballte die Fäuste. Sein Vortrag war so voll Inbrunst, dass Rebecca sich zum ersten Mal fragte, ob Quentin nicht mehr ganz sauber im Oberstübchen war.

„Los, kommt, wir sind gleich da."

Er trieb seine Meute um die nächste Ecke des Waldwegs und tatsächlich kam ein Gatter ins Blickfeld, das zu einer kleinen Ranch führte. „Lose all stress with Lamas" stand auf einem Holzschild, das munter von einem Balken baumelte.

Quentins Schritte beschleunigten sich, als er auf das Haus zuging. Kurz davor bog er rechts ab und steuerte direkt den Stall an. Die Gruppe wurde anscheinend schon erwartet, denn eine sehr naturbelassene junge Frau in Gummistiefeln kam ihnen entgegen.

„Willkommen!", rief sie mit überschäumender Fröhlichkeit, die Rebecca suspekt vorkam. „Schön, dass ihr euch auf diese inspirierende Reise einlassen wollt. Sie wird euer Herz und euren Kopf erfrischen."

Rebecca fielen die Pralinen von Violetta ein und sie fand, man sollte bei ihr persönlich Herz und Verstand ruhig mal ein paar Tage in Ruhe lassen. Insbesondere mit Küssen. Aber es war zu spät – Miss Gummistiefel öffnete schwungvoll eine Stalltür und winkte alle zu sich.

„Die Frau ist bestimmt eine dieser erleuchteten Esoterikerinnen“, brummte Logan.

„Nur ohne Yogamatte und Mate-Tee“, erwiderte Rebecca, die für eine Sekunde vergessen hatte, dass sie stinksauer auf ihn war.

Im Stall dauerte es einen Moment, bis sie sich an das Dämmerlicht gewöhnt hatte. Unmittelbar vor ihr bewegte sich etwas und als Rebecca aufsah, schaute sie in zwei riesige, dunkle Augen mit dichten Wimpern und einem Berg flauschigen Fells außen herum.

„Das ist Gismo“, hauchte die Erleuchtete. „Es sieht aus, als hätte er dich erwählt. Er wird heute dein Führer sein.“

Das Lama stellte die Ohren auf, direkt in Rebeccas Richtung, hob den Kopf ein wenig und lächelte sie freundlich an. Sie war sofort in Gismo verliebt. Diese Augen! Der freundliche Blick!

Okay, als sie die anderen Tiere sah, wurde ihr klar, dass sie alle lächelten. Das lag schlichtweg an der Form ihrer Lippen, sie konnten gar nicht anders.

Logan bekam eine schneeweiße Lamadame zugeteilt, die passenderweise auf den Namen Snowflake hörte. Also, falls diese Tiere sich überhaupt mit Namen rufen ließen. Rebecca konnte sich kaum vorstellen, dass sie reagierten wie Deutsche Schäferhunde. Quentins Geronimo, natürlich der Größte der Herde, mit zotteligem Fell in sämtlichen Brauntönen der Erdkruste, sah jedenfalls nicht aus, als würde er sich von irgendjemandem Kommandos geben lassen. Er schritt majestätisch auf den Ausgang des Stalles zu und blieb dort stehen. Aus seiner Jackentasche holte Quentin dünne Handschuhe hervor, die er überstreifte, bevor er Geronimo anfasste. Rebecca hätte sich nicht gewundert, wenn er das Lama auch noch von oben bis unten mit Desinfektionsspray eingenebelt hätte, aber offenbar genügten ihm die Handschuhe.

Die Stallbesitzerin hakte jeweils einen Führstrick in die

Halfter der Tiere ein und gab der Gruppe dann einige Anweisungen.

„Euer Lama ist kein Streicheltier“, erklärte sie. „Es wird selbst entscheiden, ob es sich von euch anfassen lässt. Das Tempo wird allein durch die Tiere vorgegeben und ihr müsst euch anpassen, sonst geht euer Lama keinen Schritt weiter. Sie können stur sein wie Esel. Aber genau das ist der Reiz: Ihr seid gezwungen, zu einer ganz langsamen und gleichmäßigen Gangart zurückzufinden. Etwas, das euch im hektischen Berufsalltag sicher fehlt. Lasst euch darauf ein!“

Randolph verzog das Gesicht. Da sein Lama ihm gerade das Hinterteil zuwandte, wusste Rebecca nicht, ob ihrem Kollegen die Aussicht auf einen gemütlichen Spaziergang nicht behagte oder sein „Goofy“ ihn angepupst hatte. Auf jeden Fall gefiel es ihr, sich die zweite Variante vorzustellen.

„Wie ist das mit dem Spucken?“, fragte Victoria.

„Reines Klischee. Sie spucken nur Artgenossen an, wenn die ihnen zu nah auf den Pelz rücken, aber keine Menschen. Sei unbesorgt.“

„Es wird uns guttun, mal richtig zur Ruhe zu kommen“, hörte man Quentins begeisterte Stimme rufen. Sein Lama nickte zustimmend, als würde es jedes Wort verstehen.

„Geronimo ist ein schlauer Kerl.“ Die Zoowärterin tätschelte den Hals des Tieres. „Ihr werdet viel von ihm lernen. Er ist ein ganz fabelhaftes Wesen!“

Das Fabelwesen knabberte an einer Holzstange herum und anschließend am Kragen von Quentins fünfhundert-Dollar-Jacke, was der Boss seinem Gesichtsausdruck nach weniger märchenhaft fand.

„Dann hinaus mit euch“, sagte Frau Landluft und öffnete das Gatter. „Zehn Minuten vor euch habe ich eine andere Gruppe hinausgeschickt, vielleicht trefft ihr die Leute sogar. Denkt immer daran: Das Lama weiß den Weg, ihr müsst ihm nur folgen! Ach ja, wundert euch nicht, wenn sie alle gemeinsam anfangen, ihr großes Geschäft zu verrichten. Das ist in größeren Gruppen so üblich."

Rebecca war sehr froh, dass zumindest diese Sache in der Kanzlei „Armadon, Hall and Piddlefield" anders gehandhabt wurde.

Ihr Gismo sah sie aus seinen unergründlichen Augen tief an, dann begann er loszumarschieren, einen anderen Weg entlang als den, auf dem sie hierhergekommen waren.

Die Tiere hatten tatsächlich eine ganz besondere Ausstrahlung. Sie bewegten sich so, als könne nichts und niemand sie aus der Ruhe bringen. Rebecca fand das sehr beeindruckend und fühlte sich überraschend wohl an der Seite ihres Begleiters.

Geronimo führte natürlich das Feld an, gefolgt von Logan, dessen Lamastute einen Narren an ihm gefressen hatte. Sie stupste ihn ständig sanft mit der Schnauze an und als die Gruppe stehenblieb, weil Geronimo unbedingt einen jungen Ahornbaum leerfressen musste, machte sie weitere Annäherungsversuche und legte am Ende sogar ihren Kopf auf Logans Schulter. Dabei mochten Lamas doch gar keinen Körperkontakt, hatte die Gummistiefellady behauptet. Rebecca schoss ein paar hasserfüllte Blicke auf den arroganten Kerl ab, der offenbar bei jeder zwei- und vierbeinigen Frau landen konnte, aber die mystische Ausstrahlung der Lamas schien diese zu neutralisieren.

„Er scheint auch für Lamadamen unwiderstehlich zu sein." Victoria war neben Rebecca aufgetaucht, ihre rabenschwarze Scheherazade am Zügel, und schmunzelte.

„Ich kann mir das gar nicht erklären", erwiderte Rebecca. „Die lässt sich von seinem Äußeren blenden, da wette ich. Aber wenn sie wüsste, dass er talentierte Musikerinnen blamiert, wäre es schnell vorbei mit Lama-Love!"

„Ach komm." Victoria winkte ab. „Das war nicht schlimm. Ich war nur echt überrascht im ersten Moment.

Mit einem Basketballspieler hat mich noch niemand verglichen!“

Die Lamas beschlossen, ihren äußerst gemächlichen Marsch wieder aufzunehmen, und die Zweibeiner folgten ihnen gehorsam.

Rebecca hatte nichts dagegen, dass Gismo und Scheherazade sich gut verstanden. Das gab ihr die Möglichkeit, sich mit Victoria zu unterhalten. Sie mochte die Geigerin. Auch wenn diese vielleicht ein wenig elitär wirkte – sie schien Humor zu haben und das Herz am rechten Fleck.

„Er ist ein netter Kerl“, sagte Victoria und blickte in Logans Richtung. „Plant ihr denn schon eure Hochzeit?“

Anders als bei Randolph klang diese Frage nach ehrlichem Interesse und nicht nach Aushorcherei. Trotzdem war Rebecca natürlich vorsichtig.

„Im Moment nicht. Ich möchte erst in der Kanzlei richtig Fuß fassen, dann sehen wir weiter. Und wie ist es bei euch? Ihr seid doch schon ewig verlobt, oder?“

Sie konnte bis heute nicht verstehen, was Victoria an diesem aufgeblasenen Randolph fand.

„Ja, das stimmt. Ich kann mich gar nicht mehr erinnern, wie es mit Männern vor Randolph war.“ Victoria lachte. Für eine Sekunde überlegte Rebecca, ob sie ihr die Agentur „Angel Escort“ ans Herz legen sollte, einfach nur, um mal wieder mit einem anderen Kerl auszugehen. Aber am Ende würde Victoria aus Versehen Logan buchen und alles flog auf.

„Das mit der Hochzeit ist so eine Sache“, fuhr Victoria fort. „Wir sind uns da nicht einig. Ich hätte lieber eine ganz kleine Zeremonie. Nur meine Familie, mein Dirigent, ein paar Freunde. Aber er will eine riesige Feier daraus machen, mit Kutsche, Tanz und Hunderten von Menschen. Das kriege ich aber in meinem Terminkalender gar nicht unter, bald startet die Nordamerika-Tournee.“

Sie sah so unglücklich aus, dass Rebecca ihr am liebsten geraten hätte, den Kerl doch ganz sausen zu lassen. Aber das stand ihr natürlich nicht zu.

Randolph versuchte, sein Tier zu schnelleren Schritten anzutreiben, was dazu führte, dass das Lama stehenblieb und ihn mit großen Augen ansah. Dann spreizte es leicht die Hinterbeine und ließ eine ganze Ladung Lakritzbohnen auf den Waldboden rieseln. Rebecca war sich hundertprozentig sicher, dass es innerlich dazu lachte. Wie angekündigt fühlten sich seine Kumpel dadurch angestachelt, das gleiche Geschäft zu erledigen. Als es wieder losging, musste die Gruppe erst einmal im Zickzack um diese Stellen herumbalancieren.

Der Weg führte ein wenig bergauf. Ein Stück weiter vorne sah man bunte Jacken durch den Wald blitzen, das war offenbar die andere Erlebnisausflugs-Gruppe. Der Pfad war durch den Regen rutschig geworden und Rebecca blickte auf den Boden, um nicht über eine Wurzel zu stolpern. Ohne das Tempo ihrer gemächlichen Schritte zu verändern, marschierten die Lamas weiter und führten die Menschen hinter sich her. Mit der Zeit verstand Rebecca, was die Gummistiefeltante gemeint hatte. Es stellte sich tatsächlich ein Hauch von innerer Ruhe ein, wenn man sich erst einmal auf diese entspannte Art zu wandern eingelassen hatte. Allerdings war das in Rebeccas Fall wirklich nur ein Hauch. Viel zu sehr lag ihr noch im Magen, was Mister Selbstherrlich ihr an den Kopf geworfen hatte. Daran ärgerte sie am meisten, dass sie sich dabei ertappte, ihn attraktiv zu finden. So etwas durfte sie sich selbst nicht durchgehen lassen!

„Glaubst du, wir Frauen tragen noch gewisse Steinzeitmuster in uns?“, fragte sie deshalb die neben ihr herschlendernde Victoria.

„Du meinst, dass wir gerne das Feuer hüten und uns an den Haaren in eine Höhle schleifen lassen? Na, ich hoffe nicht!“ Die Geigerin lachte.

„Ich dachte eher an die Anziehung zwischen Mann und Frau. Da steckt doch immer noch viel Chemie dahinter, die man nicht steuern kann, oder?“

Genau so musste es sein, denn anders war es wirklich nicht zu erklären, dass sie die Augen nicht von Logan nehmen konnte. Sogar jetzt, wo er ein ganzes Stück vor ihr ging, starrte sie immer wieder in seine Richtung und beobachtete genau, wie er seinem Lama-Groupie zärtlich den Hals tätschelte.

„Dazu gibt es eine Menge Untersuchungen", antwortete Victoria. „Das Phänomen ‚Liebe' ist nicht ganz zu ergründen, aber manches steht fest. Zum Beispiel, dass dein Körper von ganz alleine merkt, ob ein Mann zu dir passt. Deine Sensoren tasten in Sekundenbruchteilen ab, ob er der richtige Vater für deine Kinder ist und andersherum. Deine Nase kann sogar seine Hormone riechen und analysieren. Es gibt Forschungen, die belegen, dass Männer unbewusst wittern, ob eine Frau gerade ihre fruchtbaren Tage hat. Die menschliche Chemie ist ein Wunder."

Überrascht blickte Rebecca sie an. „Hast du neben Musik auch Biologie studiert?"

Victoria schüttelte den Kopf. „Das liegt nur an den Tourneen. Wenn wir mit dem Orchester unterwegs sind, sitzen wir Stunden über Stunden in Bussen. Da muss man sich ja irgendwie beschäftigen. Das Blech pokert gern, sogar um Geld, und die Holzbläser haben einen Streit mit den Bratschern angefangen, weil sie die ständig in derben Witzen verhöhnen. Ich halte mich total raus und lese lieber historische Romane oder Wissensmagazine."

„Bratscherwitze?", fragte Rebecca verständnislos.

„Bratschen sind diese etwas größeren Geigen", erklärte Victoria geduldig. „Die werden gerne veräppelt als Streicher zweiter Wahl, die keinen Ton treffen und niemals üben. Die Klarinetten und ihre Oboenkumpel behaupten zum Beispiel, dass Bratscher nie auf Friedhöfe gehen, weil sie panische Angst vor Kreuzen haben, also vor den Erhöhungszeichen in der Musik. Du siehst, zwischen Holzbläsern und Bratschern stimmt die Chemie ganz und gar nicht!" Sie schmunzelte.

Rebecca lachte und zupfte sich dann nachdenklich eine Tannennadel aus den Haaren.

„Das, was du vorher gesagt hast, also diese Sache mit der Anziehung zwischen zwei Menschen … das ist echt interessant."

„Finde ich auch." Victoria nickte. „Stell dir bloß mal vor: Du triffst einen Mann, den dein Kopf überhaupt nicht ausstehen kann – vielleicht, weil er dir ins Auto gefahren ist oder du gegen ihn einen Prozess verloren hast – aber deine Sensoren rufen dir unisono zu: ‚Nimm ihn, er tut dir gut, er macht dich vollständig, er ist dein Seelenverwandter!' Das wäre sicher spannend."

„Oder immens anstrengend!" Beide lachten.

Rebecca war sich zum Glück sicher, dass Logan sie weder vervollständigte, noch ihr Soulmate war. Sein Körper sprach nur irgendwelche niederen Instinkte bei ihr an, das war alles. Auch das war sicher hundertfach bewiesen und in einem von Victorias Wissensmagazinen erörtert worden. Männer bekamen nun mal hohen Blutdruck bei prallen weiblichen Brüsten, was sicher mit irgendeiner Freudschen Theorie zu erklären war, und Frauen starrten eben gerne auf einen wohlgeformten Männeroberkörper. Das war völlig natürlich und hatte nichts, aber auch gar nichts, damit zu tun, dass zwei Menschen zueinander passen könnten. Im Grunde war das vergleichbar mit Fotos von attraktiven Models, die man für die Werbung nutzte. Also so ähnlich wie Bilder von appetitlich angerichteten Salaten, die Lust darauf machten, in eine Gurke zu beißen. Total harmlos.

Quentin hielt mit einiger Mühe seinen Geronimo an und drehte sich zur Gruppe um. „Der Weg wird nun deutlich schmaler", kündigte er an. „Wir kommen am Steilufer des Flusses vorbei. Ihr seht ja selbst, dass es rutschig ist, also passt auf euch auf. Die Lamas sind trittsicher, um die mache ich mir keine Gedanken. Aber ich will ungern mit einem Anwalt weniger zurück nach Manhattan kommen!"

Rebeccas Gismo latschte weiterhin gemütlich neben ihr her, selbst das Rauschen des Flusses, an dem der schmale Waldweg entlangführte, störte ihn nicht.

Im Gegensatz zu New York City schien es hier in den letzten Tagen viel geregnet zu haben, denn der Wasserstand war hoch. Quentin erzählte, dass es ein Stück weiter vorne sogar gefährliche Stromschnellen gab.

„Nicht gerade die Niagarafälle, aber trotzdem verdammt wildes Wasser“, erklärte er. „Da kommt bei diesem Wasserstand niemand wieder heil heraus.“

Ängstlich blickte Rebecca an einer Engstelle über die steile Böschung. Hier hinunterzurutschen wäre keine besonders lustige Sache. Sie nahm den Haltestrick ihres treuen Begleiters fest in die Hand und war froh, dass sie sich einfach führen lassen konnte.

Auch wenn die Blätter schwer von Regentropfen waren und dunkle Wolken fast an die Baumwipfel ragten, war die Natur hier wunderschön. Rebecca hatte fast schon vergessen gehabt, wie herrlich würzig ein Wald roch und wie spannend es war, einfach mal ins Unterholz zu schauen. Da gab es eine Wurzel, die aussah wie eine Schildkröte und dort drüben am Ameisenbau wimmelte der Waldboden wie das Rockefeller Center in der Vorweihnachtszeit. Sogar ein Kaninchen hatte sie vor ein paar Minuten davonhoppeln sehen. Hin und wieder raschelte es im Laub, ansonsten hörte man nur die gedämpften Schritte der Wandergruppe und das Rauschen des Flusses. Nur manchmal drang von weiter vorne ein Lachen durch die Bäume. Erst als der Weg einen Bogen machte, sah Rebecca in einiger Entfernung mehrere Personen neben weiteren Lamas herlaufen.

„Das scheint ja eine echte Marktlücke zu sein“, sagte Victoria. „Wenn eine Gruppe nach der anderen zur meditativen Wanderung aufbricht.“

„Sieht so aus. Allerdings sind das da vorne recht unruhige Geister. Vielleicht Jugendliche. Schau doch nur, wie sie herumhüpfen.“ Rebecca beobachtete lächelnd eine knallrote und eine blaue Jacke, die offenbar Fangen spielten.

Plötzlich durchbrach ein spitzer Schrei die Waldesruh.

Voll Entsetzen musste Rebecca mitansehen, wie die rotbekleidete Person einen unvorsichtigen Schritt zur Seite machte, wobei ein Stück der Böschung abbrach und mit ihr zusammen in den reißenden Fluss stürzte. Die Strömung packte sie sofort und zog sie mit sich, sodass sie näher herangetrieben wurde. Es war eine Frau mit langen, blonden Haaren. Sie schlug mit den Armen um sich, wurde aber von der vollgesogenen roten Jacke und den mörderischen Wirbeln immer wieder unter Wasser gezogen. Nur kurz tauchte sie jeweils auf und versuchte verzweifelt, nach Luft zu schnappen.

„Was steht ihr rum?“, brüllte Logan und stürzte sich, ohne eine Sekunde zu zögern, ebenfalls die steile Böschung hinunter.

Er schlitterte auf den reißenden Fluss zu, in dem die strampelnde Frau heranschnellte. Kurz bevor sie auf der Höhe von Rebeccas Wandergruppe angekommen war, verfing sie sich in einem langen Stock, der zwischen zwei Felsen eingeklemmt war. Aber der mickrige Ast würde ihrem Gewicht und der starken Strömung nicht lange die Stirn bieten können.

Entsetzt starrte Rebecca nach unten, wo Logan nach vorne lief, um näher an die Frau heranzukommen.

Sie fuhr herum und sah ihre beiden Kollegen an. „Was ist? Warum helft ihr ihm nicht?“, schrie sie.

Quentin hatte sein Handy herausgezogen. „Ich rufe gerade die Rettung an“, erklärte er. „Und Logan soll verdammt noch mal hier herauf kommen, es ist Irrsinn, was er tut“, fuhr er Rebecca an, als hätte sie auch nur irgendeinen Einfluss auf ihren Verlobten.

Die Frau hatte Mühe, ihren Kopf über Wasser zu halten und wirkte am Ende ihrer Kräfte. Verzweifelt sah Rebecca die anderen an. „Das dauert doch viel zu lange. Wenn wir gemeinsam da runtergehen, können wir sie vielleicht retten!", rief sie. Aber keiner machte Anstalten, sich zu bewegen.

Sie fuhr wieder herum und starrte auf die schreckliche Szene im Fluss. Wie lange würde der Stock noch halten? Logan war an der Uferstelle angekommen, die der Ertrinkenden nahe war. Er riss sich die Jacke von den Schultern, warf sie hinter sich und sprang mit einem entschlossenen Satz in den eiskalten Fluss.

„Logan!", schrie sie verzweifelt.

Das konnte er doch nicht tun! Die Strömung packte auch ihn sofort und zog ihn in die Mitte. Mit kräftigen Schwimmbewegungen kämpfte er dagegen an, um die Frau zu erreichen, aber das Wasser war stark.

„Tut doch irgendwas", brüllte Rebecca die verbliebenen Männer an, aber die standen nur da wie festgefroren.

„Das ist völlig verrückt!", rief Randolph. „Er riskiert sein Leben für eine Unbekannte. Dafür ist die Polizei zuständig."

„Aber die ist nicht hier!" Ohne nachzudenken, stieg Rebecca über die Böschung und rutschte, genau wie vorher Logan, nach unten, direkt auf den Fluss zu. Sie schürfte sich die Hände auf, als sie versuchte, sich an Wurzeln und Gestrüpp festzuhalten, aber das war egal. Sie musste Logan helfen! Weiter vorne waren die Stromschnellen, hatte Quentin gesagt, und aus denen gab es kein Entrinnen!

Durch immense Anstrengung hatte Logan es tatsächlich geschafft, die Mitte des Flusses zu durchschwimmen und zu der Frau vorzudringen. Beide hingen nun an dem Stock, der sich bedrohlich bog.

„Logan!", schrie sie erneut seinen Namen. Er schüttelte das Wasser von seinem Kopf und sah herüber. Mit einem schnellen Blick versuchte er, die Situation einzuschätzen. Auch Rebecca hatte erkannt, dass es nur einen einzigen Ausweg gab: den Baum auf ihrer Seite, ein paar Schritte flussabwärts, dessen niedrigster Ast fast bis zur Mitte des

Flusses ragte.

„Geh dort hin“, rief Logan ihr zu. „Leg dich auf den Ast. Wirf mir die Jacke zu.“

Ihr war sofort klar, dass das nur funktionierte, wenn Logan sich mit der Frau mitten in die gefährliche Strömung warf.

„Wir können doch Hilfe rufen und ihr bleibt dort drüben“, rief sie. Doch sie wusste selbst, dass die Zeit nicht reichte.

Voll Panik packte sie Logans Jacke und hangelte sich am rutschigen Ufer entlang, bis sie am Baum angekommen war. Ihr Puls raste und ihr Atem kam abgehackt. Der Stamm war nass und glatt, sodass sie mehrmals abrutschte, als sie versuchte, zum dicken Ast zu gelangen. Aber schließlich schaffte sie es. Sie legte sich mit dem Bauch auf das raue Holz. Rebeccas Hals war völlig zugeschnürt vor Angst. Bevor sie auf ein Kommando warten konnte, brach der dünne Stock, der Logan und die Frau gehalten hatte, mitten durch. Die Blondine schrie erstickt, aber er fasste sie unter den Achseln. Mit kräftigen Stößen versuchte Logan, zur Mitte zu schwimmen, und zog sie dabei hinter sich her.

Sie trieben direkt auf Rebecca zu.

Obwohl es kalt war, stand ihr der Schweiß auf der Stirn. Würde sie die Jacke im richtigen Moment nach unten werfen und er sie auch erwischen? Sie sah in die weit aufgerissenen Augen der jungen Frau, als diese mit Logan auf sie zu trieb. Jetzt musste sie etwas tun! Sie wickelte einen der Jackenärmel um den Ast und warf den anderen in Richtung von Logans Arm, den er ihr aus dem Wasser entgegenstreckte. In letzter Sekunde erwischte er den Stoff und krallte sich darin fest. Ein Ruck ging durch ihn und die Frau, die sich an ihm festklammerte, dann hielten sie die Position und wurden nicht weiter den Stromschnellen entgegengetrieben.

„Hilf mir“, rief Logan und streckte ihr aus dem Wasser seine freie Hand entgegen. Rebecca packte sie und zog ihn am Baumstamm entlang in Richtung Ufer, bis er Boden unter den Füßen hatte. Gemeinsam gelang es ihnen, auch die total entkräftete Frau, die von Heulkrämpfen geschüttelt wurde, an Land zu bekommen.

Logan war völlig außer Atem, als er schließlich neben Rebecca stand und die Frau vorsichtig auf dem sicheren Boden absetzte.

„Ich habe es geschafft", sagte er mit seltsam tonloser Stimme. „Es gab eine Rettung." Rebecca wusste nicht, ob er mit ihr sprach oder mit sich selbst.

Sie drehte sich nach oben um. „Kann uns vielleicht mal jemand helfen?", schrie sie dem Rest der Gruppe zu, der ein Stück weiter vorne untätig herumstand. Es war unfassbar, dass keiner einen Finger krumm gemacht hatte, um sie bei der Rettung zu unterstützen.

An der Stelle, an der Logan und die Frau aus dem Fluss gestiegen waren, fiel das Ufer noch nicht so steil ab. Rebecca winkte die Männer heran. Mit Hilfe von ein paar Händen schafften Logan und sie es hinauf auf den Weg, die Unterkühlte im Schlepptau. Victoria zog die Frau aus und wickelte sie in ihre eigene Jacke, wobei sie beruhigend auf die Weinende einsprach.

„Sind Sie völlig verrückt?", brüllte Quentin Logan an, kaum dass der tropfend nass neben ihm stand. „Sie hätten draufgehen können! In solchen Fällen ruft man Profis! Es ist absolut irrsinnig, sich selbst in den Fluss zu stürzen, sodass am Ende zwei Leute umkommen!" Er war völlig außer sich. Irgendwo in der Ferne hörte man eine Sirene näher kommen.

Rebecca hätte ihm am liebsten an den Kopf geworfen, dass das gar nicht nötig gewesen wäre, wenn alle zusammen geholfen hätten. Aber sie wollte Logan das Wort überlassen.

Der schwieg jedoch.

„Das hätte wirklich schlecht ausgehen können", mischte sich auch Randolph ein. „Hast du denn nicht an die Stromschnellen gedacht?"

„Ich habe nur daran gedacht, dass meine Hilfe nötig ist“, sagte Logan knapp, ließ die verdutzen Männer einfach stehen und marschierte mit zügigen Schritten den Weg zurück. Die schwer verliebte Snowflake lief hinter ihm her. Irgendwer rief ihm nach, dass er doch auf den Krankenwagen warten sollte, aber er ging einfach weiter. Rebecca überlegte nicht lange und folgte der tropfnassen Gestalt. Sie hätte die dummen Sprüche von Randolph und den anderen sowieso keine Sekunde länger ertragen.

*

Eine Stunde später war die Frau von Sanitätern versorgt worden und die Gruppe in die Lodge zurückgekehrt. Quentin, den nun offenbar doch ein Anflug von schlechtem Gewissen drückte, hatte darauf bestanden, dass Logan eine fast noch kochende Hühnersuppe serviert bekam, und ihm auch noch einen Tee mit uraltem Cognac aus einer extrem teuer wirkenden Flasche untergejubelt.

Nun lag Logan in der Badewanne, um die Kälte des Wassers und des eisigen Rückmarsches aus den Knochen zu bekommen. Rebecca saß auf dem Doppelbett und konnte noch immer nicht fassen, was dort am Fluss geschehen war. Logan hatte keine Sekunde überlegt, er war der Ertrinkenden einfach zu Hilfe gekommen! Während alle anderen keinen Finger zu ihrer Rettung krumm gemacht hatten. Ja, sie hätten wahrscheinlich sogar Logan absaufen lassen, nur um sich nicht selbst die teuren Schuhe dreckig zu machen!

Sie war so wütend, dass sie ein Kopfkissen packen und auf die Matratze schlagen musste.

„Spielst du Frau Holle?“, fragte eine dunkle Stimme und sie fuhr herum. Logan war aus dem Badezimmer gekommen, eingehüllt ihn einen flauschigen Morgenmantel.

„Es geht einfach nicht in meinen Kopf“, erklärte sie.

„Die haben alle nur herumgestanden und nicht den geringsten Versuch gemacht, dir zu helfen!“

Er zuckte mit den Schultern.

„So sind Menschen nun mal“, sagte er und es klang resigniert.

Rebecca sah überrascht zu ihm auf.

„Findest du das allen Ernstes in Ordnung?“

„Nein. Aber ich kann es verstehen. Es war nur eine Unbekannte für sie und hatte keine Bedeutung. Wahrscheinlich haben sie sogar recht. Vielleicht war es dumm von mir, in den Fluss zu springen. Ich hätte tatsächlich draufgehen können. Aber manchmal muss man solche Dinge eben tun. Ich hatte keine Wahl. Frag bitte nicht, warum.“

Er setzte sich aufs Bett.

Rebecca konnte dem Impuls, ihrem Helden durch die samtweich wirkenden Haare zu fahren, nur schwer widerstehen. Um sich selbst davon abzulenken, plapperte sie einfach drauflos.

„Als ich klein war, hatten wir mal eine Katze“, erzählte sie. „Sie war uns zugelaufen. Meine Mom war natürlich dagegen, sie zu behalten, weil das Fressen zu viel gekostet hätte. Aber ich habe sie heimlich gefüttert.“

Erst als Logan sich zu ihr umdrehte und sie seine dunklen Augen schimmern sah, fiel ihr auf, dass sie ihm gerade Details zu ihrer Familie preisgab. Aber irgendwie fühlte sich das richtig an.

Er zog seine Beine an, die in Schlafshorts steckten, und schlug die Bettdecke darüber.

„Erzähl weiter“, bat er leise.

Rebecca schluckte. „Mein Dad wusste davon, hat mich aber nicht verraten. Eines Tages kletterte Kitty auf eine Balkonbrüstung im ersten Stock des Hauses. Sie wagte sich ganz weit hinaus, kam aber nicht mehr zurück. Jämmerlich miauend saß sie da und keiner konnte helfen. Außer meinem Dad.“

Sie sah die Szene noch vor sich, als wäre es gestern erst

passiert. Sogar den verzweifelten Ton der Katze hatte sie noch im Ohr.

„Ist er rausgeklettert und hat sie geholt?“, fragte Logan und klang wie ein alter Freund.

„Mom hat ihn fast umgebracht deshalb. Und die Leute aus dieser Wohnung hielten ihn für verrückt. Aber für mich war er ein Held. Und er ist es irgendwie immer noch.“

Logan schwieg. Aber es war kein bedrückendes Schweigen, sondern eines, das normalerweise nur zwischen zwei Menschen entsteht, die sich gut kennen.

Die schwache Abendsonne hatte ihr Tagwerk heute früh beendet und war beizeiten hinter die bewaldeten Hügel von Vermont gekrochen, um sich schlafen zu legen. Die Dämmerung tauchte das Zimmer in pastellfarbenes Licht, das Logans Züge weich erscheinen ließ.

„Du kommst also gar nicht aus einer dieser Upper West Side Familien?“, fragte er.

„Nein, aus Queens.“ Sie hatte ganz plötzlich keine Lust, ihre üblichen Lügengeschichten herunterzurattern. „Mein Dad ist überhaupt kein großes Tier in der Lebensmittelindustrie. Weißt du, was er macht? Er arbeitet in einer Imbissbude. Bei ‚Fred's Burger Heaven‘. Da brät er den ganzen Tag Fleisch und schneidet Zwiebeln.“

Logan sah sie an. „Ich liebe Burger“, sagte er schließlich und sein Lächeln war warm. „Was ist mit deiner Mom, dieser geübten Society-Lady?“

Rebecca seufzte. „Sie sitzt an der Kasse bei Walmart, hat fettige Haare und einen kaputten Zahn, den sie sich nicht richten lässt. Doch sie war immer für unsere Familie da und hat ein offenes Ohr für jeden, der Sorgen hat.“

„Aber du willst nicht, dass Quentin sie zu Gesicht bekommt.“

Der Satz kam so neutral, dass Rebecca nicht einordnen konnte, ob ein Vorwurf darin steckte.

„Du hältst mich jetzt für eine schäbige Tochter“, sagte sie. „Und wahrscheinlich hast du recht. Ich sollte zu meiner Familie stehen, doch ich verstecke sie und lüge meinem Boss was vor. Es geht mir nicht immer gut damit."

Er schwieg lange. Schließlich schlüpfte er aus dem feuchten Bademantel, warf ihn achtlos neben das Bett und zog die Bettdecke bis zu seinen Achseln hoch.

„Wahrscheinlich ist es besser so. Dein Quentin und die anderen Krawattenclowns würden wohl wirklich auf deine Familie herabsehen. Und das haben deine Eltern sicher nicht verdient."

„Da hast du bestimmt recht. Trotzdem fühle ich mich mies." Sie seufzte tief. „Ich komme mir manchmal vor wie eine Verräterin."

Er drückte seinen Kopf ins Kissen und begann unvermittelt zu lachen.

„Du bist echt eine Nummer, Becky! Fantasierst dir ein steinreiches Elternhaus zusammen, nur um diesen Anwalts-Tycoon zu beeindrucken. Und sogar dein Verlobter musste noch ein hoch dotierter Manager sein! Hätte ein normaler Sachbearbeiter nicht gereicht?"

„Nein", erklärte sie und musste plötzlich auch kichern. „Wenn ich schon schwindle, dann richtig! Ich spiele gerne in der ersten Liga mit."

Logan wurde wieder ernst. Schatten tanzten über sein Gesicht, denn die Sonne war inzwischen vollständig untergegangen und nur ein schwacher Lichtschein erhellte den Raum. Die übrigen Gäste saßen sicher unten bei einem mehrgängigen Dinner, doch Logan hatte die heiße Badewanne vorgezogen und auch Rebecca verspürte weder Hunger noch Lust auf Randolphs Gesellschaft.

„Deine Karriere ist dir wirklich wichtig, oder?" Er sah sie an, als wollte er in ihr Innerstes blicken.

Sie nickte. „Ich wollte raus aus Queens. Meine Schwester Rhonda lebt noch bei meinen Eltern. Sie hat keinen tollen Abschluss und wenig Chancen auf dem Arbeitsmarkt, genau wie unsere Mom. Irgendwie zieht das Leben an ihr vorbei und das frustriert sie natürlich. Ihr

Reich ist die Fernsehcouch und das Highlight des Tages eine frische Familienpackung Vanilleeis. Sie hat keinen Job und irgendwie – wie soll ich sagen – kein Ziel. Sie tut mir so leid."

Rebecca schlug die Augen nieder.

„Und das macht dir wahnsinnige Angst", stellte er fest. „Du musstest weg und tust nun alles für deine Kanzlei, weil du niemals so enden willst wie sie."

„Ist das etwas Schlechtes?" Sie sah ihn fragend an. Logan hielt ihrem Blick ein paar Sekunden stand, dann drehte er sich plötzlich nach rechts, zog sein Gepäck heran und kramte darin herum.

Grinsend hielt er Rebecca einen der beiden Schokoriegel hin, die er herausgefischt hatte.

„Du brauchst etwas zum Lockerwerden", sagte er und riss für sie die Verpackung auf.

Rebecca streckte spontan die Hand aus. „Das habe ich schon mehrmals gehört, aber in der Regel schenkte mir der betreffende Mann dann einen teuren Bordeaux ein!" Sie nahm ihm den Riegel ab, obwohl sie sonst um leere Kalorien einen großen Bogen machte.

„Total veraltet", sagte Logan. „Beiß rein und genieße. Manchmal muss man etwas Unvernünftiges tun, das fühlt sich richtig gut an. Und zwar ohne Angst vor den Folgen."

„So etwas wie einer Frau in den Fluss hinterherspringen?" Sie biss ein Stück der Karamellschokolade ab. Logan hatte recht, es schmeckte himmlisch, wenn man sich darauf einließ.

„Ich meinte eher, dass du nicht gleich zur Couch-Potato mutierst, nur weil du dir mal etwas Süßes gönnst."

Wahrscheinlich stimmt das sogar. Sie schloss die Augen und leckte die Füllung aus dem Schokomantel. Normalerweise verbot sie sich, im Bett zu essen, aber heute fühlte sich das passend an. Als Rebecca den Riegel aufgefuttert hatte, rutschte auch sie tiefer ins Bett hinein und deckte sich zu. Sie hatte plötzlich gar kein Verlangen mehr danach, die beiden Betten auseinanderzuschieben.

„Was ist mit deinen Eltern?", fragte sie. „Besuchen sie dich manchmal? Bringt deine Mutter Apfelkuchen für Eddie mit und schraubt dein Dad probehalber an einem Auspuff herum?"

Logan schwieg.

Das einzige Licht im Raum kam von einer schwachen Laterne, die über dem Hauseingang für etwas Helligkeit sorgte, ansonsten war es dunkel. Rebecca konnte sein Gesicht nur schemenhaft erkennen. Irgendetwas flüsterte ihr ein, dass sie nicht weiterbohren sollte.

„Tut mir leid", sagte sie schließlich. „Wenn du nicht über sie reden willst, ist das in Ordnung. Es geht mich nichts an." Sie zog ihre Decke noch ein Stück hoch.

„Du hattest natürlich recht", sagte er unvermittelt.

Verwirrt setzte sich Rebecca ein kleines Stück auf. „Womit?"

„Dass ich nicht aus New York City komme. Ich bin in einem winzigen Nest in Montana aufgewachsen. Aber nicht auf einer Schweinefarm."

Sein Lächeln war bemüht.

„Und auch nicht als Quäker", sagte Rebecca, weil sie das Gefühl hatte, mit etwas Humor würde es ihm leichter fallen zu erzählen. Und sie wollte, dass er erzählte. Warum, das konnte sie gar nicht sagen. Sie sah nur Logans Augen, die jeden Anflug von Arroganz verloren hatten, und wollte ganz plötzlich alles über ihn wissen, jedes Detail, jede kleinste Kindheitserinnerung, jeden seiner Gedanken.

„Nein, kein Quäker weit und breit. Mein Dad hat in einem Sägewerk gearbeitet und meine Mutter in einem Café, wo sie die meiste Zeit des Tages damit verbrachte, von der weiten Welt zu träumen."

„Kam sie denn nie raus aus Montana?"

„Einmal fuhr sie runter nach Salt Lake City. Zu einem Vorsprechen. Aber natürlich haben sie sie nicht genommen, sie konnte ja nichts."

Er klang so bitter, dass es ihr einen Stich ins Herz gab.

„War deine Mom Schauspielerin?"

Logans Blick war starr auf die Zimmerdecke gerichtet. „Nur, wenn es darum ging, ihre zahlreichen Affären zu verheimlichen. Aber sie hielt sich für eine. Stieg im Café, wenn ihr ein Kerl ein paar Drinks ausgegeben hatte, auf einen Stuhl und rezitierte irgendwelche Filmszenen. Es war einfach nur peinlich.“

„Wie hat dein Dad reagiert?“

Er zuckte mit den Schultern. „Was sollte er schon groß tun. Natürlich verbot er ihr, mit jedem dahergelaufenen Handelsvertreter zu flirten, aber es interessierte sie nicht. Sie war hübsch, zumindest als sie halbwegs jung war, und spielte gern mit Männern. Später schlug der Alkohol zu, da war es mit der Schönheit nicht mehr so weit her.“

Rebecca hörte den Schmerz in seiner Stimme und rückte unwillkürlich ein wenig näher an ihn heran.

„Das muss die Hölle gewesen sein für deinen Dad“, sagte sie leise. „Und für dich war es bestimmt auch nicht leicht.“

„In der Schule lachten sie mich ihretwegen oft aus, aber das war mir egal. Ich war sowieso ein Einzelgänger, hatte keine Freunde. Bin viel im Wald herumgelaufen, war in den Bergen unterwegs, habe mein eigenes Ding gemacht. Aber mein Dad tat mir leid.“

„Wohnen deine Eltern noch in Montana?“

Logans Augenbrauen zuckten. „Dad lebt noch immer in einem heruntergekommenen Haus. Ich würde ihn hierherholen, aber er will nicht weg.“

Ihr fiel auf, dass er seinen Vater als „Dad“ bezeichnete, aber seine Mutter noch kein einziges Mal „Mom“ genannt hatte.

„Und sie?“, fragte sie vorsichtig.

„Lief vor einigen Jahren mit einem Lastwagenfahrer weg. Der hing genauso an der Flasche wie sie. Aber es ging nicht lange gut. Danach trieb sie sich eine Zeit lang in Wyoming herum und kam irgendwie unter die Räder. Ich erfuhr erst einen Monat später, dass man sie beerdigt hatte.“

Rebeccas Brust zog sich zusammen.

„Das tut mir so leid, Logan", sagte sie und legte ihre Hand auf seinen Oberarm. Er ließ es geschehen.

Ein bitteres Lächeln umspielte seine Lippen. „Weißt du, was das wirklich Tragische ist? Mein Vater hat eine Leberkrankheit. Ist das nicht zynisch? Der Mann, der nie im Leben ein Glas Whiskey angerührt hat, muss Medikamente nehmen, weil seine Leber nicht mehr mitmacht. Während sie ihr Leben und ihre Gesundheit einfach weggeworfen hat, nur weil sie mit irgendwelchen Kerlen herummachen wollte."

Er hasste seine Mutter. Vielleicht sogar alle Frauen, aber seine Mom auf jeden Fall, das war Rebecca klar. Weil sie seinen Dad so schlimm verletzt hatte. Und nun war der alte Mann auch noch krank.

„Kann er sich die Tabletten denn leisten?", fragte sie.

„Nur schwer, denn er hat sowieso Schulden." Logan wurde die Ausfragerei offenbar zu viel, denn er drehte sich zur Seite, sodass sie auf seinen Rücken starrte. Oder lag es daran, dass er sie seine Trauer nicht sehen lassen wollte?

„Aber wie …", begann sie, dann zog sie die Luft ein. Natürlich! Sie erinnerte sich daran, was Logan ihr in seiner Wohnung erzählt hatte.

„Du brauchst das Geld für ihn!", sagte sie. „Das ist der Grund, warum du für diesen Escort Service arbeitest. Du musst etwas dazuverdienen, weil du deinen Dad unterstützt."

Er ließ sich mit Frauen ein, las völlig unwichtige Details über Beethoven nach und quälte sich durch öde Restaurantbesuche, weil er seinem Vater finanziell helfen musste. Und sie hatte ihn als „erbärmlichen Gigolo" bezeichnet! Eine Welle von Zärtlichkeit für Logan ergriff sie.

„Hör auf, mich als Heiligen darzustellen", brummte er. „Das würde jeder tun. Es ist nichts Besonderes."

Ohne, dass sie es steuern konnte, wanderte Rebeccas Hand zu seiner Schulter und berührte diese leicht. Logan sagte nichts, aber sie spürte, wie sich sein Atem mit der Zeit beruhigte. Lange Minuten lagen sie so da, wortlos und ohne sich in die Augen zu sehen, aber doch mit mehr Nähe, als sie je mit einem anderen Mann erfahren hatte.

„Wann bist du aus Montana weggegangen?“, flüsterte sie und rückte so nah an ihn heran, dass sie meinte, die Wärme seiner Haut fühlen zu können.

„Ich konnte nicht bleiben“, presste er hervor. „Nicht nach…“ Er brach den Satz ab.

Rebecca konnte spüren, wie seine Rückenmuskeln sich verspannten. Sie rutschte mit ihrer Hand ein Stück tiefer und ließ sie auf seinem Schulterblatt liegen.

„Du brauchst nichts mehr zu erzählen“, sagte sie leise. „Es ist okay.“ Sie wollte einfach nur für ihn da sein, seinen Schmerz ein wenig lindern, seine Erinnerungen abmildern. Den Duft seiner Haut riechen und die Hand auf seiner Schulter lassen, um ihm ein klein wenig Halt zu geben.

Er atmete tief ein und ließ ganz langsam die Luft wieder entweichen.

„Es ist sehr lange her, dass ich mit einer Frau einfach nur so dagelegen habe.“ Seine Stimme war noch tiefer als sonst und ein wenig rau, was Rebecca durch und durch ging.

„Verlangen das deine Auftraggeberinnen denn sonst nicht?“, fragte Rebecca. „Soweit ich weiß, kann man deinen Kollegen Christopher durchaus auch für die Nacht buchen. Das hat mir zumindest eine Bekannte gesagt. Aber vielleicht hat sie ein bisschen geschwindelt, um sich interessanter zu machen.“

Sie wollte ihn nicht unter Druck setzen, irgendetwas zu erzählen. Nicht nur, weil er bei dem Gespräch in seiner Wohnung erklärt hatte, dass er sich nicht als Callboy betätigte. Auch, weil sie gar nicht so detailliert wissen wollte, ob er sich schon mit der halben Park Avenue im Bett herumgewälzt hatte.

„Oh ja, einige hätten es sicher gerne. Aber ich tue es nicht. Grundsätzlich nicht. Ich lasse mich nicht für Sex bezahlen, da könnte ich mich beim Rasieren nicht mehr im Spiegel anschauen."

In ihren Fingern kribbelte es. Sie hätte gerne über seinen Rücken gestreichelt, wäre mit der Hand durch seine Haare gefahren oder noch näher an ihn gerückt. Es war so selbstverständlich, hier neben ihm zu liegen und zu reden. Ganz so, als würden sie sich schon ewig kennen und alles voneinander wissen.

„Trotzdem lebe ich natürlich nicht wie ein Mönch", fuhr er fort. „Frauen sprechen mich oft an, warum sollte ich da nicht die eine oder andere Nacht mitnehmen? Sie sehen einen harten Kerl, das macht sie an, also schlafe ich mit ihnen."

Rebeccas Herz klopfte so laut, dass sie Angst hatte, er würde es hören.

„Und da ist keine dabei, die du länger haben willst?", fragte sie.

„Ich halte nicht viel von Beziehungen. Habe ja bei meinen Eltern gesehen, wo so etwas hinführt."

Sie konnte ihn verstehen. Wer schon als Kind ständig vorgelebt bekam, wie sich ein Ehepaar zerfleischte, sehnt sich ganz bestimmt nicht nach einem Ring am Finger.

„Dann sind diese Frauen, die dich in der Bar aufreißen, also nur ein Spiel für dich?"

Er stieß ein leises Lachen aus. „Ich mag Sex. Das gebe ich zu. Aber manchmal, da ist es – wie soll ich sagen …" Er schien zu überlegen.

„Da bleibt eine Leere zurück?", half Rebecca vorsichtig aus.

Er nickte. „Weißt du, es gibt Momente, da ist mir das alles zuwider. Die Reizwäsche, die teuren Parfums, die lasziven Blicke. Da wünsche ich mir einfach nur eine Umarmung statt eines Kamasutra-Programms. Das findest du jetzt sicher lächerlich."

Er klang, als bereute er, ihr das offenbart zu haben.

Doch Rebecca konnte das sehr gut nachvollziehen. „Tu ich gar nicht", antwortet sie. „Im Gegenteil. Es ist, wie du neulich gesagt hast: Alle sehen etwas in dir. Die Frauen wollen den harten Kerl, also bekommen sie ihn von dir. Aber jeder Mensch hat mal Augenblicke, in denen er schwach ist. Sogar Männer, die Fremde aus reißenden Fluten ziehen."

Er schwieg lange.

„Da könntest du recht haben", gab er schließlich zu, ganz leise und matt.

Ihr Brustkorb wurde eng. Sie fühlte eine fast übermächtige Verbundenheit mit Logan und hatte das Gefühl, er ließ sie in diesem Augenblick ganz tief in sich hineinsehen. Und was sie da sah, gefiel ihr ausnehmend gut.

„Versuch, ein bisschen zu schlafen", flüsterte sie ihm zu. Er hatte es sich wirklich verdient. Und sie würde einfach hier liegen bleiben, ganz nah hinter ihm. So, als wäre das ihr Platz.

Logan rutschte ein kleines Stück in ihre Richtung. Ob bewusst oder im Halbschlaf, das konnte Rebecca nicht genau sagen, aber seine Nähe machte sie atemlos. Sie sehnte sich danach, ihn zu berühren, hatte aber Angst, seine zerbrechliche Offenheit ihr gegenüber damit zu zerstören.

„Ich glaube, ich habe mich in dir getäuscht", murmelte er schläfrig. „Du bist vielleicht gar keine so schreckliche Prinzessin."

Ein Lächeln bahnte sich einen Weg in Rebeccas Gesicht. Sie ahnte, dass das ein richtig großes Kompliment war.

Es brauchte keine Worte mehr.

Logans Atemzüge wurden regelmäßiger und kamen langsamer. Es fiel ihm sicher nicht auf, aber sein Oberkörper lehnte sich dem von Rebecca entgegen. Vielleicht spürte er im Einschlafen ihre Wärme oder er suchte unbewusst ein wenig Halt. Sie fand es jedenfalls herrlich, seine Haut zu spüren.

Als sie sich sicher war, dass er schlief, glitt sie mit ihrem

Arm unter Logans Ellbogen hindurch und schob sich von hinten noch näher an ihn heran. Wenn es sonst schon niemand tat, würde zumindest sie ihn umarmen. Auch wenn er es gar nicht mitbekam. Ihr war einfach danach, diesen starken und doch verletzlichen Mann ein kleines bisschen festzuhalten. Rebeccas Hand lag auf seiner nackten Brust und sie spürte seinen regelmäßigen Herzschlag. Sie schloss die Augen. Es war unglaublich, wie gut ihre beiden Körper aneinanderpassten. So, als wären sie füreinander geschaffen.

Logan so intensiv zu fühlen, war überwältigend. Seine Haare kitzelten an Rebeccas Stirn, sein Geruch vernebelte ihren Verstand und sie wollte seine Haut am liebsten überall anfassen. Und doch hielt sie still, fühlte den Takt seines Atems, passte den ihren seinem Rhythmus an.

Aus dem Moment wurden Minuten.

Als Logans Arm sich bewegte, hielt Rebecca die Luft an. Er würde doch hoffentlich nicht aufwachen und sie von sich schieben? Wie erstarrt lag sie da und wartete ab. Logan hob seine Hand und legte sie direkt auf Rebeccas. Er umschloss ihre Finger und hielt sie fest, als hätte er Angst, dass sie ihm wieder abhandenkommen könnte.

„Das tut gut“, murmelte er, wurde ganz ruhig und schlief schließlich wieder ein. Seine große, warme Hand blieb auf Rebeccas liegen.

Sie schmiegte sich an ihn, ohne darüber nachzudenken. Es zählte nur noch das Fühlen. Und das sagte ihr, dass Logan dieses Mal kein Spiel mir ihr trieb. Er war echt. Und es war ein wunderbares Gefühl, an seinen Rücken gekuschelt einzuschlafen.

EL HOMBRE
Der Blog für echte Männer

Hey Männer,

freut mich krass, dass ihr so gute Erfahrungen mit meinen Tipps macht! Und klar geht es jetzt weiter im Text. Ich werde euch beibringen, wie ihr sie endgültig süchtig nach euch macht. Was natürlich bedeutet, dass sie mit euch ins Bett will.

(@Jasper: Oh doch, mein lieber Jasper, es gibt sehr wohl Frauen, die die Initiative ergreifen. Und die Spaß haben an Sex. Und nein, nicht jede findet, das ist etwas Schmutziges! Ehrlich nicht!)

Ich habe euch in meinem letzten Blog-Beitrag erzählt, wie ihr die Señoritas an der Bar oder sonst wo klar macht. Nun gehen wir den nächsten Schritt – sie ist also mit euch in einem Hotelzimmer/in eurer Bude/in ihrem Schlafgemach.

Jetzt müsst ihr ein wenig aufpassen. Es gibt – ganz grob gesagt – zwei Arten von Frauen.

Erstens die „Cowgirls", so nenne ich sie für mich. Das sind Frauen, die den harten Kerl haben wollen und zwar in jeder Hinsicht! (Und wenn ich sage „jede", dann meine ich „jede"!) Ein Cowgirl erwartet zu diesem Zeitpunkt keine Unterhaltung und auch keinen Kuschelsex. Sie will von euch genommen werden. Dabei dürft ihr ruhig etwas grob sein. Zeigt ihr, wer der Herr im Haus ist. Wenn ihr sie küsst, dann drückt sie dabei an die Wand und werft sie anschließend aufs Bett. Alles, was ihr sagen müsst, ist: „Ich will dich!" Sie wird dahinschmelzen, wenn ihr den rauen Macho spielt. Vielleicht tragt ihr ein paar Kratzwunden am Rücken davon, aber glaubt mir, das ist es wert!

Zweitens die „gute Fee". Sie will euch natürlich auch, aber bei ihr müsst ihr etwas sanfter vorgehen. Von grobem Sex träumt sie allenfalls heimlich, aber er würde ihr Angst machen. Sie will zwar euren Körper, aber sie ist anspruchsvoll. Sie möchte zusätzlich noch hinter eure Fassade schauen. Ihr gefällt die Theorie von der „rauen Schale mit einem weichen Kern“. Wenn sie den findet, seid ihr absolut unwiderstehlich für sie und sie wird sich euch mit Haut und Haar hingeben.

Ihr kriegt sie ganz leicht rum, indem ihr ihr gebt, was sie will. Eine Geschichte über euch, die ihr angeblich noch nie einer Menschenseele erzählt habt. „Diese Kette, die du trägst, erinnert mich an meine Grandma Augusta. Sie war eine total wichtige Person für mich. Ich hab lange nicht mehr an sie gedacht.“ Danach schweigt ihr und schaut betreten in die Ferne (denkt an das letzte verlorene Spiel eurer Lieblingsmannschaft, das hilft euch, den richtigen Gesichtsausdruck zu entwickeln). Sie wird natürlich versuchen, euch auszufragen. Ihr rückt äußerst widerwillig mit einer möglichst rührseligen Geschichte heraus und zeigt euch erstaunt, dass ihr sie ausgerechnet ihr erzählt. Sie wird sich als etwas ganz Besonderes fühlen und liebend gern für euch die Beine breit machen.

Tja, Jungs, jetzt müsst ihr nur noch erkennen, ob ihr ein Cowgirl oder eine Fee vor euch habt. Aber glaubt mir, mit der Zeit gelingt euch das so leicht, als müsstet ihr Bourbon von Bud light unterscheiden.

Ihr glaubt nicht, dass das so einfach ist? Probiert es aus. Und schreibt mir darüber.

Bis dahin ...

Hasta luego
Euer El Hombre

7. After office hours

Als Rebecca aufwachte, wusste sie im ersten Moment nicht, wo sie war. Das Bett, in dem sie lag, fühlte sich anders an als ihres zu Hause, und in der Luft lag ein leichter Geruch nach richtig gutem Kaffee. Sie schlug die Augen auf und sah als Erstes Logan, der voll angezogen am Fußende des Bettes stand und sie anstarrte. Natürlich blickte er schnell woanders hin, nachdem er gemerkt hatte, dass sie wach war. Aber Rebecca war sich sicher: Er hatte sie angesehen.

Langsam kam die Erinnerung an die letzte Nacht zurück. An die Dinge, die er ihr erzählt hatte, und auch an das gemeinsame Einschlafen, ganz nah aneinandergeschmiegt.

Doch nun stand er dort drüben, mit maximalem Abstand und undurchdringlicher Miene, während sie hier zwischen den Kissen lag.

Sie versuchte es mit einem freundlichen: „Guten Morgen. Hast du gut geschlafen?"

„Wir sollten runtergehen", antwortete er knapp. „Dein Quentin sagte gestern, dass es um acht Uhr Frühstück gibt."

Logan drehte sich weg und ging zur Tür, wo seine Schuhe abgestellt waren.

Hektisch tastete Rebecca nach ihrer Armbanduhr, die sie auf dem Nachtkästchen abgelegt hatte. Es war schon zehn Minuten vor acht! Dabei hasste sie es, irgendwo zu spät zu kommen.

Sie sprang aus dem Bett und stellte im Bad einen neuen Geschwindigkeitsrekord auf. Nach neuneinhalb Minuten erschien sie wieder im Zimmer – frisch geduscht, dezent geschminkt und in neuen Klamotten. Sogar die Zähne hatte sie sich geputzt, während sie gleichzeitig mit dem Kamm durch ihre Haare gefahren war.

Das sollte ihr erst einmal jemand nachmachen!

Als sie mit Logan im Schlepptau und einem vorschriftsmäßigen Lächeln im Gesicht das Esszimmer betrat, schlug die historische Wanduhr gerade die volle Stunde.

„Ah, Rebecca“, begrüßte Quentin sie. „Pünktlich wie immer, das mag ich. Und unser Held ist ebenfalls dabei. Guten Morgen, mein Freund!“

Auch Randolph und Victoria waren bereits anwesend. Während sich alle an dem kleinen Buffet bedienten, das an einem Nebentisch aufgebaut war, wandte sich der Boss erneut an ihren Begleiter.

„Das Wetter ist schön heute. Was halten Sie davon, wenn wir die Corvette nach draußen schieben? Dann können Sie ein wenig weiterbasteln. Randolph hilft uns sicher dabei.“

Er blickte Rebeccas Kollegen an, der sich zu einem begeisterten Gesicht zwang. Es klappte nicht sehr gut.

„Selbstverständlich helfe ich mit“, beeilte er sich, zu sagen. „Aber was ist mit den Hasen und Rebhühnern? Wollten wir nicht auf die Jagd gehen, Quentin?“

„Ja ja“, wiegelte der Boss ab. „Vielleicht finden wir noch Zeit dafür. Aber wenn ich so einen Oldtimerflüsterer wie Logan hier habe, muss ich das ausnutzen. Das verstehen Sie doch sicher, Randolph?“

„Natürlich“, quetschte der heraus und köpfte ein hart gekochtes Ei. Rebecca konnte sich gut vorstellen, wem er lieber den Garaus gemacht hätte.

Als sie sich die zweite Tasse Kaffee holte, stand Quentin plötzlich neben ihr. „Auch bei Ihnen muss ich mich entschuldigen, dass ich mich nicht an meine Pläne halte, Rebecca. Wir wollten ja über Ihre Karriere in der Kanzlei sprechen. Aber mich juckt es so in den Fingern, mein Baby wieder straßentauglich zu bekommen!“

Er sah aus wie ein kleiner Junge, der Batterien in ein ferngesteuertes Auto einlegte und kaum mehr erwarten konnte, das Ding auszuprobieren.

„Das macht doch nichts. So ein Gespräch läuft nicht davon“, sagte Rebecca.

„Ganz genau. Wir holen das in den nächsten Tagen nach. Lassen Sie sich einen Termin bei mir eintragen.“

Das würde sie garantiert tun. Ganz offensichtlich hatte sich Quentins anfänglicher Unmut über Logans Heldentat gelegt. Er schien immer noch sehr begeistert von ihrem „Verlobten“ zu sein, was sie sehr freute. In dieser Hinsicht war das Wochenende also ein voller Erfolg.

Was Logan und sie anging, war sie allerdings total verwirrt. Gestern Abend noch hatte sie sich ihm unendlich nah gefühlt. Bei dem Gespräch über seine Familie war eine Verbindung entstanden, die sie in dieser Intensität noch nie mit einem Mann verspürt hatte. Natürlich hatte sie sich auch zu ihren damaligen Freunden hingezogen gefühlt, aber auf eine andere Art, die ihr viel oberflächlicher vorkam. Sie hatte ihren Intellekt bewundert oder ihre Bildung. Es genossen, wenn sie sie zum Essen ausführten und ihr in den Mantel halfen. Aber noch nie hatte sie das Verlangen gespürt, einem Mann einfach nur nah zu sein, jede Faser seines Körpers zu erforschen, jeden seiner Gedanken zu durchdringen.

Logans Offenheit war wundervoll gewesen und vermittelte ihr das Gefühl, etwas Besonderes zu sein, was sie unsagbar genoss. Er hingegen beachtete sie heute kaum.

Wieso hatte er vor dem Bett gestanden und sie angesehen? Rebecca konnte sich beim besten Willen keinen Reim auf sein Verhalten machen.

So etwas mochte sie nicht. Sie bevorzugte geordnete Verhältnisse und wollte wissen, woran sie war. Vielleicht gab es später noch Gelegenheit, ihn danach zu fragen. Aber erst einmal machten sich die Männer auf den Weg nach draußen, in Richtung Garage. Rebecca folgte ihnen ein Stück, weil sie ein paar morgendliche Sonnenstrahlen abbekommen wollte. Victoria hatte sowieso angekündigt, Geige üben zu müssen, also wollte Rebecca ein paar

Schritte um das Haus gehen. Als sie auf der Rückseite des breiten Nebengebäudes vorbeikam, in dem sich die Garage befand, hörte sie Quentin sprechen.

„Eine wichtige Sache müssen Sie noch lernen, mein Freund."

„Und die wäre?" Logans Stimme klang freundlich, aber Rebecca glaubte zu erkennen, dass er sich dazu zwingen musste.

„Sie müssen viel mehr auf sich selbst achten! Das ist das oberste Gebot, wenn man es zu etwas bringen will im Leben."

„Ich bin zufrieden mit dem, was ich erreicht habe."

„Ihnen fehlt der Killerinstinkt, Logan! Sie riskieren einfach Ihr wertvolles Leben, um eine Unbekannte aus dem Wasser zu ziehen, die sich sicher irgendwann selbst gerettet hätte. So etwas darf nicht sein. Nur als Egoist gelangt man an die Spitze."

Ein Werkzeug klapperte. Rebecca trat einen Schritt näher an die Mauer heran und lauschte.

„Vielleicht will ich gar nicht so weit nach oben", gab Logan zurück und klang genervt.

„Unsinn, jeder will etwas erreichen. Es ist gar nicht schwer. Ich verrate Ihnen eines meiner Geheimnisse: Fragen Sie sich, egal was Sie tun, immer erst, was Ihnen das bringt. Dann passiert Ihnen so etwas wie gestern erst gar nicht."

„Reiner Egoismus also? Auch, wenn daneben jemand ertrinkt?" Logans Stimme schwoll an.

„Ertrinkt?" Quentin lachte. „Ach was. Weiter unten wäre die Lady schon ans Ufer gespült worden. Außerdem war sie selbst schuld an ihrem Sturz. Nehmen Sie meinen Rat an, Logan. Ich bin nicht umsonst so erfolgreich."

„Und ich hatte meine Gründe, ins Wasser zu springen." Eine Autotür schlug zu. „Schieben wir das Baby nun raus oder nicht?", fragte Logan.

Gespannt verfolgte Rebecca das Gespräch der beiden Männer. Logan hatte ihrem Boss ordentlich die Stirn geboten, das gefiel ihr. Die wenigsten Menschen wagten es, dem großen Quentin Armadon zu widersprechen. Oder ihm auch noch vorzuhalten, er sei ein Egoist.

Im Weitergehen überlegte Rebecca, ob das stimmte. Sicher, er hatte den nötigen Killerinstinkt, um eine erfolgreiche Kanzlei zu führen. Anders ging es nicht, insbesondere vor Gericht. Trotzdem war sie überzeugt davon, dass ihr Boss schlichtweg ein genialer Anwalt war. Man gewann nicht so viele Fälle, in dem man einfach nur selbstverliebt war. Er hatte was auf dem Kasten und genau das wollte auch sie lernen. Das Gesetz gut zu beherrschen hieß ja noch lange nicht, unfair zu spielen. Die Kanzlei „Armadon, Hall and Piddlefield" war jedenfalls noch nie in einen Bestechungsskandal oder ähnliches verstrickt gewesen, das sprach für ihre absolute Integrität. Und Quentin als Galionsfigur stand ebenso für diese Werte.

Rebecca traf auf dem Rückweg Victoria, mit der sie sich noch ein wenig unterhielt. Der Vormittag ging schnell vorüber und endete damit, dass ein blank polierter Oldtimer mit ordentlichem Getöse die Straße entlangratterte. Quentin saß am Steuer und strahlte mit der Mittagssonne um die Wette.

„Was für ein sagenhaftes Wochenende, nicht wahr?", rief er, als er schließlich ausstieg.

Rebecca sah sich um und musterte die Gesichter der Gruppe. Sie war sich nicht sicher, ob jeder das so empfand. Logan zumindest schien mit den Abgasen der Corvette eine riesige Staubwolke von schlechter Laune eingeatmet zu haben. Als sie auf dem Zimmer waren, um ihre Sachen für die Rückfahrt zu packen, sprach sie ihn an: „Welche Laus ist dir denn über die Leber gelaufen? Ich dachte eigentlich, du freust dich, dass Quentin dich als seinen Privatmechaniker bucht. Er zahlt sicher nicht schlecht."

„Wenn ich das Geld nicht bräuchte, würde ich keinen Finger für diesen Kerl krumm machen", zischte er.

Sie legte eine Hose fein säuberlich zusammen und

packte sie in ihren Trolley, während er seine Klamotten wahllos in eine Reisetasche warf. „Weil er ein reicher Anzugträger ist?", fragte sie.

„Weil er ein skrupelloser Bastard ist!" Logan knüllte einen Pulli zusammen. „Er hat sich heute mit seinem Kumpel Randy unterhalten, diesem Schleimer. Es ging um euren Mordfall. Ist mir ein Rätsel, wie man in so einem Beruf arbeiten kann!"

Aha, der Herr Schraubendreher fühlte sich moralisch überlegen. Das machte Rebecca allmählich wütend.

„Was soll das?", fuhr sie ihn an. „Die Leute, für die du Autos reparierst, sind sicher auch nicht lauter Altenpfleger und Krankenschwestern. Du arbeitest genauso für die Reichen. Und der Typ, den wir verteidigen, ist schließlich kein Milliardär. Er ist sogar ein Latino und war bestimmt bisher benachteiligt im Leben."

Okay, das war jetzt nicht besonders schlau gewesen. Rebecca hatte zwar gehofft, dass Logan sich diesem Benito verbunden fühlte, weil der ebenfalls südamerikanische Wurzeln hatte, aber aussprechen hätte sie es niemals dürfen.

„Ach, und nun soll ich hingerissen sein? Nur, weil er eine ähnliche Hautfarbe hat? Das ist lächerlich. Glaubst du wirklich, dass er unschuldig ist?"

Sein Blick hielt sie gefangen.

„Ich … ich weiß es nicht", stammelte Rebecca. Dann riss sie sich zusammen und dachte an Quentins Worte. „Wir werden dafür bezahlt, ihn zu verteidigen, also tun wir es nach bestem Können. Das ist ein Job wie jeder andere auch."

Er fixierte sie noch immer.

„Was ist mit der Familie des Opfers? Wirst du ihnen in die Augen sehen, wenn das Urteil verkündet wird und dein Quentin den Mörder freigeboxt hat? Kannst du das mit deinem Gewissen vereinbaren? Falls du überhaupt eines besitzt."

Jetzt reichte es! Sie stemmte die Hände in die Hüften.

„Und du weißt also, dass er schuldig ist, oder wie? Warst du dabei beim Mord? Oder kennst du den Mann?“

„Natürlich nicht.“

„Wieso bist du dann so sicher, dass er der Täter ist?“

Seine Augen flackerten. Sie hatte ihn erwischt.

„Das bin ich nicht“, gab er zu. „Ich habe keine Ahnung von dem Fall.“ Logan fuhr sich durch die Haare und hob anschließend wieder den Pulli hoch. Er seufzte tief. „Du hast recht, ich steigere mich da in etwas hinein, wovon ich gar nichts verstehe. Es ist nur einfach so ein Gefühl. Mir behagt es eben nicht, dass vor Gericht der gewinnt, der sich den besseren Anwalt leisten kann.“

Nun war es an Rebecca, ihn lange anzusehen. Auch wenn Logan sie eben noch beleidigt hatte, gefiel es ihr sehr, dass er sich solche Dinge zu Herzen nahm. Er war jemand, der hohe moralische Werte hatte und das mochte sie. Bei ihren Juristenfreunden an der Uni war so etwas nicht besonders verbreitet gewesen.

„Das stimmt doch gar nicht“, widersprach sie ihm. „Auch ein Anwalt kann nicht zaubern. Es geht doch hauptsächlich um Fakten, um Zeugenaussagen, um ein Geständnis. So arg viel können wir gar nicht beeinflussen. Wir versuchen doch nur, die Wahrheit aufzudecken.“

Kaum hatte sie das ausgesprochen, noch dazu im Brustton der Überzeugung, kam ihr ihr Vater in den Sinn. Da war es völlig daneben gelaufen. Trotzdem – das war ein Einzelfall. Rebecca war felsenfest davon überzeugt, dass Juristen für das Gesetz arbeiteten und nicht dagegen.

„Komm doch mal mit in den Gerichtssaal“, schlug sie vor. „Ganz im Ernst! Dann kannst du dich mit eigenen Augen davon überzeugen, wie fair es dort zugeht.“

„Niemals!“ Über seiner Nase entstand eine steile Falte. „Keine zehn Pferde bringen mich dorthin.“

Das war ja interessant.

„Schlechte Erfahrungen gemacht?“, fragte sie möglichst beiläufig und legte einen dünnen Schal zusammen.

„Ich habe diesen Zirkus einmal mitgemacht und werde mir das garantiert kein zweites Mal antun."

„Was hattest du denn angestellt? Lass mich raten: Erregung öffentlichen Ärgernisses. Oder vielleicht Beamtenbeleidigung?"

Er ging nicht auf ihren Witz ein. „Ich war nicht selbst angeklagt."

Sofort wurde Rebecca wieder ernst. Sie erinnert sich an das, was er ihr letzte Nacht erzählt hatte. „Familiensache? Etwas wegen der Scheidung?", fragte sie vorsichtig.

„Nein. Und es geht dich nichts an. Auf jeden Fall werde ich nie im Leben wieder einen Gerichtssaal betreten. Können wir gehen?"

Er schulterte seine Tasche.

Rebecca blieb nichts anderes übrig, als ihren Trolley zu schließen und hinter Logan die Treppe hinunterzusteigen. Von der Nähe der letzten Nacht war nichts mehr übrig als ein zerwühltes Bett. Und auch das ließen sie nun weit hinter sich zurück, denn die Limousine wartete schon und würde sie wieder zurück bringen. Sie nach Manhattan und ihn nach Brooklyn. Ihr kam es in diesem Moment vor, als wären diese beiden Stadtteile durch viel mehr getrennt als nur den East River.

*

Am nächsten Tag brütete Rebecca gerade in ihrem Büro über einem kniffligen Vertragstext, da läutete ihr Telefon. Als sie die Nummer sah, musste sie schmunzeln.

„Gut, dass du nicht neugierig bist, Gwen", meldete sie sich.

Ihre Sportkameradin am anderen Ende der Leitung lachte.

„Natürlich interessiert mich, wie dein Wochenende mit dem süßen Christopher gelaufen ist!"

Rebecca hatte Gwendolyn in den letzten beiden Wochen nur ein einziges Mal beim Knock-out Piloxing gesehen, aber nicht wirklich mit ihr reden können. Es war nur Zeit gewesen, ihr in einer Trinkpause kurz zuzuflüstern, dass das Dinner mit dem Escort-Boy halbwegs gut über die Bühne gegangen war und ihr Boss den Kerl sogar mit zum Firmenwochenende nach Vermont eingeladen hatte. Aber Gwendolyn ging natürlich noch davon aus, dass es sich um den von ihr so hoch gelobten Christopher handelte.

„Sehen wir uns heute Abend im ‚Body Kiss'?", fragte Rebecca. „Dann erzähle ich dir alles."

„Unbedingt!", rief Gwendolyn sofort. „Ich will einen umfassenden Bericht von dir."

Auf dem Weg nach Hause machte Rebecca einen kleinen Schlenker, um für Gwendolyn ein paar Macarons einzukaufen. Sie wusste, dass die gute Gwen süchtig nach diesem zarten Gebäck war, und hatte bei ihrem letzten Besuch in der Konditorei gesehen, dass sie dort welche im Sortiment hatten. Sie war der Freundin sehr dankbar für den Tipp mit „Angel Escort", denn es war ihre letzte Rettung gewesen. Da war eine Tüte Macarons das Mindeste, was sie für Gwendolyn tun konnte.

Als sie die Tür zu „Pastry Passion" öffnete, war der Platz hinter der Verkaufstheke leer, aber Rebecca hörte im Hinterzimmer seltsame Geräusche.

„Jalaliii dadadaa da deida", sang jemand aus voller Kehle und ihr war sofort klar, dass es sich dabei nicht um Emilia handelte. Einen Moment später kam auch schon Violetta aus dem Nebenraum herangeschwebt, ein Tablett mit kleinen Blätterteigteilchen in der Hand.

„Was ist das?", fragte Rebecca, nachdem sie der Sängerin zur Begrüßung zugenickt hatte.

„Pulce d' acqua", rief Violetta sofort, und schien dann in ihrem Kopf nach der Übersetzung zu kramen. „Wasserfloh!", fiel ihr schließlich ein und sie strahlte die Kundin zufrieden an. „Möchten Sie ein paar?"

Verwirrt starrte Rebecca auf das Tablett. Sie fand, es sah eher nach Käsegebäck aus.

„Das mit den Flöhen ist aber nur eine Redewendung, nicht wahr? Oder ist das, was ich für Rosmarinnadeln halte, in Wirklichkeit ein Insekt?“

Violetta legte den Kopf in den Nacken und lachte schallend.

„Cara, ich habe von dem Lied gesprochen! Angelo Branduardi hat das gesungen, es ist in Italien eine sehr bekannte Nummer.“

„Ach so!“ Rebecca musste mitlachen. Vorsichtshalber kaufte sie aber trotzdem kein Käsegebäck, sondern beschränkte sich auf eine Tüte voll Macarons für ihre Freundin.

„Möchten Sie etwas probieren, während ich das einpacke?“ Violetta deutete auf einen Teller mit Kostproben.

„Nein, danke. Ich habe erst am Wochenende über die Stränge geschlagen mit Süßem. Erst eine riesige Nachspeise und später noch einen Schokoriegel. Im Bett.“

Sie konnte nicht verhindern, dass sich ein Lächeln auf ihre Lippen stahl.

„Sì, Cioccolato kann sehr erotisch sein.“ Violettas Augen bekamen einen träumerischen Ausdruck. „Nehmen Sie ein paar von diesen hauchdünnen Täfelchen“, sagte sie und gab ungefragt einige davon in ein separates Tütchen. „Die schmelzen bei Körperwärme auf der Haut und verbreiten ein unwiderstehliches Aroma.“

„Auf der Haut?“ Rebecca wunderte sich. Bestimmt hatte sich die alte Dame versprochen und meinte „auf der Zunge“. Vielleicht war das im Italienischen ein ähnliches Wort.

„Ja genau“, insistierte Violetta und winkte Rebecca zu sich heran. Verschwörerisch beugte sie sich über den Tresen. „Und dann lecken Sie die Schokolade ganz langsam und ausgiebig von ihm ab. Das wird ihn rasend machen. Kommt natürlich darauf an, welche Stelle Sie sich dafür ausgesucht haben.“ Sie kicherte aufgeregt.

Rebecca konnte es kaum glauben. Nun bekam sie

schon Sex-Tipps von einer Achtzigjährigen! Sah sie denn aus, als brächte sie alleine gar nichts zustande? Andererseits wirkte Violetta, als würde sie solche Ratschläge allen möglichen Kunden mit auf den Weg geben. Vielleicht trug die Konditorei deshalb das Wort „Passion" im Titel.

„Soll ich Ihnen noch eine dicke Zuckerstange dazupacken?", fragte Violetta und zwinkerte ihr zu. „Manche meiner Kundinnen üben gerne damit. Also das vermute ich zumindest."

„Bitte nicht", sagte Rebecca schnell. „Ich komme auch so gut zurecht, keine Angst!"

Sie zahlte, verließ den Laden, in dem Violetta noch immer „Jadadei" vor sich hin sang, und schüttelte draußen lachend den Kopf. Diese schrullige Italienerin war ja wirklich eine ganz besondere Marke!

*

Zwei Stunden später saß Rebecca ausgelaugt an der Bar des Fitnessstudios und hielt sich mit letzter Kraft an ihrem Fruchtshake fest. Oscar hatte den ganzen Kurs wieder einmal richtig hart rangenommen und sie fürchtete sich bereits heute vor dem Muskelkater, der sie morgen den gesamten Tag begleiten würde. Mühsam bückte sie sich zu ihrer Sporttasche und zog aus einem Seitenfach die Macarons heraus.

„Das ist irre lieb von dir!", quietschte Gwendolyn. „Ich bin verrückt nach den Dingern. Aber Oscar darf mich nicht damit erwischen." Schnell verstaute sie die Schätze in ihrer großräumigen Tasche.

„Nun erzähl endlich. Hast du dir Christopher für die ganze Nacht gebucht? Wie war er im Bett?"

Offenbar legte es heute jeder ihrer Gesprächspartner darauf an, über Sex zu reden. Rebecca grinste. „Mein Escort-Kerl hat tolle Schultern, seidenweiche Haare und kann verflixt gut küssen."

„Hach“, seufzte Gwendolyn hingerissen. „Ich sehe ihn förmlich vor mir, wie er sein Hemd vom Oberkörper gleiten lässt.“

„Und er heißt Logan.“

„Was?“ Gwen fiel fast vom Barhocker. „Ich habe mich wohl verhört!“

„Hast du nicht. Dein Christopher war krank, also sprang ein Kollege kurzfristig für ihn ein. Typ Latin Lover, super attraktiv, aber ein Macho, wie er im Buche steht.“

„Er hat sich aber doch bei diesem wichtigen Dinner als perfekter Gentleman gezeigt, nehme ich an.“

„Wie man es nimmt.“ Rebecca zog an ihrem Strohhalm. „Er hat Quentin erst einmal erzählt, dass er Automechaniker ist.“

„Wie bitte?“ Zum zweiten Mal an diesem Abend wackelte der Stuhl von Gwendolyn bedenklich. „Aber er sollte doch einen Manager spielen! Bei Christopher klappt das wunderbar. Der ist im richtigen Leben Bademeister, aber er würde sich niemals so eine Blöße geben.“ Sie sah richtig entsetzt aus.

„Na ja, Logan hatte Glück. Quentin ist ein Autonarr und lässt ihn jetzt seine beiden Oldtimer reparieren. Deshalb hatte er ihn auch mit nach Vermont eingeladen.“

Gwen grinste. „Wo ihr dann in einem Bettchen schlafen musstet, oder? Sag bitte nicht, dass du ihn aufs Sofa verbannt hast.“

„Wir wollten die Betten eigentlich auseinanderschieben, aber dann kam die Sache mit den Lamas und der Blondine im Fluss dazwischen.“

Gwendolyn sah sie an, als hätte Rebecca Chinesisch gesprochen. „Hattest du Wodka in deiner Trinkflasche?“ Sie lehnte sich zur Seite und beäugte kritisch Rebeccas Sportzeug.

Lachend erzählte Rebecca ihrer Freundin von der Wanderung und deutete anschließend, mit ernsterer Miene, an, wie der weitere Abend verlaufen war.

„Ich verstehe es immer noch nicht“, schloss sie ihre

Ausführungen ab. „Wir waren uns so nah! Er hat so vieles von seiner Familie erzählt und mich richtig tief in sich reinschauen lassen. Und am nächsten Tag ging er auf Abstand, als wenn ich Knoblauch zwischen den Zähnen hätte."

Es tat immer noch weh, daran zu denken. Rebecca gab es ungern zu, aber sie bekam Logan nicht aus ihrem Kopf. Der Klang seiner Stimme, die Wärme seiner Haut, der Geruch seines Haares – alles war so präsent, als läge er direkt neben ihr.

Nachdenklich nahm Gwen einen Schluck ihres Drinks. „Ich glaube, ich weiß, was mit ihm los ist", sagte sie schließlich.

„Nämlich?"

„Er hat sich in dich verliebt."

Nun war es an Rebecca, fast vom Barhocker zu plumpsen. „Unsinn!", sagte sie sofort. „Er ist ein Gigolo, er hat jede Menge Frauen und außerdem kann er Anwälte nicht ausstehen, egal welches Geschlecht sie haben."

„Genau das ist vielleicht sein Problem."

„Wie meinst du das?" Rebecca sah ihre Freundin verständnislos an.

„So wie das klingt, was du erzählst, ist er der Typ harter Kerl, den sich die Frauen gern aufreißen. Sie liegen ihm doch quasi schon zu Füßen, wenn er nur zur Tür hereinkommt."

Rebecca nickte eifrig. „Kann gut sein!"

„Du hingegen hast ihm erst einmal die kalte Schulter gezeigt. So etwas weckt in Männern natürlich den Jagdinstinkt. Gleichzeitig machst du ihm Angst, weil du eine toughe Anwältin bist. Und vor allem, weil du ihn irgendwie dazu gebracht hast, dir geheime Dinge über sich zu verraten. Also geht er auf Nummer sicher und zieht sich zurück. Es gibt für einen Mann nämlich nichts Furchteinflößenderes, als wenn er Gefühle für eine Frau entwickelt."

Mit großen Augen starrte Rebecca ihre Freundin an.

„Du bist echt gut, Gwen! Ich werde nie verstehen, warum du Single bist", sagte sie.

„Ganz einfach: Weil ich den Männern zu intelligent bin."

Rebecca grinste. Bescheidenheit gehörte nicht zu den ausgeprägten Tugenden einer Gwendolyn Morehouse.

„Liebst du ihn denn?", fragte Gwen geradeheraus.

Vor Schreck warf Rebecca ihr Glas um, sodass sich der Rest ihres Fruchtshakes quer über dem Tresen verteilte.

„Nein, natürlich nicht!", erwiderte sie sofort. War sich aber gar nicht so sicher. Logan hatte Gefühle in ihr geweckt, die ihr neu waren. Intensive Gefühle. Ihr wurde warm, wenn er ihr in die Augen sah, und sie träumte jeden Abend davon, dass er wieder neben ihr liegen würde, Haut an Haut. Aber das war doch noch lange keine Liebe. Oder doch?

„Ich glaube nicht", setzte sie mit unsicherer Stimme nach.

Gwen grinste breit. „Ein bisschen verknallt bist du auf jeden Fall in ihn."

„Nur in die Hälfte von ihm!", fiel Rebecca ein. „In den Logan-Teil, der mir von seiner Kindheit erzählt hat oder der dieser Frau nachgehechtet ist, ohne zu zögern. Aber der arrogante Womanizer-Logan kann mir gestohlen bleiben."

„Tja, dann gibt es nur zwei Möglichkeiten. Du kannst es machen wie König Salomon und ihn mit dem Schwert in zwei Hälften teilen. Aber ich bezweifle, dass dich das glücklich macht."

Rebecca hatte keinen Nerv für Bibelzitate und Bildungsprotzereien. „Und was ist die Alternative?", drängte sie.

Um die Dramatik zu erhöhen, schlürfte Gwen erst ihr Glas leer. „Das liegt doch auf der Hand", erklärte sie schließlich. „Du triffst dich mit ihm und findest heraus, ob du dich nicht vielleicht doch mit der zweiten Hälfte anfreunden kannst. Ich persönlich glaube ja, dass ihr beiden euch gar nicht so unähnlich seid. Auch du achtest schließlich sehr auf deine Fassade. Immer stark, immer alles im Griff. Dabei sehnst du dich tief drin doch auch nach einem Menschen an deiner Seite. Wie wir alle.“

Fünf Sekunden lang sah Rebecca ihre weise Freundin nur wortlos an. Tausend Gedanken schossen durch ihren Kopf. Konnte Gwendolyn recht haben?

„Du willst das doch herausfinden, oder etwa nicht?“, hakte Gwen nach.

„Ich glaube schon.“ Rebecca hatte geantwortet, ohne nachzudenken. Sie wollte ihre Aussage revidieren, aber es war zu spät. Gwen hob bereits strahlend die Hand und rief die Kellnerin herbei.

„Suzie, bitte zwei Strawberry Daiquiries. Wir haben etwas zu feiern!“

„Was denn genau?“, fragte Rebecca, die auch ohne den bestellten Alkohol schon nicht mehr klar denken konnte.

„Dass du dich mit einem Mann triffst“, erklärte Gwen.

Als die hellroten Drinks kurz darauf vor ihnen standen, gab sie Rebecca einen davon in die Hand und stieß mit ihrer Freundin an.

„Auf uns beide“, sagte Gwen. „Und darauf, dass die Männer von New York erkennen, welch schlaue, herzensgute und umwerfend attraktive Frauen wir sind!“

Normalerweise trank Rebecca keine Cocktails nach dem Sport, aber heute war sie zu verwirrt, um sich dagegen zu wehren. Außerdem hatte Gwen in diesen Dingen einen ziemlichen Sturschädel. Rebecca fühlte sich von ihr überrumpelt.

„Ich habe doch noch gar nicht gesagt, dass ich mich mit ihm treffen will“, warf sie ein. „Er war beim Abschied nicht gerade freundlich und ich habe absolut nicht das Gefühl, dass er scharf darauf ist, mich wiederzusehen.“

„Das, meine Liebe, kannst du nur herausfinden, indem du ihn zu einem Date bittest.“

„Oh nein!“ Rebecca verschränkte die Arme vor der Brust. „Ich werde ihn garantiert nicht zu einem

Candlelight Dinner einladen oder zu so etwas in der Art."

So tief würde sie niemals sinken. Ganz abgesehen davon, dass Logan sowieso nicht zusagen würde. Schließlich war sie eine verhasste Anwältin. Und wenn er wirklich an ihr interessiert gewesen wäre, hätte er bereits am Wochenende glühend vor Leidenschaft über sie herfallen können, schließlich hatte sie neben ihm im Bett gelegen. Andererseits war da seine Hand gewesen. Diese warmen Finger, die sich auf die ihren gelegt hatten, ganz vertraut und doch zärtlich …

Rebecca seufzte lang gezogen.

„Neutraler Boden“, sagte sie schließlich. „Ich denke an das Sommerfest im ‚Come together‘, das ist ein Club in SoHo. Die haben die Band meiner Mitbewohner für einen Gig gebucht.“

„Und dahin lädst du ihn ein?“

„Genau das habe ich vor.“ Rebecca lächelte. Was immer passierte – sie würde auf jeden Fall Gewissheit haben. Denn wenn sie etwas noch mehr hasste als Unordnung und Planänderungen, dann waren das ungeklärte Verhältnisse.

*

„Nun haben wir endlich Zeit füreinander“, sagte Quentin ein paar Tage später und schloss seine Bürotür hinter Rebecca. Sie hatte sich von seiner Sekretärin einen Termin geben lassen und der einzige, der noch frei war, lag in den späten Nachmittagsstunden. Obwohl sie beim letzten Mal schlechte Erfahrungen gemacht hatte, als sie mit ihrem Boss allein in der Kanzlei gewesen war, blieb Rebecca entspannt. Quentin hatte Logan inzwischen gut kennengelernt und das verlobte Paar gemeinsam erlebt. Allein dieser Kuss vor der Lodge war sicher überzeugend genug gewesen. Ihr wurde jetzt noch ganz schwindlig, wenn sie nur daran dachte.

„Setzen Sie sich doch, Rebecca.“ Er deutete auf einen

Stuhl am runden Besprechungstisch. Hoch konzentriert nahm Rebecca Platz. Sie war sehr gespannt darauf, was der Chef mir ihr zu bereden hatte.

„Sie sind nun bereits ein paar Monate bei uns“, begann er. „Wie gefällt es Ihnen bisher?“

Auf diese Frage war Rebecca selbstverständlich vorbereitet. Sie versicherte Quentin, dass sie unglaublich viel gelernt hätte, sich pudelwohl, aber doch herausgefordert fühle und sie den Kollegenkreis sehr schätze.

Er lobte sie für einige der Fälle, die sie in den letzten Wochen bearbeitet hatte und kündigte an, sie in zwei der anstehenden Projekte miteinzubeziehen.

„Ich habe Großes mit Ihnen vor, Rebecca“, sagte er und zog sein Mundspray aus der Sakkotasche. „Sie haben sich ja bisher auf keinen Fachbereich festgelegt, aber ich bin mir sicher, dass die Kanzlei Sie nicht für Kleinkram verheizen wird.“

Er verpasste sich eine Ladung seines üblichen Pfefferminzduftes, der angenehm frisch roch.

Rebecca fand, es wäre an der Zeit, ihren Stone-Deal wieder auf das Tapet zu bringen. „Was Richard Stone anbelangt, bin ich sehr gespannt, welche Aufträge er noch für mich hat“, sagte sie. „Es klang danach, als könnte die Kanzlei noch einiges an Mandaten aus seinem Haus erwarten.“

Quentin nickte ihr anerkennend zu. „Das haben Sie sehr geschickt eingefädelt.“ Er schenkte aus einer Karaffe zwei Gläser Wasser ein. „Oder möchten Sie lieber einen Schluck Whiskey?“

Sie schmunzelte. „Auf gar keinen Fall. Es ist sowieso so ein schwüler Tag heute. Mir ist schon warm genug.“

Ihr kam es vor, als wäre die Klimaanlage ausgefallen. Aber vielleicht war es auch die Anwesenheit ihres charismatischen Bosses, die ihr Hitzewallungen verschaffte. Wenn man so nah neben Quentin saß, konnte einem schon mal heiß werden. Ihr fiel heute zum ersten

Mal auf, wie aufregend seine Augen waren. Dieses helle Grau hatte einen ganz besonderen Reiz. Rebecca verstand gar nicht, wieso ihr seine Augen bisher kalt und hart erschienen waren. Genau das Gegenteil traf zu, sie wirkten feurig und zogen sie geradezu magnetisch an.

Auch Quentins Duft, der ihr in die Nase stieg, ließ sie schneller atmen.

„Haben Sie ein neues Aftershave?“, rutschte ihr heraus.

Kaum hatte sie das ausgesprochen, war es ihr mehr als peinlich. Wie unprofessionell! Er musste sie für ein oberflächliches Dummchen halten, das versuchte, sich bei ihm mit abgenutzten Komplimenten einzuschmeicheln. Dabei wollte sie ihn doch ausschließlich mit ihrem Können beeindrucken.

„Mögen Sie es?“, fragte er und wirkte eher amüsiert als beleidigt.

„Ja, sehr.“

Schon wieder hatte sie sich nicht im Griff gehabt! Rebecca rückte ein Stück von Quentin ab, um auf Nummer sicher zu gehen.

Er lehnte sich unglaublich lässig im Stuhl zurück und ließ die Knie etwas auseinanderfallen. Unwillkürlich saugte sich Rebeccas Blick an seinem Schritt fest. Wie Quentin wohl untenrum gebaut war? Sie hatte für einen Moment das starke Bedürfnis, näher an ihn heranzurücken und ihre Hand auf seinen Oberschenkel zu legen. Ganz langsam würde sie dann damit nach oben wandern, seine Beule ertasten und den Reißverschluss aufziehen. Sie konnte das metallische Sirren fast schon hören, wenn sie ihn Zahn für Zahn öffnete.

Mühsam riss sie ihren Blick von seiner Hose und griff zum Wasserglas, aus dem sie einen großen Schluck trank.

„Wirklich heiß heute, nicht wahr?“, sagte Quentin und lockerte seinen Hemdkragen.

„Ja, das finde ich auch“, erwiderte Rebecca und war kurz davor, ihre Seidenbluse aufzuknöpfen. Gerade noch rechtzeitig konnte sie sich zusammenreißen.

„Ich hatte heute einen immens anstrengenden Tag." Quentin zog die Krawatte aus seinem Kragen und rieb mit der Hand über seinen Nacken. Seine silberweiße Mähne kräuselte sich über dem Handrücken und Rebecca fragte sich, wie es sich wohl anfühlen würde, in seine Haare zu fassen. Zum Beispiel, wenn er auf ihr läge und dabei lustvoll ihren Namen stöhnte. Wenn ihre Finger sich in seinen Rücken krallen und sie ihn fest an sich pressen würde, bis er ganz tief in ihr …

Ihr Mund war so ausgetrocknet, dass sie noch einen Schluck Wasser nahm. Auch Quentin trank etwas, blieb aber im Gegensatz zu ihr völlig ruhig.

„Wenn ich so lange am Schreibtisch sitze, über die Akten gebeugt, dann verspannen sich meine Schultern. Eine sehr schmerzhafte Sache ist das." Er ächzte leise, während er weiter seinen Nacken rieb.

Rebeccas Unterleib begann heftig zu ziehen. Sie musste Quentin einfach anfassen und jetzt war die beste Gelegenheit!

„Soll ich Ihnen ein wenig die Schultern massieren?", fragte sie und erkannte sich selbst nicht mehr dabei. Seit wann war sie so forsch?

Doch sein dankbarer Blick wischte jeden Zweifel umgehend beiseite.

„Das wäre eine wirkliche Erlösung." Seine tiefe Stimme jagte ihr einen Schauer über die Wirbelsäule.

Sie stand auf und trat hinter seinen Stuhl, während er sein Hemd aufknöpfte und ein Stück nach unten zog, damit sein Nacken unbekleidet vor ihr lag.

Rebeccas Puls raste. Quentins nackte Haut zu sehen, erregte sie wahnsinnig. Sie legte ihre Hände auf seine Schultern und begann, sie ganz sanft zu kneten. Wie herrlich er sich anfühlte! Und dazu sein wohliges Stöhnen, dass ihr direkt in den Bauch schoss. Oder eher eine Etage tiefer. Ob er sich auch so anhörte, wenn er mit einer Frau schlief? Rebecca bekam die Vorstellung nicht mehr aus dem Kopf.

„Ist es gut so, Quentin?“, hauchte sie und beschrieb mit ihren Fingern an seinem Haaransatz kleine Kreise.

„Sie fühlen sich einfach herrlich an“, raunte er ihr zu.

Ohne nachzudenken, ließ Rebecca ihre Hände nach vorne gleiten und streichelte Quentins breite Brust. Er lehnte sich an sie, presste seinen Kopf gegen ihre Brüste und stöhnte erregt.

„Komm her“, ächzte er, packte ihren Arm und zog sie in einer abrupten Bewegung seitlich an seinem Oberkörper vorbei und direkt auf seinen Schoß. Einen Moment später klebten seine Lippen schon auf den ihren und küssten sie fordernd.

Seine Hände schoben ihre Bluse nach oben.

„Mister Armadon, das geht doch nicht“, protestierte sie lahm, als sie wieder Luft bekam, fuhr aber gleichzeitig durch seine silbern glänzende Mähne. Sie war scharf auf ihn wie nie zuvor auf einen Mann!

„Zieh dich aus“, kratzte seine Stimme über ihr Trommelfell und kurz darauf seine Nägel über ihren Rücken.

Rebecca zog die Bluse endgültig über ihren Kopf. Ihre Haut schien in Flammen zu stehen und ihr Atem kam abgehackt. Sie schob Quentins Hemd von seinem Oberkörper, beugte sich zu ihm hinab und begann, über seine Brustwarzen zu lecken und mit ihren Zähnen damit zu spielen. Sie wollte ihn!

„Du bist ja eine richtige Wildkatze“, brummte er und griff mit beiden Händen an ihren Po. Rebecca wimmerte vor Lust. Ihr Slip war feucht. Von unten drückte Quentins harte Männlichkeit gegen ihren Schritt und machte sie fast wahnsinnig. Sie musste ihn haben, sofort! Musste ihn in sich spüren, sein heiseres Stöhnen hören, sein Gewicht auf ihr fühlen.

„Ich will dich“, raunte sie ihm zu.

Das ließ er sich nicht zweimal sagen. Er zog sie ruckartig hoch, wischte mit einer einzigen Armbewegung alle Unterlagen vom Schreibtisch und drückte sie mit dem

Rücken darauf. Während er mit der einen Hand ihren Rock hochschob, öffnete er mit der anderen geschickt seinen Reißverschluss. Hose und Boxershorts rutschten nach unten.

Rebecca schrie auf, als er ihr Höschen packte und entzweiriss. Nun lag sie völlig entblößt vor ihm und konnte es kaum mehr erwarten, dass er endlich mit seinem steil nach vorne ragenden Penis in sie eindrang. Sie wand sich vor Verlangen auf der Tischplatte und konnte keinen einzigen klaren Gedanken mehr fassen. Er sollte sie endlich nehmen, in sie hineinstoßen, sie erlösen!

Doch er ließ sie zappeln. Mit einem schelmischen Grinsen im Gesicht fuhr er erst einmal mit dem Zeigefinger an ihrem Bauch entlang, was sie fast um den Verstand brachte.

„Das ist ja ein niedliches Muttermal“, sagte er. „Es sieht aus wie ein kleines Herz.“

Rebecca war völlig egal, welche Muster er an ihrem vor Lust brennenden Körper entdeckte, sie wollte ihn zwischen ihren Beinen spüren.

„Nimm mich endlich“, flehte sie ihren Boss an.

Schließlich schien er sich ihrer zu erbarmen. Seine Augen funkelten verheißungsvoll, als er ihre Knie spreizte und sich dazwischen stellte.

Rebecca hielt die Luft an. Gleich war es so weit! Das Blut rauschte in ihren Ohren und sie bebte vor Anspannung. Nur noch ein paar Sekunden, dann würde sie endlich erlöst werden und seine pralle, dicke Erektion in sich spüren. Ihr Unterleib pochte fast schon schmerzhaft und sie krallte die Hände um die Tischkante.

Den Mann selbst nahm sie kaum wahr, sie wollte einfach nur ausgefüllt werden, tief und hart.

„Du kannst es wohl kaum mehr erwarten“, stöhnte er und sie konnte deutlich hören, dass auch er erregt war.

Seine Hände packten ihre Hüfte und zogen sie grob ein Stück nach vorne, ihm entgegen. Rebecca biss sich auf die Lippe. Jetzt!

Das Schrillen eines Telefons ließ sie zusammenzucken.

„Lass es läuten“, flehte sie und versuchte, Quentin am Rücken zu packen, damit sie ihn endlich an sich ziehen konnte. Sie war irrsinnig heiß auf ihn.

Doch der Ausdruck im Gesicht ihres Bosses änderte sich plötzlich. Statt reiner Lust, die sie eben noch gesehen hatte, kehrte nun seine geschäftliche Miene zurück.

„Nur zwei Menschen haben meine direkte Durchwahl“, erklärte er. „Und meine Frau wagt es nicht, mich zu stören.“

Entsetzt musste Rebecca mit ansehen, wie er seine Hose hochzog und nach dem Telefon griff.

„Nein“, wimmert sie, „nicht jetzt!“

Doch es war zu spät.

Quentin schob sie einfach zur Seite, als wäre sie ein unbequemes Sofakissen, und riss den Hörer ans Ohr.

„Mein lieber Banks“, flötete er ungewohnt freundlich. „Was kann ich für dich tun?“

Konzentriert lauschte er in den Hörer und hob nebenbei sein Hemd vom Boden auf, um es auszuschütteln und mit dem freien Arm hineinzuschlüpfen.

Rebecca lag immer noch auf dem Schreibtisch, mit zerrissenem Slip und heftig pulsierendem Unterleib. Sie keuchte.

„Markenschutz? Natürlich, das ist kein Problem“, hörte sie ihren Boss sagen und kam nur ganz allmählich wieder zu sich.

Was war denn nur mit ihr passiert?

Benommen setzte sie sich auf, zog ihren Rock nach unten und kam sich vor wie ein Flittchen.

Himmel, sie hatte halb nackt auf Quentins Schreibtisch gelegen!

Als sie nach ihrer Bluse griff, war ihr Boss schon dabei, die letzten Knöpfe seines Hemdes zu schließen und sah fast aus wie immer. Sogar seine Augen hatten ihr loderndes Feuer verloren und glichen wieder hartem Gletschereis.

Rebecca spürte, wie ihr die Schamesröte in den Kopf stieg. Was zum Teufel war nur in sie gefahren? Sie hatte sich dem Kanzleichef quasi auf dem Präsentierteller angeboten. Ausgerechnet sie, die sonst immer so beherrscht war und beim Sex niemals die Führung übernahm!

Quentin unterbrach scin angeregtes Telefonat kurz, als sie, noch immer völlig aufgelöst, ihre Bluse in den Rock stopfte.

„Warte einen Moment, Roger." Er legte seine Hand auf die Sprechöffnung des Telefons.

„Es tut mir leid, Rebecca. Wir haben uns offenbar beide heute vom heißen Wetter beeinflussen lassen", sagte er. „Am besten wir vergessen das einfach und arbeiten morgen in alter Manier weiter, okay?"

Er lächelte ihr aufmunternd zu.

Mit zitternden Händen strich sich Rebecca eine Strähne hinters Ohr. „Ich weiß wirklich nicht, was in mich gefahren ist", stammelte sie. Oh Gott, war ihr ihr Auftritt von eben peinlich!

„Wie gesagt – wir haben beide die Kontrolle verloren. Das kommt schon mal vor, wenn man eng zusammenarbeitet. Machen Sie sich keinen Kopf. Einen schönen Abend noch und grüßen Sie Logan von mir!"

Mit dem schnurlosen Telefon in der Hand ging er zur Tür und öffnete sie. Das war eine klare Botschaft. Rebecca stolperte hinaus. Statt in ihr Büro ging sie in den Waschraum und spritzte sich erst einmal einige Ladungen kaltes Wasser ins Gesicht.

Wie hatte sie sich so gehenlassen können!

Vollkommen entsetzt über sich selbst schüttelte sie den Kopf. Quentin hielt sie jetzt sicher für eine Büronutte. Sie hatte sich ihm ja förmlich an den Hals geworfen!

Voll Abscheu betrachtete sie sich im Spiegel. Ihre aufgelöste Frisur, das verwischte Make-up, die roten Flecken auf den Wangen. Sie fand sich hässlich und billig.

Würde sie ihm je wieder in die Augen sehen können?

Noch nie im Leben war ihr etwas passiert, das nur annähernd so peinlich gewesen war. Im Grunde konnte sie diesem Roger Banks, wer immer das war, sogar dankbar sein, dass er sie in letzter Sekunde gerettet hatte. Sonst hätte sie es tatsächlich mitten auf dem Mahagonischreibtisch mit Quentin Armadon getrieben. Dabei fand sie ihn doch nicht mal anziehend als Mann!

Das war nicht sie selbst gewesen dort in seinem Büro. Sie kam sich vor, als hätte eine fremde Macht sie gesteuert, von der sie bisher nichts wusste. Wenn so etwas nun öfters passierte? Rebeccas Kehle schnürte sich zusammen. Verlor sie den Verstand? Sie musste sich am Rand des Waschbeckens festhalten. Zumindest die Beherrschung hatte sie völlig verloren und allein das war schon unverzeihlich. Der Gedanke, dass so etwas Unkontrolliertes sich wiederholen könnte, nahm ihr die Luft zum Atmen. Wie das passiert war, blieb ihr ein Rätsel. Und Rebecca hasste es, nicht alles im Griff zu haben.

Sie tupfte sich trocken, eilte in ihr Büro, wo sie ihre Tasche schnappte, und stürmte aus der Kanzlei. Es war schlimm genug, wenn sie Quentin am nächsten Tag wiedersah, aber heute wollte sie ihm auf gar keinen Fall noch einmal begegnen.

Zu Hause angekommen, holte sie sich eine Flasche zuckerfreien Eistee aus dem Kühlschrank und wollte nur noch ihre Ruhe. Ihr Kopf hämmerte wie verrückt und ihr Nacken schmerzte. Jamie tauchte jedoch in der Küchentür auf und verbaute ihr den Weg.

„Sag mal, Rebecca", er neigte den Kopf zur Seite und musterte sie. „Würdest du dich eher als Cowgirl oder als gute Fee bezeichnen?"

Sie sah ihn verständnislos an.

„Bastelst du jetzt schon an deiner Halloween-Verkleidung?", fragte sie.

Er schüttelte den Kopf.

„Nein, es geht nur darum, welcher Frauentyp du bist. Mo hält dich für ein Cowgirl, aber ich tippe eher auf Fee."

„Ihr solltet aufhören, eure Topfpflanzen zu rauchen, oder was immer ihr euch ansteckt. In letzter Zeit redet ihr beide wirres Zeug!"

Rebecca versuchte sich an ihm vorbeizuquetschen, denn sie hatte absolut keinen Bock auf alberne Sprüche oder spätpubertäre Spielchen, aber Jamie hielt sie am Arm fest.

„Würde es dich mehr anmachen, wenn ich dich gegen die Wand drücke oder wenn ich dir eine Story von meiner Großtante Augusta erzähle?"

„Großmutter, du Idiot!", mischte sich Mo aus dem Flur ein. „Nicht Tante!"

Rebecca reichte es heute endgültig mit Männern.

„Wenn du mich nicht sofort durchlässt, drücke ich dich nicht nur gegen die Küchenwand, sondern trete dir dahin, wo es weh tut. Und dann wirst du keine Nachkommen mehr produzieren können, die du mit Tantengeschichten oder Feen langweilst", fauchte sie.

Überrascht ließ Jamie sie los und Rebecca stürmte in ihr Zimmer. Auf dem Weg dorthin hörte sie noch, wie Mo sagte: „Sie ist nichts davon, ich würde sie eher als Wildkatze bezeichnen!"

Sie warf die Tür zu, dass der ganze Türstock wackelte. So hatte Quentin sie ebenfalls genannt. Als ihr das einfiel, wurde ihr schlagartig so schlecht, dass sie nicht mal den Eistee trinken konnte. Sie fühlte sich der von Jamie angeführten Fee mit einem Mal sehr nahe, denn die könnte vielleicht ihren Wunderstab schwingen und die letzten Stunden einfach wegzaubern. Und alle Männer im ganzen Universum ebenfalls. Dann würde Rebecca tagein, tagaus an der Bar von „Body Kiss" sitzen - und zwar ohne vorher ein schweißtreibendes Training absolviert zu haben - und sich zusammen mit Gwendolyn eine Piña Colada nach der anderen zu Gemüte führen. Mit extra viel Sahne.

EL HOMBRE
Der Blog für echte Männer

Hey Männer,

habt ihr gesehen, dass unser intimer, kleiner Blog schon über tausend Abonnenten hat? Echt irre. Dabei war das ursprünglich nur eine Wette. Mein Kollege Tony hat einen Auto-Blog am Laufen und hat damit angegeben, dass 200 Leute den lesen. Wir Jungs haben herumgeblödelt und ich sagte: „Wetten, wenn ich einen Blog eröffne, in dem ich übers Frauenrumkriegen rede, hab ich bald mehr Fans als dein Autogelaber!“ Na ja, wie das Leben so spielt, er hat mich festgenagelt. Und weil Wettschulden Ehrenschulden sind, hab ich den El Hombre-Blog angefangen. Hätte aber nie im Leben gedacht, dass der so super ankommt bei euch!

Heute will ich mal ein paar Kommentare beantworten.

Einige von euch haben mich gefragt, was das denn für Frauen sind, die mich über die Agentur buchen und ob ich ein paar lustige Geschichten erzählen mag.

Nun, es ist eine bunte Mischung. Neulich wollte eine mollige Zahnärztin beim Klassentreffen mit mir als ihrem Mann angeben und hat mich mit nach Idaho geschleift. Ist ja auch wirklich dumm, dort als Single aufzutreten zwischen all den vermeintlich (!) glücklichen Paaren. Aber stellt euch vor: Kurz vor meinem Einsatz hat sie mich allen Ernstes mit Zahnseide malträtiert, damit ich absolut perfekte Beißerchen habe. Leute gibt’s!

Oft werde ich als Begleitung zu Konzerten oder Ausstellungen gebucht, aber ich hatte auch schon ein Engagement für einen Tandemsprung mit Fallschirm. Das war ein Geschenk der Großfamilie zum Studienabschluss der jüngsten Tochter, doch der Freund hatte sich aus dem Staub gemacht. Alleine zu springen traute sich die Señorita nicht, absagen war auch nicht drin, also musste ich herhalten.

Meine skurrilste Mission in letzter Zeit war ein Kanzleiausflug inklusive Lamawanderung, ich spielte den Verlobten einer Anwältin. Nach dem Austernschlürfen ein paar Wochen vorher sah man das wohl als Entspannungs-Event an. Wobei die Lamas wirklich angenehme Zeitgenossen waren, was man von den Juristen nicht behaupten konnte. Gespuckt haben übrigens weder die einen noch die anderen.

(@Jasper: Wir beide müssen mal was trinken gehen! Dann kann ich dir all deine Fragen beantworten. Selbst die, wie sich eine Frau normalerweise beim Sex anhört. Sie gibt nämlich durchaus Töne von sich. Ich werde dir bei ein paar Bierchen mal einige meiner Tricks verraten. Und irgendwann bist du dann der große Macker und wirst deine Kumpels ganz lässig fragen: „Was sagt eine Frau nach dem fünften Orgasmus?" Wenn sie dich mit großen Augen ansehen, lächelst du wissend und verrätst ihnen die Antwort: „Danke, Jasper!")

Okay, das war ein wenig übertrieben, aber ich wollte euch auf das längst überfällige Thema des nächsten Blogs einstimmen: Sex!

Bis dahin:

Hasta luego
Euer El Hombre

8. Rebecca's Reggae-Night

Mit einem mulmigen Gefühl im Bauch ging Rebecca am nächsten Tag zur Arbeit. Sie konnte nicht einschätzen, wie Quentin reagieren würde. Heute stand ausgerechnet das wöchentliche Meeting an, wo am Ende noch alle anderen Kollegen mitbekommen würden, dass zwischen ihr und dem Boss irgendetwas in der Luft lag. Sie war fürchterlich angespannt, als sie mit ihren Akten in der Hand zum Besprechungssaal ging. Doch Quentin benahm sich nicht anders als in den Wochen zuvor. Er begrüßte sie ebenso knapp wie alle anderen, sah sie mit den gleichen Blicken an wie den Kollegen Randolph, hörte ihren Vorschlägen mit der normalen Aufmerksamkeit zu.

Sie war so erleichtert, dass sie nach dem Meeting am liebsten wie ein Kaninchen im Frühling über den Flur gehüpft wäre. Quentin nahm den Vorfall also tatsächlich nicht ernst! Allein dafür stieg er in ihrer Beliebtheitsskala schon wieder um ein paar Stufen. Er war wirklich ein toller Boss. Wie er heute beim Meeting eine Strategie in einem äußerst schwierigen Streitfall zwischen zwei Unternehmen dargelegt hatte, war eine Glanzleistung gewesen. Sie konnte sich keinen genialeren Anwalt vorstellen. Wahrscheinlich war es deshalb auch nichts Besonderes für ihn, dass sich Frauen ihm anboten. Bei seinem Charisma passierte ihm das sicher genau so oft, wie Rebecca sich eine Laufmasche in ihren Nylons holte. Sie würde den Vorfall einfach vergessen, genau wie Quentin vorgeschlagen hatte. Mit keiner Menschenseele darüber reden, dann war es auch gar nicht passiert. Und inständig hoffen, dass diese fremde Macht, der sie in seinem Büro unterlegen war, nicht noch einmal in ihr Leben kam.

Da sie gerade so guter Dinge war, schrieb sie eine SMS an Logan. Es war gar nicht so leicht, etwas zu entwerfen, das wirkte, als hätte sie null Gedanken daran verschwendet. Rebecca brauchte geschlagene zwölf Entwürfe, bis der Text glaubhaft spontan klang. Aber am Ende war sie zufrieden mit ihrem Werk:

„Lust auf einen verrückten Abend? Zwei Kumpels von mir spielen in einer Reggae-Band und haben einen Auftritt im Come together, SoHo. Da steigt am Samstag ein lockeres Sommerfest. Vielleicht wäre das was für dich? See you, Rebecca."

In der vorletzten Version hatte sie tatsächlich „Becky" als Absender eingetippt, aber den Namen dann doch schnell wieder korrigiert. So tief musste man ja wirklich nicht sinken.

Kurz vor Feierabend vibrierte endlich ihr Handy. Logan hatte geantwortet.

„Verrückt klingt gut. Besonders, wenn es von dir kommt. Eine lockere Becky samt ‚Kumpels' kann ich mir selbstverständlich nicht entgehen lassen. Ich werde dort sein."

Sie las die Nachricht drei Mal und analysierte jedes Wort. Sprach da ein deutlicher Schuss Sarkasmus aus seinen Worten oder bildete sie sich das nur ein? Traute er ihr nicht zu, locker zu sein und Kumpels zu haben, oder freute er sich auf einen ungezwungenen Abend mir ihr?

Es gelang ihr nicht, die kryptisch anmutende SMS zu entschlüsseln. Aber im Grunde war es egal. Logan würde beim Sommerfest im „Come together" erscheinen und darüber freute sie sich so sehr, dass sie das Strahlen gar nicht mehr aus dem Gesicht bekam. Außerdem nahm sie sich ernsthaft vor, an ihrer Lockerheit zu arbeiten. Komischerweise hatte dieser Ausrutscher mit Quentin ihr einiges Neues über sie selbst verraten. Sie war gar nicht frigide, zumindest nicht körperlich! Das war schon mal eine immense Erleichterung. Außerdem hielt der Boss sie ganz offensichtlich für eine begehrenswerte Frau, denn sonst hätte er sie nicht quer über seine Tischplatte gelegt. Sie verfügte also sogar über erotisches Potenzial. Das war eine Tatsache, die sie bisher nie für möglich gehalten hatte.

Trotzdem war und blieb es ein schrecklich peinlicher Vorfall, der nie wieder geschehen durfte. Aber es gab ihr das Gefühl, dass bei ihr als Frau doch nicht alles verloren war.

Vielleicht sollte sie wirklich manches in ihrem Leben nicht ganz so ernst nehmen und sich eher an Logans Art orientieren. Er war ein Genussmensch, so kam es Rebecca zumindest vor. Als sie an seinen verklärten Blick dachte, während er die Mousse au Chocolat gelöffelt hatte, bekam sie plötzlich Appetit auf Pralinen. Sie beschloss, einen spontanen Ausflug zu „Pastry Passion" zu unternehmen und den Himbeertrüffeln noch eine Chance zu geben, sich zu beweisen.

Dieses Mal regierte nicht Violetta im Laden, sondern die muntere Emilia. Sie bediente gerade einen Kunden, und zwar ohne lauthals zu singen oder dem Mann eine Einführung ins Schokoladen-Kamasutra zu verpassen. Rebecca musste unwillkürlich schmunzeln, als sie an die exzentrische Violetta dachte. Da vor ihr noch weitere Kunden anstanden, wich sie nach rechts aus, wo ein Stehtisch zum Kaffeetrinken einlud. Von dort grinste sie eine Person an, die sie kannte.

„Sandy!", rief Rebecca überrascht und gesellte sich zur Friseurin, die in einer himmlisch duftenden Tasse rührte. „Das ist ja ein Zufall."

„Nicht wirklich. Ich kenne Emilia seit Jahren und wollte mit ihr quatschen, aber der Laden brummt heute. Also genehmige ich mir eine Iced Chai Latte mit Zimt-Bröseln und flüssiger Schokolade als Soße. Spezialanfertigung von Emilia."

Das Getränk sah nicht nur so aus, sondern roch auch, als hätte es Suchtpotenzial.

„Ich wollte mir heute auch mal was Süßes gönnen", erklärte Rebecca. „Ausnahmsweise geht das ja."

Sandy zwinkerte ihr zu. „Da steckt ein Mann dahinter, gib es zu! Bist du doch noch schwach geworden bei deinem sexy Boss?"

„Also, so richtig sexy ist der eigentlich gar nicht."

„Aber er hat dich rumgekriegt!" Sandy hatte offenbar einen siebten Sinn für solche Ereignisse.

„Nein … nicht wirklich … wie soll ich sagen", stammelte Rebecca. Sie hatte sich doch so fest vorgenommen, mit niemandem darüber zu reden!

„Ach, mach dir nichts draus. Kerle in Anzügen haben einfach ein ganz besonderes Flair. Wenn sie dann noch diese Aura von Macht ausstrahlen, kann niemand widerstehen. Ich hatte mal einen, der kam immer im feinen Zwirn zu mir. Ich bin total hingeschmolzen. Dabei kam am Ende heraus, dass er Metzger war, stell dir das mal vor!"

Sandy schüttelte den Kopf und löffelte den Schaum von ihrem Getränk.

„Ist doch ein ehrbarer Beruf", sagte Rebecca.

„Ja, schon, aber so ein Geschäftsmann wirkt halt immer so wahnsinnig potent. Wenn einer so dasteht im Zweireiher, mit glänzenden Schuhen und du spürst das viele Geld, mit dem er jongliert – hach!" Sie seufzte hingerissen.

Rebecca musste lachen. Sie selbst fand einen Anzug keineswegs besonders erotisch. Ihr war ein Mann in Jeans und T-Shirt zehn Mal lieber. Oder in einem Bademantel, den er dann auszog und neben das Bett gleiten ließ...

„Ging dir doch auch so, Em, oder nicht?", rief Sandy ihrer Freundin zu, die gerade den letzten Kunden verabschiedete. „Als dein Richard in voller Milliardärspracht vor dir stand, warst du hin und weg."

„Von wegen. Ich fand ihn arrogant. Er hat mich erst um den Finger gewickelt, als er die Madison Avenue im zweiten Gang entlanggetuckert ist und später ein Eichhörnchen gefüttert hat."

Überrascht sah Rebecca die Konditorin an. „Eichhörnchen?", wiederholte sie.

„Ja. Unser erstes Date, wenn man es so nennen darf, fand im Central Park statt. Mit Picknick."

„Schau an! Das hätte ich dem Herrn Firmenboss gar nicht zugetraut“, erwiderte Rebecca. Sie fühlte sich wohl zwischen den beiden Frauen. Sie redeten mir ihr, als wäre sie eine langjährige Freundin, und Rebecca fiel es leicht, sich dem lockeren Tonfall anzupassen.

„Dein Richard wird bestimmt ein toller Papa“, stellte Sandy fest. „Er wird sein gesamtes Geld in Form von Erdnüssen verfüttern und dich auf Händen tragen. Ich hoffe schwer, ich werde Patentante! Irgendwer muss schließlich dafür sorgen, dass das arme Kind nicht völlig verwöhnt wird.“

„Ihr bekommt Nachwuchs?“, fragte Rebecca überrascht.

Emilia nickte strahlend. „Vio ist völlig aus dem Häuschen. Bei uns in der Wohnung ist alles vollgepackt mit Babyzeitschriften und sie legt mir Testberichte von Kinderwagen und Schnullern aufs Kopfkissen.“

„Dann erst mal Glückwunsch! Falls das Baby juristisch gegen zu viele Patentantenküsse vorgehen will, kann es sich vertrauensvoll an mich wenden.“ Sie zog eine ihrer Visitenkarten aus der Tasche, kritzelte grinsend ihre private Handynummer darauf und reichte sie Emilia.

„Warte nur, ich färbe dir beim nächsten Mal deine Haare türkis!“, drohte Sandy.

„Das würde ich bei einer Anwältin lieber nicht wagen. Danke dafür!“ Emilia winkte mit der Visitenkarte und steckte sie dann ein.

Rebecca wollte die beiden Freundinnen nicht länger stören und ging zur Verkaufstheke, wo sie die Pralinen musterte.

„Was darf ich dir anbieten?“, fragte Emilia in vertraulichem Ton. „Wieder die Bomboloni? Haben sie deinem Boss geschmeckt?“

„Nicht nur ihm, sondern der ganzen Kanzlei.“ Rebecca bewunderte Emilia dafür, dass sie sich das mit den Krapfen gemerkt hatte. Dann fiel ihr ein, dass sie selbst schließlich auch sämtliche Details ihrer Mandanten im

Kopf abspeicherte.

„Aber heute möchte ich etwas für mich. Violetta hat mich neulich diese Himbeernougats probieren lassen. Weil die gut für den Verstand wären.“ Sie musste schmunzeln.

Emilia erwiderte das Lächeln nicht, sah sie nur lange an. Schließlich griff sie zur kleinen Zange, nahm aber nicht die Pralinen mit der weißen Schokoblume, sondern runde Trüffel heraus und gab sie in eine Schachtel.

„Creamfudge Blackberry Truffels“, erklärte sie. „Die sind fürs Herz. Glaub mir; die wirken Wunder! Ich denke, die passen im Moment besser zu dir.“

Emilia klang so sicher, dass Rebecca nicht zu fragen wagte, wieso sie denn auf diese Idee kam. Manchmal musste man einem Profi eben vertrauen. Sie zahlte, winkte den beiden Frauen zu und machte sich gut gelaunt auf den Heimweg. Die Pralinen würde sie heute Abend einzeln genießen, sich dabei auf Samstag freuen und überlegen, in welchem Kleid sie unwiderstehlich lässig aussah.

*

Nach langem Abwägen und einem Probiermarathon mit diversen Stylings, der den halben Samstagnachmittag gedauert hatte, stand Rebecca nun in einem luftigen, farbenfrohen Sommerkleid vor dem Spiegel. An den Füßen trug sie jugendlich wirkende Ballerinas und an ihren Ohren baumelten silberne Kirschen mit Glassteinen. Ihre Brillantimitate oder Perlen passten nicht zu einem Sommerfest, also hatte sie sich für den Modeschmuck entschieden, den Jamie ihr vor ein paar Monaten zum Geburtstag geschenkt hatte. Aus ihrer Frisur hatte sie mit einem spitzen Kamm einzelne Strähnen herausgerupft, die ihr unglaublich leger in die Stirn fielen.

Jamie und Mo waren schon längst in SoHo, um zusammen mit den Bandkollegen von „Reggae Hatcher“ das Equipment aufzubauen. Für den Bandnamen war Alistair verantwortlich, der Drummer. Er war nicht nur gebürtiger Brite, sondern auch glühender Anhänger der Tories und freute sich jedes Mal, wenn jemand nach ein paar Gläsern Jamaica Rum den Namen aussprach wie die berühmte Premierministerin.

Rebecca war noch nie im „Come together" gewesen. Neugierig drückte sie die Eingangstür auf und landete in einem recht finsteren Raum voll bunt gekleideter Menschen, die in Grüppchen herumstanden. Auf der Bühne lief gerade der Soundcheck.

„Eins – zwei – könnt ihr mich hören – yeahhh, Reggae rules!", brüllte Mo ins Mikro. Sie hoffte sehr, dass der Gig nicht vollständig in dieser Lautstärke stattfand, sonst würde sie am Montag keinen einzigen Mandanten mehr verstehen.

Nachdem sie den Jungs von der Band zugewinkt hatte, sah sie sich um, konnte aber Logan nirgends entdecken. Ob er auch wirklich kommen würde? Klar, sie konnte sich auch ohne ihn einen schönen Abend machen. Ein paar bekannte Gesichter hatte sie bereits entdeckt und auch Alistairs Freundin hing sicher irgendwo in der Nähe der Bühne ab, mit ihr hatte sich Rebecca schon beim letzten Auftritt ganz nett unterhalten. Trotzdem hoffte sie auf Logan, kam sich aber gleichzeitig immens naiv vor. Was erwartete sie denn? Er hatte doch von Anfang an klargemacht, dass er sich nur aufgrund des Geldes mit ihr traf. Außerdem war es kein Geheimnis, dass er Anwälte nicht ausstehen konnte und sie war schließlich eine.

Je länger sie auf ihn wartete, desto unsicherer wurde sie. Vielleicht wäre es besser, sie würde heimgehen. Er war nun mal ein Gigolo, der sich womöglich sogar heute mit einer reichen Lady vergnügte und ihr alle Wünsche erfüllte. Dabei vergaß man schon mal, einer langweiligen Anwältin abzusagen, die bei einem unwichtigen Konzert herumhing.

Das Gespräch mit Gwendolyn, bei dem Rebecca den Entschluss gefasst hatte, Klarheit zu bekommen, kam ihr rückblickend völlig irreal vor. Wozu brauchte sie denn eine Klärung? Es lag doch auf der Hand: Logan war nicht an ihr interessiert. Wie sie das auch nur einen Moment in Erwägung hatte ziehen können, war ihr jetzt ein totales Rätsel. Eine Frau wie sie, ohne die geringste weibliche Ausstrahlung, hatte bei keinem Mann der Welt gute Karten. Und bei einem heiß umworbenen Womanizer erst recht nicht.

„Gehen wir raus?", hörte sie neben sich eine unbekannte Stimme sagen und sah, wie sich ein Pärchen zu einer Tür an der gegenüberliegenden Seite des Eingangs bewegte. Erst jetzt fiel ihr auf, dass über diesem Ausgang ein Schild mit dem Wort „Bar" angebracht worden war. Sie folgte dem Paar und sah sich überrascht um, als sie durch die Tür trat. Es gab hier einen großen Innenhof, der mit Lampions beleuchtet war, efeuberankte Wände hatte und dessen Mittelpunkt eine lang gezogene Theke darstellte. Dort saß Logan und lächelte sie an.

„Da bist du ja endlich", begrüßte er sie, als sie näher kam, und bot ihr den Barhocker neben sich an. „Was willst du trinken? Die machen hier einen guten Tequila Sunrise."

„Lieber erst mal etwas ohne Alkohol", erwiderte Rebecca wie üblich. Erst danach fiel ihr ein, dass sie sich doch vorgenommen hatte, locker zu sein. Aber das ging schließlich auch ohne Schnaps. Hoffte sie zumindest.

Sie wartete auf den Barkeeper, um ein Bitter Lemon zu bestellen, und musterte nebenbei ihren Begleiter. Logan sah auch in Jeans und einfachem, schwarzem T-Shirt verdammt gut aus. Er gefiel ihr in diesem Outfit sogar besser als im dunklen Anzug, weil es zu ihm passte und er sich ganz offensichtlich darin sehr wohl fühlte. Selbst seine Haare, die er nicht wie im „Per Se" in Form gebracht hatte, sondern die leicht verstrubbelt wirkten, fand Rebecca anziehend, ebenso wie den dunklen Bartschatten. Logan wirkte, als hätte er sich vorgestern zum letzten Mal rasiert, und dieser Naturburschen-Touch stand ihm ganz hervorragend. Es gab ihm so etwas Wildes, Ursprüngliches, das ihren Puls deutlich beschleunigte.

Fast hätte sie ihm das gesagt, konnte sich aber gerade

noch rechtzeitig zusammenreißen. Er hingegen sah sie unverhohlen von oben bis unten an und grinste.

„Steht dir gut“, sagte er. „Du siehst ausnahmsweise aus, als hättest du einen anständigen Beruf.“

„Du meinst so was wie Kellnerin oder Fußreflexzonen-Masseurin?“, gab sie zurück.

Logan nickte. „Exakt das meine ich.“ Er winkte den Bartender heran, damit Rebecca ihre Bestellung aufgeben konnte. Vor ihm stand bereits eine Flasche Corona.

Aus dem Saal dröhnte plötzlich ein Riff der E-Gitarre, dann setzte gleichzeitig mit dem Schlagzeug Mos Stimme an und behauptete, er habe den Sheriff erschossen. Es dauerte eine Weile, bis Rebecca die Bob Marley-Nummer erkannte.

„Willst du ihn nicht verhaften lassen?“ Logan grinste sie an.

„Wegen des Mordes oder wegen des schrägen Gesangs?“, sagte sie und wandte sich dann dem Barmann zu, der jetzt endlich vor ihnen stand.

„Einen Tequila Sunrise“, bestellte sie todesmutig, denn ihr war klar, dass sie die Musik noch einige Zeit ertragen musste und das ging mit etwas Hochprozentigem vielleicht besser.

„Spielen die schon lange zusammen?“, erkundigte sich Logan und wirkte sehr zufrieden über ihre Drinkauswahl.

„Der Keyboarder ist neu, aber der Rest macht schon länger gemeinsam Musik. Die letzte Zeit haben sie bei den Proben immer nur an neuen Songs herumgefeilt, statt auch die alten zu üben, und wie wild Texte geschrieben. ‚Legalize weed, that’s all we need‘ oder ‚Give anarchy more energy‘ sind ein paar Highlights ihres kreativen Schaffens. Mein persönlicher Favorit ist ‘Dreadlocks and buttocks’. Stell dir vor, sie haben für den Gig heute geplant, dass Mo beim Singen nicht nur seine Frisur herumschüttelt, sondern auch seinen Allerwertesten entblößt. Kann natürlich sein, dass die Cops sie schon bei dem Weed-Song von der Bühne jagen.“

Logan lachte. „Bist du immer dabei, wenn die Band übt?"

„Mir bleibt gar nichts anderes übrig, ich wohne mit Mo und Jamie in einer WG. So dick können die Wände gar nicht sein, dass ich das nicht mitbekomme. Oft flüchte ich ins Fitnessstudio."

„Ist bei mir ähnlich. Wenn Eddie am Wochenende einfällt, er muss noch an irgendeiner Karre herumschrauben, hört er dabei immer nur Céline Dion."

„Ernsthaft? Dein Chef in der Werkstatt?"

Logan nickte. „Ja, er ist ein Riesenfan. Aber spätestens wenn er bei ‚My heart will go on' mitjault wie ein verhinderter Werwolf, klaube ich meine Joggingsachen zusammen und mache mich aus dem Staub."

Sie hatte schon vermutet, dass er Sport trieb. Allein vom Ölwannen-Abdichten bekam man sicher keinen so perfekten Körper, zumal Logan sehr gerne Süßes aß.

„Läufst du im Park?", erkundigte sich Rebecca und überlegte einen kurzen Moment, ob sie sich irgendwo auf die Lauer legen und ihm zusehen könnte. Natürlich wischte sie den Gedanken schnell beiseite.

„Erst am Fluss entlang und dann über die Brooklyn Bridge. Warst du mal dort, wenn die Sonne untergeht?"

„Ich glaube nicht." Fasziniert hörte sie ihm zu.

„Das ist wie im Film. Die Türme in der Mitte mit ihren Bogenfenstern sehen aus wie eine gotische Kathedrale. Die Seile glitzern in der Abendsonne, als wären sie Spinnweben im Morgentau. Und auf der Wasseroberfläche liegt ein goldener Schleier. Bei den Wolkenkratzern stelle ich mir immer vor, sie seien nur eine Filmkulisse und dahinter beginnt die staubige Prärie statt der Großstadt. Sie sehen nämlich total unwirklich aus zu dieser Tageszeit."

Erstaunt blickte Rebecca ihn an.

„In dir steckt ja ein richtiger Poet."

„Du wärst überrascht, welche Dinge noch in mir stecken." Er hob seine Bierflasche, weil auch ihr Cocktail inzwischen angekommen war.

„Cheers, Becky“, sagte er und der Blick aus seinen dunklen Augen ließ ihren Atem schneller werden.

„Cheers, Logue“, zitierte sie seinen Kollegen und freute sich, dass Logan so entspannt lachte. Es war heute sehr einfach, mit ihm zu reden. Selbst wenn sich Mo im Hintergrund mit einer Eigenkomposition abmühte.

„Du hast in der Schule sicher fabelhafte Aufsätze geschrieben“, sagte sie.

„Nur zeitweise. Da machte es mir tatsächlich Spaß zu schreiben. Aber meistens war Sport mein einzig gutes Fach. Und bei dir?“

„Das war immer mein Horror. Ich werde nie verstehen, warum man auch heutzutage noch Mannschaften von zwei Leuten wählen lässt. Das ist wirklich diskriminierend, wenn man keine Ballkünstlerin ist.“

„Ach, ich verstehe.“ Er rieb sich übers Kinn. „Und weil du dieses Vorgehen im Sportunterricht so enorm ungerecht fandest, hast du beschlossen, Jura zu studieren.“

„Nicht ganz.“ Sie atmete tief durch. „Es lag eher an Bethany Wilson und ihrem Kanarienvogel.“

Rebecca trank noch einen Schluck, während sie sich an die Szene erinnerte. Die Situation war noch so präsent, als könnte sie den gelben Tweety zwitschern hören.

„Der Vogel war ihr ein und alles. Einmal war er krank und sie ging eher von der Arbeit heim, weil sie noch mit ihm zum Tierarzt wollte. Als ihr Chef das mitbekam, warf er sie einfach raus, obwohl sie eine tolle Verkäuferin war. Aber er mochte sie nicht und hatte nur einen Grund gesucht, um sie loszuwerden. Dabei war es völlig in Ordnung, dass sie eher heimging, weil sie nämlich viele Überstunden hatte und er sie die nie nehmen ließ.“ Rebecca regte sich jetzt noch auf, wenn sie daran dachte. „Ich fand das damals schon unfair und riet ihr, sich zu wehren. Da war ich kurz vorm Highschool-Abschluss. Aber sie traute sich nicht. Suchte dann ewig nach einem neuen Job. Nur, weil so ein Idiot von Boss sich einfach nicht an die Gesetze hielt!“

Logan sah sie nachdenklich an. „Dabei dachte ich, alle Anwälte tun es nur für Geld“, sagte er.

„Ich dachte Ähnliches von Escort-Männern.“

Sie lachten beide und tranken anschließend einen Schluck. Danach erzählte Logan von seinen Kollegen aus der Werkstatt und gab noch ein paar Automechanikerwitze zum Besten. Rebecca konterte mit skurrilen Fällen aus der Kanzlei und einer Geschichte über Mos letzte Eroberung, die ihm die Haare abschneiden wollte, woraufhin er Hals über Kopf Reißaus nahm. Sie merkte, wie ihr der Alkohol allmählich zu Kopf stieg, aber das war kein schlechtes Gefühl.

„Komm, wir gehen mal rein und schauen, was deine Reggaebrüder treiben.“ Logan stand auf.

Es lief gerade eine eigenwillige Version von „Could you be loved“, aber der Groove ging tatsächlich in die Beine.

„Willst du etwa tanzen?“, fragte sie ihn ungläubig. Logan wirkte nicht, als wäre er ein Fred Astaire, andererseits erwartet man von einem Gigolo sicher ein paar Grundkenntnisse in Walzer und Cha-Cha-Cha. Hier im „Come together“ vermutete Rebecca aber eher benebelten Freestyle statt Ballroom, zumindest was einige der Zuhörer anging.

„Ich tanze nie“, stellte Logan fest und es klang sehr unumstößlich. Trotzdem stand er auf.

Rebecca trank den Rest ihres Tequilas aus und ließ sich ebenfalls vom Barhocker gleiten. „Klar. Du und John Wayne, ihr seid viel zu cool, um euch zum Affen zu machen“, sagte sie und folgte ihm in den Saal.

Ein süßlicher Geruch hing in der Luft. Die Menschen lachten und einige klatschten mit. In dem schwülwarmen Klima und mit den vielen Dreadlocks unter schwarz-gelb-grünen Mützen fühlte man sich fast wie in Kingston Town, nur der kilometerlange Sandstrand fehlte.

Logan fand einen Platz am Rand, der nicht allzu dicht bevölkert war. Er deutete auf die Musiker. „Welche der Kerle leben mit dir zusammen?“

„Der Sänger mit den Rastas ist Mo“, erklärte sie. „Und der Bassist heißt Jamie. Er kann übrigens ganz anständig kochen.“

„Das beruhigt mich sehr, dass sich meine Lieblingsanwältin nicht von Knäckebrot ernähren muss.“

„Oder wie du von Austern und Mousse au Chocolat“, gab sie zurück und zwinkerte ihm fröhlich zu. Sie fühlte sich unbeschwert wie schon lange nicht mehr. Die lockere Atmosphäre, der heitere Schlagabtausch mit Logan, die Musik – das alles trug dazu bei, dass Rebecca keinen einzigen belastenden Gedanken spürte.

Als nächsten Song spielte „Reggae Hatcher“ eine ihrer skurrilen Eigenkompositionen. Rebecca hatte „Dreadlocks and Buttocks“ bisher nur akustisch gehört, denn bei den Proben zu Hause konnte die Band natürlich nicht mit den Verstärkern herumlärmen. Alistair saß dann auf seiner Cajon und trommelte mit beiden Händen darauf herum, der Gitarrist brachte seine alte Akustische mit und Mo grölte nur halblaut. Aber sie musste zugeben, in der Konzertversion und mit den schnelleren Beats ging die Nummer richtig ab. Alle Leute um sie herum tanzten und auch Rebecca konnte sich nicht mehr zurückhalten. Es war ewig her, dass sie sich zu Musik bewegt hatte, und sie fühlte sich anfangs steif wie ein Lineal, aber mit jedem Takt wurde es einfacher mitzumachen.

Logan hingegen zog sich einen Schritt zurück und mischte sich zwischen die anderen coolen Kerle, die mit verschränkten Armen am Rand der Tanzfläche herumstanden. Das war natürlich viel lässiger, klar. Rebecca musste lachen, als sie sah, dass er unbewusst mit dem rechten Fuß mitwippte. Ganz entziehen konnte also auch er sich nicht.

Mo tanzte mit dem Mikro in der Hand über die Bühne und forderte alle Zuschauer auf, weiter nach vorne zu kommen. Rebecca war normalerweise nicht scharf drauf, mit verschwitzen Leibern auf Tuchfühlung zu gehen, aber dank des Tequilas und der Gras-geschwängerten Luft ließ sie sich vom Groove mitreißen. Zusammen mit Logan wurde sie näher an die Bühne herangeschoben. Dort oben drehte Mo sich gerade um, wackelte neckisch mit dem Hintern und zog schließlich – wie er es Rebecca im Vorfeld angekündigt hatte – seine Hose runter.

„Dreadlocks and Buttocks!", schrie er ins Mikrofon, schüttelte Erstere und präsentierte Zweitere dem lauthals johlenden Publikum, bevor er seine Hose wieder hochzog. Mit einem breiten Grinsen im Gesicht drehte er sich um und ließ sich feiern.

„Er hat es wirklich getan!", brüllte Logan in Rebeccas Ohr, um die kreischenden Groupies zu übertönen.

„Und nun hält er sich garantiert für den neuen Mick Jagger", schrie Rebecca zurück. Sie musste sich auf Zehenspitzen stellen und an Logans Schulter festhalten, um mit ihm reden zu können. „Er und Jamie werden heute Nacht bestimmt ein paar weibliche Fans abschleppen", ergänzte sie.

Er wollte etwas sagen, kam aber nicht mehr dazu, weil die Band eine schnelle Coverversion von „Israelites" begann. Das Publikum flippte bei diesem Reggae-Gassenhauer förmlich aus, zumal Mo und der Gitarrist auf der Bühne wie wild zu hüpfen begannen. Sie hatten es heute wirklich drauf, den Saal zum Kochen zu bringen.

Menschen drängten nach vorne, sprangen unkoordiniert herum, pressten sich in kleine Lücken. Mit einem Mal fühlte Rebecca sich nicht mehr wohl. Es war alles viel zu eng und wild.

„Yeah! Krasse Nummer", brüllte eine Gruppe Angetrunkener und einer davon rempelte Rebecca grob an. Sie bekam einen Ellbogen in die Rippen gedonnert und schnappte nach Luft. Bevor sie reagieren konnte, war Logan schon neben ihr und schirmte sie mit seinem Oberkörper gegen die Grobiane ab.

„Passt gefälligst auf, ihr Idioten!", fuhr er diese an.

„Willst du uns beleidigen, oder was?" Einer der Kerle baute sich drohend vor Logan auf. Er hatte das Kreuz eines Möbelpackers und den Gesichtsausdruck eines fiesen Geldeintreibers.

„Nein. Ich sage nur, dass ihr gefälligst aufpassen sollt, wen ihr hier anrempelt mit euren zierlichen Ellbogen!"

„Wir können das ja draußen regeln", schlug Mister Brutalo vor und krempelte seine Ärmel zurück, um seine furchteinflößenden Bizepse zu zeigen.

Panisch zerrte Rebecca an Logans Arm. „Lass uns zurück an die Bar gehen, bitte!"

Sie hatte Angst, dass der Betrunkene Logan etwas antat, solche Menschen waren unberechenbar.

„Nein danke", brüllte Logan ihm durch die Musik zu. „Ich prügle mich grundsätzlich nur mit Nüchternen."

Danach drehte er sich zu Rebecca um, legte seinen Arm um sie und zog sie zu sich heran, damit er sie möglichst geschützt durch die hüpfende Meute nach draußen bugsieren konnte. Kurz vor dem Ausgang gab es ein kleines Gedränge und sie mussten stehenbleiben, eng aneinandergepresst. Rebecca konnte durch die schwere Luft hindurch Logans Duft riechen. Sie sah einen Schweißtropfen an seiner Schläfe und seine dichten, dunklen Wimpern. Ihr Körper reagierte umgehend auf Logans Nähe. Ihr Herzschlag beschleunigte sich, ihr wurde heiß und sie sehnte sich danach, ihm noch viel näher zu kommen. Sein Arm an ihrem Rücken schenkte ihr Geborgenheit und sie fühlte sich an seiner Seite sicher wie selten im Leben. Noch nie hatte ein Mann sich um sie gesorgt. Ihre Freunde waren eher stolz darauf gewesen, dass sie selbstständig und stark war. Keiner war je auf die Idee gekommen, sie vor irgendetwas zu beschützen.

Logan schaffte es, sie beide durch die Tür zu bekommen. Sie atmete erleichtert auf, als sie im ruhigeren Innenhof ankamen.

Die Bar war inzwischen voll besetzt, aber sie fanden einen kleinen Tisch an der hinteren Mauer. Ein Lampion in Form eines lächelnden Mondes hing am Efeu, der sich an den Steinen entlangrankte, und auf dem Tisch brannte eine Kerze, die man in eine leere Flasche gesteckt hatte.

„Du hättest dich doch nicht wirklich mit ihm geschlagen, oder?“, fragte sie.

Logan lächelte. „Eher nicht. Aber wenn alle so was immer durchgehen lassen, lernen diese Typen nie dazu.“

„Wäre jedenfalls schade um deine hübsche Nase gewesen.“

„Ja, eben“, erwiderte er grinsend. „Meine unvergleichliche Schönheit ist schließlich mein Kapital.“ Er winkte eine Kellnerin heran, bei der er zwei Flaschen Corona bestellte.

„Sie wollen mich doch wohl nicht betrunken machen, Mister Rodriguez?“

Statt einer Antwort lächelte er sie an. „Wäre sicher mal interessant. Wie bist du dann? Tanzt du auf dem Tresen oder zitierst du mit verruchter Stimme Paragrafen?“

„Ganz genau. Ausschließlich welche aus dem Strafgesetzbuch. Dafür bin ich berüchtigt.“

Sein Blick fand ihre Augen und hielt sie gefangen. Die Band spielte die ersten Takte von „I wanna wake up with you“ und die langsame Ballade passte perfekt zu Rebeccas Stimmung.

„Du siehst sicher unglaublich sexy aus, wenn du leicht schwankend über Verjährungsfristen referierst“, raunte er ihr zu.

„Absolut unwiderstehlich“, erwiderte sie.

Rebecca konnte sich nicht erinnern, jemals mit einem Mann so ungezwungen und locker geredet zu haben. Es war immer viel ernster gewesen. In der Schule hatte man sie sogar oft „Spaßverderberin“ genannt und ihr fiel ein, auch später mal den Vorwurf gehört zu haben, sie sei humorlos. Aber mit Logan war alles so leicht und völlig selbstverständlich.

Als das Bier kam, stieß er mit ihr an, entließ sie aber nicht aus seinem Blick, der ihr das Denken erschwerte. Um sich abzulenken, trank sie einen großen Schluck, aber der Alkohol machte sie natürlich auch nicht klarer.

„Ist schon komisch mit dir“, begann sie.

„Was denn?“ Logan rückte näher.

„Na ja, ich bin eigentlich eher ernst. Immer gut vorbereitet, konzentriert, habe alles im Griff, sogar mich selbst. Aber du – du strahlst so viel Lockerheit aus. Und Lebensfreude. Ich habe mir sogar Pralinen gekauft, nur weil mir einfiel, wie begeistert du deine Nachspeise gelöffelt hast.“

Logans Finger strichen leicht über ihren Handrücken. „Immer nur beherrscht zu sein, ist doch schrecklich. Und was die Schokolade angeht – war sie gut?“

Sie musste lachen. „Ich bringe dir mal welche mit! Es gibt eine ganz kleine Konditorei in der 16ten Straße, mein Boss steht auf die Bomboloni, deshalb bin ich dort hingegangen.“

„Sie schicken dich zum Frühstückholen?“

„Nein! Es war mein Dankeschön für die Einladung zum Dinner im ‚Per Se‘. Sonst nichts.“

Er fuhr sich durch die Haare und Rebecca wünschte sich, selbst hineinfassen zu dürfen, ihre Finger langsam hindurchgleiten zu lassen, dann seinen Kopf sanft heranzuziehen und sein Lippen auf den ihren …

„Was gefällt dir so an Quentin?“, unterbrach Logan ihre Fantasie.

Sie atmete tief durch. „Er ist ein toller Anwalt. Seine Kanzlei hat einen ausgezeichneten Ruf und ich bin froh, dort gelandet zu sein. Einen besseren Start für eine Karriere im juristischen Bereich hätte ich nicht bekommen können.“

„Hast du was am Laufen mit dem Oberrechtsverdreher?“, fragte er.

„Wie bitte?“ Sie setzte sich aufrecht hin. „Natürlich nicht! Unsere Beziehung ist rein beruflicher Natur. Wieso wirst du jedes Mal so aggressiv, wenn es um Quentin geht?“

Er zog die Augenbrauen zusammen. „Für mich stellt sich eher die Frage, warum du jedes Mal zu einer staubtrockenen Büroklammer mutierst, wenn die Rede auf deinen Boss kommt. Gerade noch warst du auf dem besten Weg, locker zu sein. Aber dann redest du wieder von ‚Karriere' und ‚beruflicher Natur' und natürlich seinem ausgezeichneten Ruf. Da wirst du zu einer völlig anderen Frau."

Sie starrte ihn an. Wieso ritt er immer wieder auf Quentin herum? Sie war jedenfalls heilfroh, dass sie näheren Kontakt mit ihrem Boss sofort abgestritten hatte. Logan durfte niemals von dieser Episode auf dem Schreibtisch erfahren, sonst wäre sie bei ihm für alle Zeit unten durch.

„Meine Arbeit ist nun mal ein Teil von mir", sagte sie.

Logan pulte an dem Kerzenwachs herum, das an der Flasche entlanglief, und wirkte nachdenklich.

„Ich weiß nicht recht", sagte er schließlich. „Irgendwie habe ich den Eindruck, du musst dich dort verstellen. Und dass die echte Rebecca eigentlich die aus Queens ist, nicht die, die im Kostüm in Manhattan herumstöckelt."

„Glaubst du, ich schaffe es dort nicht?"

Seine Hand kehrte zu ihrer zurück. „Natürlich tust du das! Die Frage ist nur, ob es gut für dich ist, dort zu arbeiten. Oder ob es dich verändert."

„Ich wollte raus aus Queens", sagte sie leise. „Und nicht enden wie viele dort, so resigniert und passiv. Ich will etwas machen aus meinem Leben. Ist das falsch?"

Er schaffte es, sie zu verunsichern. Vielleicht lag es aber auch am Bier. Sie schob die halb volle Flasche zur Seite.

„Nein, das ist es nicht." Sein Lächeln war warm wie ein Julimorgen. „Manchmal muss man eben etwas verändern im Leben, das stimmt schon."

„Du bist ja auch weg aus Montana", sagte Rebecca.

Seine Miene verschloss sich wieder. „Das hatte andere Gründe."

Rebecca ärgerte sich, dass sie die entspannte Stimmung zerstört hatte, indem sie ihn an seine Kindheit erinnerte.

Es war ihm anzusehen, dass er nicht weiter über dieses Thema reden wollte.

„Ich mache mich mal auf die Suche nach den Waschräumen“, beschloss sie und stand auf. Ein bisschen Abstand von Logan tat auch ihrem benebelten Kopf gut. Dieser Mann verwirrte sie auf eine Art, die sie nicht kannte. Er war lässig und doch manchmal abweisend, vertraut und dann wieder völlig fremd, witzig und tiefsinnig. Sie konnte ihn nicht recht greifen, wollte aber gerne alles über ihn wissen. Diese Widersprüchlichkeit zog sie unbeschreiblich an, ebenso seine Augen, sein Duft, sein Lachen. Einfach alles an ihm.

Rebecca kämpfte sich zu den überfüllten Toiletten vor. Auf dem Rückweg lief sie Mo in die Arme, denn die Band legte gerade eine Pause ein.

„Baby, sind wir nicht großartig?“, rief er ihr schon aus der Ferne zu.

„Auf jeden Fall“, erwiderte sie. „Der Geist von Bob Marley schwebt hier irgendwo herum und will eure neuen Songs covern.“

Er grinste so breit, dass seine Mundwinkel fast in den Rastas verschwanden.

„Ein megacooler Gig!“, stellte er fest und kam näher. „Jamie und ich haben zwei Girls aufgerissen. Heiße Feger! Die wohnen zusammen und wir werden nach dem Konzert noch zu ihnen gehen. Ist das okay für dich, wenn du allein heimfährst?“

„Klar. Ich nehme mir ein Taxi. Macht euch eine schöne Nacht mit den Groupies, ihr Stars!“

Mo knutschte sie spontan ab und wirbelte dann weiter in Richtung Bühne, wo es bald wieder losging.

Während sie sich die Wange trocken rieb, ging Rebecca wieder durch die Tür in den Innenhof. Neben Logans Tisch standen zwei junge Frauen. Die eine hatte eine sexy Blondmähne bis zum knackigen Po, die andere trug ein knappes Top zu ihrem Minirock. Ob das Bekannte von ihm waren? Rebecca schlich sich von hinten heran und versuchte, das Gespräch zu belauschen.

„Und wir dürfen uns wirklich nicht zu dir setzen?“, fragte die eine. „Wenigstens ganz kurz?“

„Nein, Ladies. Ich bin nicht alleine hier.“ Er klang sehr bestimmt.

„Na, dann lassen wir dir wenigstens unsere Telefonnummern da. Vielleicht ist dir ja die nächsten Wochen mal langweilig.“ Blondie zog eine Visitenkarte aus ihrer Hosentasche.

„Sorry, kein Interesse“, sagte Logan.

„Schade, du bist ein heißer Kerl“, flötete die andere.

Logan sah an den beiden vorbei und erblickte Rebecca. „Seht ihr? Der Platz hier ist besetzt, ich habe es ja gesagt.“

Er stand auf, um den Stuhl für Rebecca zurechtzurücken. Die zwei Damen musterten sie abfällig von oben bis unten, dann warf die Brünette Rebecca einen dolchscharfen Blick zu und die Blonde ihre Haare über die Schulter, bevor sie sich trollten.

„Wieso hast du die Nummer nicht angenommen?“, fragte sie Logan. „Fallen die beiden nicht in dein Beuteschema?“

Er schüttelte den Kopf. „Ich kenne diesen Typ Frau. Wenn die betrunken sind, ziehen sie sich nur lasziv aus oder tanzen an einer Stange. Öde. Weit und breit kein sexy Gesetzestext.“

Schon wieder musste Rebecca lachen. Das verging ihr aber schnell, als die Schlägertypen von vorher in den Innenhof kamen und ausgerechnet den gerade frei gewordenen Nachbartisch in Beschlag nahmen. Die Band begann wieder zu spielen, aber einige der Musiker klangen so, als wären auch sie nicht mehr ganz nüchtern, wovon auch immer.

„Es wird ein bisschen ungemütlich“, sagte Rebecca.

„Bist du mit der Band hergekommen?

„Nein, allein mit der U-Bahn. Aber das ist kein Problem, die Station ist nicht weit weg von hier. Oder ich leiste mir ein Taxi für die Rückfahrt.“

„Mein Auto steht ganz in der Nähe." Er lächelte schon wieder und stand auf.

Sie gingen durch den Saal zur Eingangstür. Logans Hand legte sich auf Rebeccas Rücken und sie fühlte die Wärme durch den dünnen Stoff ihres Kleides. Wie es wohl wäre, seine Finger auf ihrer nackten Haut zu spüren?

Die Nachtluft draußen auf der Straße war deutlich kühler als drinnen. Rebecca fröstelte ein wenig, was sie ärgerte. Sie wäre gerne noch ein Weile neben Logan hergelaufen, einfach so, ohne Ziel, Hand in Hand durch die nächtlichen Straßen von New York.

„Musst du morgen irgendwelche Fälle studieren oder was man sonst so an einem Sonntag macht als karrierebewusste Anwältin?", fragte er und hatte diesen spöttischen Zug um den Mund, der sicher jede Frau dahinschmelzen ließ.

„Stell dir vor, ich habe morgen frei", sagte sie. Was gelogen war, denn sie hatte tatsächlich eine Akte eingepackt, um Details zu überarbeiten. Aber das würde nur ein oder zwei Stunden in Anspruch nehmen.

„Was ist mit dir? Bist du für eine Matinee im Waldorf Astoria gebucht oder musst du an Quentins Baby herumschrauben?"

„Kein Escort-Auftrag und bei deinem Boss bin ich erst am späten Nachmittag."

Sie waren an seinem Auto angekommen, einem unauffälligen Kleinwagen in Hellblau, der sicher viele Jahre auf dem Buckel hatte.

„Dann können wir ja beide morgen ausschlafen", sagte er, während er die Beifahrertür für Rebecca öffnete. „Was hältst du davon, wenn wir bei mir noch ein Glas Root Beer trinken? Ich lege dir sogar James Blunt dazu auf, wenn du darauf bestehst."

„Eine himmlische Kombination", sagte sie schnell und hoffte, dass er ihre Aufregung nicht hörte. Sollte sie wirklich mit in Logans Wohnung gehen? Bevor sie widersprechen konnte, fuhr er schon los.

„Du kannst natürlich auch das Root Beer gegen Rotwein tauschen“, sagte er.

„Lieber den Blunt gegen Springsteen. Und Wasser statt Wein, ich brauche in deiner Anwesenheit einen klaren Kopf.“

„Tja, das ist die Logan-Wirkung, dagegen kann man wenig tun.“ Er bog in Richtung Brooklyn ab.

„Ich stehe sehr auf deine Bescheidenheit“, erwiderte sie, lehnte sich im Sitz zurück und konnte kaum fassen, was gerade geschah. Sie fuhr mit Logan in seine Wohnung. Und es fühlte sich verdammt richtig an. Da gab es nichts mehr zu denken.

Als Rebecca kurz darauf hinter ihm die Außentreppe hochstieg, war sie trotzdem ein wenig unsicher. Es war immerhin mitten in der Nacht, sie hatte etwas getrunken und keinerlei Vorstellung, was nun passieren würde.

Logan musste erst einmal ein paar Klamotten zur Seite räumen, bevor sie sich aufs Sofa setzen konnte. Er kam aus der Küche mit zwei Gläsern Wasser zurück, die er auf dem Couchtisch abstellte. Offenbar legte er es wirklich nicht darauf an, sie betrunken zu machen und ins Bett zu bekommen. Rebecca war sich nicht sicher, ob sie sich darüber freuen oder ärgern sollte.

Nachdem er ein wenig bei den CDs herumgesucht hatte, legte er eine Selbstgebrannte in die Anlage. Gespannt lauschte Rebecca. Ein Schlagzeug kündigte einen klaren Vier-Viertel-Takt an, dann setzte eine Gitarre ein und kurz danach die unverkennbare Stimme von Bruce Springsteen mit „Brilliant Disguise“.

„Nun bin ich echt beruhigt“, sagte sie, als er sich neben sie setzte. „ Mit dem ‚Boss‘ punktet man schließlich eher bei Kumpeln, als dass man Frauen betört.“

„Du warst diejenige, die ihn hören wollte.“

„Seit wann tust du, was ich sage?“, erwiderte sie.

„Ach, Becky“, er hob seinen Arm und strich ihr eine Strähne aus der Stirn. „Ich bin gar nicht so schlimm, wie du annimmst. Aber du hast Angst vor mir.“

„Unsinn!“, widersprach sie sofort.

Doch er nickte. „Du hast Angst, dass ich nicht in diese seriöse Welt passe, die du dir geschaffen hast. Dass ich zu sehr dein altes Leben repräsentiere. Und davon willst du dich mit allen Mitteln distanzieren.“

„Nein, das stimmt nicht.“ Sie musste erst einige Sekunden überlegen, bevor sie schließlich weitersprechen konnte. „Es ist eher – wie soll ich sagen – du bringst mich durcheinander. Und verunsicherst mich. Weißt du, ich bin nicht eine von diesen heißen Girls, die du vielleicht sonst in einer Bar aufreißt und mit nach Hause nimmst. Du hast viel mehr Erfahrung als ich in all diesen Dingen. Und ich bin auch nicht die reiche Lady, die dich sonst ausführt. Ich bin im Grunde nur die langweilige Becky aus Queens, mit einem Dad in der Burgerbude und einer Mom, die nicht mal kochen kann.“

Sie erschrak. Was hatte sie da gerade gesagt? So viel wollte sie doch gar nicht über sich selbst preisgeben, vor allem nicht, dass er sie so verwirrte.

„Erzähl mir von ihm.“ Sein Finger spielte noch immer mit ihrer Haarsträhne und seine Stimme war so weich, dass Rebeccas Brustkorb sich zusammenzog.

„Von meinem Dad?“, fragte sie.

Logan nickte.

„Er ist ein einfacher Mann. Ein Arbeiter. Hat früher als Möbelpacker geschuftet, aber bald machte sein Rücken nicht mehr mit. Seither steht er in der Imbissbude und brät Fleisch. Ich weiß, dass ich mich immer auf meinen Dad verlassen kann, egal was kommt.“

Ihr Hals war plötzlich eng. Die Sache mit dem Prozess fiel ihr ein. Ein einziges Mal hätte ihr Dad sie gebraucht, aber sie hatte ihn enttäuscht. Dabei hatte er stets hinter ihr gestanden, egal, mit welchem Problem sie zu ihm gekommen war!

„Was macht dich traurig?“, fragte Logan leise.

„Ich habe ihn im Stich gelassen.“ Sie erzählte ihm von der Sache mit dem Rasenmäher, der Sammelklage und sogar von Quentin, der ihren Vater auseinandergenommen hatte.

„Dad hat mir nicht mal gesagt, dass meine Kanzlei die Gegenseite vertritt“, sagte Rebecca mit belegter Stimme. „Weil er mir keinen Ärger machen wollte. Das ist das Allerschlimmste daran. Er war immer für mich da und dann könnte ich ihm einmal etwas zurückgeben und tue es nicht.“

Sie fühlte Tränen aufsteigen und wischte sich schnell über die Augen.

„Du hast ihm sicher viel zurückgegeben, Becky. Das weiß ich. Und er spürt, wie viel du für ihn empfindest.“

„Ich wünschte trotzdem, ich hätte mich nicht so mies verhalten.“ Sie fühlte sich schlecht und fragte sich, was Logan nun von ihr denken würde. Bestimmt hielt er sie für eine egoistische, karrieregeile Eiskönigin, die nicht mal zu ihrer eigenen Familie stand.

Er hob seinen Arm, als ob er ihn um ihre Schultern legen wollte. Zögerte. Senkte ihn wieder ein Stück. Schien schwer zu atmen, gerade so, als müsste er eine schwierige Entscheidung treffen. Schließlich legte er dann doch seine Hand auf Rebeccas Schulter.

„Komm her“, raunte er in ihr Ohr und schob seinen Arm weiter um sie. „Wir alle machen Fehler, aber das ist nichts, was deinen Dad von dir entfremden wird.“

Er war an die Ecke des Sofas gerutscht und zog Rebecca sanft zu sich. Widerstandslos lehnte sie sich an ihn, schmiegte sich an seinen großen Körper, legte ihren Kopf auf seine Brust. Sie hörte seinen Herzschlag, ruhig und gleichmäßig, und konnte sich im Moment keinen schöneren Ort auf dieser Welt vorstellen.

Sein Zögern hatte sie sehr wohl bemerkt. Irgendetwas hatte ihn gehindert, ihr näher zu kommen. Aber er hatte diesen Zweifel schnell weggewischt und sie zu sich herangezogen, also war alles gut. Sie wollte sich keine Gedanken darüber machen. Einmal nicht alles abwägen, sondern einfach nur fühlen. So schwer war das gar nicht, zumindest nicht hier, an seiner Brust, mit seinem Arm um ihre Schulter.

„Was ist mit deinem Dad?“, flüsterte sie. „Wie ist er?“

Logan strich ihr über die Haare und ließ sich Zeit, bevor er zu sprechen begann.

„Er ist deinem sehr ähnlich, glaube ich. Ein Familienmensch. Als er meine Mutter kennenlernte, war er ein gut aussehender, junger Kerl, der ihr die Welt zu Füßen legte. Nur dass seine Welt eben an der Staatsgrenze von Montana endete. Er hat alles Mögliche unternommen, um sie glücklich zu machen. Ihr hinterm Haus einen Swimmingpool gegraben, weil sie sich den wünschte, teure Kleider gekauft, sein letztes Geld für einen Trip nach Salt Lake City ausgegeben, weil sie da immer mal hinwollte.“

„Aber sie hat es ihm nicht gedankt.“

„Seine Mutter, also meine Granny Augusta, hatte ihn immer vor dieser Frau gewarnt und ihm auch nach der Heirat ständig Vorwürfe gemacht.“

Rebecca hob den Kopf, um Logan anzusehen. Sein Gesicht war ernst. „Wie hast du dich mit deiner Großmutter verstanden?“

„Augusta machte die tollsten Pancakes, die du dir vorstellen kannst. Von ihr habe ich meine Leidenschaft für Süßes, glaube ich. Im Grunde machte sie sich nur Sorgen um meinen Dad, aber es setzte ihn natürlich unter Druck. Zu mir war sie immer großartig. Leider starb sie viel zu früh. Wir standen uns sehr nahe.“

„Das tut mir so leid für dich, Logan.“ Sie schob ihren Arm unter seine Seite und schmiegte sich noch enger an ihn.

Bruce sang „I`m on fire“ und das Lied war ihr noch nie so unter die Haut gegangen wie in diesem Augenblick. Sie fühlte sich Logan auf einer ganz tiefen Ebene verbunden, weil er ihr so viel von sich offenbarte. Es war, als gäbe es keinerlei Grenzen mehr zwischen ihnen, als wären alle Mauern verschwunden, jede Distanz aufgelöst.

„Ich habe das noch nie einer Frau erzählt“, sagte er.

„All diese Dinge – ich rede sonst nicht so viel über mich. Keine Ahnung, warum das bei dir alles anders ist."

„Vielleicht, weil ich mich für dich als Mensch interessiere und nicht nur für dein schönes Äußeres?"

Sie spürte, wie er nickte. „Du bist die erste Frau, der es wahrscheinlich lieber wäre, ich hätte eine schiefe Nase und gelbe Zähne."

Er hatte recht. Sie würde ihn ebenso anziehend finden, wenn er nicht so perfekt wäre. Ihr war es nicht wichtig, dass er das Aussehen eines Models hatte, auch wenn sie ihn natürlich attraktiv fand. Aber das, was ihn für sie so besonders machte, waren ganz andere Dinge.

„Du bist so viel mehr als nur eine schöne Hülle", sagte sie. „Wenn eine Frau das nicht erkennt, muss sie blind sein."

Er seufzte. „Ich lasse die anderen Frauen nicht so weit hinter die Fassade sehen. Sie wollen einen hübschen Gigolo, den bekommen sie. Mir ist das nur recht."

Die Melancholie des Springsteen-Songs drang tief in Rebeccas Inneres. Alles in ihr war weich und schien mit Logan zu verschmelzen. Sie würde am liebsten für alle Ewigkeit hier an seiner Brust liegen, sich in seine Umarmung kuscheln und sich mit ihm unterhalten.

„Sind es denn hohe Schulden, die dein Vater hat?", fragte sie.

„Noch über dreißigtausend. Eine Baufirma hat uns gelinkt, als das Haus repariert werden musste. Sie bauten Murks und wir sollten zahlen, weil uns Beweise fehlten für den Schrott, den diese Bastarde zusammengezimmert haben und der fast über uns zusammenbrach."

„Warum seid ihr nicht zum Anwalt gegangen?"

Seine Hand hörte auf, durch ihr Haar zu fahren. Rebecca fühlte, wie Logans Muskeln sich anspannten. Offenbar hatte sie gerade einen wunden Punkt erwischt.

„Wir waren vor Gericht." Seine Stimme war mit einem Mal kalt und schneidend wie eine Stahlklinge. „Man hat uns dort vorgeführt, als wären wir geistig minderbemittelt.

Es ging ausschließlich um Gesprächsnotizen, die wir nicht hatten, um fehlende Zeugen für Dinge, die ganz offensichtlich waren. Wir hatten keine Fotos, keine Protokolle, keinen detaillierten Vertrag. Jeder Mensch mit gesundem Verstand konnte sehen, dass die Bauleute eine Menge zerstört hatten, aber vor diesem Scheißgericht zählte das alles nicht. Meine Mutter bekam im Saal einen Nervenzusammenbruch und mein Dad war den Tränen nah. Dabei hat dieser Mann in seinem Leben noch nie geweint."

Rebeccas Brustkorb zog sich zusammen. Da war so viel Schmerz in seiner Stimme! Und sie konnte Logan so gut verstehen, besonders seit ihr Vater dank Quentin Ähnliches erlebt hatte.

„Kein Wunder, dass du alles hasst, was mit Anwälten zu tun hat."

„Der Richter war der gleiche Mistkerl. Dieser ganze Gesetzeskram ist beschissen! Ich habe mir geschworen, nie wieder einen Gerichtssaal zu betreten. Es war einer der schlimmsten Tage meines Lebens."

Seine Hand ballte sich zu einer Faust. Rebecca legte ihre Finger darauf. Logans Atem kam abgehackt.

„Ich weiß nicht, was ich sagen soll", presste sie hervor. „Im Augenblick wünschte ich mir wirklich, ich sei Kellnerin und nicht Anwältin."

„Du kannst doch nichts dafür." Er klang wieder wärmer, aber sein Körper blieb angespannt. „Ich bin mir sicher, du bist ehrlich in dem, was du tust."

„Ich fand es schrecklich, was meinem Dad bei dieser Rasenmähersache passiert ist. Aber im Vergleich zu deinem war das nur eine Kleinigkeit. Die Welt ist ungerecht."

„Ach Becky", sie spürte sein Lächeln und gleich ging es ihr wieder viel besser. „Manchmal glaube ich, du bist viel zu weich für deinen Beruf. Und das gefällt mir sehr."

Seine Hand kehrte in ihre Haare zurück, kroch an ihren Hinterkopf und dirigierte ihn sanft nach oben. Rebecca rutschte ein Stück näher an Logan heran und sah zu ihm auf. Seine Augen schimmerten und seine Lippen standen leicht offen. Sie hörte das Blut in ihren Ohren rauschen, als er sie noch enger an sich drückte.

„Komm“, hauchte er und beugte sich ihr entgegen.

Sein Mund fand den ihren und Rebecca musste die Augen schließen, so verfallen war sie diesem Mann. Er küsste sie sanft, hielt sie fest an sich gepresst, war ganz und gar eins mit ihr. Der Kuss wurde inniger, Logans Hände fuhren über Rebeccas Rücken, sein Atem wurde schwer.

Ihr Körper prickelte, sehnte sich nach seinen Berührungen, wollte mehr davon. Rebecca rutschte ein kleines Stück von ihm weg, um ihre Hände unter sein T-Shirt zu schieben. Er stöhnte leise, als sie die nackte Haut an seinem Bauch berührte. Logans Küsse erreichten ihren Hals, ihr Schlüsselbein, machten sie wahnsinnig. Er schob ihr die Träger des Kleides von den Schultern, glitt mit den Fingerspitzen über ihre Arme von den Ellbogen bis zum Halsansatz, folgte der Spur anschließend mit seinen Lippen. Rebecca wand sich unter seinen Berührungen. Immer wieder kehrte sein Mund zu ihrem zurück und küsste sie zunehmend leidenschaftlicher.

Sie schob sein Shirt noch weiter nach oben, streichelte über seine Brust, die sich in schnellem Takt hob und senkte.

Logan rutschte weiter nach unten, sodass er fast flach auf dem breiten Sofa lag, und zog Rebecca auf sich. Ihr Oberschenkel fand zwischen seinen Beinen Halt und sie konnte Logans harte Männlichkeit spüren. Auch ihr Schoß pochte vor Verlangen nach ihm. S

eine Hände streiften den dünnen Stoff ihres Kleides von den Knien aus nach oben, liebkosten ihre Schenkel, raubten Rebecca fast den Verstand. Ganz langsam nur bewegte er seine Finger weiter nach oben, wo Rebecca sich schon nach seinen Berührungen sehnte. Sie tastete über seinen Bauch nach unten, fand die Gürtelschnalle, begann, sie zu öffnen. Logans heißer Atem strich über ihre

Schulter und sie bekam eine Gänsehaut, als er heiser stöhnte.

„Ich brauche dich“, raunte er ihr ins Ohr, was einen Schauer über ihre Wirbelsäule jagte.

„Und ich dich“, flüsterte sie.

Als sie die Hose endlich aufgeknöpft hatte und ihre Hand hineinschob, verband Logan sein heftiges Aufstöhnen mit einem hungrigen Kuss. Rebeccas Körper stand in Flammen und sie konnte es nicht mehr erwarten, Logan in sich zu spüren.

Plötzlich veränderte er sich.

Seine Lippen zogen sich von den ihren zurück. Seine eben noch so zärtlichen Hände verharrten untätig an der Stelle.

Er schien zu lauschen.

Überrascht hob Rebecca den Kopf. Doch sie hörte kein verdächtiges Geräusch, nur einen neuen Song, der soeben begonnen hatte.

Logans Atem kam schwer, seine Augen flackerten.

„Es tut mir so leid, Rebecca“, presste er hervor und richtete sich auf, sodass sie ihre Hand wegnehmen musste.

Alles um sie herum drehte sich. Was war los mit ihm? Wieso zog er sich wie aus dem Nichts zurück?

„Ist es das Lied?“, fragte sie, einem plötzlichen Impuls folgend.

Er antwortete nicht, war aber neben ihr wie versteinert. Da war dieser Ausdruck in seinen Augen, der ihr den Hals zuschnürte. Was war nur los mit ihm?

„Der Song hat eine große Bedeutung für dich, richtig? Hast du ihn in einer ganz besonderen Nacht gehört?“

„Der Fluss …“, begann er. Seine Stimme versagte.

Erst jetzt wurde Rebecca bewusst, dass es „The River“ war, was Springsteen gerade sang. Das Bild von Logan, als er in Vermont die junge Frau im Wasser gesehen hatte, stieg in ihr auf. Der panische Ausdruck in seinen Augen, der kopflose Rettungsversuch. Er war wie besessen gewesen.

„Du hast so etwas wie bei der Wanderung schon einmal erlebt, oder?“

Er schwieg. Lange. So lange, dass sie schon gar nicht mehr glaubte, er würde weitersprechen.

„Ich war ein schlechter Schüler“, begann er unvermittelt. „Ich hatte keine Ziele, fiel sogar durch, trieb mich lieber im Wald herum oder auf dem Sportplatz als in der Schule. Aber als ich siebzehn war, zog Shelley in unsere Kleinstadt.“

Rebecca fühlte, dass er schlucken musste und ihm das Reden schwerfiel. Sie rückte ein Stück von ihm ab, um es ihm leichter zu machen, ließ aber ihre Hand auf seinem Unterarm liegen, weil sie die Verbindung zwischen ihm und ihr unbedingt aufrecht erhalten wollte.

„Kam sie in deine Klasse?“

„Sie war sofort bei allen beliebt. Ich verstehe bis heute nicht, warum sie sich ausgerechnet mit einem Versager wie mir angefreundet hat. Vielleicht lag es daran, dass sie auch gern in der Natur war. Oder dass ihre Eltern sich gerade scheiden ließen, während die meisten anderen Kids aus Vorzeigefamilien stammten.“

Rebecca vermutete, dass diese Shelley eben auch hinter Logans harte Schale geblickt hatte. Manche Menschen konnten spüren, ob ein anderer Tiefgang hatte. Und Shelley hatte sicher dazugehört, sonst hätte sie nicht diesen Spuren bei ihm hinterlassen.

„Sie wollte Tierärztin werden“, fuhr er fort. „Und sie spornte mich an, aus meinem Leben ebenfalls etwas zu machen. Kaum zu glauben, oder? Sie sorgte dafür, dass ich sogar einen halbwegs guten Abschluss hinbekam. Als hätte ich den anschließend jemals gebraucht.“

Er stieß ein bitteres Lachen aus.

„Wolltet ihr zusammenziehen?“, fragte Rebecca vorsichtig.

Er nickte. Trank einen Schluck Wasser. Ließ sich Zeit.

„Sie redete mir ein, dass ich aufs College gehen sollte. Ihre Eltern hatten Geld, also machte Shelley alle möglichen Pläne. Sie würde unsere Studentenbude zahlen und wenn wir beide nebenbei arbeiteten, könnte auch ich mir das College leisten. Ich wollte Sportlehrer werden. Hatte die völlig naive Idee, Jungs wie mich dadurch irgendwie in ihrer Entwicklung unterstützen zu können."

Logan schüttelte leicht den Kopf, als könne er seine Gedankengänge von damals nicht mehr nachvollziehen.

„Ich kann mir dich sehr gut als Lehrer vorstellen", sagte Rebecca ernst. „Aber es kam nie dazu. Nicht wahr?"

Er fuhr sich mit der Hand über das Gesicht.

„Nein. Das tat es nicht. Weißt du, Shelley machte einen völlig anderen Menschen aus mir. Ich hatte zwar vorher schon mit ein paar Mädchen rumgemacht, aber das war an der Oberfläche geblieben. Doch sie – sie sah Dinge in mir, die ich selbst nicht begreifen konnte. Ich war ihr vollkommen verfallen. Wir saßen stundenlang zusammen, hörten Musik, diskutierten über Bücher. Ich habe für sie Blumen gepflückt und Gedichte geschrieben. Sie zeichnete Pläne für unser Haus, das wir später irgendwo am Waldrand bauen wollten. Und das einzige, worüber wir stritten, waren die Namen für unsere zukünftigen Kinder. In ihrer Gegenwart fühlte ich mich vollständig. Und mit all meinen Unzulänglichkeiten völlig angenommen. Es war unfassbar."

Rebeccas Nackenmuskeln verkrampften sich. Sie wusste, dass diese große Liebe kein gutes Ende genommen hatte, das war an seiner Stimme deutlich zu hören. Und doch hoffte sie so sehr, dass den beiden zumindest ein paar kurze glückliche Jahre geblieben waren. Sie wünschte sich in diesem Moment für Logan nichts mehr, als dass er damals einen Menschen gefunden hatte, der ihn liebte.

„Dann kam dieser Herbsttag." Sein Adamsapfel bewegte sich.

Sie ahnte, dass etwas Schreckliches passiert sein musste, und sah Logan voll Mitgefühl an.

„Wir gingen wandern, wie so oft. Shelley war übermütig, weil wir die Zusage für eine kleine Wohnung bekommen hatten. Alles schien perfekt zu sein. Ich hatte das Gefühl, raus aus dem Sumpf der Kleinstadt zu kommen, ein gutes Leben vor mir zu haben, etwas aus mir zu machen. Dann war da dieser Holzsteg."

Er musste tief durchatmen, bevor er weitersprechen konnte.

„Sie lief voraus, sprang wie ein junges Reh über den Weg, streckte die Arme zur Seite, als wolle sie losfliegen. Und dann kam sie auf die Idee, am Rand des Stegs über den Fluss zu balancieren. Eines der Bretter war lose. Sie stürzte ab."

Logans Stimme klang so zerbrechlich, dass Rebecca die Nägel ihrer freien Hand in die Handfläche drückte. Sie ahnte, welches Unglück sich abgespielt hatte – ausgerechnet in einem Moment, in dem das Glück zum Greifen nah erschienen war.

„Die Strömung packte sie, aber sie war eine gute Schwimmerin und kämpfte dagegen an. Ich sprang sofort hinterher, war schon fast an sie herangekommen. Aber da war dieser gottverdammte Strudel an den Felsen. Shelley wurde mit dem Kopf gegen einen spitzen Stein geschleudert."

„Und sie ist dort …?" Rebecca wagte es nicht, das Wort auszusprechen.

Er redete weiter, als hätte er sie nicht gehört.

„Ich konnte sie herausziehen, legte sie ans Ufer. Sie war nicht mehr bei Bewusstsein, aber lebte. Die Wunde an ihrem Kopf blutete wie verrückt. Ich rannte zum nächsten Haus, rief einen Krankenwagen. Aber es dauerte ewig, bis der endlich kam. Und dann hatte der verdammte Rettungswagen auf dem Weg in die Klinik auch noch eine Panne!"

Sein Gesicht verzog sich vor Schmerz.

„Sie konnten Shelley nicht mehr retten?", fragte Rebecca leise.

„Ich habe versucht, die Blutung zu stillen. Mein Hemd um ihren Kopf gewickelt. Gebetet, dass es nur eine

Platzwunde ist. Sie wachte sogar noch kurz auf, sah mich an, sagte: ‚Mach dir doch keine Sorgen um mich!' Ihr Lächeln werde ich niemals vergessen."

Rebecca schluckte hart. Es fröstelte sie. „Und die Sanitäter?"

„Die stabilisierten sie und packten sie in den Wagen. Ich fuhr mit. Kaum waren wir zehn Minuten unterwegs, gab der Motor den Geist auf. Der Fahrer riss die Motorhaube auf, während sein Kollege um Shelleys Leben kämpfte. Wir kannten uns beide nicht aus und rüttelten an ein paar Kabeln, aber die Kiste sprang nicht mehr an. Bis ein Ersatzfahrzeug kam, war es zu spät. Shelley starb noch auf der Landstraße."

Rebecca musste für einen Moment die Augen schließen, so überwältigt war sie von seinem Bericht. Das Leid verzerrte seine sonst so schöne Stimme, machte sie zerbrechlich und schwach.

„Hätten sie sie retten können, wenn das Auto nicht hängengeblieben wäre?"

Er zuckte müde mit den Schultern. „Ich weiß es nicht. Vielleicht."

Rebecca schwieg lange Zeit. Zu viele Eindrücke wirbelten in ihrem Kopf durcheinander.

„Was hast du dann gemacht?", fragte sie. „Ohne sie."

„Ich wollte sterben", antwortete er tonlos. „Ohne Shelley war mein Leben völlig leer. Ich selbst war leer. Nur eines war mir klar: Ich musste raus aus Montana. Weg von all dem Wald und den Bergen, die mich ewig an sie erinnern würden."

„Also bist du nach New York gezogen." Rebecca konnte das gut nachvollziehen. „Weit weg von diesen Erinnerungen. Und dann hast du also als Automechaniker angefangen. Wegen des Krankenwagens?"

Er sah sie an, als wäre ihm dieser Gedanke noch nie gekommen.

„Keine Ahnung", sagte er schließlich. „Ich habe nie darüber nachgedacht. Eigentlich war es eher deshalb, weil dieser Beruf völlig fern von einer Collegekarriere oder einem Job als Lehrer war. Ich wollte alles möglichst weit hinter mir lassen. Aber vielleicht hast du recht. Es ist ja auch egal."

Logan sah plötzlich sehr erschöpft aus. Einem Impuls folgend streckte Rebecca die Hand aus, um über seinen Rücken zu streichen, aber sie hielt kurz vor seinem Kragen inne. Es war ein so fragiler Moment und sie wollte ihn nicht mit einer unpassenden Berührung zerstören.

Die CD war längst aus.

Stille lag über dem Raum und erschwerte das Atmen.

„Es tut mir so leid, Rebecca", sagte er irgendwann. „Du bist eine ganz besondere Frau und ich habe dich sehr gerne. Aber … Ich kann das nicht. Dieser Schmerz … der hat mich fast umgebracht."

„Du musst dich nicht entschuldigen", erwiderte sie. „Ich verstehe dich doch. Es ist wohl besser, wenn ich jetzt gehe."

Er widersprach nicht. Hielt aber ihre Hand fest, als sie aufstand.

„Danke, dass du mir zugehört hast. Ich habe das noch nie jemandem erzählt. Es bedeutet mir sehr viel, dass du da warst."

Sie versuchte ein Lächeln. „Pass auf dich auf, Logan. Wir sehen uns. Oder?", hängte sie vorsichtig an.

„Auf jeden Fall."

Benommen wankte sie nach unten, ging zu irgendeiner größeren Straße und lief dort entlang, bis ein freies Taxi angefahren kam. Ohne den Fahrer richtig wahrzunehmen gab sie ihm ihre Adresse und landete kurz darauf in ihrer stillen Wohnung.

Rebecca zog sich um und legte sich ins Bett, das ihr schrecklich kalt und leer vorkam. Sie wusste, dass Logan gerade zusammengesunken auf der Couch saß, den Kopf in den Händen verborgen, und wieder und wieder jenen Herbsttag durchlitt. Sie hätte viel dafür gegeben, bei ihm sein zu dürfen, um ihn auf irgendeine Art zu trösten. Es ihm ein klein wenig leichter zu machen, das Leid wie auch immer abzumildern. Alles hätte sie dafür getan. Aber das war nicht möglich.

Er war alleine mit seinen schmerzvollen Erinnerungen und würde es, trotz all seiner Bettgefährtinnen und seiner Womanizer-Ausstrahlung, auch immer bleiben.

EL HOMBRE

Der Blog für echte Männer

Hey Männer,

ich weiß, ich habe euch versprochen, über Sex zu schreiben. Das verschiebe ich aufs nächste Mal, heute fehlt mir die Zeit, denn ihr wollt ja bestimmt eine ausführliche Anleitung!

Dieses Mal widme ich mich der Frage von Lyndon. Ihr habt vielleicht in seinem letzten Blogbeitrag gelesen, dass er ein neues Auto kaufen will. Was fährt nun ein echter Mann?

Die Zeiten, in denen wir uns mit sperrigen Pick-ups herumschlagen mussten, sind vorbei. Außer im Cowboy-Land.

Aber macht bitte auch nicht den Fehler, euch für einen dieser tiefergelegten Aufreißer-Sportwagen zu entscheiden, es sei denn, ihr seid ein James Bond-Double. Diese Schlitten erwecken bei den meisten Frauen den Eindruck, ihr hättet nichts in der Hose. Wobei ein echter italienischer Flitzer eher akzeptiert wird, als wenn ihr mit einem peinlichen Japan-Cabrio angeschaukelt kommt.

Alles dazwischen ist möglich – abgesehen von einem Kleinwagen natürlich, wo die Señorita nicht mal ihre Handtasche ablegen kann. Ein echter Mann braucht schließlich Platz!

Wenn es um Farben geht, bin ich für klare Entscheidungen. Schwarz, grau, dunkelbraun. Auf keinen Fall irgendwas in Pastelltönen. Dass eine Ausstattung mit Ledersitzen sexy ist, versteht sich von selbst. Das Gleiche gilt für die Gangschaltung. Sie verleiht euch etwas Weltmännisches, einen Hauch von James Bond. Aber nur, wenn ihr damit umgehen könnt!

Dazu eine vernünftige Soundanlage.

Ob ihr Liegesitze braucht, hängt natürlich von eurer Wohnsituation ab. Denkt aber daran – ein spontaner Quickie im Auto kann auch innerhalb einer Beziehung echt reizvoll sein!

(@Jasper: Fang ruhig an mit deiner Liste, die wir dann abarbeiten. Und nein, du brauchst mir deine Liebste nicht persönlich vorzustellen!!! Deine Berichte genügen voll und ganz)

Hasta luego und guten Kauf, Lyndon! Wir erwarten ein Foto der Kutsche!

Euer El Hombre

9. San Quentin's Sins

Auch am Montagvormittag waren Rebeccas Gedanken noch bei Logan und seinem Schicksal. Es fiel ihr schwer, sich auf ihre Arbeit zu konzentrieren, weil seine gepresste Stimme und der Schmerz in seinem Gesicht viel zu gegenwärtig waren. Halbherzig bearbeitete Rebecca eine Akte und dachte dabei an die Zeit nach Shelleys tödlichem Unfall. Sie konnte gut verstehen, dass Logan in die Großstadt gezogen und nicht in Montana geblieben war. Und auch die Ausbildung zum Automechaniker war aufgrund der Panne des Krankenwagens nachvollziehbar. So etwas würde ihm jetzt nicht mehr passieren, er hatte alles unter Kontrolle. Jeden Automotor, aber auch seine Gefühle.

Dass er mit Frauen flirtete und sogar Geld dafür bekam, führte auf tragische Weise das Vermächtnis seiner Mutter fort. Mit oberflächlichen Kontakten tat er etwas für sein Wohlbefinden, war aber trotzdem auf der sicheren Seite. Keine Innigkeit, kein Tiefgang – aber eben auch kein Schmerz.

Rebecca seufzte leise. Dass er sich nicht mit ihr einlassen konnte, war somit klar. Sie war nun mal keine Frau für eine schnelle Nummer. Und das Letzte, was Logan wollte, war eine Beziehung.

Traurig klappte sie den Ordner zu, druckte die Schriftstücke aus und legte sie in die Unterschriftenmappe, damit einer der Chefs sie gegenzeichnen konnte. Sie verließ das Büro und gab die Mappe einer Sekretärin.

Zurück an ihrem Schreibtisch nahm sie sich den nächsten Fall vor, doch sie bekam diesen Abend mit Logan nicht aus dem Kopf.

Es war sicher besser so. Was sollte ein Mann wie er mit einer wie ihr. Sie passten überhaupt nicht zusammen, das stand fest. Da half es auch nichts, dass die Erinnerung an seine Nähe ihr immer wieder einen Stich in ihrem Innersten gab. Mit manchen Dingen musste man sich einfach abfinden.

Entschlossen zog sie die Akte zu sich heran und schlug sie auf. Es war wirklich an der Zeit, wieder vernünftig zu arbeiten.

Als eine Stunde später die Tür aufgerissen wurde, zuckte Rebecca zusammen. Randolph kam einen Schritt in ihr Büro, verharrte dort und ließ die Tür offen stehen.

„So ein Fehler darf einfach nicht vorkommen!“, schleuderte er ihr entgegen.

„Wovon redest du?“

Er hatte die Unterschriftenmappe in der Hand. „Du hast im Shielding-Fall den Kläger mit dem Beklagten verwechselt. Wolltest du diesen Brief ernsthaft ans Gericht senden?“

Verdammt! In ihrer Unkonzentriertheit war ihr heute Morgen eine Verwechslung der Parteien unterlaufen. Und Randolph hatte natürlich nichts Besseres zu tun, als das so laut herumzukrakeelen, dass auch jeder im Flur ihren Fauxpas mitbekam.

„Es tut mir leid“, presste sie hervor. „Ich werde das natürlich sofort bereinigen.“ Sie stand auf, ging zu Randolph und streckte ihm den Arm entgegen um das Schriftstück zu nehmen. Doch er machte keine Anstalten, die Unterschriftenmappe zu öffnen.

„Du bist nicht der Superstar, für den dich Quentin hält“, zischte er. „Da bin ich mir ganz sicher. Mit deinem Verlobten stimmt etwas nicht und ich glaube sogar, dass an der Stone-Sache irgendwas faul ist. Wahrscheinlich lässt er dich nur über sein Vorzimmer eine Kleinigkeit erledigen und du bauschst es auf, als würdest du den CEO persönlich kennen.“

Rebecca musste sich sehr beherrschen. Dieser hinterhältige Bastard! Er würde garantiert alles tun, um sie bei Quentin schlecht dastehen zu lassen. Aber das würde sie nicht zulassen, sie leistete gute Arbeit.

„Was du über mich denkst, ist mir ziemlich egal, lieber Randolph. Und jetzt gib mir bitte das Schreiben, damit ich es ändern kann. Keiner von uns ist unfehlbar."

Er riss den Brief aus der Mappe, klatschte ihn ihr in die Hand und verschwand aus ihrem Büro.

Nachdenklich setzte sich Rebecca an den Computer, um die Adressen zu korrigieren. Ihr kam eine Idee, wie sie Randolph und Quentin beweisen konnte, dass zumindest die Sache mit Richard Stone ernst war.

*

Es dauerte allerdings bis zum Ende der Woche, bis sie das Vorhaben in die Tat umsetzen konnte. Für Freitagvormittag war eine größere Besprechung angesetzt, bei der Randolph und Quentin ebenfalls anwesend waren. Eine Stunde vorher rief Rebecca Jason Donalds an.

„Vorzimmer Richard Stone", meldete er sich mit freundlicher Stimme.

„Rebecca Miller hier von ‚Armadon, Hall and Piddlefield'", begrüßte sie ihn. „Ich hätte eine Bitte an Sie, Mister Donalds."

„Was kann ich für Sie tun? Geht es um den Vertrag zur Umstrukturierung?"

„Nicht ganz", antwortete sie. „Wenn ich ehrlich bin, geht es eher darum, einem Kollegen zu beweisen, dass ich tatsächlich für Ihr Unternehmen arbeite und nicht nur für eine Nichtigkeit beauftragt wurde."

„Klingt spannend", sagte er.

Rebecca lächelte. Dieser Donalds war wirklich ein netter Zeitgenosse.

„Könnten Sie es einrichten, mich um kurz nach zehn Uhr hier in der Kanzlei anzurufen und ans Telefon holen zu lassen?"

„Damit ihr Kollege es mitbekommt?"

„Ganz recht. Mehr ist gar nicht nötig. Ich tue einfach so, als wären Sie Mister Stone, wir wechseln ein paar Sätze und das war es auch schon. Ich wäre Ihnen wirklich sehr dankbar!"

„Kein Problem. Das mache ich gerne. Um Punkt zehn Uhr fünfzehn wird in Ihrer Kanzlei das Telefon klingeln, verlassen Sie sich auf mich!"

„Großartig!"

Zufrieden legte Rebecca auf. Manchmal musste man eben einen Joker aus der Tasche ziehen, um die Wahrheit zu beweisen. Und Jason Donalds war ein sehr sympathischer Kartentrick.

Das Meeting begann wie immer pünktlich. Alle Anwälte hatten eng getaktete Termine, deshalb kam es so gut wie nie zu Verschiebungen. Rebecca versuchte, nicht allzu auffällig auf die Uhr zu schauen, als die erste Viertelstunde vorüber war. Gerade war Randolph dabei, seine Ideen zu präsentieren, und Quentin blätterte in den Unterlagen, da klopfte es an der Tür. Amanda, die blonde Sekretärin, steckte ihren Kopf herein.

„Ich habe den Stone Konzern in der Leitung. Richard Stone möchte gerne kurz mit Miss Miller sprechen", erklärte sie.

„Legen Sie das Gespräch hier herein." Randolph deutete auf den Apparat auf dem Besprechungstisch. „Es dauert ja sicher nicht lange und ich muss sowieso kurz etwas nachschlagen."

Er grinste Rebecca an, als traue er ihr zu, zu tricksen. Wahrscheinlich würde er nach dem Telefonat heimlich die Wahlwiederholung drücken, um herauszufinden, ob eine alte Schulfreundin von ihr sich als Richard Stones Vorzimmer ausgab. Aber da hatte er sich getäuscht. Es tat ihr richtig leid, dass sie sein enttäuschtes Gesicht nicht sehen konnte, wenn sich der Anschluss tatsächlich als der des Unternehmens herausstellen würde.

„Rebecca Miller", meldete sie sich und wartete auf Donalds Stimme. Er spielte seine Rolle wie erwartet sehr gut.

„Wir haben einen neuen Auftrag für Sie", sagte er.

Sie erschrak. Wie sollte sie das den Kollegen glaubhaft machen? Wenn sie sich jetzt mit ihm über ein neues Mandat unterhielt, müsste sie das bald vorweisen. Rebecca ärgerte sich, dass sie kein detailliertes Drehbuch verfasst hatte. Sie war doch sonst immer perfekt vorbereitet!

„Sehr gerne. Ich liebe neue Aufgaben, Mister Stone. Es geht sicher erst einmal um eine Beratung?“, antwortete sie geistesgegenwärtig. Quentin sah auf, als sie den Namen des CEO nannte. Er wirkte sehr zufrieden damit, dass dieser schwerreiche Firmenboss eine seiner Angestellten anrief.

„Ganz und gar nicht“, sagte Donalds.

Rebecca kam ins Schwitzen. Sie musste unbedingt so antworten, dass der fehlende Auftrag nicht irgendwann auffiel. Randolph würde sich wie ein Geier darauf stürzen. Er sah sie sowieso schon so zweifelnd an. Sie beschloss, das Ganze zu beschleunigen, bevor noch etwas Unvorhergesehenes passierte.

„Ich komme gerne vorbei und wir besprechen die Details“, erklärte sie. Sie wollte das Gespräch mit dem vermeintlichen Firmenboss so schnell wie möglich beenden.

„Das brauchen Sie nicht. Wir können das auch telefonisch klären.“

Verdammt, was hatte Jason vor? Wieso hielt er sich nicht an die Absprachen? Sie hatte sich doch klar und deutlich ausgedrückt.

„Ach so, ja, das ginge natürlich auch“, antwortete sie und überlegte, wie es weitergehen könnte.

„Du scheinst unsicher zu sein“, mischte sich plötzlich Randolph ein. „Es ist sicher besser, wir hören alle mit, dann können wir dich unterstützen. Frag deinen Mister Stone doch, ob das in Ordnung ist.“

„Ich …“, stammelte Rebecca. Gedankensplitter schossen ihr durch den Kopf. Sollte sie schnell lügen und sagen, dass Richard das nicht wollte? Dafür gab es keinen vernünftigen Grund. Die meisten Klienten mochten es, wenn gleich mehrere hochrangige Anwälte sich ihres Falles annahmen. Sie könnte sagen, dass Richard keine Zeit mehr hatte. Aber das klang unglaubwürdig. Randolph hatte sie ertappt, da war sie sich sicher. Er hatte gespürt, dass am anderen Ende der Leitung keineswegs der Firmenchef war, sondern ein Komplize.

Randolph starrte sie an. Auch Quentin hob erwartungsvoll den Kopf.

„Ich würde meine Kollegen gerne mithören lassen“, sagte Rebecca schicksalsergeben. Nun war alles zu spät. Ihr Betrug würde auffliegen. Jeder würde mitbekommen, dass sie nur mit einem Assistenten sprach. Richard Stones tiefe Stimme war unverwechselbar und den Anwälten sicher aus dem Fernsehen oder Radio bekannt. Sie wagte es nicht, Quentin in die Augen zu schauen, als Randolph den verhängnisvollen Lautsprecherknopf drückte. Bedeutete dieses Telefonat das Ende ihrer Karriere bei „Armadon, Hall and Piddlefield“?

„Sind Sie dran, Rebecca?“, tönte der Bariton von Richard Stone durch den Raum.

Es dauerte eine Sekunde, bis Rebecca sich von ihrer Überraschung erholt hatte und reagierte.

„Ja, natürlich“, beeilte sie sich zu sagen. „Ich bin hier und bereit für Ihre Aufträge.“

„Gut. Es geht um das Thema Personalvertretung. Ich überlege, meine Mitarbeiter teilweise in die Entscheidungsprozesse miteinzubeziehen. Bei meiner letzten Europareise hatte ich dazu einige interessante Gespräche. Können Sie mir eine Auflistung über den Status Quo in anderen Ländern anfertigen, was die Gesetzeslage anbelangt?“

„Selbstverständlich. Arbeitsrecht ist mein Spezialgebiet. Soll ich Ihnen auch gleich eine Studie zur Umsetzbarkeit erstellen?“

„Tun Sie das, Rebecca.“

Sie versuchte, ihr Strahlen unter Kontrolle zu bekommen. Nicht nur, dass Richard ihr gerade den Hintern gerettet hatte, er beauftragte sie auch noch mit einem interessanten Job und sprach sie mit dem Vornamen an. Das war großartig.

Sie klärten in weiteren drei Sätzen die Details, dann musste er auch schon zu seinem nächsten Termin.

„Fast hätte ich es vergessen“, sagte Rebecca am Ende. „Ich muss Ihnen ja noch gratulieren!“

Er lachte. „Dankeschön! Mir scheint, Sie haben Insiderwissen.“

„Als Ihre Anwältin gehört es schließlich zu meinen Aufgaben, über alle Projekte gut informiert zu sein.“ Auch sie lächelte. „Ich habe natürlich meine Quellen.“

„New York ist einfach ein Dorf. Schönen Tag noch, Rebecca.“

„Ihnen auch, Richard!“

Sein Vorname war ihr herausgerutscht, aber es schien ihn nicht zu stören.

Während Quentin sich wieder über die ursprünglichen Unterlagen beugte, sah Randolph Rebecca feindselig an. Aus seinem Triumph war nun leider nichts geworden, aber ihr Mitgefühl für ihn hielt sich in Grenzen.

„Was denn für ein Projekt?“, fragte er. „Und welche geheimen Informanten aus dem Stone Konzern hast du zur Verfügung?“

„Wir sollten endlich mit dem Fall weitermachen, ich habe euch schon genug Zeit gestohlen“, gab sie zurück und versuchte, ihr Kichern zu unterdrücken. Wenn Randolph wüsste, dass das angesprochene „Projekt“ nur die Schwangerschaft von Richards Verlobter war und dass ebendiese für die von ihm gehassten Bomboloni zuständig war, würde er platzen.

Lieber blätterte sie mit Quentin zu den Bilanzen zurück und widmete sich mit Feuereifer dem unterbrochenen Meeting. Später würde sie überlegen, wie sie Jason Donalds eine Freude machen könnte. Er hatte sich ein großes Dankeschön dafür verdient, dass er ihr einen Anruf seines Chefs vermittelt hatte. Zu den genaueren Hintergründen musste sie ihn noch befragen.

Als die Besprechung beendet war und alle den Raum verließen, drehte Quentin sich zu Rebecca um. „Haben Sie alle Unterlagen sortiert? Heute um drei Uhr startet der Alvarez-Prozess."

„Alles parat. Der Termin steht natürlich ganz dick in meinem Kalender."

„Gut. Dann auf in einen fast aussichtslosen Kampf. Solche Prozesse sind mir die liebsten!" Siegessicher marschierte er in Richtung seines Büros.

*

Einige Stunden später, als Rebecca neben Quentin im übervollen Gerichtssaal saß, erinnerte sie sich an seine Worte. Der Kampf war in der Tat fast aussichtslos, doch ihr Boss schlug sich wacker. Er nahm die Zeugen auf Teufel komm raus auseinander und hatte bei den Geschworenen mit Sicherheit schon einige Punkte gemacht.

Immer wieder schaute Rebecca heimlich zu Benito Alvarez, der ihr vom ersten Moment an unsympathisch gewesen war. Sie wusste nicht, ob es am brutalen Zug um seinen Mund lag, an den kalten Augen oder der herablassenden Art, mit der er sie behandelte. Ein paar Narben an seinen Armen verrieten, dass er keiner Schlägerei aus dem Weg ging und seine mächtigen Muskelberge legten nahe, dass die Vorwürfe der Anklage nicht aus der Luft gegriffen waren. Laut Aussage von Linda, der Schwester der Toten, hatte er diese regelmäßig verprügelt. Lindas Eltern, die ihre jüngste Tochter verloren hatten, saßen mit rot geweinten Augen in der ersten Reihe der Zuhörer. Rebecca fühlte sich unwohl, als die Blicke der Mutter zu ihr herüberwanderten. Was mochte diese Frau wohl über die Anwälte denken, die einen Mann verteidigten, der ihrer Tochter so viel Leid zugefügt und sie vielleicht sogar umgebracht hatte?

Im Moment befragte Quentin einen Nachbarn, der zu

Protokoll gegeben hatte, dass er unmittelbar vor der Tat Benitos Ankunft im Haus gesehen hatte.

„Was taten Sie, bevor Sie am Fenster vorbeikamen, weil Sie sich ein Glas Wasser aus der Küche holen wollten?", fragte Quentin den älteren Mann.

„Ich habe in der Zeitung gelesen."

„Welchen Artikel?"

Der Mann zuckte mit den Schultern. „Den Sportteil, glaube ich."

Quentin nahm etwas von seinem Tisch und legte es vor den Zeugen. Es war eine Seite aus einer Zeitung. „Würden Sie uns den Gefallen tun und uns etwas aus der New York Times vorlesen?"

Unruhig rutschte der Mann auf dem Stuhl hin und her. „Dazu bräuchte ich meine Lesebrille."

„Ah, ich verstehe. Das ist kein Problem." Quentin nahm die Seite wieder weg, blieb aber vor dem Zeugen stehen. „Tragen Sie die Lesebrille den ganzen Tag?"

„Nein, nur wenig. Vielleicht eine halbe Stunde täglich."

„Seltsam." Quentin beugte sich dem Mann ein Stück entgegen. „Ich sehe Abdrücke einer Brille auf ihrer Nase. Wie kann das sein?"

„Ich habe noch eine andere, für die Ferne."

„Die haben Sie aber jetzt nicht auf. Kleine Distanzen sehen Sie also noch halbwegs gut?" Quentin hielt seine Stimme warm, sodass der Zeuge Vertrauen zu ihm fassen konnte.

„So ist es."

„Dann fassen wir zusammen: Sie saßen also am Wohnzimmertisch, hatten Ihre Lesebrille auf und widmeten sich der Zeitung. Dann fiel Ihnen auf, dass Sie Durst haben und Sie standen auf, um sich in Ihre Küche zu begeben, die nur ein paar Schritte entfernt ist. Die Lesebrille ließen Sie auf der Zeitung liegen. Ist das so weit richtig?"

„Ja, genau so war es."

„Zufällig kamen Sie am Fenster vorbei, Sie sahen einen

Schatten, konnten aber aufgrund der fehlenden Brille für Ihre Kurzsichtigkeit nicht genau erkennen, wer sich dem Haus nähert. Denn der Eingang ist zehn Meter entfernt und es war schon dämmrig."

„Einspruch! Das sind reine Vermutungen", ging der Staatsanwalt dazwischen.

„Stattgegeben." Richterin Elizabeth Stanton hatte ihre Verhandlungen immer gut im Griff.

Quentin brachte das nicht aus der Ruhe. Er wusste, genau wie Rebecca, dass die Geschworenen sich nun trotzdem fragten, wie es um die Sehkraft des alten Mannes bestellt war.

„Ich erkannte ihn schon alleine am Gang", verteidigte sich der Zeuge. „Ich bin mir sicher, er war es!"

Noch immer unbeeindruckt schritt Quentin durch den Gerichtssaal. Er wanderte gerne auf und ab. Da er das mit viel Würde und selbstsicherer Ausstrahlung tat, verstärkte es den Effekt, dass er – und nicht Richterin Stanton – hier das Sagen hatte.

„Eine letzte Bitte an den Zeugen: Lesen Sie uns vor, welche Nummer neben der Tür steht?" Er deutete auf den Eingang zum Saal. Dort war ein Schild mit der Raumnummer angebracht. Rebecca wandte sich ebenfalls um. Ein knallroter Hut, den eine der Zuschauerinnen trug, verdeckte das Schild zum Teil, aber sie konnte zumindest eine der Zahlen erkennen. Für sie waren die Ziffern aus dieser Entfernung gut zu lesen.

„Es tut mir leid. Ohne Brille sehe ich das nicht scharf", gab der alte Mann kleinlaut zu.

Quentin ging zurück zu seinem Platz, ohne einen einzigen Muskel in seinem Gesicht zu verziehen.

„Keine weiteren Fragen", sagte er und setzte sich hin.

Obwohl Rebecca daran glaubte, dass der Mann Benito ins Haus hatte kommen sehen, war ihr klar, dass die Aussage des Zeugen nun nicht mehr verlässlich erschien. Ihr Boss hatte seinen Job verdammt gut gemacht. Doch freuen konnte sie sich nicht. Alles in ihr war überzeugt davon, dass Benito Alvarez der Täter war und seine Frau kaltblütig niedergestreckt hatte.

Bevor der spannendste Zeuge kam, nämlich Mickey Bloomington, rief die Richterin zehn Minuten Pause aus. Der Gerichtssaal war wirklich sehr schwül an diesem Sommertag und in ihrer schwarzen Robe schwitzte Richterin Stanton bestimmt noch mehr. Auch die Zuschauer freuten sich, dass die Tür geöffnet wurde und ein Luftzug hereinkam.

„Soll ich Ihnen auch eine neue Flasche Wasser holen?“, fragte Rebecca ihren Boss, denn sein Glas war ebenfalls leer.

„Das wäre nett.“ Er wischte sich die Hände mit einem Desinfektionstuch ab. Wahrscheinlich wollte er nicht, dass die Druckerschwärze der Zeitung an ihm kleben blieb.

Rebecca war froh, sich in der kurzen Pause die Füße vertreten zu können und nicht mit dem Angeklagten sprechen zu müssen. Dieser Benito Alvarez war ihr einfach zuwider. Sie hatte den Eindruck, dass er sie als Frau sowieso nicht akzeptierte. Er sah sie nie an, wenn sie als Anwältin etwas sagte, starrte aber immer wieder provozierend in ihren Ausschnitt. Ein ekelhafter Kerl, der keinerlei Bedauern über den Tod seiner Ehefrau zeigte. Selbst wenn er es nicht gewesen war, was sie sich kaum vorstellen konnte, hätte er angesichts ihres tragischen Todes berührt sein müssen. Aber sie spürte nichts davon.

„Jetzt sagen Sie bitte nicht, der Hygienefreak ist der Kerl, der mir meine Bomboloni wegisst!“, hörte sie eine Frauenstimme neben sich.

Rebecca, die mit zwei Wasserflaschen auf dem Rückweg war, fuhr herum.

„Violetta!“, rief sie überrascht und musste lachen. Eigentlich hätte sie sich denken können, wem dieses rote Hut-Ungetüm gehörte. „Was tun Sie denn hier?“

„Na, so eine aufregende Verhandlung lasse ich mir natürlich nicht entgehen. Aber ich wusste wirklich nicht, dass Sie für Quentin Armadon arbeiten.“

„Sie kennen ihn?“

„Nur aus dem Gerichtssaal. Ein Prozess mit ihm ist besser als jedes Fernsehprogramm. Keiner bringt Zeugen so gut durcheinander wie er. Und ich wette fast immer auf ihn. Das hat mir schon eine Menge Taschengeld eingebracht.“

Verständnislos sah Rebecca die alte Dame an. „Wie meinen Sie das?“

„Meine Freundinnen und ich“, sie zeigte auf zwei ältere Damen in nicht ganz so bunten Gewändern wie das ihre. „Wir treffen uns hin und wieder hier im Gericht. Insbesondere, wenn der kühle Quentin zugange ist. Und dann setzen wir ein paar Dollar auf den Ausgang des Prozesses. Wissen Sie, Ihr Boss ist ein echter Vollblüter!“

„Da gebe ich Ihnen recht. Wenn es ums Kreuzverhör geht, ist er ein wahrer Hengst.“

Violetta kicherte, als sie das hörte, während Rebecca damit beschäftigt war, die aufkommenden Bilder des Intermezzos auf seinem Schreibtisch schnellst möglich aus ihrem Kopf zu verscheuchen.

„Tut mir leid, Violetta, ich muss zurück in den Rennstall. Noch viel Vergnügen bei der Verhandlung. Haben Sie auf einen Freispruch gesetzt?“

„Zehn Dollar!“, sagte sie stolz. „Eleonor hält dagegen, Myra tippt auf Vertagung, weil neue Beweise auftauchen.“

„Wir werden unser Möglichstes tun“, erklärte Rebecca, winkte Violetta und ihren Freundinnen zu und machte sich auf den Weg zurück in den Gerichtssaal. Benito hatte sich zu Quentin gebeugt und die beiden flüsterten. Jetzt begann der schwierigste Teil der Verhandlung, denn Mickey Bloomington stand auf dem Programm. Er war der Hauptbelastungszeuge, da er neben Benitos Ehefrau im Bett gelegen und den Mord direkt mitbekommen hatte. Seine Aussage bei der Polizei war sehr klar gewesen. Rebecca konnte sich beim besten Willen nicht vorstellen, wie Quentin seinen Mandanten freibekommen wollte. Und sie wünschte sich im Grunde sogar, dass ihr Boss scheiterte. Alles, was sie bisher von diesem Fall mitbekommen hatte, deutete darauf hin, dass Benito Alvarez der Täter war. Selbst ihr Bauchgefühl sagte ihr deutlich, dass dieser Mann die Tat begangen hatte. Deshalb hoffte sie inständig, dass die Gerechtigkeit siegen würde und die Familie der Toten am Ende den wahren Täter hinter Gittern sah.

„Ich rufe Michael Bloomington in den Zeugenstand“, tönte auch schon die Stimme von Richterin Stanton durch den Saal. Rebecca mochte die hagere Frau mit den sehnigen Händen und den straff nach hinten gebundenen Haaren. Sie wirkte streng und war es auch, aber sie stand im Ruf, unbestechlich zu sein und sich von niemandem auf der Nase herumtanzen zu lassen. In ihren Verhandlungen herrschte stets Ruhe und Ordnung.

Der Mann, der kurz darauf als Zeuge Platz nahm, war ein gut aussehender Dreißigjähriger, der sicher nicht leicht zu beeindrucken war. Mit festen Schritten war er hereingekommen, hatte Benito einen hasserfüllten Blick zugeworfen und sich dann niedergelassen.

Die Richterin nahm seine Personalien auf und es folgte eine Befragung durch den Ankläger. Rebecca schrieb fleißig mit und sogar Quentin machte sich zwei oder drei Notizen.

Wie erwartet war Mickey Bloomington so überzeugend, dass nach seinem Bericht kein einziger Geschworener noch an Benitos Schuld zweifeln konnte. Rebecca war sich sicher, dass Quentin das Ruder nicht noch einmal herumreißen konnte. Doch sein Gang war selbstsicher wie eh und je, als er sich schließlich erhob und zur Befragung nach vorne ging.

„Sie sind beim Arbeitsamt angestellt als Sachbearbeiter, richtig?“, sagte er.

Mickey hielt Quentins Blick locker stand. „So ist es.“

„Da haben Sie es sicher mit allen möglichen Nationalitäten zu tun.“

„Selbstverständlich.“

Gespannt verfolgte Rebecca Quentins Taktik. Sie hatte nicht die leiseste Ahnung, was er vorhatte.

„Haben Sie bestimmte Präferenzen?"

„Natürlich nicht. Bei mir wird jeder gleich behandelt." Mickey klang sehr überzeugend.

„Das ist seltsam", meinte Quentin, ging zum Anwaltstisch zurück und tat, als suche er etwas in seinen Unterlagen. Rebecca war sich allerdings sicher, es hatte das Richtige bereits vorbereitet.

„Ich habe mich mit einigen Ihrer Kollegen unterhalten". Quentin zog ein Blatt hervor und schien es zu studieren. „Die sagten, dass Sie gerade mit Latinos ein Problem hätten."

„Das ist nicht wahr!"

Ungerührt fuhr Quentin fort. „Sie wollen also behaupten, es sei nicht richtig, dass Sie diese Bevölkerungsgruppe mehrfach als ‚verfluchte Bohnenfresser' bezeichnet hätten?"

„Einspruch!", ging der Staatsanwalt dazwischen. „Das hat nichts mit dem Mordfall zu tun."

„Oh doch. Das werde ich gleich aufzeigen", verteidigte sich Rebeccas Boss.

„Abgelehnt." Die Richterin sah Quentin streng an. „Aber kommen Sie zum Punkt, Herr Anwalt."

Er nickte und wandte sich wieder dem Zeugen zu.

„Widmen wir uns der Mordnacht. Sie waren also mit der Ehefrau des Angeklagten, mit der Sie ein Verhältnis hatten, im Bett. War das Licht angeschaltet?"

„Nein. Wir hatten nur die kleine Nachttischlampe an. Janet mochte es lieber im Dunkeln."

„Das heißt, als der Mörder ins Zimmer kam, konnten Sie ihn gar nicht richtig sehen?"

Mickey verschränkte die Arme. „Oh doch!", zischte er. „Ich habe diesen Mistkerl genau erkannt. Er hat nämlich das Licht angeschaltet, als er hereinkam."

Erneut kam Quentin zum Tisch, an dem Rebecca neben dem Angeklagten saß und alles konzentriert verfolgte. Er zog ein Bild aus einem Ordner und ging zurück zum Zeugenstand.

„Dieses Foto wurde am Tatort aufgenommen." Er hielt es hoch, sodass die Geschworenen und auch die Richterin es gut erkennen konnten. „Sie sehen eine äußerst helle Halogenlampe an der Decke. Einer ihrer Strahler zeigt direkt auf das rechte Kopfkissen des Bettes."

Quentin legte das Foto vor Mickey ab. „Es muss doch höllisch geblendet haben, als unerwartet das Licht anging? Also ich glaube, ich könnte da erst mal überhaupt nichts erkennen." Er zog sein Mundspray aus der Sakkotasche und verpasste sich in aller Seelenruhe eine Ladung frischen Atems. Rebecca bewunderte ihn unwillkürlich. Wie sehr er über den Dingen stand! Er war wirklich eine beeindruckende Erscheinung. Allerdings würde er bei Mickey auf Granit beißen, den schien das Armadonsche Machtgehabe nämlich völlig kalt zu lassen.

„Im ersten Moment schon, aber als die Schüsse fielen, duckte ich mich hinters Bett. Da habe ich ihn genau gesehen. Außerdem habe ich seine Stimme gehört. Er hat mir sogar nachgebrüllt, als ich aus dem Fenster gesprungen bin. Ich weiß hundertprozentig: Es war dieser Mann!"

Er streckte den Arm aus und deutete auf Benito Alvarez, der zum ersten Mal seit Beginn der Verhandlung blass wurde.

Angespannt sah Rebecca ihren Boss an. Er hatte nun äußerst schlechte Karten. Sie konnte sich nicht vorstellen, dass er es noch schaffte, begründete Zweifel an Benitos Schuld herauszuarbeiten.

Quentin ging mit seinen üblichen langen Schritten im Gerichtssaal auf und ab, als überlegte er, wie er weiter vorgehen sollte. Ein Seitenblick bestätigte Rebecca, dass sich auch die Familie des Opfers äußerst erleichtert zeigte. Die Angehörigen erwarteten zurecht, dass der Mörder jetzt nicht mehr davonkommen würde. Rebecca hoffte inständig, dass diese Menschen einen Sieg der Gerechtigkeit erleben konnten.

Es dauerte eine oder zwei Minuten, bis Quentin sich wieder dem Zeugen zuwandte. Richterin Stanton hatte bereits einen ungeduldigen Gesichtsausdruck gezeigt, aber nun entspannten sich ihre Züge wieder.

„Beschreiben Sie noch einmal im Detail, was sich genau abgespielt hat. Wie spät war es, als diese schreckliche Tat geschah?“

Rebecca wunderte sich, dass ihr Boss wieder damit anfing. All das hatte Mickey schon der Anklage erzählt. Eigentlich bestand kein Grund, dass die Verteidigung die gleichen Fragen noch einmal stellte.

„Ich weiß nicht genau. So abends um neun. Oder zehn.“

Sie starrte Mickey an. Was war los mit ihm? Er wirkte plötzlich unsicher.

„Dann ging die Tür auf und ein Mann kam herein und schaltete das gleißende Deckenlicht an“, kaute Quentin ihm vor.

„Genau. Er rief etwas auf Spanisch und schoss Janet nieder.“

„War sie Ihnen treu?“

Überrascht zuckte Mickey zusammen. „Wie bitte?“

„Nun ja, diese Frage ist doch berechtigt“, erklärte Quentin. „Sie betrog ihren Mann mit Ihnen, sie war eine attraktive Frau, sie hatte durch ihren Job viele Kontakte. Es wäre doch durchaus denkbar, dass sie neben Ihnen noch andere Eisen im Feuer gehabt hätte. Und einer davon nun Rache nahm.“

„Das … das glaube ich nicht.“ Mickey wirkte unsicher.

Ohne weiter auf dieses Thema einzugehen, drehte Quentin sich zu Benito um. „Finden Sie nicht, der Angeklagte hat ein Allerweltsgesicht?“

Ein Raunen ging durchs Publikum und auch Rebecca blieb für einen Moment die Luft weg. Doch ihr Boss sprach einfach weiter.

„Also ich finde, er sieht aus wie ganz viele Latinos. Er hat ein richtig alltägliches Bohnenfressergesicht.“

„Einspruch!“ und „Mister Armadon, mäßigen Sie sich!“, kam gleichzeitig aus zwei Richtungen.

„Was denken Sie?“, fragte Quentin ungerührt den Zeugen.

„Ja, das stimmt. Er hat eine blöde Visage, wie alle diese Moskitos! Und Janet war viel zu gut für ihn!“, regte Mickey sich auf. „Sie hätte diesen Mistkerl schon viel früher verlassen sollen, das habe ich ihr oft gesagt.“

„Und er gehört hinter Gitter, finden Sie nicht?“

„Auf jeden Fall.“

„Mister Bloomington“, sagte Quentin, jetzt wieder mit ganz ruhiger Stimme. „Kann es nicht vielleicht doch sein, dass Sie den Mörder Ihrer Geliebten gar nicht genau gesehen haben und sich danach einfach wünschten, es wäre ihr verhasster Ehemann gewesen?“

Atemlos sah Rebecca den Zeugen an. Der schlug die Augen nieder. „Schon möglich“, sagte er. „Vielleicht war es wirklich ein anderer Mann.“

Im Publikum begannen laute Gespräche, die Familie der Ermordeten protestierte und der Ankläger stand auf. Es waren fast tumultartige Zustände.

Richterin Stanton klopfte mit ihrem Hämmerchen, bis sich der Saal wieder beruhigt hatte, was eine Weile dauerte. Dann wandte sie sich selbst an Mickey Bloomington.

„Sie widersprechen also Ihren früheren Aussagen und behaupten jetzt, Sie hätten den Angeklagten gar nicht genau gesehen?“, wollte sie wissen.

Mickey fuhr sich mit beiden Händen übers Gesicht.

„Ich bin mir nicht mehr sicher“, antwortete er. „Es ging alles so schnell, ich kann mich nicht mehr erinnern.“

Rebecca starrte ihn entsetzt an. Noch vor einer halben Stunde hatte er den Vorfall in kleinsten Details geschildert. Und nun war ihm alles entfallen? Sie verstand die Welt nicht mehr.

„Ich möchte noch einmal Officer Lebowsky als Zeugen aufrufen“, kündigte der Staatsanwalt an, der seine Felle davonschwimmen sah. „Er wird die ursprüngliche Aussage bestätigen und wieder Licht in den Fall bringen."

„Heute nicht mehr", unterbrach ihn die Richterin. „Wir beschränken uns auf die Vernehmung von Mister Bloomington. Hat die Verteidigung noch weitere Fragen."

„Nein", sagte Quentin großzügig und setzte sich neben den sehr zufrieden wirkenden Benito.

Der Ankläger versuchte erneut, Mickey in die Mangel zu nehmen. Doch der wusste offenbar überhaupt nicht mehr, was genau damals geschehen war. Nach einer weiteren halben Stunde beendete Richterin Stanton den heutigen Verhandlungstag.

Wie in Trance folgte Rebecca ihrem Boss und dessen Mandanten. Sie konnte sich einfach nicht erklären, was da gerade passiert war.

„Sieht gut aus für meine zehn Dollar", flüsterte ihr Violetta plötzlich zu. Rebecca war so in Gedanken versunken gewesen, dass sie die alte Lady gar nicht herankommen gehört hatte.

„Der Prozess ist noch nicht zu Ende", stellte Rebecca klar.

„Das stimmt. Und obwohl mein Geld dann weg wäre, hoffe ich doch noch, dass dieser Benito hinter schwedischen Gardinen landet. Ich verfüge über eine hervorragende Menschenkenntnis und ich weiß, dass er es war!" Energisch rückte Violetta ihren monströsen Hut zurecht.

„Das wird sicher alles noch geklärt", sagte Rebecca, fand Violettas Einschätzung aber sehr zutreffend.

„Was glauben Sie denn?", fragte die alte Dame.

Rebecca holte tief Luft. „Mister Alvarez ist unser Mandant und wir werden unser Bestes für ihn tun", spulte sie ab. „Was ich persönlich glaube, spielt absolut keine Rolle, es geht nur um Fakten."

„Verstehe", sagte Violetta. „Das heißt also, Sie halten ihn auch für schuldig."

„Nein!" Rebecca schüttelte den Kopf. „Das habe ich überhaupt nicht gesagt, Sie haben das falsch verstanden."

Violetta lächelte. „Das denke ich nicht, Carissima. Ich habe alles richtig verstanden. Aber keine Angst, ich werde es Ihrem Boss nicht verraten."

Sie zwinkerte Rebecca zu und machte dann ein paar schnelle Schritte, um ihre Freundinnen einzuholen. Perplex starrte Rebecca ihr hinterher. Diese alte Lady war wirklich schrullig. Aber manchmal schien sie durch irgendeine geheime italienische Magie den Kern von Dingen zu erkennen. Oder sie hatte einfach nur eine Schraube locker.

*

Zwei Stunden später war Rebecca zu Hause, bekam die Vorfälle im Gerichtssaal aber nicht aus dem Kopf. Sie lief in ihrem kleinen Zimmer auf und ab, damit sie besser denken konnte, aber es half nichts. Erst überlegte sie, ins Fitnessstudio zu gehen, aber an einem Freitagabend war es dort unangenehm voll. Außerdem würde ihrem Hirn frische Luft sicher guttun. Sie schlüpfte in ihre Sportklamotten und band sich die Joggingschuhe zu. Als sie die erste Meile gelaufen war, wurde in ihr der Wunsch immer stärker, mit jemandem über all diese Dinge zu sprechen. Jemandem, der ähnlich tickte wie sie. Und der Quentin kannte.

An der nächsten Ecke blieb sie stehen und holte ihr Handy heraus. Hoffentlich war er zu Hause! An einem Freitagabend war die Wahrscheinlichkeit nicht besonders groß, aber sie lauschte trotzdem voll Erwartung dem Tuten.

„Hi Becky", meldete er sich. „Wo brennt es? Hast du Sehnsucht nach meiner unwiderstehlichen Gegenwart oder möchtest du ein paar Dollar loswerden und bei deinen Anwaltsfreundinnen mit mir angeben?"

Sie hörte das Lächeln in seiner Stimme und ihr wurde leichter ums Herz. Natürlich hatte sie sich Sorgen gemacht, dass die Stimmung zwischen ihnen beiden nicht mehr ganz so locker wäre, seitdem er ihr so viel von sich preisgegeben hatte. Aber er klang frech und unbeschwert wie an jenem Reggae-Abend.

„Deine professionellen Dienste kann ich mir leider nicht immer leisten“, erwiderte sie. „Sonst bleibt nichts mehr für Pralinen übrig und ich muss kläglich verhungern.“

Er lachte. „Soll ich dir ein paar Spiegeleier in die Pfanne hauen? Ich bin ein guter Koch, solange kein Gemüse gefragt ist und es nicht mehr als drei Zutaten gibt.“

„Verlockendes Angebot, aber ich brauche nicht deine Eier, sondern deine Ohren. Es geht um Quentin.“

„Was ist passiert?“ Sie konnte hören, dass Logan ernst wurde.

„Kann ich gar nicht genau sagen, das ist ja das Problem. Ich bin gerade joggen gegangen, weil ich mein Hirn freipusten wollte, aber allein funktioniert das nicht. Ein Denkpartner wäre toll.“

„Wo bist du?“

„East Village“

„Okay. Ich wollte heute sowieso noch Sport machen. Komm runter zur Brooklyn Bridge und ich laufe dir entgegen.“

Sie atmete auf. Eine Runde Joggen mit Logan, um dabei ihre Gedanken zu sortieren, war genau das, was sie jetzt brauchte.

„Bin unterwegs. Und danke schon mal!“, sagte sie.

„Keine Ursache. Ich wollte schon immer mal eine verschwitzte Anwältin sehen.“ Er legte auf.

Voller Elan und mit einem Lächeln im Gesicht lief Rebecca nach Süden. Sie bevorzugte normalerweise den Central Park und war nie auf die Idee gekommen, über eine der Brücken zu laufen, aber als sie näherkam, fand sie die Idee durchaus reizvoll. Mächtig spannte sich die Brooklyn Bridge über den East River. Gegen ihre riesigen Betonpfeiler wirkten die Seile geradezu filigran. Rebecca erinnerte sich an Logans Worte, mit denen er die Brücke beschrieben hatte. Es stimmte. Wenn man darauf zulief, sahen die spitzen Doppelbögen wie Fenster einer gotischen Kathedrale aus. Und auch das von ihm erwähnte Spinnennetz hatte um diese Uhrzeit eine ganz besondere Wirkung, vom Panorama ganz zu schweigen.

Als sie ungefähr bei einem Drittel der Strecke angekommen war, sah sie Logan auf sich zu joggen. Seine muskulösen Beine, die nur oben von den Laufshorts verdeckt wurden, bewegten sich regelmäßig und kraftvoll. Er trug ein rotes Shirt, hatte seine Arme locker angewinkelt und lief so leichtfüßig, als koste es ihn keinerlei Anstrengung. Rebecca blieb stehen, um nicht ganz aus der Puste zu sein, wenn er bei ihr ankam.

Als er sie erreichte, lächelte er und nahm sie ganz selbstverständlich zur Begrüßung in den Arm. Sein Körper war warm und groß und fasste sich ganz wunderbar an.

„Tolle Aussicht, oder?“, sagte er und klang immerhin leicht atemlos.

„Es sieht wirklich aus wie eine Filmkulisse“, erwiderte Rebecca. „Vor allem mit der tief stehenden Sonne. Außerdem ist die Brücke ja uralt, oder?“

Die braunen Steinquader, die der Konstruktion schon viele Jahre ihren Dienst leisteten, gefielen Rebecca viel besser als so manches hochmodernes Bauteil. Pfeiler und Seile hatten etwas Antikes, was ihnen einen ganz besonderen Reiz verlieh.

„Allerdings. Sie wurde Ende des neunzehnten Jahrhunderts gebaut, das musst du dir mal vorstellen. Der Architekt war ein Deutscher namens Roebling, er hat das Wahnsinnsprojekt begonnen, sein Sohn führte es fort. Als er krank wurde, hat man das geheim gehalten und seine Frau Emily hat die Bauleitung übernommen. Dabei hatte sie natürlich weder Ingenieurwesen noch sonst irgendwas studiert. Sie hat sich das ganze Wissen privat angeeignet und sogar eine ganze Runde hochrangiger Widersacher von sich überzeugt. Tolle Lady.“

„Ist das wieder einer dieser Wissens-Roadster, mit denen du erlauchte Kreise beeindruckst?“ Rebecca schmunzelte.

Er schüttelte den Kopf. „Mich interessiert die Geschichte der Stadt. All diese kleinen Wunder, die sich hier abgespielt haben und die immer noch passieren. Weiß du, manchmal komme ich mir vor wie ein Kind, das staunend durch die Big City läuft. Ich bin nun mal eine Provinzpflanze und werde wohl immer von New York überrascht sein.“

Strahlend sah sie ihn an. Sie mochte seine Neugierde und Begeisterungsfähigkeit. Und auch seine dunklen Augen, in denen sie ein warmes Lächeln entdeckte, das nicht der Brücke galt, sondern ihr selbst.

„Ich bin dir sehr dankbar, dass du dir Zeit für mich nimmst“, sagte sie und war selbst erstaunt über den weichen Klang ihrer Stimme.

„Nur deshalb, weil du in diesem knappen Sportoutfit irrsinnig knackig aussiehst.“

Er trat einen Schritt zurück, um sie ganz genau zu mustern.

„Komm, wir laufen rüber nach Brooklyn und drehen dort eine Runde durch den Prospect Park“, schlug er dann vor. „Dort ist es ruhiger als hier und du kannst mir alles erzählen.“

Logan trabte los und Rebecca tat es ihm gleich. Eine Meile später kam die Grand Army Plaza in Sicht, der nördliche Zugang zum Park. Ein gewaltiger Torbogen, der von riesigen Bronzeskulpturen gekrönt und von zwei Säulen flankiert war, wies den Weg ins Grüne. Auch dieses Bauwerk hatte Rebecca bisher nur im Vorbeifahren gesehen. Allmählich beschlich sie das Gefühl, dass ihr nur ein kleiner Teil ihrer Heimatstadt bekannt war.

Im Park angekommen, versiegte der Verkehrslärm sofort. Vögel zwitscherten fröhlich, Kinderlachen wehte von den Wiesen herüber und es roch nach Wald.

Logan verlangsamte seinen Lauf ein wenig.

„Schieß los, Prinzessin", sagte er.

Erst einmal musste Rebecca tief Luft holen. „Es geht um Quentin", begann sie und erzählte Logan von den Vorfällen beim heutigen Mordprozess.

„Ich habe nicht wirklich etwas in der Hand", schloss sie ab. „Es ist nur so ein Gefühl. Und ich bin absolut kein Mensch, der auf seinen Bauch hört! Aber ich spüre, dass hier etwas nicht sauber zugeht."

Unsicher sah sie ihn an. Würde er sie für komplett verrückt erklären? Noch nie in ihrem Leben hatte sie sich auf etwas anderes als auf Fakten verlassen. Bisher war ihr Kopf stets der beste Ratgeber gewesen.

Logans Miene war ernst geworden. Er unterbrach sein Joggen und fiel in nachdenkliches Gehen.

„Vermutest du, er hat den Zeugen bestochen?", fragte er.

„Der Gedanke kam mir natürlich, aber dann hätte Mickey doch von Anfang an anders ausgesagt. Bei den Fragen des Anklägers war er noch total sicher, erst im Kreuzverhör knickte er mit einem Mal ein."

Logan fuhr sich übers Kinn, das einen deutlichen Bartschatten trug. „Erzähl mir noch einmal genau, wie das lief."

Sie berichtete detailliert von den Vorgängen. Als sie an der Stelle mit dem Foto des Schlafzimmers ankam, hob Logan seine Hand.

„Warte. Ab diesem Zeitpunkt hat sich die Aussage verändert, oder?"

„Ja, er wurde plötzlich unsicher, konnte sich angeblich nicht mehr genau erinnern."

„Hatte dieser Mickey ein Wasserglas vor sich stehen? Ich traue deinem Boss ja alles zu. Konntest du sehen, ob er etwas hineingekippt hat?"

Rebecca erinnerte sich an die Szene in Quentins Büro, als sie fast Sex mit ihm gehabt hatte. Da waren zwei Wassergläser im Spiel gewesen. Aber er hatte sicher keine K.O.-Tropfen hineingerührt, ebenso wenig wie im

Gerichtssaal, das hätte sie bemerkt.

„Das würde doch den Leuten auffallen, die dahinter sitzen, vom Zeugen selbst ganz zu schweigen. Quentin kann nicht einfach eine Ampulle aus der Sakkotasche ziehen und ein paar Tropfen ins Wasserglas fallen lassen."

„Könnte er schon. Zum Beispiel, wenn er ein Pulver in seinem Ring hätte", erwiderte Logan.

Trotz des ernsten Themas musste Rebecca lachen. „Du hast eindeutig zu viele James Bond-Filme gesehen! Quentin ist kein Geheimagent, sondern Anwalt. Er benutzt weder explodierende Kugelschreiber noch ein Blasrohr mit Curare-Gift. Das einzig Gefährliche an ihm ist sein messerscharfer Verstand und sein …"

Abrupt blieb sie stehen und packte Logan am Ärmel. Das konnte nicht wahr sein! Ihre Gedanken überschlugen sich.

„Was denn?", fragte er ungeduldig und sah ihr in die Augen.

„Sein Mundspray!", keuchte sie. „Nein, das gibt es nicht. Oder doch?"

Unsicher blickte sie Logan an. Sie brauchte dringend seine Meinung. Wahrscheinlich würde er sie gleich auslachen, genauso wie sie ihn bei dem Vorschlag mit dem präparierten Ring. Es war ja auch wirklich lächerlich. Rebecca strich sich die Haare aus der verschwitzten Stirn. Sie reimte sich bestimmt großen Unsinn zusammen.

Doch Logans Blick war eindringlich und sein Gesicht äußerst ernst.

„Hat er es benutzt? In der Nähe des Zeugen?"

Sie dachte genau nach und nickte langsam. „Ja, das hat er."

„Wann?"

„Als er das Foto des Schlafzimmers vor ihm abgelegt hat." Sie sah die Szene im Gerichtssaal deutlich vor sich.

„Bist du dir ganz sicher?", fragte Logan.

„Oh ja, das bin ich. Aber das ist doch trotzdem Unsinn. Das Mundspray sprüht in Quentins Richtung. Wie soll er damit jemanden anderen beeinflussen?“ Sie sah ihn an.

Logans Ausdruck blieb entschlossen. „Das klären wir im nächsten Schritt. Erst einmal haben wir eine Vermutung. Und der sollten wir nachgehen.“

„Als Holmes und Watson?“, fragte sie. Ihr gefiel der Gedanke sehr, dass Logan sie unterstützen wollte. Es war eine große Hilfe, ihre Gedanken mit ihm zu teilen. Er hörte ihr zu und nahm sie ernst, wie es sonst kaum jemand tat. Sie fühlte sich ihm gerade sehr nah verbunden.

„Solange ich keine karierte Mütze aufsetzen muss, soll es mir recht sein“, brummte er, wurde dann aber wieder ernst. „Wie oft benutzt er das Spray? Und zu welchen Gelegenheiten?“

Rebecca überlegte kurz. „Ziemlich oft. Es ist fast so was wie sein Markenzeichen. Er verpasst sich in Kanzleibesprechungen frischen Atem, aber auch, wenn er im Gerichtssaal ist.“

Oder wenn er mit einer Anwältin nach Feierabend in seinem Büro flirtet, fiel ihr ein. Soweit sie sich erinnern konnte, hatte er auch damals das Spray benutzt. War das vielleicht sogar der Grund gewesen, warum sie ihn plötzlich so unwiderstehlich gefunden hatte? Dieser verdammte Mistkerl! Er hatte sie unter Drogen gesetzt, um sie gefügig zu machen! Rebecca holte tief Luft und versuchte dann mit aller Macht, diesen Gedanken schnell beiseite zu schieben. Es ging nicht um diesen peinlichen Vorfall, von dem sie Logan sowieso niemals erzählen würde, sondern um Zeugenbeeinflussung vor Gericht.

„Moment!“ Sie erinnerte sich plötzlich an das, was ihr Dad von seiner Verhandlung berichtet hatte. „Ich muss meine Eltern anrufen“, erklärte sie und zog ihr Handy aus der Gesäßtasche.

„Ich dachte, wir sind Komplizen“, sagte Logan. „Hättest du dann vielleicht die Güte, mich zu informieren, was in deinem hübschen Köpfchen vorgeht, Miss Holmes?“

Rebecca hörte nur mit einem Ohr zu. „Mist, der Akku ist fast leer", stellte sie fest und wandte sich dann an ihren Doktor Watson.

„Ich habe dir doch von der Verhandlung erzählt, bei der mein Vater so in die Mangel genommen wurde."

„Klar, die Sammelklage gegen die Rasenmäherfirma."

„Genau." Sie freute sich, dass Logan sich so gut erinnerte. „Mein Dad schimpfte über diesen Anwalt mit den eiskalten Augen. Und ich bin mir sicher, er sagte, dass dessen Mundspray ekelhaft riecht."

„Dieser Bastard." Logans Augen wurden schmal. „Wenn das stimmt, ist dein Boss der größte Arsch, mit dem ich je zu tun hatte. Du musst das abklären."

Sie hielt ihm das Handy entgegen. „Genau das wollte ich doch tun, aber das blöde Ding hat nicht mehr genug Saft."

„Na, dann los." Er begann, wieder zu joggen. „Bei mir daheim gibt es ein Telefon und was Kaltes zu trinken."

Sie folgte Logan. Das Tempo, das er vorlegte, war nicht gerade langsam. Obwohl Rebecca regelmäßig trainierte, hatte sie Mühe, ihm hinterherzulaufen. Als sie jedoch bei „Eddie's Classic Cars" ankamen, stellte sie erfreut fest, dass auch Logans Shirt dunkle Flecken hatte und er gehörig außer Atem war.

„Geduld gehört nicht zu meinen Stärken", entschuldigte er sich. „Ich will jetzt wissen, was Quentin treibt!"

Zwei Stufen auf einmal nehmend, spurtete er die Treppe zu seiner Wohnung hoch und schloss auf. Rebecca hechelte hinterher. Er zog seine Schuhe aus, kickte sie achtlos neben die Tür und hob das Telefon von der Ladestation.

„Lass mich doch erst einmal Luft holen", sagte Rebecca. „Außerdem muss ich mir eine Ausrede ausdenken, warum ich meinen Dad anrufe und noch einmal zu dem Prozess befragte. Er redet nicht gern darüber."

„Okay. Ich richte uns was zu Trinken her, dann kannst du in Ruhe überlegen." Er verschwand erst einmal im Bad, kehrte kurz darauf mit frischem Shirt und ebensolchem Duft zurück und ging zur Küchenzeile.

Rebecca musste nicht lange grübeln. Sie wählte die Nummer ihrer Eltern und hielt das Telefon ans Ohr. Zum Glück war ihr Vater gleich am Apparat.

„Hi Dad", begrüßte sie ihn. „Wie geht es dir?"

Sie tauschten ein paar belanglose Sätze. Dann war es an der Zeit, aufs Thema zu kommen.

„Habt ihr eigentlich schon eine Rechnung bekommen wegen der Prozesskosten?", fragte sie. „Ich will mich unbedingt daran beteiligen. Ich habe immer noch ein total schlechtes Gewissen, weil ich mich nicht gleich um den Fall gekümmert habe."

„Das brauchst du wirklich nicht, Becky", erwiderte ihr Vater. „Du hättest nichts tun können. Nein, es kam noch nichts."

„Trotzdem. Ich hätte dich auf Quentin Armadon vorbereiten müssen. Weißt du, er ist kein einfacher Zeitgenosse. Du hast ihn ja erlebt mit seinem Hygienetick. Stell dir vor, er hat sogar manchmal im Gerichtssaal sein Mundspray dabei!"

Gespannt lauschte sie in den Hörer. Und auch Logan, der mit zwei Gläsern ankam, stellte diese ganz leise ab und sah Rebecca gespannt an.

„Ja, das hatte er bei mir auch."

„Sag bloß, er hat dich damit eingenebelt!"

„Allerdings. Ich habe eine Ladung abbekommen. Dabei hasse ich Pfefferminzgeruch fast so sehr wie diese ekelhafte Soße, die Tante Meredith macht. Du weißt schon, die mit den Rosinen."

„Oh ja. Die ist echt ungenießbar. Schon komisch mit Quentin und seinem Spray. Wahrscheinlich putzt er sich auch zehnmal täglich die Zähne. Hat er dich denn gleich am Anfang deiner Aussage damit angesprüht?"

Ihr Vater schien einen Moment lang zu überlegen. „Ich

glaube schon“, sagte er schließlich. „Ja, ich bin mir sogar sicher. Ich hatte die ersten paar Fragen beantwortet und dann verpestete er damit die Luft. Wahrscheinlich hat mir das Zeug das Hirn vernebelt.“ Er lachte bitter. „Aber das ist natürlich Unsinn. Hast du viel zu tun, Becky? Schau, dass du nicht nur arbeitest. Es gibt auch noch was anderes im Leben.“

Dass ihr Vater sich so um sie sorgte, berührte Rebecca sehr.

„Keine Angst, Dad. Ich war gerade joggen und gehe jetzt noch mit einem Sportkameraden was trinken. Ich passe auf mich auf. Tu du bitte das Gleiche. Grüß mir Mom und mein Schwesterchen!“

Sie legte auf und ließ sich auf das Sofa fallen. Das Zimmer schien sich um sie zu drehen. Es stimmte also? Der von ihr so hochverehrte Kanzleichef beeinflusste auf illegale Weise Zeugen? Dabei hatte Quentin doch für alle hohen Werte in der Juristerei gestanden. Rebecca hatte das Gefühl, als zöge jemand ihr den Boden unter den Füßen weg.

„Was hat dein Vater gesagt?“ Logan nahm neben ihr Platz.

Sie benötigte ein paar Sekunden, um sich zu fassen, bevor sie antworten konnte. „Quentin hat tatsächlich auch bei seiner Zeugenbefragung das Mundspray benutzt. Und zwar so, dass Dad was davon abbekommen hat. Er hasst Pfefferminze schon immer, deshalb wusste er es noch so genau. Schon nach den ersten Fragen, die mein Vater beantwortete, hat Quentin das Zeug in seiner Nähe benutzt.“

Ungläubig schüttelte sie den Kopf. Das durfte doch wirklich nicht wahr sein. Sie wusste nicht mehr, was sie glauben und denken sollte.

„Dieser Drecksack.“ Logans Züge verhärteten sich.

Rebecca war völlig durcheinander. Hilfe suchend sah sie ihn an. „Logan, reimen wir uns irgendwelchen Mist zusammen? Das ist doch alles total unwahrscheinlich. Ein

Mundspray, dass Zeugen beeinflusst! So etwas würde selbst bei James Bond aus dem Drehbuch gestrichen werden. Und Quentin hat keinen ‚Q‘ an seiner Seite, der ihm irgendwelche Superwaffen baut. Er ist nur ein ganz normaler Anwalt.“

Logan gab ihr das Glas in die Hand, in dem Eiswürfel klirrten. Sie trank einen Schluck des Eistees, ließ ihren Gastgeber aber nicht aus den Augen. In ihrem Kopf wirbelte alles herum.

„Es klingt schon echt sehr weit hergeholt“, gab er zu. „Aber lass uns von Ian Fleming nochmals zu Arthur Conan Doyle zurückkehren. Weißt du, was Sherlock immer sagt?“

Sie hatte die Bücher schon als Jugendliche verschlungen und wusste genau, was er meinte. „Wenn du das Unmögliche ausgeschlossen hast, ist das, was übrig bleibt, die Wahrheit, auch wenn sie unwahrscheinlich wirkt. Oder so ähnlich.“

Er nickte nachdenklich. „Exakt. Lass es uns gemeinsam durchgehen. Möglichkeit eins ist, dass dein Boss die Zeugen besticht. Aber das können wir bei deinem Vater ja wohl ausschließen.“

„Klar.“

„Möglichkeit zwei wäre, dass er Menschen erpresst.“

„Auch das kann nicht sein. Gegen meinen Vater hat er sicher nichts in der Hand. Und selbst wenn es so wäre, hätte Dad im Vorfeld total geheim gehalten, dass ein Prozess ansteht. Außerdem hätte Mickey Bloomington sich dann nicht in Widersprüche verstrickt, sondern von Anfang an so getan, als wäre er sich nicht sicher.“

Logan trank einen Schluck. „Das sehe ich genauso. Bleibt also noch die Alternative, dass er die Zeugen auf irgendeine Weise unter Drogen setzt. Tabletten oder Spritzen, selbst mit verzögerter Wirkung, können wir ausschließen.“

Hier horchte Rebecca auf. „Moment“, sagte sie. „Das wissen wir nicht genau. Es könnte ja sein, dass Quentin den Zeugen über einen Komplizen vor dem Prozess etwas anbietet. Einen Kaugummi, ein Bonbon, eine Tasse Kaffee. Und das Mittel wirkt verzögert."

„Du bist ein schlauer Kopf, Becky."

Das war ausnahmsweise keine sarkastische Bemerkung, sondern ein ehrliches Kompliment, wie sie feststellte. Logan sah sie voll Bewunderung an.

„Danke, Watson", erwiderte sie und hoffte, nicht allzu rot zu werden. Sie freute sich sehr über sein Lob. „Allerdings kann Quentin nicht genau wissen, wann die Zeugen aufgerufen werden. Aber ich kann das in der nächsten Zeit bestimmt beobachten. Und ich werde meinen Dad beim nächsten Besuch ganz beiläufig aushorchen, ob er vor und während der Verhandlung etwas getrunken oder gegessen hat. Würde mich aber wundern. Bonbons mag er nicht und er neigt dazu, nichts zu trinken, wenn er unterwegs ist."

„Bleibt die Sache mit dem Wasserglas", sagte Logan. „Auch das wirst du beobachten müssen."

Rebecca nickte. „Ich bin mir allerdings recht sicher, dass Mickey während seiner Befragung nichts getrunken hat. Ich glaube, das wäre mir aufgefallen. Er wirkte so gefasst und hatte auf alles eine Antwort. Die meisten Zeugen trinken, weil sie Bedenkzeit herausschinden wollen."

Logan rieb über seine Schläfe. „Somit kommen wir wieder zum Mundspray zurück. Wir wissen sicher, dass er es sowohl bei deinem Vater als auch bei Mickey benutzt hat, und zwar in unmittelbarer Nähe der Zeugen. Weißt du, welche Marke er hat? Zwei Straßen weiter ist ein Supermarkt, da könnten wir eines kaufen und uns das Ding mal genauer vornehmen."

Rebecca überlegte. „Keine Ahnung", gab sie schließlich zu. „Quentin steckt es immer gleich wieder in die Tasche. Aber ich werde es herausfinden."

Er legte seine Hand auf ihren Unterarm. Sofort kribbelte ihr gesamter Körper. Als sie zu Logan aufsah, hielt er ihren Blick fest.

„Bist du dir der Tragweite dieser Sache bewusst, Rebecca?“

Immer, wenn er ihren richtigen Namen aussprach, bekam sie eine Gänsehaut. Seine raue Stimme kroch ihr unter die Haut und ihr Pulsschlag beschleunigte sich sofort.

„Ich habe nicht darüber nachgedacht“, gab sie zu. „Ich weiß nur, dass ich herausfinden muss, ob Quentin integer ist oder mit falschen Karten spielt.“

Auch wenn gerade alles zusammenbrach, wofür sie in den letzten Monaten gearbeitet hatte – sie konnte die Sache nicht auf sich beruhen lassen.

„Und falls es so ist?“ Seine Augen entließen sie nicht aus ihrem Bann.

„Dann werde ich etwas unternehmen müssen“, sagte sie.

Ihr wurde erst jetzt bewusst, wie nah Logan neben ihr saß. Verführerisch nah. Zum Anfassen nah. Zum Hinüberbeugen und Küssen nah. Die Wärme seiner Hand durchfloss ihren Körper, drang in die kleinste Zelle vor, ließ ihren Atem schneller werden.

„Er ist dein Boss. Wenn du gegen ihn vorgehst, riskierst du deine Karriere.“

Sie schluckte. Er hatte recht. Doch es gab keine Alternative. Sie war nicht Anwältin geworden, um falsch zu spielen. Und wenn Quentin wirklich Menschen manipulierte, war er es nicht wert, von ihr bewundert zu werden.

„Ich kann einfach nicht zusehen, wie er skrupellos betrügt“, beschloss sie. „Schau doch nur, was er mit meinem Dad gemacht hat! Und dieser Benito – wenn der frei kommt, nur weil Quentin den Hauptbelastungszeugen unter Drogen setzt, dann darf das nicht sein.“

Bildete sie sich das ein, oder strichen Logans Finger ganz sanft über ihren Handrücken? Sie konnte ihre Augen nicht von seinem Gesicht nehmen.

„Das ist eine Entscheidung, die vielleicht dein weiteres Leben beeinflusst. Die alles gefährdet, was du dir mühsam aufgebaut hast.“

Er machte ihr mit diesem Satz ein bisschen Angst, aber auch mit seinem intensiven Blick.

„Noch wissen wir ja nichts Genaues“, schwächte sie ab. „Vielleicht sind wir mit unserer verrückten Idee auf dem totalen Holzweg. Quentin hat womöglich einfach eine Ausstrahlung, die Menschen verwirrt. Aber falls wir doch etwas finden, muss ich der Sache nachgehen. Ich kann gar nicht anders.“

Ganz langsam entstand ein Lächeln in seinem Gesicht. Eines voll Wärme und Zuneigung. Er nahm ihre Hand in seine.

„Nein“, sagte er sanft. „Nicht ‚du‘ musst der Sache nachgehen. ‚Wir‘ werden das tun. Ich finde, du brauchst jemanden an deiner Seite.“

„Und du bist dieser jemand?“

„Mir war dein Quentin von Anfang an nicht geheuer. Und jetzt werden wir ihm das Handwerk legen.“

Sie nickte. Einen Moment lang hatte sie geglaubt, er wolle auch außerhalb des Betrugsfalls an ihrer Seite sein. Es hatte so verdammt schön geklungen und sich für einen winzigen Augenblick einfach großartig angefühlt. Logan und sie, Seite an Seite, Hand in Hand, gemeinsam durchs Leben spazierend. Aber das war natürlich blanker Unsinn. Rebecca griff zum Eistee und trank einen Schluck. Dann stellte sie das Glas wieder ab, ein Stück entfernt von seinem. Bei den Gläsern war das mit dem Abstandhalten eine einfache Sache.

Logan strich ihr eine Haarsträhne aus der Stirn. Diese zarte Berührung ließ sie erbeben. Wieso gelang ihm das immer wieder?

„Ich muss gestehen, ich hatte mich in dir getäuscht“, sagte er leise. „Du bist gar keine von diesen unmoralischen Anwälten, die über Leichen gehen. Im Gegensatz zu deinen Kollegen ist dir die Gerechtigkeit etwas wert.“

„Weiß du, ich habe die Familie des Opfers gesehen. Ihre rot geweinten Augen, ihren Schmerz. Wie könnte ich da einfach nur darauf aus sein, den Prozess zu gewinnen? Vor allem, wenn so klar ist, dass mein Mandant der Täter ist.“

„Eine Menge Leute können das.“ Seine Stimme war wie Samt und sein Finger, der über ihre Wange fuhr, leicht wie eine Feder. Logans Anziehung war so stark, dass es ihr wirklich schwerfiel, Distanz zu bewahren. Dabei flirtete er nicht einmal mit ihr. Rebecca war sich sicher, es war einfach nur Sympathie, die aus seinen Berührungen sprach. Neu entdeckte Gemeinsamkeiten. Freundschaft. Keinesfalls mehr.

„Vielleicht muss ich mich einfach auf Arbeitsrecht spezialisieren“, sagte sie. „Oder auf Verträge, Unternehmensrecht, Erbschaftsrecht.“

„Das klingt so spannend wie eine Einführung in die Kreuzstich-Stickerei“, erwiderte er und stand plötzlich auf. „Ich finde, wir haben uns einen Eisbecher verdient.“

Rebecca musste lachen, obwohl sie gerne noch in dieser innigen Stimmung mit ihm geblieben wäre und es fast schon schmerzhaft fand, seine Hand nicht mehr auf ihrer Haut zu spüren.

„Einen Eisbecher?“, fragte sie verblüfft.

„Du bist schließlich von Manhattan bis nach Downtown Brooklyn gejoggt. Das muss ordentlich belohnt werden.“

„Aber es wird schon dunkel draußen“, protestierte sie.

Er nahm eine Eispackung aus dem Gefrierfach und studierte sie. „Steht nicht drauf, dass das Zeug giftig wird, wenn man es nach acht Uhr abends isst“, erklärte er.

Rebecca wagte es nicht, ihm zu erklären, dass Kohlenhydrate um diese Uhrzeit für Gesundheit und Figur zwar nicht gerade giftig, aber zumindest nicht zuträglich wären. Sie hatte viel zu viel Angst, im Gegenzug eine Predigt zum Thema „Lockerheit und Spontaneität“ zu kassieren.

„Wenn du vorhast, mich noch den ganzen Abend lang mit Kalorien vollzustopfen, sollte ich mich vielleicht ein wenig frisch machen“, schlug sie vor.

Logan deutete auf einen Stapel mit Klamotten, die schlecht gefaltet auf einem Schränkchen lagen. „Nimm dir doch eines meiner T-Shirts. Dein Sportoberteil ist bestimmt verschwitzt. Die Dinger sind frisch gewaschen.“

„Und sicher genau meine Größe“, erwiderte sie lachend, suchte sich eines aus und verschwand im Bad.

Als sie wieder herauskam, wartete eine Schüssel mit Eiskreme, Schokosoße und Krokant auf sie. Allerdings nicht auf dem kleinen Couchtisch, sondern dem etwas größeren, der am Fenster stand.

Das war ein klares Zeichen. Logan hatte sich gegen die vertraute Nähe des Sofas entschieden. Rebecca war klar, dass er sie auf Abstand halten wollte. Bei seiner Vorgeschichte war das kein Wunder und sie hatte dafür Verständnis. Den Stich in der Brust würde sie einfach ignorieren, der würde mit der Zeit sicher immer weniger wehtun.

Sie sah aus dem Fenster, neben dem sie saß. Die Dunkelheit legte sich wie ein schwerer Mantel auf die Umgebung und übergoss die Häuser von Brooklyn mit einem matten Grau. In der Ferne flackerten ein paar müde Leuchtreklamen und vereinzelt sah man das bläuliche Strahlen eines Fernsehers.

Logan knipste eine Stehlampe an, die am anderen Ende des Zimmers stand. Anschließend ließ er sich mit einer geschmeidigen Bewegung auf den Stuhl gegenüber von Rebecca gleiten. Seine Muskeln zeichneten sich unter dem hellen Shirt, das er trug, deutlich ab. Der dunkle Bartschatten verlieh ihm einen verwegenen Ausdruck, den Rebecca irrsinnig sexy fand. Er tauchte den Löffel in seine Eisportion und schloss genießerisch die Augen, nachdem er ihn in den Mund gesteckt hatte. Ein winziger Klecks Schokosoße klebte noch an seiner Lippe und er leckte ihn ab.

Rebecca konnte nicht anders, als sich vorzustellen, wie sich seine Zunge auf ihrer nackten Haut anfühlen würde. Ohne dass sie etwas dagegen tun konnte, erinnerte sich ihr Körper voll Sehnsucht an Logans Kuss.

Sie senkte den Blick schnell auf ihre Schüssel, um ihn nicht länger anzustarren.

„Gehst du oft joggen?", fragte er sie in völlig unverfänglichem Ton.

„Hin und wieder. Ich trainiere aber auch im Fitnessstudio, weil ich oft so lange arbeite, dass es zum Laufen schon zu dunkel ist."

„Verstehe." Er kratzte sich am Hinterkopf, wobei sein T-Shirt einen Blick auf seinen gut geformten Bizeps freigab. Seine Muskeln fühlten sich bestimmt herrlich an, wenn man mit den Händen darüberfuhr, die Härte testete und dann dort begann, seinen Oberkörper zu küssen, erst neckisch, dann immer leidenschaftlicher, während man sich über Brust und Bauch weiter nach unten vortastete …

Verdammt!

Rebecca hatte wirklich Probleme, ihren Blick von Logans Körper zu reißen. Alles, was er tat, löste erregende Fantasien bei ihr aus. Sein Mund, seine Haare, und besonders seine dunkel glänzenden Augen, die sie jetzt ansahen.

„Was machst du dort? Trainierst du mit Gewichten?", fragte er und löffelte weiter, während sie kaum einen Bissen hinunterbrachte.

Sie stellte sich ihn im Kraftraum vor mit blankem Oberkörper unter einer Hantelstange, Schweißtropfen auf seiner Brust, raues Keuchen, wenn er das Gewicht nach oben drückte, harte Muskeln, die die Anspannung hielten, zitternd, bebend, bis die Stange schließlich wieder in die Halterung krachte, begleitet von einem heiseren Ächzen, das sie sofort an Sex denken ließe …

„Nein. Ich gehe in die Kurse", erwiderte sie möglichst sachlich. „Pilates, Bauch-Beine-Po, Power-Yoga, was eben so ansteht. Wir sind da eine ganz nette Gruppe."

„Ach so.“ Sein Unterarm lag nun wieder auf dem Tisch. Dunkle Härchen, die bis zum Handgelenk reichten. Männlich. Der Wunsch, mit ihren Fingern über seinen Arm zu fahren und dieses erregende Kitzeln der Haare zu fühlen, wurde fast übermächtig. Um sich zu beschäftigen, griff sie zum Löffel und schaufelte Vanille-Eis mit Schokosoße in sich hinein. Ein wenig Abkühlung schadete ganz sicher nicht.

Sie konnte sich sehr gut vorstellen, wie die Frauen, die ihn buchten, in seiner Gegenwart dahinschmolzen. Vor allem, wenn er es auch noch darauf anlegte. Jetzt, hier bei ihr, tat er das nicht mal, er aß nur einfach sein Eis, während sie sich völlig neutral über Sport unterhielten. Und doch war sie so hingerissen von ihm, dass sie es kaum noch aushielt.

„Ich habe das mal versucht mit so einem Kurs“, sagte Logan. „Kickboxen. Aber da war Musik dabei. Horror! Ich lief nach rechts, wenn alle nach links gingen, und um ein Haar hätte ich deswegen einen Punch gegen die Nase bekommen. Für Choreografien bin ich völlig ungeeignet.“

Er lachte und fuhr sich mit der Hand durch die Haare.

„Ist vielleicht eher was für Frauen“, erwiderte Rebecca. „Du weißt schon: Multitasking ist schon seit der Steinzeit eher unsere Stärke.“

Seine Haare rochen bestimmt himmlisch und fühlten sich ebenso an. Zum Beispiel, wenn Rebecca auf seinem Schoß sitzen würde, seine Lippen verführerisch nah an ihrem Ohr, und er ihr mit geflüsterten Worten den Verstand raubte. Sie würde ihre Finger in seine Nackenhaare wühlen, um ihn eng an sich zu ziehen, sein Stöhnen hören, an ihrem Bein seine harte Erregung spüren und sich daran reiben, bis er es nicht mehr aushielt vor Verlangen und sie mit festem Griff …

„Ich sollte mich langsam auf den Heimweg machen“, unterbrach sie barsch ihre eigenen Gedanken. Das war ja nicht mehr normal. Logan saß hier mit der Selbstverständlichkeit eines alten Freundes und ebensolchen beiläufigen Gesprächsthemen, während sie sich selbst nicht mehr retten konnte vor erotischen Fantasien. Sie musste hier raus. Schnell. Bevor sie irgendetwas Dummes tat, was die kameradschaftliche Stimmung zerstörte und Logans zugesicherte Hilfe in der Mundspray-Sache gefährdete.

„Es ist doch noch gar nicht spät." Er blickte sie mit ehrlichem Erstaunen an.

Rebecca stand auf. „Ich habe lange genug deine Zeit gestohlen. Außerdem brauchen selbst abgebrühte Geheimagentinnen hin und wieder eine heiße Dusche und ein weiches Bett. Ich werde die nächsten Tage mal sehen, was ich in unserem Fall noch herausfinden kann, und dich auf dem Laufenden halten."

Sie ging auf die Tür zu und schlüpfte in ihre Joggingschuhe, die dort warteten, ordentlich nebeneinander aufgestellt. Seine lagen natürlich verstreut neben ein paar anderen Sneakers herum.

Logan folgte ihr. Er sah sie nur an, sagte aber nichts. Seine Miene war undurchdringlich.

„Das T-Shirt bringe ich dir dann mal zurück", sagte Rebecca und nahm ihr feuchtes Sport-Top in die Hand. „Du hast ja noch ein paar andere und – "

„Rebecca", unterbrach er sie und fasste ihren Arm an. „Ist alles in Ordnung zwischen uns?"

Sie wich seinem Blick aus. Die Berührung seiner Hand hinterließ eine Flammenspur auf ihrer Haut und sein Duft betäubte ihre Sinne.

„Natürlich", flüsterte sie und konnte die Augen nicht von seinem Mund nehmen. Logans schön geschwungene Lippen standen ein wenig offen, gerade so, als machten sie sich bereit für den nächsten Löffel Vanilleeis. Sie schimmerten einladend und sahen so weich aus, dass Rebecca ihren Blick nicht davon lösen konnte.

„Becky?", sagte Logan leise und diese winzige Lippenbewegung gab den letzten Ausschlag. Sie taumelte ihm entgegen und presste ihren Mund auf seinen, als gäbe es nichts anderes mehr auf dieser Welt. Ihre Arme schlangen sich von ganz alleine um seinen Rücken und sie drückte ihren Körper an ihn. Sie konnte einfach nicht anders, als ihn leidenschaftlich zu küssen.

Doch Logan reagierte nicht.

Seine Lippen blieben unbeweglich, der Mund verschlossen, die Zunge versteckt. Rebecca musste feststellen, dass seine Muskeln sich wie in Abwehr anspannten. Selbst seine Arme hingen nur untätig herab, statt Rebecca an sich zu ziehen und ihr das Shirt vom Leib zu reißen. Er erwiderte ihren Kuss mit keiner einzigen Faser, sondern blieb steif und unbeteiligt wie eine Wachsfigur. Es fühlte sich schrecklich an.

Entsetzt über ihr eigenes Verhalten löste sich Rebecca von Logan und wagte nicht, ihm ins Gesicht zu sehen.

Verdammt, was tat sie da?

Logan hatte doch mehr als deutlich klar gemacht, dass er keine Liebesbeziehung mit ihr wollte! Und sie fiel einfach über ihn her wie eine ausgehungerte Straßenkatze über eine Schüssel Sahne.

„Es … es tut mir so leid“, stotterte sie. „Keine Ahnung, was in mich gefahren ist. Sei mir bitte nicht böse. Dabei kenne ich deine Geschichte doch und verstehe dich!“

Sie tastete hektisch nach der Türklinke.

„Mach dir doch keinen Kopf“, hörte sie Logan sagen. Anschauen konnte sie ihn immer noch nicht. „Es ist doch nichts passiert. Wir sind und bleiben Freunde“, fügte er an.

„Genau. Freunde“, wiederholte Rebecca und riss die Wohnungstür auf.

„Ich kann dich heimfahren“, schlug er vor. Doch sie stürmte schon die Außentreppe hinunter.

„Nein, ich nehme die Subway. Bye, Logan“, rief sie ihm zu, ohne sich umzudrehen. Nur rasch weg von hier!

Mit unsicheren Schritten rannte sie über den Hof von „Eddie’s Classic Cars“ und weiter die Straße entlang. Der Nachtwind blies kalt über ihre erhitzte Haut und der Lärm der nächsten Straße überschlug sich in ihren Ohren zu einem kreischenden Echo. Sie lief einfach weiter und weiter.

Wie hatte sie nur so die Beherrschung verlieren können! Logan musste sie für völlig verrückt halten. Da erzählte er ihr auf ganz innige und vertraute Weise von dem tragischen Unfall, der sein Leben verändert hatte, und sie verhielt sich wie ein verknallter Teenager. Dabei war ihr die Freundschaft mit ihm wichtiger als mit jedem anderen Menschen! Sie verstand sich selbst nicht mehr.

Wie in Trance ging sie zur U-Bahn, fuhr hinüber nach Manhattan und landete schließlich in ihrem Schlafzimmer.

Die Wohnung war still, kein Ton durchbrach ihre Einsamkeit, kein Lachen, keine Gitarrensaite, kein Klappern von Geschirr. Sie betastete mit dem Zeigefinger ihre Lippe und meinte, noch immer Logans völlig unbeweglichen Mund zu spüren. Wie zurückgewiesen sie sich gefühlt hatte!

Rebecca zog die Knie an und drehte sich eingerollt zur Wand.

Eine gute Seite hatte diese Begegnung allerdings: Ihr war nun endgültig klar geworden, dass Logan es ernst meinte mit seinem Single-Leben. Vielleicht war es sogar hilfreich, dass sie das so deutlich hatte erleben dürfen. Bisher war da immer noch dieses Fünkchen Hoffnung gewesen, dass er womöglich doch etwas für sie empfinden könnte. Dass sie etwas Besonderes wäre und er seine Entscheidung gegen eine neue Beziehung infrage stellen würde.

Doch sein stocksteifer Körper und die völlig fehlende Reaktion auf ihre Annäherung hatten ihr nun glasklar aufgezeigt, woran sie war. Daran gab es nichts mehr zu rütteln. Er war ein Freund und sonst nichts. Vielleicht nicht einmal das. Was war denn schon groß vorgefallen zwischen ihnen? Nur ein alkoholgeschwängerter Abend bei Livemusik, ein paar Witze, ein paar Meilen gemeinsames Joggen und ein wenig Smalltalk. Okay, es waren etwas tiefergehende Themen gewesen, aber das hatte sich eben zufällig ergeben. Das war alles. Nichts, dem man nachtrauern musste.

Und doch war es Rebecca schwer ums Herz. Die Wände ihres Zimmers wirkten grauer als sonst, und durch das gekippte Fenster schien der trostlose Geruch von Diesel und Asphalt in den Raum zu dringen. Selbst das Atmen ging nicht so leicht wie sonst. Die Stadt legte sich wie eine Bleischürze um Rebeccas Seele und drückte sie zu Boden.

Sie presste ihren Kopf ins Kissen und wusste bereits jetzt, dass sie heute keinen Schlaf finden würde und die Nacht sich gewiss unendlich in die Länge zog.

Da war etwas!

Sie fuhr hoch und setzte sich aufrecht hin. Lauschte nach dem Geräusch, während ihr Blut in den Ohren rauschte.

Schon wieder. Ein Klopfen. Deutlich zu hören.

Wahrscheinlich hatte einer der Jungs seinen Schlüssel vergessen, so etwas kam nicht zum ersten Mal vor. Doch heute freute sie sich darüber. Sie würde nicht allein sein und jemanden zum Reden haben. Das brauchte sie in diesem Moment so sehr, dass sie eilig den Flur entlanglief und die Wohnungstür öffnete.

Dann erstarrte sie.

„Logan!“ Ihre Stimme war heiser.

Ohne seine Anwesenheit zu erklären, kam er herein, ging zielstrebig auf Rebecca zu und drückte sie gegen die Wand des Flurs, wo er sie hart küsste. Die Tür war noch nicht ins Schloss gefallen, da presste Logan schon seine Lippen auf die ihren, hungrig, immer fordernder, und drängte seinen Körper gegen ihren.

„Lass es uns miteinander versuchen“, keuchte er in einer kurzen Atempause.

Anschließend fand sein Mund wieder ihren. Logans Zunge nahm einen leidenschaftlichen Tanz auf, umschmeichelte die ihre, zog sich spielerisch zurück, nur um kurz darauf wieder nachdrücklich den Kontakt zu suchen.

Rebeccas Gedanken wirbelten durcheinander, als wäre ein Orkan über sie hereingebrochen. Logan wollte sie?

Ihr blieb keine Zeit mehr zum Denken, denn seine Hände fuhren an ihrem Körper auf und ab, machten sie verrückt vor Verlangen.

In einem letzten, verzweifelten Aufbäumen ihres Verstandes schob sie Logan ein winziges Stückchen von sich weg.

„Bist du dir wirklich sicher?“, keuchte sie. „Ich will nicht, dass du irgendwas bereust.“

Sein Brustkorb bewegte sich in schnellem Rhythmus auf und ab. Sein Blick blieb in ihren Augen verankert. „Ich weiß genau, warum ich hier bin, Rebecca. Irgendwann muss man mit der Vergangenheit abschließen. Und du bist mein Neuanfang.“

Erneut presste er seine Lippen auf ihre und schob seine Hände unter ihr T-Shirt. Sie wand sich unter seinen Berührungen, die ihre Haut in Brand setzten. Heißer Atem strich über ihre Wange und ihre Finger wühlten sich durch seine dichten Haare, die sich seidig anfühlten. Seine Hände waren überall zugleich, tasteten, streichelten, raubten ihr die Sinne. Die kalte Wand an ihrem Rücken war rau, seine Lippen umso weicher, und dieser Widerspruch baute in ihr eine Spannung auf, die nicht mehr zu ertragen war. Nur mit Mühe gelang es ihr, sich für einen kurzen Moment von ihm zu befreien.

„Komm“, raunte sie ihm zu, ergriff seine Hand und zog ihn in Richtung ihres Zimmers. Kaum standen sie neben dem Bett, streifte Logan seine Schuhe ab, ohne seine Hände auch nur eine Sekunde von Rebeccas Körper zu nehmen. Er küsste ihre Schläfen, die Stirn, saugte an ihrem Ohrläppchen, während er ihr Shirt weiter nach oben schob. Mit einer geschmeidigen Bewegung streifte er das Kleidungsstück über ihren Kopf und dirigierte sie in Richtung des Bettes. Willig ließ Rebecca sich auf die

Matratze fallen und legte sich auf den Rücken. Er kam über sie. Das Laken war kühl unter ihrer Haut, doch seine Küsse, die über ihr Schlüsselbein bis zum Brustansatz wanderten, hinterließen eine Spur wie von glühender Lava. Ihr gesamter Körper sehnte sich nach Logan, jede einzelne Zelle wollte ihn fühlen. So sehr, dass sie es kaum mehr aushielt vor Lust.

Rebecca tastete nach dem Saum seines T-Shirts, fand es endlich, zog es ihm hektisch aus, seufzte auf, als seine nackte Haut über ihre glitt. Ihr Verstand hatte sich schon längst verabschiedet, es regierte nur noch das Verlangen nach Logan.

Sie rollte ihn zur Seite, drückte ihn auf den Rücken und fuhr mit der Hand aufreizend langsam über seinen Brustkorb. Seine dunklen Haare kitzelten unter ihren Fingern, ein unbeschreiblich erregendes Gefühl. Er stöhnte leise, als sie mit der Handfläche über seine Brustwarzen rieb und diese anschließend in den Mund nahm.

„Du machst mich wahnsinnig“, keuchte er und öffnete mit einer geschickten Bewegung Rebeccas BH. Ihre Brüste fielen schwer in seine Hände, die sofort begannen, sie zu kneten. Dann hob Logan seinen Kopf und sein Mund fand ihre Brustwarzen, um daran zu saugen. Als er mit den Zähnen vorsichtig darüber fuhr, entkam Rebecca ein kleiner Lustschrei.

Er zog sie an sich, presste seine Lenden an ihren Körper, sodass sie seine harte Erektion spürte. Logans Küsse wurden fordernder, sein Atem kam schneller, seine Hände griffen fester zu und kneteten ihren Po.

„Zieh dich aus“, keuchte er und versuchte gleichzeitig, mit einer Hand ihre Sport-Shorts nach unten zu schieben.

Rebeccas Haut glühte. Sie half ihm, sie von den letzten Kleidungsstücken zu befreien, und versuchte ebenso, die Knöpfe seiner Jeans zu öffnen. Ihre Finger zitterten so stark, dass es ihr nicht gelang. Er kam ihr zu Hilfe und ließ seinen Kopf aufstöhnend ins Kissen fallen, als sie ihr Ziel erreicht hatte und ihre Finger sich um seine heiße, harte Erregung schlossen.

Sie küsste Logans Brust und seinen Bauch, ohne ihn aus ihrem Griff zu entlassen, während seine Hände immer schneller über ihren Körper fuhren, der nur noch aus explodierenden Nervenzellen bestand. Ihr Schoß pulsierte vor Begehren und schickte eine lustvolle Welle nach der anderen durch ihren Leib. Wenn Logan sie nicht endlich dort anfasste, würde sie völlig rasend werden.

Gerade, als sie Logan fast anflehen wollte, sie zu erlösen, schob er seine Hose endgültig von den Beinen. Mit der gleichen wendigen Bewegung drückte er Rebecca auf den Rücken und kam über sie. Oh Gott, sie wollte ihn so sehr! Das Pochen in ihrem Unterleib wurde unerträglich, sie wand sich unter seinem Körper, den er noch auf den Ellbogen abstützte, und krallte ihre Finger in seinen Rücken.

„Nimm mich!", bat sie ihn heiser.

Logans Augen fanden die ihren und versenkten sich darin. Er hielt sie mit seinem Blick gefangen, während er seine Männlichkeit über ihren Hügel rieb. Wimmernd vor Begierde hielt sie sich an ihm fest und presste sich ihm entgegen.

Er keuchte und sie spürte einen leichten Schweißfilm auf seinem Rücken. Er wollte sie ebenso. Langsam hob er sein Becken, fand die richtige Position und schob sich ein winziges Stück in Rebeccas pulsierendes Zentrum. Sie stöhnten beide gleichzeitig auf. Rebecca schlang ihre Beine um ihn, wollte ihn ganz tief in sich spüren, von ihm ausgefüllt werden, bis sie völlig ineinander verschmolzen. Sie gab das Tempo vor, umschloss ihn fest, drückte sich ihm entgegen, sodass er vollständig in sie hineinglitt. Sein Atem strich über ihre Wange und sein zunehmendes Stöhnen heizte sie noch mehr an, während er sich ihrem Takt anpasste und sich in ihr bewegte. Alles in Rebecca pochte und bebte. Sie bog ihren Rücken durch, als Logans Stöße tiefer wurden. Ein Zittern lief durch seinen Körper, sein Stöhnen wurde unbeherrschter und sie ahnte, dass auch er kurz vor seinem Höhepunkt stand. Rebecca schob ihre Arme unter seinen durch, umschloss seinen Körper ganz fest, presste sich an ihn, um ihn so nah wie nur irgendwie möglich zu spüren. Unaufhaltsam rollte die Welle heran, packte sie, ließ sie erbeben und sich winden, sandte zuckende Stromschläge durch ihren gesamten Leib. Auch Logans Atem wurde keuchender und ging schließlich in ein raues Aufstöhnen über, als sein Orgasmus fast gleichzeitig mit ihrem über ihm zusammenschlug. Eine Woge nach der anderen durchspülte Rebecca und sie krallte sich an Logan fest, den ein heftiges Beben durchlief. Sein Rücken war schweißnass. Sein Mund fand ihren und küsste sie so leidenschaftlich, dass Rebecca kaum noch Luft bekam.

Noch niemals war das Zusammensein mit einem Mann so überwältigend gewesen. Als die Wellen allmählich abebbten und sich ihre Atemzüge beruhigten, fuhr sie zärtlich durch Logans Haare, kraulte seinen Nacken, streichelte seine Schultern. Sie wollte, dass er in ihr blieb, so lange es nur ging. Doch Logan zog sich vorsichtig aus ihr zurück, um sie von seinem Gewicht zu befreien, blieb aber neben ihr liegen, den Kopf in ihrer Halsbeuge. Sie küsste in seine Haare hinein.

„Was machst du nur mit mir?“, sagte sie, nachdem sie endlich ihre Stimme wiedergefunden hatte.

Sie spürte sein Lächeln auf ihrer Haut. „Ich mache dich glücklich, hoffe ich“, raunte er ihr zu. „So sieht der Plan zumindest aus.“

Die Wärme, die dieser Satz in Rebecca auslöste, durchfloss sie, als tauchte sie kopfüber in ein Bad aus Seligkeit. Alles Negative verschwand, die Welt mit all ihren Sorgen löste sich auf wie Morgennebel in der Sonne, es zählten nur noch Logan und sie. Sie wagte es kaum, an dieses Glück zu glauben, weil alles noch viel zu früh und neu war. Und doch war da diese kleine Flamme in ihrem Brustkorb, die immer größer wurde und ihr so viel

Zutrauen gab, dass sie einfach strahlen musste.

„Ich hatte nie zu hoffen gewagt, dass du einer Frau noch eine Chance geben könntest“, flüsterte sie und fuhr mit dem Finger über die perfekte Rundung seiner Schulter.

„Du bist ja auch nicht irgendeine Frau.“ Er hob den Kopf und sah sie mit ernstem Blick an. „Ich kann es auch nicht erklären. Seit du gegangen bist, sah ich dein Gesicht vor mir. Dieser entschlossene Ausdruck, als es um Quentins Betrug ging. Du setzt alles aufs Spiel, was du dir aufgebaut hast – nur, weil es dein Gerechtigkeitssinn so haben will. Das bekam ich nicht mehr aus dem Kopf. Aber es ist noch viel mehr. Zum Beispiel, wie du an dir zweifelst und dich hinterfragst. Oder deine Art, Menschen zu sehen, sogar mich. Ich habe noch nie eine Frau getroffen, die sich so sehr dafür interessiert hat, was in mir vorgeht. Alle anderen reden nur von sich selbst. Aber du – du willst sogar wissen, was mit meiner Familie passiert ist.“

Sie musste schlucken.

„Ich will einfach alles über dich wissen“, hauchte sie.

Logans Mund verzog sich zu einem amüsierten Lächeln. „Das wäre dann vielleicht doch zu viel des Guten“, sagte er, küsste ihr Schlüsselbein und umfasste ihre Brust sanft mit der Hand.

Rebecca ließ ihren Kopf aufs Kissen fallen und seufzte wohlig. Wenn er so weitermachte, konnte sie nicht dafür garantieren, dass einer von ihnen überhaupt noch Schlaf fand in dieser Nacht. Andererseits – Schlaf wurde schrecklich überbewertet.

EL HOMBRE
Der Blog für echte Männer

Hey Männer,

okay, okay. Ihr habt ja recht. Seine Versprechen soll man halten. Also lasst uns über Sex reden.

Denen von euch, die sich eine Señorita in der Bar oder in einem Club klargemacht haben, muss ich nicht viel erzählen. Sie ist garantiert so scharf auf euch, dass ihr kaum etwas tun müsst. Erinnert euch einfach nur an den Eastwood-Blick und bleibt lässig. Dazu ein paar selbstsichere Kommentare und alles läuft von allein. „Zieh dich aus für mich, ganz langsam“, zum Beispiel. Dann braucht ihr es euch nur noch gemütlich zu machen und ihr zuzusehen. Anschließend lasst ihr sie spüren, dass ihr ein ganzer Mann seid. So schwer wird das sicher nicht sein.

Eine etwas schwierigere Sache ist das, was gleich mehrere von euch mir geschrieben haben. „Meine Frau hat keine Lust mehr.“ Oder „Sie will immer nur Blümchensex. Samstagabend, ohne Licht, Missionarsstellung. Auf nix anderes lässt sie sich ein“.

In diesem Fall solltet ihr euch durchaus mal anstrengen, Jungs. Verführt sie. Aber nicht auf die plumpe Tour, sondern, indem ihr sie erst einmal über eure Absichten im Unklaren lasst. Ganz zufällig berührt eure Hand ihren Schenkel, wenn sie neben euch sitzt. Und sie hat sich bestimmt nur eingebildet, dass ihr ganz beiläufig über ihren Po gestreichelt habt, als sie vor euch herging. Oder nicht? Spielt mit ihr. Fragt, ob ihr ihr den Rücken eincremen sollt und tut das aufreizend langsam. Wenn sie sich dann wohlig rekelt, steht ihr auf und geht weg, sodass sie voll Sehnsucht nach euren Händen zurückbleibt. Dadurch baut sich mit der Zeit eine enorme Spannung auf, die irgendwann nach Entladung sucht. Gerne auf dem

Küchentisch. Im Auto (wo ihr euch dann doch über die Liegesitze freut). Im Lift, den ihr anhaltet.

Vergesst dabei eines nicht: Eure Frau hat nicht nur, wie ihr vielleicht annehmt, eine einzige erogene Zone, nämlich zwischen den Beinen. Seid mal etwas kreativ! Das kann man sogar von einem Kerl erwarten. Knetet ihre Brüste, knabbert an ihrem Ohrläppchen, küsst sie mal richtig! Und schaltet eure Löffel ein, denn ihr Atem und ihr Seufzen wird euch verraten, auf was die Frau Gemahlin abfährt. Und dann tut mir noch einen Gefallen – achtet nicht nur darauf, dass ihr auf eure Kosten kommt, sondern sorgt auch für den weiblichen Höhepunkt!

(Ja, Jasper, ich kann schon sehen, wie du den Finger in die Luft streckst, um dich zu melden. Ich erkläre dir das Auge in Auge. Meine Handynummer kommt in einer separaten Nachricht an dich, dann vereinbaren wir endlich einen Termin)

Alle Klarheiten beseitigt, Männer? Falls nicht, schreibt einen Beitrag in den Blog! Neuerdings hat sogar ein Kondomhersteller hier Werbung gebucht, na, wenn das kein Zeichen für euch ist!

Ran an die Señoritas!
Euer El Hombre

10. Caramel Cheesecake Chatter

Die Sonnenstrahlen hatten das Schlafzimmer bereits in helles Licht getaucht, als Rebecca aufwachte. Sie lag auf der Seite und spürte Logans warmen Körper an ihrem Rücken. Seine Hand lag locker auf ihrer Hüfte und er atmete gleichmäßig. Ganz vorsichtig rollte sie sich zur Seite und betrachtete ihn. Seine ebenmäßigen Züge waren entspannt und eine vorwitzige Strähne fiel ihm in die Stirn. Ein deutlicher Stoppelbart zierte sein kantiges Kinn und seine Lippen standen leicht offen, was in Rebecca umgehend den Wunsch weckte, sie zu küssen. Doch sie hielt sich zurück, weil sie Logan nicht wecken wollte. Lieber kuschelte sie sich etwas näher an ihn heran und sah ihm weiter beim Schlafen zu.

Als sein Mund sich plötzlich bewegte, zuckte sie leicht zusammen. „Ich wette, du bewunderst gerade meine morgendliche Schönheit“, sagte er, wobei er die Augen immer noch geschlossen hatte. Dafür umspielte ein spöttisches Lächeln seinen Mund.

Lachend zog Rebecca das Kissen unter seinem Kopf hervor und schlug es auf seine Brust. „Du eingebildeter Macho!“, rief sie. „Ich frage mich wirklich, wieso ich zugelassen habe, dass du hier übernachtest.“

„Weil du mir genauso verfallen bist, wie ich dir“, erwiderte er, schnappte sich ihren Arm und zog sie zu sich heran. Dann verschloss er ihren Mund mit einem Guten-Morgen-Kuss, der seinesgleichen suchte.

Als er sich wieder von ihr zurückzog und sie ihn atemlos ansah, fuhr er die Linie ihrer Augenbraue ganz sanft mit dem Finger nach. „Es tut gut, neben dir aufzuwachen, Becky“, sagte er mit einer Stimme wie geschmolzene Zartbitterschokolade.

Rebecca sog den Moment ganz tief in sich auf und versank in Logans warmem Lächeln. Irgendwann setzte sie sich auf.

„Weißt du, was?", sagte sie munter. „Wir gehen jetzt frühstücken. Und zwar an einem Ort, der für dich Naschkater garantiert das Paradies ist."

„Ein begehbarer Schokobrunnen, in den ich dich eintauchen und dann sauberlecken kann?" Er grinste.

„Fast. Ich werde wohl doch angezogen bleiben. Aber ich muss zugeben: Ich mag deine Fantasien. Mit etwas Glück werde ich dir eine Frau vorstellen, die ganz ähnlich tickt wie du. Also, was die Kombination von Sex und Schokolade angeht."

Interessiert sah er sie an. „Klingt spannend. Hast du nicht Angst, dass ich dich gegen sie eintausche? Oder ist sie schon vergeben?"

Rebecca musste ihr Kichern unterdrücken. „Soweit ich weiß, ist sie zu haben. Aber ich zweifle eben nicht an deiner Treue, mein lieber Logan."

Er beugte sich zu ihr, sodass sein Mund ganz nah an ihrem Ohr war. „Musst du auch nicht", raunte er ihr zu und erzeugte damit schon wieder dieses erregende Kribbeln auf ihrer Haut, dass am Ende noch den Besuch bei „Pastry Passion" verhindern würde. Schnell stand Rebecca auf.

„Ich hüpfe rasch unter die Dusche, dann können wir auch schon los", kündigte sie an, verließ etwas widerwillig das Schlafzimmer und tappte in Richtung Bad.

Sie konnte auch eine halbe Stunde später, als sie neben Logan die 16te Straße entlangging, immer noch nicht recht glauben, dass er mit ihr zusammen sein wollte. Alles war völlig irreal: Dass er sie ansah mit diesem Blick, der mehr als nur Zuneigung verhieß. Dass er ganz selbstverständlich ihre Hand nahm. Dass er mit ihr auch heute Morgen die Quentin-Mission diskutierte, voll Interesse und Tatendrang.

Als sie bei der Konditorei angekommen waren, drückte Rebecca die Tür auf. Vor ihnen standen noch zwei Kunden am Tresen, die gerade von Emilia bedient wurden.

„Ist das die Dame, die du mir vorstellen willst?", sagte

Logan und beobachtete mit begeisterter Miene, wie sie Pralinen in eine lila Schachtel gab. „Also, bei der könnte ich schon schwach werden. Nur wegen der Süßigkeiten natürlich."

„Tut mir leid, Emilia ist schon vergeben. Ich habe für dich eine Verwandte geplant, die vielleicht sogar wichtige Informationen für uns hat. Sie heißt Violetta."

„Klingt nach einer schönen Frau", erwiderte er, zwinkerte dabei aber Rebecca zu.

Sie konnte sich nicht erinnern, sich jemals im Leben so unbeschwert gefühlt zu haben. Mit Frederic oder Joshua hatte sie sich zwar auch gut verstanden, aber das war auf einer eher vernunftgesteuerten Ebene gewesen. Man fand Gemeinsamkeiten, traf sich, war irgendwann offiziell zusammen. Aber bei keinem ihrer bisherigen Freunde hatte sie eine Gänsehaut bekommen, wenn er ihren Namen aussprach, sich nach jeder kleinsten Berührung gesehnt oder minutenlang in seinen dunklen Augen abtauchen können. All das geschah nur bei Logan.

„Hallo Rebecca", begrüßte Emilia sie, nachdem die anderen Leute den Laden verlassen hatten, und lächelte freundlich. „Hast du heute Verstärkung mitgebracht?"

„Genau. Logan liebt nämlich alles Süße. Und ich dachte, hier wäre der richtige Ort für ihn."

„Absolut!", bestätigte Logan und trat gleich näher an die Theke heran. „Hat dieser Käsekuchen etwa eine Karamellkruste?", fragte er fasziniert, ohne Emilia richtig angesehen zu haben. Die Leckereien waren, gerade mit leerem Magen, wohl anziehender als die eigentlich ebenso leckere Italienerin.

„Das ist mein Almond Crunch Caramel Cheesecake", erklärte sie. „Ich habe auch Blueberry Muffins, diverse Applecakes und ganz frische Cinnamon Knots."

„Wow!" Man sah Logan an, dass ihm das Wasser im Mund zusammenlief.

„Ich kann euch die Stücke halbieren, dann kann jeder beim anderen probieren", schlug die geschäftstüchtige

Konditorin vor. „Dazu einen Cappuccino?"

„Für mich einen Espresso", entschied sich Rebecca. „Und eine Quarktasche."

Logan gab eine etwas umfangreichere Bestellung ab und gesellte sich dann zu Rebecca an den Stehtisch in einer Ecke.

Emilia brühte sich ebenfalls einen Kaffee auf, aber nur einen Latte Macchiato mit extra viel Milch.

„Ganz ohne Kaffee geht es für eine Italienerin auch in der Schwangerschaft nicht, oder?", fragte Rebecca.

Die Ladenbesitzerin lächelte. „Der Doc sagt, das ist okay. Immerhin ist ja viel Kalzium drin. Und mir geht es sowieso sehr gut."

Logans Blick, der bisher hingerissen an seinem Caramel Cheesecake geklebt hatte, wandte sich Emilia zu. „In welchem Monat bist du denn?"

„Zwanzigste Woche." Sie strich unwillkürlich über ihr Bäuchlein.

„Dann spürst du sicher bald die ersten Tritte", erklärte er begeistert. „Das ist bestimmt eine tolle Sache."

Überrascht sah Rebecca ihn an. „Ich wusste gar nicht, dass du nebenberuflich auch noch als Hebamme tätig bist."

„Ich habe viele Talente, Becky." Er brach mit der Gabel ein Stück Kuchen ab und hob es an Rebeccas Mund. „Probier mal. Ein Traum, oder?"

Gehorsam aß sie den Kuchen, der in der Tat eine Geschmacksexplosion war. Sie freute sich, dass Logan auch nach außen hin so locker mit ihr umging, als wären sie schon seit Jahren ein Paar und nicht erst seit wenigen Stunden.

Er wandte sich wieder Emilia zu. „Unsere Empfangsdame in der Werkstatt ist im letzten Monat Mama geworden und hat uns über alles auf dem Laufenden gehalten. Wir wurden nicht nur über neue Reparaturaufträge informiert, sondern auch über Senkwehen und Umstandsmode. Zwischendurch hatte ich fast Angst, dass sie uns ölverschmierte Jungs auch noch mit in den Kreißsaal schleppt."

Emilia lachte. „Das Problem habe ich andersherum. Ich würde gerne nur Richard dabei haben, also den Vater des Kindes, aber Violetta will unbedingt auch mitkommen. Keine Ahnung, wie ich ihr das noch ausrede."

Beim Namen Violetta horchte Logan auf. Innerlich grinsend sah Rebecca die Konditorin an. „Sie ist wohl heute nicht im Laden?"

„Eigentlich müsste sie jeden Moment auftauchen, um mich abzulösen. Richard und ich wollen Möbel fürs Kinderzimmer aussuchen. Ich ziehe bald zu ihm."

Rebecca wollte gerade eine Frage stellen, da läutete Logans Handy. Er holte es hervor und sah die Nummer des Anrufers an. Offenbar kannte er diese nicht, denn seine Augenbrauen zogen sich zusammen.

Ob das eine von den Damen war, die ihn als Begleiter buchten? Der Gedanke, dass er sich mit so vielen Frauen traf, gefiel Rebecca ganz und gar nicht. Aber sie würde sich wohl daran gewöhnen müssen.

„Logan Rodriguez hier", meldete er sich. Als er die Männerstimme am anderen Ende der Leitung hörte, hellte sich seine Miene auf. „Ja klar, Jasper, du bist hier richtig. Super, dass du anrufst."

Er machte ein Handzeichen, dass er nach draußen gehen wollte, um in Ruhe telefonieren zu können. Rebecca unterhielt sich inzwischen mit Emilia über den Umzug und die weiteren Pläne für „Pastry Passion", das auf jeden Fall fortbestehen würde.

„Mamma mia!", hörte man plötzlich von der Tür.

Violetta war hereingekommen, wie immer in äußerst farbenfrohem Outfit, und presste ihre Hand theatralisch auf ihre Brust.

„Was ist denn los, Tantchen?" Emilia ging zu ihr und begrüßte sie mit Küsschen auf beide Wangen.

„Der Mann dort draußen!", rief sie und drehte sich zum Schaufenster um. „Das ist ein echter Adonis.

Bellissimo! Leider hängt er am Telefon, sonst hätte ich doch glatt ein kleines Schwätzchen mit ihm angefangen. Man weiß ja nie, wo das vielleicht noch hinführt, nicht wahr?"

Sie zwinkerte ihrer Großnichte verschwörerisch zu.

„Meinst du nicht, er ist ein klitzekleines bisschen zu jung für dich?", gab Emilia zu bedenken.

„Ach, sei's drum." Violetta machte eine wegwerfende Handbewegung. „Das würde sich dann zeigen. Er ist bestimmt Italiener. Ja, ganz sicher sogar. Bei diesen Augen! Gleich wird er hereinkommen und Bomboloni haben wollen. Und er heißt sicher Alessandro, Emanuele oder Francesco", schwärmte sie.

Emilia und Rebecca sahen sich an und kicherten wie kleine Mädchen. Bevor Violetta die beiden fragen konnte, was denn so lustig sei, öffnete sich die Tür.

„Logan, darf ich dir Violetta vorstellen?", sagte Rebecca grinsend.

Seine Gesichtszüge entglitten ihm nur einen winzigen Moment, dann hatte er sich im Griff und schenkte der alten Dame ein strahlendes Lächeln.

„Sie sind also Violetta? Ich habe schon viel von Ihnen gehört", raspelte er.

Offensichtlich war sie sehr erfreut über das Kennenlernen, schüttelte seine Hand und blickte ihm tief in die Augen. „Und Sie sind wirklich nicht aus Rom oder zumindest aus einem Vorort wie Verona oder Milano?"

„Die Familie meines Vaters kommt aus Puerto Rico. Gilt das auch?" Er zwinkerte ihr zu, als ob er mit ihr flirtete.

Violetta war völlig fasziniert von ihm. „Südamerika ist ja quasi eine italienische Kolonie", bestätigte sie.

Zum Glück nahm sie es ohne sichtbaren Eifersuchtsanfall hin, dass Logan sich neben Rebecca stellte und dabei kurz über ihre Schulter strich.

Die Türglöckchen kündigten eine neue Kundin an, eine spindeldürre Highsociety-Lady, die mehrfach geliftet aussah. Violetta wollte losstürzen, um die Dame zu bedienen, doch Emilia hielt sie zurück. „Um Mrs. Hannigan-Flynn kümmere ich mich selbst, Vio."

„Aber du solltest dich ein wenig ausruhen, Bella!" Man konnte die Sorge in Violettas Stimme deutlich hören. „Du bist seit dem frühen Morgen auf den Beinen. Und du hast doch hoffentlich keinen Espresso getrunken?"

„Ich setze mich gleich danach ein wenig hin. Leiste du doch Rebecca und Logan inzwischen Gesellschaft, va bene?" Emilia verzog sich hinter die Verkaufstheke und fragte die Stöckelschuhdame freundlich nach deren Wünschen.

Violetta hingegen beugte sich verschwörerisch zu Rebecca. „Haben Sie es an ihm ausprobiert mit den hauchdünnen Schokotäfelchen?", wollte sie wissen und schielte zu Logan, der tat, als würde er nichts hören.

„Noch nicht", musste Rebecca gestehen. „Aber ich bin mir sicher, er wird es sehr genießen."

„Bestimmt!" Die alte Dame schmunzelte.

Es wurde Zeit, endlich auf den eigentlichen Grund des Besuchs zu sprechen zu kommen.

„Stellen Sie sich vor, Violetta", begann sie. „Mein lieber Logan glaubt mir nicht, dass Sie im Gerichtssaal Wetten auf meinen Boss abschließen."

„Oh doch!", bestätigte sie ihm sofort. „Ich bin sogar recht oft dort. Gerade im Winter, wenn man sonst nicht viel anfangen kann in New York City. Aber wir gehen nur in die Verhandlungen von Quentin."

„Dann kennen Sie ihn ja richtig gut", sagte Logan. „Ich habe ihn nur kurz getroffen und fand es extrem seltsam, dass er sich so oft Mundspray in den Rachen gesprüht hat. Sogar im Lokal!"

Violetta nickte. „Das tut er immer. Auch im Gerichtssaal."

„Selbst mitten bei der Zeugenbefragung?", hakte Logan nach.

„Ja, auch da."

„Siehst du!“, wandte sich Rebecca mit gespielter Empörung an Logan. „Und du wolltest mir nicht glauben, dass er sogar die Leute dort einnebelt. Gut, dass Violetta das bestätigt.“

„Oh ja“, sagte diese und freute sich sichtlich über ihre Wichtigkeit. „Besonders im Kreuzverhör sprüht er immer damit herum. Myra hat neulich sogar gewitzelt, dass die Zeugen aufgrund des Pfefferminzduftes so verwirrt wären. Aber das ist natürlich Unsinn.“

„Klar“, waren sich Rebecca und Logan einig.

Plötzlich veränderte sich der Ausdruck in Violettas Miene. „Wieso wollt ihr das so genau wissen?“, fragte sie und sah kritisch vom einen zum anderen.

„Ach, nur so“, wiegelte Rebecca eilig ab. „Weil wir uns eben darüber unterhalten haben.“

„Ja, genau“, stellte auch Logan fest. „Es war eine Art Gedankenspiel. Ich habe Becky vorgeschlagen, doch bei ihrem nächsten Gerichtstermin K.O.-Tropfen mitzunehmen und den Zeugen ins Wasser zu mischen, wenn sie nicht spuren.“ Er lachte laut.

Violetta schüttelte den Kopf. „Das würde nicht funktionieren, weil die meisten Zeugen gar nichts trinken. Und man könnte sich ja nie drauf verlassen.“

„Ich hab's!“, rief Logan strahlend. „Man könnte Pralinen präparieren und sie schon auf dem Flur an die Belastungszeugen verteilen!“

Violettas Blick sagte, dass sie den attraktiven Fast-Italiener Logan wohl doch leider für geistig ziemlich minderbemittelt hielt. „Carissimo, schalten Sie doch Ihren hübschen Kopf ein! Würden Sie als Zeuge auch nur irgendetwas Essbares von der Gegenpartei annehmen? Das macht doch niemand!“

„Stimmt.“ Logan mimte den Zerknirschten.

Ein neuer Kunde betrat die Bäckerei und Violetta machte sich auf, ihrer Großnichte zu helfen.

Im Vorbeigehen raunte sie Rebecca noch schnell etwas zu: „Vergessen Sie beim Liebesspiel die zart schmelzenden

Schokoladentafeln nicht! Es wird ihn rasend machen."

Schmunzelnd trank Rebecca ihren Espresso aus und verließ anschließend mit Logan den Laden.

„Habe ich das richtig gehört?", fragte er, kaum, dass sie draußen waren. „Eine italienische Oma gibt dir Sex-Tipps?"

„Erstens ist sie Großtante, nicht Oma. Und zweitens denke ich, dass man von der guten Violetta in dieser Hinsicht jede Menge lernen kann."

Er sah etwas skeptisch aus. „Immerhin hat sie uns wegen Quentin sehr weitergeholfen", sagte er mit ernster Stimme. „Sie klang sehr überzeugend. An der Mundspraytheorie scheint etwas dran zu sein, so unwahrscheinlich sich das auch anhören mag."

Nachdenklich nickte sie. „Aber wo bekommt er das Zeug her? Es müsste ja irgendeine Spezialanfertigung sein."

„Habt ihr einen Mandanten, der sich auf solche Dinge spezialisiert hat?" Logan war mitten auf dem Gehweg stehen geblieben und sah Rebecca an.

„Nicht, dass ich wüsste." Sie nahmen den Spaziergang wieder auf.

Plötzlich packte Rebecca ihn am Arm. „Roger Banks!", rief sie.

„Wer zum Henker ist das?"

Sie zögerte einen Moment. Den Namen hatte sie in einer sehr kompromittierenden Situation gehört und wollte das natürlich nicht zugeben.

„Quentin erwähnte mal nebenbei, dass seine Frau und Banks die einzigen Menschen wären, die die direkte Durchwahl in sein Büro hätten. Dieser Banks ist also wichtig für ihn. Als Mandant ist er mir aber in keiner Besprechung untergekommen."

„Kannst du etwas über ihn herausfinden?"

Sie lächelte. „Natürlich, Watson. Ich werde mich gleich am Montagmorgen darum kümmern."

Logan hob die Hand und strich ihr sanft über die

Wange. „Sei vorsichtig, Becky. Es ist nicht ungefährlich, in so einem Wespennest herumzustochern." Aus seinem Blick und seiner Berührung sprach so viel Wärme, dass Rebecca weiche Knie bekam.

„Ich pass schon auf", erwiderte sie.

Er sah auf die Uhr. „So langsam sollte ich los. Schließlich habe ich heute schon wieder ein Date mit deinem Chef. An der Kiste ist noch einiges zu tun." Sie gingen weiter bis zu seinem Kleinwagen, der vor Rebeccas Wohnhaus am Straßenrand parkte.

„Versuch, Quentin das Mundspray zu klauen", schlug Rebecca vor.

„Hältst du mich für dämlich?", sagte er. „Genau das ist mein Plan. Aber ich bin mir nicht sicher, ob er das Ding privat überhaupt dabei hat. Ich werde darauf achten."

Sie kam näher und legte ihre Arme um seinen breiten Rücken. „Auf jeden Fall viel Spaß mit deiner Autobastelei", raunte sie ihm zu. Sich von ihm zu verabschieden, tat ihr richtig körperlich weh.

„Lieber wäre mir ein Tag mit dir", flüsterte er in ihr Ohr und knabberte anschließend an ihrem Ohrläppchen. „Vor allem, wenn wir was auch immer mit diesen geheimnisvollen Schokotäfelchen ausprobieren."

Die Sehnsucht nach ihm war kaum zu ertragen, aber es half nichts. Er musste los.

„Du hast Violetta ja gehört", erinnerte sie ihn. „Es wird dich rasend machen."

Er nahm ihren Kopf in seine Hände und küsste sie so innig, dass sie es kaum erwarten konnte, mit ihm zusammen bald eine kleine Raserei zu erleben.

„Wir hören uns, Becky!"

Er wandte sich um, winkte ihr noch zu und stieg in sein Auto. Kurz darauf bog er um die Ecke und verschwand aus ihrem Sichtfeld. Lange starrte Rebecca noch auf die Straße und versuchte, den Impuls zu bekämpfen, Logan einfach nachzulaufen.

Irgendwann drehte sie sich um und ging leichtfüßig die

Treppe zu ihrer Wohnung hinauf. An Logan zu denken, gab ihr das Gefühl, zu fliegen. Er hatte tatsächlich sie ausgewählt, um es noch einmal mit einer Beziehung zu versuchen! Der Gedanke war wunderschön, aber auch ein wenig beängstigend. Würde er sie ständig mit Shelley vergleichen und am Ende enttäuscht sein? Kann man die einzige große Liebe überhaupt durch jemand anderen ersetzen?

Nachdenklich schloss sie die Wohnungstür auf. Sie hatte das Gefühl, aus ihrem bisherigen Leben herauskatapultiert worden zu sein und gerade in einem Film umherzulaufen. Quentin ein Betrüger, ihre eigene juristische Karriere gefährdet, ihre gesamte Weltanschauung über den Haufen geworfen! Dazu Logan, dieser wunderbare, männliche, zärtliche Mann, der tatsächlich Interesse an ihr zeigte. Das war zu viel, um es aufnehmen zu können. Sie kam sich vor wie in einem Traum und hatte Angst, aufzuwachen. Alles war völlig unwirklich.

„Willkommen, schöne Frau!", rief Jamie ihr entgegen und strahlte wie eine Hundert-Watt-Birne. Und das um diese Uhrzeit! Es war noch nicht mal Mittag, was normalerweise bedeutete, dass er die Zähne kaum auseinanderbrachte.

„Was ist denn mit dir passiert?", fragte Rebecca überrascht. „Hast du deine inne Uhr von Musikermodus auf normalsterblich umstellen lassen?"

„Bin gerade erst heimgekommen", erklärte er und grinste vielsagend. „Von einer Frau. Und soll ich dir was verraten? Es lief richtig gut. Wenn man erst mal weiß, wie es funktioniert, ist es tatsächlich nicht schwer."

Sie runzelte die Stirn. „Du willst doch wohl nicht ernsthaft behaupten, dass du bisher Jungfrau warst und dich mit Bienen und Blümchen nicht auskanntest?"

Das nahm sie ihm absolut nicht ab. Oft genug hatte sie mitbekommen, wie er und Mo sich nach Konzerten Groupies aufgerissen hatten. Und sie bildete sich ein, auch schon hin und wieder das Geräusch eines knarzenden Bettes aus seinem Zimmer gehört zu haben.

„Quatsch. Das meine ich nicht. Aber ich musste mich immer anstrengen dafür."

„Und jetzt nicht mehr?" Rebecca musterte ihn genau. War er um diese Uhrzeit schon betrunken? Oder noch?

Er verschränkte die Arme vor der Brust und stellte sich breitbeinig in Positur. „Man muss nur den echten Kerl rauskehren, dann liegen einem die Señoritas zu Füßen", erklärte er im Brustton der Überzeugung.

„Ach ja? Fehlt nur noch dein Schießeisen, damit du ihnen ein paar Indianerhäuptlinge erlegen kannst. Wo hast du denn diesen Blödsinn her, etwa von Mo?"

Jamie war der Schüchterne der beiden. Bisher war es immer so gewesen, dass Mo ihm die Girls klar gemacht hatte. Und nun plötzlich stellte er sich als König aller Machos dar? Das war zum Lachen. Keine Frau der Welt würde sich von solchen Sprüchen beeindrucken lassen. Das hoffte Rebecca zumindest.

„Von El Hombre. Er ist Profi und teilt seine Tipps mit uns. Der Wahnsinn, wie gut ich damit ankomme." Jamie war ungewohnt selbstsicher, was ihr zu denken gab. Sollte so etwas tatsächlich bei den Frauen Wirkung zeigen?

„Allerdings brauche ich ein neues Auto", sagte er.

„Wieso das denn? Dein Reggeamobil läuft doch noch recht gut."

„Ja schon, aber mit den bunten Aufklebern und der gelben Farbe ist es ein bisschen peinlich. Ich will was Maskulines."

„Einen Truck? Oder Mähdrescher?" Rebecca lachte. Männer waren manchmal wie große Kinder. Sie brauchten Spielzeug und bildeten sich irgendwelche komischen Dinge ein.

„Ich hole mir lieber was Kühles zu trinken, mir wird ja schon irrsinnig heiß, wenn ich nur mit dir im Flur stehe", witzelte sie und verschwand in der Küche. Langeweile kam mit ihren schrägen Mitbewohnern wirklich nicht auf. Sie würde jetzt erst mal ihren Laptop anwerfen und auf die Suche nach Roger Banks gehen – falls sie es schaffte, mal eine Minute nicht an Logan zu denken.

*

Am Montagvormittag fieberte Rebecca einem passenden Zeitpunkt entgegen, um in den Registraturraum zu gehen. Ihre Recherche im Internet hatte ergeben, dass Banks der Inhaber eines Pharmakonzerns war. Nun musste sie herausfinden, in welchen Angelegenheiten Quentin ihn vertrat. Denn dass eine Beziehung zwischen den beiden bestand, war klar. Normalerweise ließen sich die Anwälte die Akten von den Sekretärinnen bringen, aber da Rebecca noch eine kleine Nummer war, fiel es nicht auf, dass sie selbst in die Registratur ging. Zur Tarnung hatte sie einen Ordner unterm Arm. Kaum war sie drin, schloss sie die Tür hinter sich. Die Ablage wurde natürlich äußerst akkurat geführt. Aufgeregt ging Rebecca zum Schrank und zog das Fach mit dem Buchstaben „B“ heraus. Sie hatte sogar ihr Handy in der Rocktasche, damit sie die Unterlagen wie in den James Bond Filmen abfotografieren konnte. Mit leicht bebenden Fingern ging sie die Akten durch.

„Babinsky, Bammons, Bangolfson“, murmelte sie konzentriert vor sich hin. Dann ging es auch schon weiter mit Banolo. Kein Ordner mit dem Namen Banks. Sicherheitshalber durchkämmte sie alle B-Akten, aber zu der Pharmafirma gab es nichts.

„Vielleicht arbeitet Quentin gerade daran“, überlegte sie halblaut. In diesem Fall müsste die fehlende Akte in ein Formular eingetragen sein, dass an der Tür hing. Sie überprüfte auch dieses. Fehlanzeige.

Grübelnd ging Rebecca zurück in ihr Büro. Sie hätte zu gerne gewusst, was Banks und Quentin miteinander trieben. Eine Möglichkeit gab es noch: die Jahresübersicht der Honorare. Das war eine dicke Liste, in der alle Vorfälle aufgeführt wurden. Leider lag diese im Schrank direkt hinter den Sekretärinnen. Rebecca musste also bis zum späten Nachmittag warten, wenn nur noch eine der Assistentinnen da war. Die Damen hatte es nämlich nicht gerne, wenn man in ihren Unterlagen herumwühlte. Als die Sekretärin zu Mister Piddlefield gerufen wurde, witterte Rebecca ihre Chance. Sie ging zum Schrank und nahm den Ordner heraus, den sie eilig durchblätterte.

„Miss Miller, ich hätte Ihnen doch gegeben, was Sie suchen", empörte die Sekretärin sich, die viel zu schnell zurückgekommen war.

„Ach, ich wollte Ihnen keine Umstände machen. Es ist doch nur ein Blick, weil ich mir wegen der Honorarzahlung nicht mehr sicher war. Ein Mandant hatte nachgefragt. Habe aber schon gefunden, was ich brauche."

Sie schob den Ordner rasch zurück und verdrückte sich in ihr Büro, wo sie in tiefes Grübeln versank. Irgendwas war hier faul. Aber es gab ihr einen guten Grund, später Logan anzurufen und eine Missionsbesprechung einzuberufen. Allein das machte ihr sofort wieder gute Laune.

Am frühen Abend saß sie neben Logan auf seinem Sofa und versuchte, sich nicht von seinen Berührungen ablenken zu lassen. Es war nicht leicht, sich auf den Laptop auf ihrem Schoss zu konzentrieren, wenn Logans Finger so wundervoll über ihren Nacken strichen oder unter den Kragen ihres Shirts krochen.

„Weder die Firma Banks Pharmaceuticals noch Roger Banks als Privatmann existiert in unserer Kanzlei", fasste sie zusammen. „Aber ich glaube nicht, dass Quentin einfach nur ein guter Freund von ihm ist und sie deshalb telefonieren."

„Welche Pillen stellt die Firma denn her?", fragte Logan.

Sie klickte die Homepage an und checkte die Produkte genauer.

„Sieh an!“, Logan pfiff durch die Zähne. „Die Firma ist Vorreiter, wenn es um Aerosole geht. Von Nasenspray bis Asthmamittel stellen die alles her. Und schau mal hier.“ Er deutete auf einen Absatz.

Sie las ihn laut vor: „Vergessen Sie Spritzen und Pillen bei allergischem Schock. Dank unseren Sprays haben Sie als Patient den Vorteil, dass der Wirkstoff sofort vom Körper aufgenommen wird. Unsere Forschungsabteilung arbeitet auch an Mitteln, die bei Panikattacken, Phobien und Epilepsie zum Einsatz kommen.“

Rebecca sah Logan an. „Psychopharmaka als Spray! Das erklärt einiges, oder?“

Er nickte und rieb sich über sein Kinn. „Wir müssen unbedingt an eines seiner Mundsprays herankommen und es unter die Lupe nehmen. Es scheint ja eine Spezialanfertigung zu sein. Leider habe ich von Quentin beim Reparieren nicht viel zu Gesicht bekommen. Seine Frau hat mir was zu trinken gebracht, aber ich hatte null Chance, dieses Ding in die Hand zu kriegen. Außerdem würde es ihm sicher auffallen, wenn es plötzlich weg wäre.“

Rebecca nickte. „Vielleicht müssen wir einen ganz anderen Weg gehen und ihm den Betrug direkt bei Gericht nachweisen. Am besten wird sein, wir führen ein genaues Protokoll über Zeugenaussagen vor und nach der Anwendung des Mundsprays. Das kann ich dann später einem Richter vorlegen. Bei mir fällt es natürlich auf, wenn ich da herumhänge. Aber vielleicht kannst du hin und wieder eine Überstunde abbauen und dich in die hintere Bank setzen?“

„Nein!“ Seine Stimme war schneidend. „Ich betrete keinen Gerichtssaal. Niemals.“ Eine bittere Falte grub sich in seine Stirn.

Jetzt erinnerte sich Rebecca an die Sache mit dem Haus seiner Eltern. Er hatte ihr ja bereits von seiner Aversion gegen Gerichte erzählt.

„Stimmt“, sagte sie und sah ihn entschuldigend an.

„Daran hatte ich im Eifer des Gefechts nicht gedacht. Tut mir leid."

Sie grübelten gemeinsam weiter, was sie jetzt tun konnten.

„Ich bin mir nicht sicher, ob er das Mundspray ständig in der Sakkotasche hat", überlegte Rebecca laut. „Mir kommt es so vor, als wäre die nicht immer ausgebeult."

„Das bedeutet, er muss das Zeug in seinem Büro haben", kombinierte Logan. „Und zwar sicher nicht einfach so auf dem Schreibtisch. Hat er einen Tresor?"

Erst jetzt fiel ihr etwas ein. „Nein, hat er nicht. Aber ich erinnere mich gerade, dass er mal das Schloss seines Sideboards zudrückte, als ich hereinkam, um mit ihm zum Gericht zu gehen. Ich habe mich noch gewundert, warum er mitten am Tag absperrt. Das macht man ja sonst nur am Abend. Und wir kamen ja nach der Anhörung wieder zurück."

„Wir müssen da ran, Becky."

„Wie soll das gehen? Ich kann das Schloss doch nicht aufbrechen."

Logan dachte nach. „Eine ganz kleine Chance haben wir. Aber der Einsatz ist nicht ungefährlich."

„Erzähl!"

Er nahm ihr den Laptop vom Schoß, drehte sich ihr zu und sah ihr tief in die Augen. „Quentin wünscht sich eine neue Lackierung für seinen Chevy", erklärte er. „Das ist eine heikle Sache, man muss die Farben genau abstimmen und speziell anrühren. Von der Stange geht da gar nichts. Ich habe Quentin versprochen, ihm Musterlackierungen zu zeigen. Dabei ging ich davon aus, dass ich die Dinger zu seinem Haus bringe beim nächsten Wochenendeinsatz."

„Du hast aber etwas anderes vor?"

„Exakt, Sherlock." Er nickte Rebecca zu. „Ich werde zu euch in die Kanzlei kommen. Man muss den Lack allerdings unbedingt im Sonnenlicht ansehen, sonst ist der Effekt verfälscht."

Sie schnappte nach Luft. „Du willst ihn mit zwei

Kotflügeln überraschen und runter auf die Straße schleifen, wo es richtig hell ist?“

„Gut erkannt. Und du gehst in dieser Zeit in sein Büro und siehst nach, welche Schätze er in seinem Sideboard versteckt hat.“

Rebecca wurde heiß und kalt zugleich bei dieser Vorstellung. „Wenn Randolph mich in Quentins Büro erwischt, bin ich tot!“

„Du brauchst eben eine gute Ausrede, was du da zu suchen hast.“

„Und die wäre?“

Er lachte. „Ich habe keine Ahnung. Aber jetzt muss ich erst einmal etwas tun, um bei dir den Stress abzubauen. Du wirkst sehr angespannt auf mich.“ Seine Hand legte sich auf ihre Schulter und begann, diese sanft zu kneten.

Rebecca seufzte wohlig. Logan hatte recht. Zum Grübeln war noch genug Zeit. Jetzt ging es erst einmal um ein bisschen Abstand vom stressigen Agentenleben. Das hatte doch schon Kollege 007 mit seinen Bond-Girls vorgemacht, also konnte es nicht verkehrt sein.

EL HOMBRE

Der Blog für echte Männer

Hey Männer,

is ja irre! Seit ich was zum Thema Sex erzählt habe, schnellt die Zahl der Abonnenten rasant in die Höhe. Aber Jungs – behaltet auch im Eifer des Gefechts einen kühlen Kopf und vergesst nicht, einen Gummi überzuziehen! Wie ihr unten in der Anzeige seht, bietet „Allnightlong" Kondome in diversen Größen, Ausführungen und Geschmacksrichtungen. Die Kombination Piña Colada und Noppen kann ich sehr empfehlen.

Aber damit es euch nicht zu heiß wird und ihr über sämtliche Frauen in eurer Umgebung herfällt, gönne ich den Señoritas und eurem besten Stück heute etwas Ruhe.

Reden wir über Sport.

Ein Kumpel von mir wird von seiner neuen Flamme regelmäßig ins Fitnessstudio mitgeschleift. Das wäre an sich kein Problem, wenn er an den Geräten pumpen oder auf dem Laufband keuchen würde. Aber sie hat ihm ein „sexy" Fitness-Outfit im neongelben Partnerlook verpasst – so eine Art eng anliegenden Strampelanzug mit kurzen Beinen – und er muss jetzt mit zu Zumba, Step-Aerobic und Pilates. Also mal ernsthaft, Männer: Ein Kerl, der allen Ernstes Salsa-Schritte einstudiert, mit dem Hintern wackelt wie eine brünstige Stockente und bei Jennifer Lopez-Nummern mitjault? So richtig maskulin kommt das nicht rüber.

Ich finde, beim Sport sollten wir uns nicht reinreden lassen. Ein altes graues T-Shirt und schwarze Shorts genügen als Outfit. Sieht man Schweißflecken, heißt das nur, dass sich einer angestrengt hat. Das ist männlich und nicht peinlich.

Ich jogge gern über die Brooklyn Bridge, das ist gerade am Abend eine tolle Sache. Solltet ihr mal ausprobieren.

Man sieht Läufer in allen möglichen Sportklamotten, teilweise mit Hightech-Ausstattung und verbissenem Gesicht. Aber was glaubt ihr, neben wem die Girls am liebsten joggen? Neben ganz normalen Kerlen ohne Schnickschnack, Energydrink oder Pulsuhr mit Dow Jones-Anzeige. Seid lässig, traut euch, sie anzulächeln, dann kann es gut sein, dass sie euch nach dem Laufen noch die Beine massiert. Oder wo immer ihr ihre Hände haben wollt.

Übrigens müsst ihr gar kein komplett durchtrainierter Spargel sein. Selbst mit ein paar Kilos zu viel, die ihr in Humor verpackt statt in einen affigen Ganzkörper-Radanzug, habt ihr Chancen bei den Girls.

Also, rein in die Badehose, rauf aufs Bike, raus in den Park.

(@Jasper: Mir ist klar, dass man in Europa diese winzigen Dinger zum Schwimmen anhat. Aber wir sind in den Staaten. Und hier wirkt das schwul! Also hau den gestreiften Zebra-Tanga, den dir deine Schwiegermutter von ihrem Italientrip mitgebracht hat, in den Müll und kauf dir anständige Schwimmshorts mit ordentlich Stoff. Sonst könnte es gefährlich werden, sich in der Dusche nach der Seife zu bücken)

Sportliche Grüße und hasta luego

Euer El Hombre

11. Broken mug, broken luck

Rebeccas Hände waren feucht. Sie wusste, dass Logan irgendwo unten parkte und darauf wartete, Quentin zwei frisch lackierte Autobleche zu präsentieren. Sie hatten sich darauf geeinigt, dass kurz vor der Mittagspause der beste Zeitpunkt war. Im Vorfeld hatte Rebecca abgeklärt, dass keine Termine bei Gericht oder mit Mandanten in Quentins Kalender standen. Immer wieder schlich sie den Flur entlang und lugte ganz beiläufig zu seinem Büro.

Jetzt sah es gut aus. Mit zitternden Fingern tippte sie eine Nachricht in ihr Handy:

„Mission starten!“

Sie lauschte angespannt, weil sie wusste, dass Logan gleich bei Quentin anrufen würde, um ihm vorzugaukeln, er sei zufällig in der Nähe und hätte die Lackproben im Auto.

Rebecca stand von ihrem Schreibtisch auf und ging zur Tür, die einen Spalt geöffnet war. Auf diese Weise konnte sie die Schritte ihres Bosses besser hören. In ihrem Schrank stand eine kleine Tüte von „Pastry Passion“ bereit, denn sie brauchte eine Ausrede, um in Quentins Büro zu gehen. Falls jemand sie erwischte, könnte sie sagen, sie hätte ihm nur einen Bombolone auf den Tisch stellen wollen.

Sie hielt die Luft an. Das war zweifellos sein selbstbewusster Gang, den sie da hörte! Dazu kam noch seine markante Stimme, die den Sekretärinnen zurief: „Ich bin kurz außer Haus.“

Mit aufgeregt hämmerndem Herzen nahm Rebecca die Tüte aus dem Schrank, wartete, bis die Luft rein war, und schlüpfte dann in Quentins Büro. Trotz der Klimaanlage war ihr heiß wie in der Sauna, als sie sich umsah. Erst einmal galt es, für das Alibi zu sorgen. Sie stellte das mitgebrachte Gebäck neben seinen Computerbildschirm.

Dann ging sie eilig zum Sideboard. Sie fühlte es ganz deutlich: Dort drinnen hortete Quentin die Mundsprays und sicher auch Unterlagen zur Firma von Banks!

Ihr Herz sprang ihr fast aus der Brust, als sie sich hinunterbeugte und zwei Finger in die Aussparung steckte, um die Schiebevorrichtung zu öffnen. Nichts passierte. Rebecca rüttelte etwas nachdrücklicher, doch die Tür bewegte sich keinen Millimeter. Vielleicht klemmte das verdammte Ding? Sie schob und zog mit aller Macht, doch das Sideboard ließ sich nicht öffnen. Abgesperrt. Shit.

Hier kam sie nicht weiter. Sie wandte sich dem Schreibtisch zu, zog die Schubladen heraus, hob ein paar Blätter hoch. Aber da war nichts. Kein Mundspray, keine Akte, keine Beweise.

Verflucht!

Sie hörte Schritte auf dem Flur, die näherkamen. War Quentin schon wieder zurück? Mit angehaltenem Atem starrte sie auf die Tür. Doch wer immer dort draußen vorbeiging, hatte ein anderes Ziel.

Es war höchste Zeit, sich in Sicherheit zu bringen. Eilig ging Rebecca zur Tür, wartete einen ruhigen Moment ab und schlüpfte aus dem Büro.

Puh, gerade noch mal gut gegangen!

Aber leider blieb die sorgsam geplante Mission ohne Ergebnis. Dabei war sie so sicher gewesen, dort im Sideboard alles Wichtige zu finden!

Enttäuscht ließ sie sich auf ihren Schreibtischstuhl fallen. Sie hatte keine Ahnung, wie es weitergehen sollte. Dummerweise konnte sie heute Abend nicht mit Logan darüber reden, da er mit ein paar Freunden zum Basketball mit anschließendem Barbecue verabredet war. Morgen und übermorgen würde sie selbst auf einer Fortbildung sein, drüben in Boston, sodass Logan und sie sich erst wieder am Wochenende sahen.

Aber dann war bestimmt Zeit, neue Pläne zu machen, wie sie Quentin Armadon des Betrugs überführen konnten!

„Was soll das?“, riss eine Stimme sie aus ihren Gedanken.

Rebecca fuhr zusammen, als ihr Boss plötzlich im Zimmer stand, die Augenbrauen grimmig zusammengezogen.

„Ist der Krapfen von Ihnen?“, fuhr er sie an.

„Ja“, gab Rebecca zu und musste schlucken. „Ich habe ihn bei ‚Pastry Passion‘ gekauft und dachte, Sie freuen sich.“

„Sie waren in meinem Büro!“, donnerte Quentins Stimme los. „Das verbitte ich mir! Kein Mensch betritt meinen Raum, wenn ich nicht anwesend bin!“ Sein Gesicht lief vor Zorn rot an.

„Tut mir wirklich leid.“ Rebecca setzte einen zerknirschten Gesichtsausdruck auf. „Ich wollte nur …“

„Noch einmal und Sie fliegen!“, unterbrach er sie, drehte sich abrupt um und knallte die Tür hinter sich zu.

Rebecca ließ den Atem entweichen, den sie unwillkürlich angehalten hatte. Das war eine sehr heftige Reaktion gewesen für einen unschuldigen Bombolone. So benahm sich nur jemand, der etwas zu verbergen hatte.

Ihr Entschluss, die Wahrheit ans Licht zu bringen, war seit dem einschüchternden Auftritt ihres Bosses sogar noch größer geworden. Sie musste einfach herausfinden, was da genau lief! Und zusammen mit Logan würde sie es schaffen, da war sich Rebecca vollkommen sicher.

*

Bis sie jedoch ihren persönlichen Doktor Watson wiedersehen durfte, vergingen mehrere Tage. Die Weiterbildung in Boston war zwar interessant, aber es fiel Rebecca zunehmend schwer, sich zu konzentrieren. Ihre Gedanken kreisten um Quentins Sideboard, um das verdächtige Spray und nicht zuletzt um Logan, den sie auf fast schon ungesunde Weise vermisste. Wenn sie abends alleine im Hotelbett lag, sehnte sich jede einzelne

Körperzelle nach seinen Berührungen. Rebecca hätte sonst was darum gegeben, ihm nahe sein zu dürfen, in seine schönen Augen zu sehen, sein Lachen auf ihrer Haut zu spüren.

„Telefonieren ist nicht so mein Ding“, hatte er zu ihrem größten Entsetzen angekündigt, als sie kurz per Handy mit ihm sprach. „Ich habe dich lieber in natura bei mir, Becky. Und bis Sonntag ist es ja nicht mehr lange hin.“

„Was ist mit dem Freitagabend? Ich komme am späten Nachmittag zurück“, hatte sie gesagt.

„Da bin ich bei Quentin. Abschleifen ist an der Reihe. Und wie gesagt – am Samstag habe ich leider einen Einsatz. Oper. Stinklangweilig, aber gut bezahlt.“

Zähneknirschend hatte Rebecca sich mit dem Sonntagstermin abfinden müssen, der aber laut Logans Ankündigung schon mittags beginnen und absolut großartig sein würde.

Am späten Samstagnachmittag hing Rebecca nach einer gemütlichen Joggingrunde durch den Central Park in der Wohnung herum und vermutete, ein Scherzkeks aus ihrer WG hätte den Zeiger der Wanduhr festgeklebt. Es wollte und wollte einfach nicht Sonntag werden. Dabei war sie schon sehr gespannt auf Logans Bericht. Er hatte ihr nämlich per SMS mitgeteilt, dass er von Quentin zu ein paar Gläsern Whiskey eingeladen worden war.

Aber sie freute sich nicht nur auf die Gespräche mit ihm, nein, da war noch etwas anderes. Lächelnd blickte sie auf das lila Tütchen mit den hauchdünnen Schokoladentäfelchen, die Violetta ihr verpackt hatte. Rebecca legte sich auf ihr Bett, verschränkte die Arme hinter ihrem Kopf und schloss die Augen, um sich einem nicht ganz jugendfreien Tagtraum hinzugeben, in dem Logan die Hauptrolle spielte. Sie wusste genau, an welchen Stellen sie jeweils eine der Tafeln auf seine Haut legen würde. Erst einmal auf seine Brust, dann rund um den Bauchnabel. Durch Logans Wärme würde die edle

Schokolade langsam schmelzen und Rebecca sich mit dem Ablecken sehr viel Zeit lassen. So etwas musste man schließlich richtig zelebrieren und dass süße Spiel nur allmählich intensivieren. Anschließend, so malte sie es sich aus, würde sie eine Tafel in südlicheren Gefilden platzieren. Sie konnte Logans raues Stöhnen hören, wenn sie die Schokolade ganz vorsichtig auf seine bereits erregte Männlichkeit legte. Ganz langsam würde sie die Tafel mit dem Finger hin und her schieben, bis sie schmolz, sich dann über Logan beugen und mit der Zunge über seine samtene Haut an dieser Stelle gleiten, bis er sich sehnsuchtsvoll unter ihr wand und sie anflehte, ihm endlich die lange hinausgezögerte Erlösung zu schenken. Sie konnte es kaum mehr erwarten, Violettas Erotik-Tipp auszuprobieren. Quasi Karamell-Sutra aus der „Pastry Passion“-Sexberatung, bei dem sie ihren persönlichen Gigolo vernaschen würde.

Übermütig kicherte sie.

Ach, das war eine wirklich schöne Vorstellung. Rebecca rekelte sich wohlig im Bett. Ihre Sportsachen hatte sie achtlos über eine Stuhllehne geworfen und die Joggingschuhe lagen irgendwo im Zimmer herum. Seit sie Logan kannte, nahm sie es mit der Ordnung nicht mehr so genau. Auch ihre strenge Disziplin, was das Essen anging, hatte sich deutlich gelockert. Sie gönnte sich hin und wieder eine Leckerei und hatte überraschenderweise festgestellt, dass sich das auf der Waage gar nicht niederschlug. Vielleicht waren es aber auch die Hormone, die ihren Körper so auf Hochtouren brachten, dass er kein Fett ansetzte.

Rebecca konnte sich nicht erinnern, dass es ihr jemals so gut gegangen war. Sie fühlte sich so leicht, dass sie den Eindruck hatte, wie ein langbärtiger Yogi ein paar Handbreit über dem Bett zu schweben. Durch die intensive gedankliche Beschäftigung mit Süßigkeiten und Zuckerstangen aller Art hatte sie jetzt Hunger bekommen. Sie erhob sich federleicht und flatterte hinüber in die

Küche, wo sie sich ein Sandwich machte. Mo kam vorbei, sah sie und strahlte sie nachdrücklich an.

„Lass mich raten“, kommentierte Rebecca seine Miene. „Ich soll dir auch eins machen?“

„Du bist ein Engel! Erdnussbutter, Gurke und ein paar Streifen Chilischote, bitte. Wir haben gleich Bandprobe und ich finde meine verdammten Noten nicht!“ Er rannte wieder nach nebenan.

„Musiker!“, seufzte Rebecca laut und meinte damit nicht nur die Schlamperei, sondern auch den eigenwilligen Brotbelag. Trotzdem richtete sie ihm zwei Sandwiches her und trug den Teller sogar in Mos Zimmer, wo er sich gerade durch einen Stapel Papier wühlte.

„Voilá. Scharfes Soulfood für heiße Musiker“, erklärte sie und überreichte Mo sein Essen.

„Du solltest mal sehen, was es bei Alistair gibt“, antwortete er kauend. „Der schmiert irgend so ein britisches Hefezeug drauf, das wie ein streichbarer Brühwürfel schmeckt. Ekelhaft!“

Rebeccas Blick fiel auf den Schreibtisch. Neben dem PC, dessen Bildschirm gerade im Ruhemodus war, stand doch glatt ihre Kaffeetasse.

„Hey, die suche ich schon ewig!“ Sie deutete darauf. „Das war ein Geschenk von meiner Schwester zu meinem Examen. Die kannst du dir doch nicht einfach unter den Nagel reißen!“

Mo sah sich die Tasse genauer an. „Matlock?“, las er vor. „Ist das nicht so eine uralte Fernsehserie über einen langweiligen Anwalt?“

Rebecca wollte gerade erklären, dass sie zu Hause gern die Wiederholungen dieses Klassikers angeschaut hätten, da stürmte Jamie herein.

„Mo, beweg deinen Hintern mit nach unten. Alistairs Cajon hat sich in seinem dämlichen Kleinwagen verkeilt, wir kriegen das Ding nicht raus.“

„Kommt davon, wenn man unbedingt einen Britenkarren fahren muss“, murmelte Mo, stopfte sich in aller Seelenruhe noch den Rest seines Sandwiches in den Mund und spazierte dann lässig aus dem Zimmer, um Jamie zu folgen.

Kopfschüttelnd ging Rebecca zum Schreibtisch, um ihre Tasse zurückzuerobern. Sie kam mit der Hand versehentlich an die Computermaus, woraufhin der Bildschirm erwachte.

„El Hombre – Der Blog für echte Männer", lautete die Überschrift, neben der ein schwarzes Männchen mit arrogant verschränkten Armen stand. Aha! Das war also dieser Wunderratgeber, der die beiden Jungs so beeindruckte. Grinsend zog Rebecca den Stuhl heran und setzte sich an den Schreibtisch. Na, da würde sie doch mal hineinlesen, um künftig zu verstehen, was die beiden mit Weisheiten wie „Cowgirl" und „gute Fee" meinten.

Der aktuelle Blog-Artikel handelte von Autos, die ein vermeintlich harter Bursche fahren sollte. Was für ein ausgemachter Blödsinn. Als ob Frauen so etwas wichtig wäre. Sie hatte noch nie im Leben aufgrund eines fahrbaren Untersatzes Rückschüsse auf das ausfahrbare Untergestell des Besitzers gezogen! Den Verfasser dieses lächerlichen Blogs konnte sie sich gut vorstellen. Es war garantiert ein Angeber mit unnatürlich aufgepumpten Muckis, Goldkettchen um den Hals, Tattoo auf der Wade, verspiegelter Sonnenbrille und eng anliegenden Jeans, in die er sich vorne eine Wollsocke stopfte. Allein bei dem Gedanken an so einen aufgeblasenen Kerl, der sich für das Zentrum des Universums hielt, schauderte es Rebecca. Kaum vorstellbar, dass es tatsächlich neben ihren spätpubertierenden Mitbewohnern noch andere Menschen gab, die sich für diese Internetseite interessierten. Sogar insgesamt – sie scrollte nach unten – über zweitausend Abonnenten! Unfassbar. Dazu jede Menge begeisterte und interessierte Beiträge der männlichen Leserschaft, die diesem Macho auch noch ernsthafte Fragen stellten. Rebecca schüttelte den Kopf. Das war ja noch schlimmer als die schrecklichen Frauenmagazine mit ihren Tipps, welche Unterwäsche man zum ersten Date tragen sollte.

Rebecca klickte einen früheren Blogbeitrag an. Einer der Leser fragte tatsächlich, mit welchen Frauen sich dieser ominöse „El Hombre“ denn traf. Na, das interessierte sie allerdings auch! Wahrscheinlich nur mit hellblonden Busenwundern, die rosa Lippenstift und ultrakurze Lederminis trugen, ihn kuh-äugig anhimmelten und mit albernem Kichern fragten, ob sie seinen Popeye-Bizeps vielleicht mal anfassen dürften.

Grinsend tastete Rebecca nach dem Schalter des Druckers, der hinter dem Bildschirm stand. Sie musste ein paar der Passagen unbedingt ausdrucken und beim nächsten Step-Kurs Gwendolyn mitbringen. Die würde sich ebenfalls totlachen über diesen Blog. Gespannt las sie weiter.

„Oft werde ich als Begleitung zu Konzerten oder Ausstellungen gebucht, aber ich hatte auch schon ein Engagement für einen Tandemsprung mit Fallschirm“, begann der Abschnitt.

„Meine skurrilste Mission in letzter Zeit war ein Kanzleiausflug inklusive Lamawanderung“, ging es weiter. „Ich spielte den Verlobten einer Anwältin. Nach dem Austernschlürfen ein paar Wochen vorher sah man das wohl als Entspannungs-Event an. Wobei die Lamas wirklich angenehme Zeitgenossen waren, was man von den Juristen nicht behaupten konnte.“

Was?

Vor Schreck zog Rebecca ihren Arm vom Drucker zurück und streifte ihre Matlock- Tasse. Die fiel auf den Fußboden und zerbrach krachend in kleine Stücke, aber Rebecca kümmerte sich überhaupt nicht darum.

Austernschlürfen und Lama-Wanderung?

Ihr Hals wurde eng und ihre Nackenmuskeln zogen sich schmerzhaft zusammen. Das musste ein Zufall sein. Ganz bestimmt sogar. Quentin hatte schließlich gesagt, dass Ausflüge mit diesen Tieren im Moment total angesagt waren. Bestimmt gab es jede Menge Anwälte, die so ein

Event buchten, um sich Erholung von ihrem stressigen Job zu gönnen. Und Austern gehörten sowieso zum Standardmenü von Nobelrestaurants.

Mit zitternden Fingern scrollte sie weiter, erst ganz nach unten, wo sie lesen musste, dass der Blog-Verfasser gerne in der Abenddämmerung über die Brooklyn Bridge joggte.

Spitze Eiskristalle liefen ihre Wirbelsäule hinunter.

Als Nächstes stellte sie fest, dass er einen gewissen Jasper aufgefordert hatte, ihn doch mal anzurufen, damit er einen Termin für eine Privatstunde vereinbaren konnte. Die Szene beim letzten Besuch von „Pastry Passion" fiel Rebecca ein. Logan hatte den Laden verlassen, weil ein „Jasper" am Telefon gewesen war. So viele Zufälle gab es nicht. Ausgeschlossen!

Der Verfasser dieses Blogs war ohne Zweifel Logan.

Ihre Hände zitterten.

Er hatte das Treffen mit ihr einfach ins World Wide Web hinausposaunt. Hatte sie aufgelistet als eine Einzelne in einer ganzen Reihe von Aufträgen, die er erhielt.

Die mollige Zahnärztin, die junge Erbin mit dem Tandemsprung und – ach ja, da war noch so eine verklemmte Anwältin gewesen. So ähnlich hatte er es formuliert. War sie also doch nur eine von ganz vielen? Ein Posten auf seiner Liste?

Sie wollte es nicht glauben.

Hektisch glitt ihr Finger über die Computermaus, um weiter im Blog zu scrollen. Logan hatte doch wohl nicht über die Nächte mit ihr geschrieben? Nein, das konnte sie sich beim besten Willen nicht vorstellen. Sie spürte doch, dass auch für ihn die Beziehung mit ihr etwas Besonderes war. Der Zahnärztin hatte er sicher nicht von seiner Kindheit erzählt und der Fallschirmspringerin niemals die Geschichte von Shelleys Tod offenbart. Nein, nein. Das stand außer Frage. Zwischen ihnen beiden war viel mehr.

Trotzdem konnte Rebecca nicht anders, als die weiteren Blogeinträge zu durchforsten. Als sie beim

Thema „Aufreißen von Frauen“ angekommen war, erstarben all ihre Bewegungen. Völlig erstarrt blickte sie auf den Bildschirm, las wieder und wieder den gleichen Absatz:

„Ihr kriegt sie ganz leicht rum, indem ihr ihr gebt, was sie will. Eine Geschichte über euch, die ihr angeblich noch nie einer Menschenseele erzählt habt. ‚Diese Kette, die du trägst, erinnert mich an meine Grandma Augusta. Sie war eine total wichtige Person für mich. Ich hab lange nicht mehr an sie gedacht.‘ Danach schweigt ihr und schaut betreten in die Ferne (denkt an das letzte verlorene Spiel eurer Lieblingsmannschaft, das hilft euch, den richtigen Gesichtsausdruck zu entwickeln). Sie wird natürlich versuchen, euch auszufragen. Ihr rückt äußerst widerwillig mit einer möglichst rührseligen Geschichte heraus und zeigt euch erstaunt, dass ihr sie ausgerechnet ihr erzählt. Sie wird sich als etwas ganz Besonderes fühlen und liebend gern für euch die Beine breit machen.“

Rebeccas Herzschlag hämmerte in ihren Ohren.

Er hatte nur mit ihr gespielt!

Diese anrührende Geschichte seiner Familie, ja vielleicht sogar die Sache mit Shelley – das waren alles nur Tricks gewesen, um sie ins Bett zu bekommen!

Sie musste nach Luft schnappen und sich zusammenkrümmen, weil ihr ein stechender Schmerz in die Brust fuhr.

Dabei hatte sie all diese Leute aus seinen Erzählungen förmlich vor Augen gehabt. Seine Mutter, die im Café gerne mit den männlichen Gästen flirtete. Seinen Vater, der sich so abmühte, die Wünsche der Ehefrau zu erfüllen. Sogar seine Granny Augusta, die so gute Pancakes zubereitet hatte und immer für den kleinen Logan da gewesen war.

Alles erstunken und erlogen!

Selbst sein tieftrauriger Gesichtsausdruck, der sie so sehr getroffen hatte, war nur ein Fake gewesen. Offenbar hatte er dabei an ein verdammtes Football-Match gedacht.

Und sie Idiotin hatte so tiefe Gefühle für ihn entwickelt!

Wie aus einem Zwang heraus las sie weiter. Begann von vorne und studierte jeden einzelnen Beitrag, den Logan verfasst hatte. Aus ihrer Enttäuschung, die sie innerlich förmlich zermalmte, wurde allmählich gleißende Wut. Alles erschien plötzlich in einem völlig anderen Licht: Das Kompliment über ihre „schönen Augen“ unter dem Tisch im „Per Se“, das Angebot beim Konzert, sie gegen die Schlägertypen zu schützen, jeder einzelne Satz, den er mit ihr gewechselt hatte – alles nur Technik. Einstudierte Tricks, die er bei jeder Frau anwandte und auch noch bereitwillig mit einer zunehmenden Fangemeinde im Internet teilte.

„Dieser Bastard!“, fluchte sie laut.

Draußen im Flur klapperten die Jungs herum. Rebecca sprang so heftig vom Schreibtischstuhl auf, dass dieser umfiel. Sie ließ ihn liegen und stürmte nach draußen.

„Wo ist dein Autoschlüssel?“, fragte sie Jamie, der gerade einen Notenständer aufklappte.

„Du bist knallrot im Gesicht.“ Er sah sie besorgt an. „Ist etwas passiert?“

„Gib ihn mir!“ Ihre Stimme war so schrill, dass Jamie zusammenzuckte.

„Er ist in der Werkstatt, das weißt du doch. Willst du den von Alistair? Ich kann ihn fragen.“

„Sofort!“

Jamie wagte keinen Widerspruch. Er flitzte nach nebenan und kam kurz darauf mit einem Schlüsselbund wieder. Irgendetwas sagte er zu ihr, aber Rebecca hörte nicht zu. Sie riss ihm den Schlüssel aus der Hand, schlüpfte hektisch in ihre Schuhe und rannte die Treppe hinunter. Eine Minute später saß sie in Alistairs Wagen und brauste die 4th Avenue hinunter. Sie bog in die Delancey Street ein und steuerte auf die Williamsburg Bridge, weil sie den Gedanken nicht ertragen konnte, über die Brooklyn Bridge zu fahren. Mit wie vielen anderen Frauen war Logan wohl schon darüber gejoggt und hatte Eindruck geschunden mit seinem ach so faszinierendem Wissen über die Bauarbeiten?

Ihre Finger krallten sich ums Lenkrad.

Hatte er innerlich gelacht darüber, dass Rebecca – genau wie alle anderen – ihm so hingerissen zuhörte, wenn er von Emily Roeblings Mut schwärmte? „Wieder eine rumgekriegt mit meinen tollen Tricks“, war ihm garantiert durch den Kopf gegangen.

Alles nur Show. Selbst sein Auftauchen in ihrer Wohnung, als er ihr den leidenschaftlichen Logan vorgespielt hatte, der es doch bitte, bitte ausgerechnet mit ihr noch mal versuchen wollte mit der Liebe. Dabei war es ihm nur um eine Runde Sex gegangen. Wahrscheinlich hatte er irgendwo eine Liste mit Berufen hängen. „Okay, Ärztin, Model, Architektin – das hatte ich alles schon. Aber eine Anwältin fehlt noch, damit ich die abhaken kann.“

Ihre Fingernägel gruben sich in den Lederbezug des Steuers.

Eines war klar: Sie durfte sich jetzt keine Blöße geben! Sie würde Logan mit seinem hinterhältigen Verhalten konfrontieren und ihm zeigen, dass sie ihn ein für alle Mal durchschaut hatte. Aber auf gar keinen Fall durfte er mitbekommen, was sie für ihn empfand und wie sehr er sie verletzt hatte! Nein, sie würde stark sein.

Schnell wischte sie eine Träne der Enttäuschung aus dem Augenwinkel und konzentrierte sich lieber auf die brodelnde Wut, die in ihr kochte. Dank des Highways kam sie schnell voran und bog zehn Minuten später in den Hof von „Eddie’s Classic Cars.“

Sie stieg aus und rannte, ohne das Auto abzusperren, die Treppe hinauf, wo sie heftig gegen die Wohnungstür klopfte.

Als Logan öffnete, sah er sie erstaunt an. „Becky! Was verschafft mir die Ehre? Ich habe leider nur wenig Zeit.“

Er war ausgehfertig, trug seinen maßgeschneiderten Anzug, hatte sich frisch rasiert und roch nach dem

Aftershave, das sie bei der ersten Begegnung mit ihm unwiderstehlich gefunden hatte. Heute empfand sie es als widerlich herb und angeberisch.

„Kommst du dir toll dabei vor?“, zischte sie, während sie einen Schritt in seine Wohnung machte. „Hast du hier irgendwo einen Kalender hängen, wo du stolz jeden Tag ankreuzt, an dem du mit deinen billigen Tricks wieder eine Dumme herumgekriegt hast?“

Seine Augenbrauen schossen in die Höhe, was Rebecca erst recht in Rage versetzte. Es war absolut lächerlich, jetzt den Unschuldigen zu spielen!

„Wovon redest du?“, fragte er allen Ernstes.

Sie schnaubte wütend. „Muss ich Spanisch mit dir sprechen, damit du mich verstehst, Señor El Hombre?“

„Ach so, der Blog.“ Seine Züge entspannten sich. Wahrscheinlich würde er ihr gleich erklären, dass das selbstverständlich nur ein Witz sei und sie gefälligst darüber lachen sollte. Rebeccas Hände ballten sich zu Fäusten.

„Du wirst das doch hoffentlich nicht ernst nehmen“, sagte er tatsächlich. „Das Ganze ist aus einem Scherz heraus entstanden. Und es hat nichts mit dir zu tun.“

„Nichts mit mir zu tun? Ich bin nur eine Nummer auf deiner Liste, so steht es schwarz auf weiß im Netz! Und all die Sachen, die du mir erzählt hast – von deiner Familie, von Shelley, von deiner liebenswerten Granny Augusta – das waren nur Schachzüge, um mich rumzukriegen. Nichts weiter.“

Er kam einen Schritt näher, nun allerdings mit ernster Miene. „Das kannst du nicht ernsthaft glauben.“

„Es steht wortwörtlich im Blog! Im Internet, sichtbar für alle Welt. ‚Erzähle der Señorita eine möglichst rührselige Geschichte und sie wird bereitwillig die Beine für dich breitmachen‘. Das kannst du nicht leugnen. Und genauso hast du es bei mir durchgezogen, du Mistkerl.“

Sie fühlte heiße Tränen aufsteigen, drängte sie aber mit aller Macht zurück. Auf gar keinen Fall würde sie sich vor

Logan die Blöße geben, ihre Gefühle zu offenbaren!

Er hob die Hände, als wolle er seine Unschuld beteuern. Verfluchter Schauspieler!

„Jedes Wort, das ich dir erzählt habe, ist wahr", sagte er und sah sie eindringlich an – so, wie er es sicher vor dem Spiegel geübt hatte und auch bei den anderen Damen durchzog.

„Ich glaube dir kein Wort. Du hast auch den anderen Frauen die Story deiner Familie aufgetischt, sonst hättest du doch nicht im Blog über Augusta geschrieben. Und mir ist Ehrlichkeit nun mal wichtig. Ohne die braucht man erst gar nichts miteinander anzufangen. Sie ist die Basis jeder Beziehung."

„Wirklich?" Logans Blick wurde plötzlich kalt. „Das ist ja interessant. Du selbst nimmst es nämlich mit der Wahrheit nicht besonders genau."

„Wie bitte?" Rebecca schnappte nach Luft.

Er verschränkte die Arme. „Erinnerst du dich an meine Frage, ob du jemals was mit deinem Boss hattest?"

Ihr wurde heiß. „Es ist nie etwas zwischen uns gelaufen", sagte sie schnell. Das war schließlich nicht gelogen, es war nie zum Sex gekommen, nicht mal zu einem Kuss oder Ähnlichem. Außerdem hatte sie unter dem Einfluss der Droge im Mundspray gestanden.

„Ich habe den gestrigen Abend mit Quentin verbracht." Logans Stimme war so schneidend, dass Rebecca unwillkürlich fröstelte. „Wir haben ein paar Whiskeys getrunken, er mehr als ich, denn ich musste noch heimfahren. Und stell dir vor, nach dem vierten hat er von deinem süßen kleinen Muttermal in Herzform geschwärmt, dass du auf dem Bauch hast. Ich dachte erst, er hätte dich vielleicht zufällig im Schwimmbad gesehen, aber er sprach nicht von einem Bikini, sondern von einem neckischen BH in Dunkelblau mit winzigen Sternchen, den du gerne trägst. Und dass du eine Wildkatze seist, die gern die Führung übernimmt. Weißt du, Becky, mir ist scheißegal, ob du mal mit deinem tollen Boss rumgevögelt hast. Aber du hattest keinen Grund, mich anzulügen. Wieso hast du mir das nicht einfach gesagt?"

Entsetzt starrte Rebecca ihn an. Bevor sie antworten konnte, klingelte sein Handy, das auf einem Schränkchen lag. Er sah sie an, fragend, wartete kurz, ob eine Antwort von ihr kommen würde. Doch Rebeccas Kopf war völlig leer gefegt.

Mit einem winzigen Schulterzucken wandte er sich von ihr ab und ging ans Telefon.

„Selbstverständlich komme ich. Ich wurde nur ganz kurz aufgehalten. In ein paar Minuten bin ich bei Ihnen, verlassen Sie sich auf mich", sagte er.

Ein neuer Auftrag. Wieder eine Frau, die seinem Charme erliegen würde. Rebecca schluckte hart. Ihr hätte von Anfang an klar sein müssen, dass man sich niemals in einen Gigolo verlieben sollte. So etwas war von der ersten Sekunde an zum Scheitern verurteilt. Und er hatte recht. Sie hatte ihm nicht die Wahrheit gesagt, was Quentin anbelangte.

Warum musste alles so verflucht kompliziert sein!

Logan legte das Handy zurück auf das Schränkchen und blieb dort einen Moment stehen. Fuhr sich übers Gesicht. Drehte sich danach langsam zu ihr um.

Seine Augen wirkten glanzlos, seine Züge starr.

„Du musst nichts erklären", sagte er. Seine Stimme war so weich, dass sich alles in Rebecca vor Sehnsucht zusammenzog. „Wir sind wohl beide nicht für Beziehungen geschaffen, das ist einfach so. Wir hätten es nie versuchen sollen. Unsere Welten sind zu unterschiedlich. Such du dir ein paar Anwaltsfreunde, auch da gibt es sicher ehrliche. Ich wünsche es dir. Und ich komme schon auf meine Kosten."

„So wie heute Abend?", fragte sie leise und ohne Vorwurf.

Er antwortete nicht darauf. Sie sah, dass sein Kiefer aufeinanderbiss.

„Weißt du", sagte er irgendwann, „das mit der Liebe ist

alles Unfug. Schau uns beide doch an – es kommt nur Schmerz dabei heraus. Es ist eine Illusion, etwas anders zu erwarten, das hätte ich wissen sollen. Geh heim, Rebecca. Zurück in dein Leben drüben in Manhattan und ich in meines. Alles Gute."

Ohne sie anzusehen, ging er die paar Schritte bis zur Tür und öffnete sie. Sein Blick war auf den Fußboden gerichtet.

Rebecca blieb kurz vor ihm stehen, ganz nah. Sie roch seinen Duft – nicht den des Aftershaves, sondern den seines Körpers. Sie fühlte seine Wärme. Sie spürte einen Hauch seines Atems an ihrer Nähe.

Ein verzweifeltes Schluchzen drängte nach oben, aber sie konnte es mit Mühe hinunterschlucken.

Alles in ihr schrie danach, Logan einfach in den Arm zu nehmen, ganz festzuhalten, von ihm an seine Brust gepresst zu werden und seine Stimme an ihrem Ohr zu hören, die sagte: „Es wird alles gut, Becky." Seine Lippen waren so nah, nur ein paar Handbreit entfernt, sie brauchte nur einen winzigen Schritt nach vorne zu machen und schon würden sich ihre Münder treffen und mit einem leidenschaftlichen Kuss alles vergessen lassen, was vorgefallen war.

Doch die Mauer zwischen ihnen war unüberwindbar. Zu viele Lügen, zu viele Blogeinträge, zu viele Zweifel.

Nur ein einziges Mal noch wollte sie ihm in die Augen sehen, musste einfach herausfinden, was dort vorherrschte. War es Gleichgültigkeit oder Bedauern? Hatte er – trotz der Tatsache, dass sie nur eine von vielen Frauen war – vielleicht doch etwas für sie empfunden?

Doch alles, was sie sah, waren seine dichten, schwarzen Wimpern. Sein Blick blieb auf den Boden geheftet.

„Geh jetzt", sagte er mit brüchiger Stimme.

Sie schob sich an ihm vorbei, mit bleischweren Bewegungen. „Pass auf dich auf, Logue", flüsterte sie. Kaum hatte sie die Worte gesprochen, klingelte erneut sein Handy.

Er drehte sich um und schloss gleichzeitig die Tür hinter ihr.

Rebecca stand in der kalten Nachtluft von Brooklyn. Ein leichter Nieselregen hatte eingesetzt, zu wenig, als dass er ihre Tränen wegspülen konnte, aber genug, um sich wie ein klammer Nebel um sie zu legen. Sie stieg die Metallstufen der Treppe hinunter, hielt sich dabei am nassen Geländer fest, dessen Kälte bis in ihr Innerstes kroch.

Es war vorbei.

Ob er nun wirklich gelogen hatte oder nicht, war nicht mehr wichtig. Der Blog, die Aufreißtricks, Shelley – all das verschmolz zu einem dumpfen Schmerz, dem jede spitze Wut abhandengekommen war. Überlagert wurde er durch den Anblick von Logans abgewandtem Gesicht. Von seinen matten Augen, die nicht mehr in die ihren sehen wollten. Von seiner Stimme, die ihr tonlos erklärte, dass Liebe immer zum Scheitern verurteilt wäre.

Grauer Kies knirschte unter ihren Schuhen, als sie zum Auto ging. Sie musste weg von hier, bevor Logan zu seinem Auftrag fuhr. Mit zittrigen Fingern tastete sie nach dem Schloss, zog die Fahrertür auf, ließ sich auf den Sitz fallen und startete den Motor. Sie fuhr aus der Einfahrt hinaus und bog in die vorbeiführende Straße ab, ohne sich noch ein letztes Mal umzusehen. Wozu auch. Es gab kein Zurück.

EL HOMBRE

Der Blog für echte Männer

Hey Männer,

Djamal hat in seinem Beitrag gefragt, wie man dann merkt, ob SIE die Richtige ist, ob sich wahre Liebe anders anfühlt als das, was man mit heißen Schnecken aus der Blue Velvet-Bar hat. Und wann man heiraten sollte.

Jungs, dafür bin ich leider der völlig falsche Ansprechpartner.

Es mag einige von euch geben, die mit einer einzigen Frau ihr Leben lang glücklich sind, aber ich kann mir das beim besten Willen nicht vorstellen!

Lasst uns doch mal ehrlich sein: Im Grunde spielen wir uns doch gegenseitig nur Interesse vor. Jeder will im anderen irgendetwas sehen, was letztendlich gar nicht existiert. Dann kommt es zu Lügen, zu Missverständnissen, zu Verletzungen.

Weil es im wahren Leben halt nicht so einfach ist wie in irgendwelchen Kitschromanen. Große Liebe und so – das ist doch alles Illusion.

(Nicht persönlich nehmen, Djamal, deine Auserwählte mag ja die rühmliche Ausnahme sein.)

Ich persönlich glaube, dass es immer zum Scheitern verurteilt ist, wenn man zu viele Erwartungen in einen Menschen setzt, wenn sie die einzig Wahre sein soll. Am Schluss endet es ja doch nur in Enttäuschung.

Deshalb halte ich es weiterhin so wie bisher in meinem Leben: Ich suche mir Frauen für ein paar nette Abende oder Nächte. Völlig unkompliziert und ohne Verpflichtungen. Dabei kommen wir beide auf unsere Kosten, ohne uns emotional furchtbar verausgaben zu müssen.

Alles easy!

Glaubt mir, es gibt eine Menge Señoritas, die das genauso sehen. Und mit denen kann man ordentlich Spaß haben!

(@Jasper: Natürlich ist es trotzdem okay, wenn dir die Romane von Nicholas Sparks gefallen!)

Hasta luego
Euer El Hombre

12. Tired and Fired

Alles in ihr war wund. Selbst ihre Muskeln brannten vom ständigen Zusammenziehen, um das Weinen zu unterdrücken oder zumindest nur in ersticktem Schluchzen nach außen dringen zu lassen. Sie wollte nicht, dass die beiden Spaßvögel Mo und Jamie etwas hörten. Niemand sollte etwas mitbekommen. Sie presste bei einer Begegnung im Flur hervor, dass sie eine Magenverstimmung hätte, und verschwand für den Rest des Sonntags in ihrem Zimmer.

Die Nacht war noch grausamer als der Tag. Die Schatten an der Wand tanzten in grinsenden Fratzen hin und her. Jeder Ton, der von der Straße zu ihr hochdrang, lachte sie hämisch aus. Rebecca wälzte sich von einer Seite auf die andere, fand aber keinen Schlaf.

Immer wieder durchlebte sie die letzten Minuten mit Logan, sah ihn ganz nah vor sich stehen, roch ihn, spürte ihn. Einmal streckte sie im Bett die Hand aus und versuchte mit einer verzweifelten Geste, sein Kinn zu berühren, ihn zu sich zu drehen, endlich in seine Augen zu schauen, damit alles wieder gut würde.

Aber die Distanz blieb, genau so, wie sie an seiner Wohnungstür gewesen war. Logan hatte sich entschieden, er wollte keine Beziehung, er wollte Rebecca nicht. Das zeigte sich nicht nur im Blog, das hatte vor allem sein Gesichtsausdruck gezeigt, als er sie gebeten hatte, zu gehen.

In den frühen Morgenstunden, als die Dämmerung die Kanten aller Umrisse härter werden ließ und das unerbittliche Sonnenlicht immer mehr hereindrängte, spielte sie alle möglichen Szenarien durch.

Alternative eins besagte, dass er ein Lügner war. Dass der Blog ernst gemeint und alles nur Tricks gewesen waren. Dann konnte sie froh sein, Logan los zu sein.

Alternative zwei bedeutete, dass er die Wahrheit gesagt hatte und Rebecca tatsächlich etwas Besonderes für ihn war. Dass er die Dinge aus seiner Vergangenheit eben nicht jeder Zahnärztin erzählte, sondern nur ihr. Aber dann blieb die Tatsache, dass er sie für eine verlogene Karrierefrau hielt, die mit ihrem Chef herummachte und vor allem ihm, Logan, kein Vertrauen schenkte. Nach dieser Enttäuschung wollte er nichts mehr mit ihr zu tun haben, das konnte sie gut nachvollziehen.

Egal, wie sie es drehte und wendete: Es war vorbei.

Sie seufzte tief. Ihre Augen waren leergeweint und angeschwollen. Es schadete sicher nicht, eine eiskalte Dusche zu nehmen. Um diese frühe Uhrzeit bestand zumindest keine Gefahr, ihren Mitbewohnern über den Weg zu laufen. Später in der Kanzlei würde sie abgelenkt sein und sicher vor lauter Arbeit ihre Müdigkeit schnell vergessen. Rebecca stand schwerfällig vom Bett auf und tappte in Richtung des Badezimmers. Sie musste nach vorne schauen, sich wieder auf ihre Karriere konzentrieren. Alles andere hinter sich lassen.

Die ersten vier Stunden klappte dieser Plan sehr gut. Zum Gähnen hatte sie gar keine Zeit, denn sie bekam jede Menge neuer Akten auf den Tisch und hatte zwei Gespräche mit Mandanten. Zur Mittagszeit holte das Schlafdefizit sie umso heftiger ein. Sie musste ernsthaft darum kämpfen, nicht einfach den Kopf auf die Tischplatte zu legen und endlich ein Nickerchen zu machen. Doch bei ihrem Glück würde genau dann Randolph seinen Kopf hereinstecken und dafür sorgen, dass man sie feuerte. Also durchhalten! Sie stand auf, ging in den Aufenthaltsraum und zapfte sich die fünfte Tasse Kaffee heute.

Kaum saß sie wieder im Büro, erschien Quentin. „Kommen Sie mit, Rebecca, ich habe ein interessantes Gespräch für Sie!“

Das war es in der Tat. Er hatte einen neuen Fall an Land gezogen. Eltern begleiteten ihren Sohn, einen schmalen Sechzehnjährigen mit perfekten Augenbrauen und schimmernden Lippen. Es stellte sich heraus, dass der Junge homosexuell war und das Recht einklagte, mit seinem Freund beim Abschussball der Highschool zu erscheinen. Das war jedoch nicht alles. Er reichte Fotos herum, auf denen eine wunderschöne Frau mit hohen Wangenknochen und weichen Locken zu sehen war. Der Bartschatten war gut überschminkt.

„Das ist Brandon, wenn er sich als Brandy verkleidet. Er ist in der Szene eine sehr begehrte Dragqueen und wird oft für Auftritte gebucht“, erklärte er.

Quentin nickte mit professionellem Interesse. „Ich nehme an, er will in so einem Outfit mit zu deinem Abschlussball?“

„Wir wollen auf jeden Fall den Preis als ‚Paar des Abends‘ gewinnen.“

„Aber man lässt ihn nicht zu, stellen Sie sich das nur vor!“, mischte sich seine Mutter schrill ein.

„Das ist diskriminierend“, kommentierte Quentin.

„Ganz unsere Meinung“, bestätigte die Mutter und sah ihren Ehemann triumphierend an, der sich offensichtlich nicht besonders wohlfühlte. „Genau deshalb sind wir hier.“

„Das war eine hervorragende Entscheidung. Meine Kollegin wird erst einmal die Fakten aufnehmen, dann werden wir beide die passende Strategie entwickeln.“ Quentin nickte erst Rebecca zu und dann dem Jungen. „Wir sorgen dafür, dass du auf dem Ball tanzen wirst. Verlass dich darauf!“

Hochkonzentriert zückte Rebecca Stift und Schreibblock, um sich alle Daten zu notieren. Sie fand es sehr nett von ihrem Boss, sie bei diesem spannenden Fall miteinzubeziehen. Als sie die Mandanten eine halbe Stunde später aus der Kanzlei begleitet hatte, begegnete Quentin ihr beim Rückweg auf dem Flur.

„Sie haben ein großes Geschick im Umgang mit Menschen“, sagte er. „Das ist mir schon häufiger aufgefallen. Die Mandanten vertrauen Ihnen und das ist sehr viel wert. Ich glaube, ich werde Sie öfter zu meinen Fällen dazunehmen, Rebecca. Das funktioniert gut mit Ihnen."

„Sehr gerne!" Sie ertappte sich dabei, wie sie ihren Boss anstrahlte. Nachdem sie ihm noch einige Daten zum Fall mitgeteilt und auch eine Strategie vorgestellt hatte, die ihm sogar gefiel, kehrte sie in ihr Büro zurück. Dort wurde sie jedoch nicht nur vom Gähnen wieder eingeholt, sondern noch von etwas anderem: Großen Zweifeln, was die Mission Quentin anbelangte. Jetzt, da Logan nicht mehr mit im Boot war, war sie sich plötzlich unsicher, was diese Betrugsgeschichte anbelangte. Sie hatte keinerlei Beweise in der Hand und war völlig auf sich allein gestellt. Die Chancen, ihren Boss zu überführen, standen schlecht. Überhaupt kam ihr die ganze Sache mit einem Mal total wahnwitzig vor. Wer sollte das glauben? Und vor allem – sollte sie dafür wirklich ihre Karriere riskieren? Sie hatte schließlich nichts anderes mehr als ihren Beruf und der Job war der einzige Teil ihres Lebens, der wirklich gut lief. Es wäre totaler Irrsinn, all das aufgrund eines unbewiesenen Verdachts aufzugeben.

Sie sah Quentins Lächeln vor sich, das er ihr eben auf dem Flur geschenkt hatte. Es war warm gewesen und hatte etwas Väterliches an sich gehabt, das ihr guttat.

Rebecca knipste die Mine eines Kugelschreibers heraus und wieder hinein. Sie fühlte sich bei dem Gedanken, die Mundspraysache völlig zu begraben, nicht ganz wohl. Aber man konnte vielleicht etwas abwarten, einfach weiter beobachten. Wenn wirklich etwas an der Vermutung dran wäre, würde sie tätig werden. Aber fürs Erste ließ sie die Geheimagentenuniform im Schrank. Sie war Logan keine Rechenschaft mehr schuldig und das war gut so.

Entschlossen drehte sie sich dem Computer zu und rief eine Vorlage auf. Sie würde jetzt die Akte „Schulball mit Dragqueen" anlegen und alle anderen Gedanken umgehend zur Seite schieben. Höchstens die sechste Tasse

Kaffee konnte sie sich vielleicht noch zugestehen.

Zu Hause angekommen, schleppte Rebecca sich in ihr Zimmer und fiel aufs Bett. Normalerweise ging sie an Montagen ins „Body Kiss“, aber sie war viel zu müde für Sport. Nichts nahm es mit der einladenden Sanftheit ihrer Matratze auf. Als ihr Telefon klingelte, verfluchte sie sich dafür, das Ding nicht ausgeschaltet zu haben. Sie wollte den Anrufer abwimmeln, doch dann erkannte sie die Nummer ihrer Eltern. Schnell ging sie ran.

„Hallo Becky“, erklang die Stimme ihrer Mutter.

Sie presste den Hörer näher an ihr Ohr. „Du klingst aufgeregt, Mom. Was ist los?“

„Na ja, du wolltest doch wissen, wenn die Rechnung für die Prozesskosten kommt. Sie ist da. Es sind fast viertausend Dollar.“

„Was?“ Rebecca war mit einem Schlag hellwach. „Die sind ja verrückt!“

„Ich weiß gar nicht, was ich jetzt machen soll. Dein Dad ist sowieso schon so niedergeschlagen, seit er im Zeugenstand war. Und jetzt noch das. Er gibt sich selbst die Schuld dafür und schuftet wie verrückt, nimmt jede Überstunde an, die er kriegen kann. Ich mache mir Sorgen um seine Gesundheit.“

„Ich habe doch gesagt, ich helfe euch beim Bezahlen.“

„Hast du denn viertausend Dollar?“

„Nein“, musste Rebecca zugeben und es gab ihr einen Stich ins Herz. Nicht nur wegen des vielen Geldes, sondern vor allem wegen ihres Vaters. Er sollte sich nicht schlecht fühlen.

„Stell dir vor, er hat sein Amt als Vorstand des Gartenbauclubs niedergelegt. Und auch Schiedsrichter ist er nicht mehr.“

„Aber das waren doch immer seine Hobbies!“

„Er sagt, er sei zu verwirrt, um irgendwas zu leiten. Weißt du, seit diesem Prozess traut er sich überhaupt nichts mehr zu. Er ist wie ausgewechselt. Hoffentlich fängt er sich wieder.“

Die Verzweiflung ihr der Stimme ihrer Mutter ließ Rebecca erschaudern. Da fasste sieeinen Entschluss.

„Mom, bist du allein im Zimmer?“, fragte sie.

„Ja, Dad und Rhonda sind im Garten. Wieso?“

„Du warst doch beim Prozess dabei. Du musst mir ein paar Fragen beantworten. Versuche bitte, dich genau zu erinnern.“

Noch einmal ging Rebecca die Vorfälle im Gerichtssaal durch, dieses Mal mit ihrer Mutter. Mom hatte ihren Ehemann schon in so vielen außergewöhnlichen Situationen erlebt, dass sie ihn gut einschätzen konnte. Was sie sagte, passte perfekt ins Bild – allerdings nicht in das eines integeren Anwalts.

„Du glaubst also, dein Chef hat Dad irgendwie beeinflusst?“, fragte Mom am Ende.

Rebecca nickte, obwohl ihre Mutter das natürlich nicht sehen konnte. „Ich werde es herausfinden“, erklärte sie mir ernsthafter Stimme. „Als Erstes überweise ich dir morgen Geld, ein bisschen was habe ich noch auf dem Konto. Und dann vereinbare ich einen Termin. Es gibt nämlich eine Frau, die uns vielleicht helfen kann.“

Sie verabschiedete sich von ihrer Mutter und legte auf. Von der Müdigkeit blieb keine Spur zurück – Rebecca musste planen und nachdenken. Dazu setzte sie sich im Schneidersitz auf ihr Bett, wunderte sich über die neuerdings immer häufiger auftretende Unordnung in ihrem Zimmer, und überlegte sich einen Plan. Es galt, eine äußerst wichtige Person zu überzeugen und das würde ihr alles abverlangen, was sie an Fingerspitzengefühl zur Verfügung hatte. Aber das Recht war auf ihrer Seite, da war sie sich inzwischen wieder sicher. Und das war schließlich das Allerwichtigste in dieser Sache.

*

Die Nacht war nur unwesentlich besser gewesen als die zuvor. Die Enttäuschung wegen Logan war immer noch so groß, dass nicht einmal Rebeccas neuer Plan den Schmerz verdrängen konnte. Aber irgendwann wurde es auch an diesem Tag hell und Rebecca machte sich auf den Weg in die Kanzlei. Sie hatte ein bedeutsames Telefonat vor sich.

Als sie sicher sein konnte, dass niemand in ihr Büro kommen würde, wählte sie die Nummer des Gerichts. Manchmal musste man den Stier bei den Hörnern packen. Sie ließ sich mit Richterin Stanton verbinden. Natürlich hatte sie vorher geklärt, dass sie nicht in einer Verhandlung steckte. Atemlos wartete sie, bis sie die vertraute Stimme hörte.

„Miss Miller“, sagte die Richterin überrascht. „Über welchen Fall reden wir?“

Rebecca setzte sich aufrecht hin. „Ich rufe nicht wegen eines Prozesses an. Es geht um einen ganz anderen Sachverhalt, den ich aber nicht am Telefon besprechen kann. Ich brauche einen persönlichen Termin bei Ihnen.“

„Das kann doch sicher einer der Rechtspfleger klären“, wollte Elizabeth Stanton sie abwiegeln.

„Leider nein“, beharrte Rebecca. „Es handelt sich um Verdacht auf Betrug innerhalb des Gerichtssaales und ist wirklich wichtig. Ich würde mich sonst niemals an Sie wenden.“

„Nun gut.“ Offenbar war die Neugierde der Richterin geweckt. „Ich kann Sie übermorgen um vier Uhr einschieben. Aber fassen Sie sich kurz!“

„Selbstverständlich. Und vielen Dank!“, schob Rebecca nach, doch die Vielbeschäftigte hatte bereits aufgelegt.

Zufrieden drückte auch sie den Aus-Knopf des Telefons. Schon am Mittwoch durfte sie die Fakten auf den Richtertisch legen. Nur, dass sie leider nicht viel vorzuweisen hatte. Sie konnte nur darauf hoffen, dass der plötzliche Sinneswandel von Zeugen auch der Vorsitzenden schon aufgefallen war, im Idealfall mehr als ein Mal. Viel besser wäre natürlich, wenn Rebecca tatsächlich etwas in der Hand hätte. Sie kaute auf ihrer Lippe herum und spielte zum x-ten Mal alle Möglichkeiten durch, an Beweise zu kommen, wie immer ergebnislos. Am späteren Nachmittag überlegte sie sogar, sich an Quentin heranzumachen, damit er sein Sakko auszog und sie das Mundspray klauen konnte. Eine ganze Zeit lang lungerte sie vor seinem Büro herum und nahm sich vor, hineinzugehen, mit verruchter Stimme zu fragen, ob sie ihm nochmals die Schultern massieren dürfte, und ihn dann auszuziehen. Aber es ging nicht. Allein die Vorstellung, seine nackte Haut anzufassen, jagte ihr einen Ekelschauer über den Rücken. Unverrichteter Dinge kehrte sie wieder in ihr Büro zurück und ging kurz danach nach Hause. Es blieb nur noch ein verdammter Tag, wenn sie der Richterin etwas Brauchbares vorlegen wollte.

Rebecca hätte viel dafür gegeben, noch einmal mit Logan über die Sache reden zu können. So wie damals im Brooklyn Park. Es war so wundervoll gewesen, sein Interesse wahrzunehmen, seine Augen leuchten zu sehen, seine Empörung aufkochen zu spüren. Doch nun stand sie wieder allein da, musste alle Entscheidungen selbst treffen, hatte niemanden, der ihr Mut machte. Oder mit ihr joggen ging. Knock-out Piloxing mit Gwendolyn war irgendwie nicht das Gleiche. Wenn Rebecca wählen könnte, würde sie sogar das ekelhaft süße Root Beer in Logans Wohnung einem Superpower Fitness-Shake im „Body Kiss“ vorziehen. Aber es half nichts, sie musste nach vorne schauen. Und sollte endlich aufhören, nachts ins Kopfkissen zu heulen, das war ganz bestimmt schlecht für den Teint.

Am Dienstag breitete sich ein leichtes Panikgefühl in Rebecca aus. War es wirklich eine gute Idee gewesen, den Termin bei der Richterin zu vereinbaren? Die würde sie vermutlich hochkant hinauswerfen. Grübelnd hängte sich Rebecca mittags ihre Handtasche über die Schulter, um sich unten im Deli ein Sandwich zu kaufen. Sie betrat den Flur der Kanzlei. Quentin stand an der Tür seines Büros und gab der Sekretärin, die ebenfalls auf dem Weg in die

Mittagspause war, eine Akte in die Hand. Er wollte gerade an seinen Schreibtisch zurückkehren, da kam Vince Piddlefield aus einem Besprechungszimmer geschossen.

„Quentin, ich brauche dich“, rief er, kam näher und legte den Arm um die Schultern des Chefs. „Senator Stevenson sitzt gerade bei mir und möchte eine weitere Meinung, komm gleich mit.“ Er dirigierte den überraschten Quentin durch den Flur, ohne ihm die Möglichkeit zum Einspruch zu geben.

Die Tür zu Quentins Büro blieb einen Spalt offen.

Rebecca sah sich um. Die einzige Sekretärin, die noch nicht in der Pause war, setzte gerade ihre Sonnenbrille auf und verließ die Kanzlei.

Der Flur war nun menschenleer – das war ihre Chance!

Ihr Herz hämmerte wie verrückt, als sie das Büro ihres Chefs betrat. Vorsichtig zog sie die Tür hinter sich zu. Ihr Blick fiel als Allererstes auf das Sideboard und sie konnte ihr Glück kaum fassen. Es stand eine Handbreit offen!

Rebecca warf ihre Handtasche auf Quentins Schreibtisch und eilte zum Sideboard. Leise schob sie die Metalltür weiter zurück und hielt unwillkürlich die Luft an. Ein breiter, schwarzer Ordner ohne Beschriftung stand darin. Sie nahm ihn heraus, legte ihn auf den Schreibtisch und schlug voll Anspannung den Deckel auf.

„Banks Pharmaceuticals“, murmelte sie, als sie den Namen las. „Ich hatte also recht!“

Im Schnelldurchlauf blätterte sie den Ordner durch. So wie es aussah, hatte es der Pharmakonzern immer wieder mit Klagen zu tun – hauptsächlich wegen starker Nebenwirkungen bestimmter Medikamenten. Aber auch Testpersonen, die an Studien teilgenommen hatten, beschwerten sich über gesundheitliche Probleme und fehlende Aufklärung. Nichts davon war offiziell geworden, man hatte in all diesen Fällen Quentin beauftragt, sich um die „Störer“ zu kümmern, was er erfolgreich getan hatte.

Rebecca vermutete, dass er den Betroffenen Schweigegeld geboten oder ihnen gedroht hatte. Wenn ein mächtiger Anwalt daherkam, der die Pharmafirma vertrat, schüchterte das sicher ein und Quentin hatte das hervorragend drauf. Sie konnte ihn sich richtig vorstellen, wie er den Klägern erst Angst bezüglich eines anstehenden Prozesses einjagte und ihnen dann großzügig Geld anbot, damit die Sache nicht ans Licht kam. Wenn sie den Schriftverkehr durchsah, hatte das tatsächlich gut funktioniert.

Und im Gegenzug für seine schmutzigen Dienste baute man für ihn ein ganz persönliches Mundspray. Auch dazu fand sie etwas. Man hatte anscheinend mit diversen Wirkstoffen herumexperimentiert und Quentin gebeten, seine Meinung zu verschiedenen Dosierungen aufzuschreiben. Seine handschriftlichen Einträge auf der Liste waren schwer zu entziffern, sicher war das eher ein Merkblatt für ihn selbst gewesen und lag deshalb ganz hinten im Ordner.

Rebecca war entsetzt. Ihr Boss hatte keinerlei Skrupel, für seinen Kumpel Banks sogar die Gesundheit von Menschen aufs Spiel zu setzen!

Sie zog ihre Handtasche zu sich heran und fischte ihr Handy heraus. Zum Kopierer zu gehen war viel zu riskant, aber wenn sie Richterin Stanton morgen die Fotos aus dem geheimen Ordner präsentierte, wusste diese sicher, wo sie ansetzen musste.

Mit zitternden Fingern rief Rebecca die Kamerafunktion auf und fotografierte ein Schriftstück nach dem anderen. Als sie ungefähr zwanzig hatte, blätterte sie ganz nach hinten zur Liste, auf der die Droge und ihre Dosierung aufgeführt waren und hob erneut das Handy hoch.

Ein Klopfen ließ sie erstarren. Unmittelbar darauf öffnete sich die Tür und Randolph kam herein.

„Rebecca!“, rief er überrascht. „Was tust –?“ Er verstummte.

Ein fieses Grinsen erschien auf seinem Gesicht, als er die Lage erkannte. Rebecca war so erschrocken, dass sie das Handy viel zu spät nach unten genommen und hinter ihrem Rücken versteckt hatte. Sie war sich sicher, dass ihm das nicht entgangen war.

„Du schleichst dich also heimlich in Quentins Büro und schnüffelst in seinen Akten herum? Wonach suchst du denn?“

„Ich – äh – nach gar nichts“, stotterte sie. „Ich dachte, er hätte den Ordner zum Alvarez-Fall hier und wollte etwas nachschauen.“

Gefährlich langsam kam Randolph näher. Seine Schulter berührte ihre ganz leicht, als er sich neben Rebecca stellte, um in den Ordner zu spähen.

„Das sieht aber überhaupt nicht nach eurem Mordfall aus“, stellte er mit triefend sanfter Stimme fest. „Und du hast etwas abfotografiert.“

„Unsinn“, keuchte sie. „Ich habe nur eine SMS gelesen, deshalb hatte ich mein Handy in der Hand.“

„Gib es mir“, verlangte er und streckte seine Hand aus.

„Ich denke gar nicht daran!“

Bevor sie reagieren konnte, packte er ihren Arm und drehte ihr Handgelenk schmerzhaft nach außen, sodass sie das Handy loslassen musste.

„Du tust mir weh!“, protestierte sie, aber er grinste sie nur weiterhin überheblich an.

Mit seinen kurzen Fingern wischte er über den Bildschirm.

„So,so, da hat unsere kleine Anwältin also Fotos für die Privatsammlung geschossen? Schade, dass du beim Handy gespart und dich nicht für das wasserdichte Modell entschieden hast.“

Entsetzt musste sie mitansehen, wie er den Rückendeckel ihres Smartphones abnahm, zur Bodenvase neben dem Fenster ging und das Handy zwischen den weißen Lilien versenkte. Mit einem leisen Plätschern sank es zu Boden.

Rebecca brach der Schweiß aus.

„Was wirst du jetzt machen?“, fragte sie Randolph und

versuchte, ihr Zittern unter Kontrolle zu bringen.

Er kam näher, mit den langsamen Schritten eines Mannes, der um seine Machtposition wusste. Erst ganz dicht vor ihr blieb er stehen und beugte sich zu ihr, sodass sie sein aufdringliches Aftershave riechen konnte. Ihr wurde übel.

„Das kommt ganz auf dich an, Süße“, flüsterte er ihr ins Ohr.

Rebecca wich zurück, einen Schritt, zwei, bis sie in ihrem Rücken die kalte Wand spürte. Er folgte ihr, legte seine Hand an die Mauer, sodass sein Unterarm direkt an ihrem Ohr anlag, blockierte mit seinem Körper den Fluchtweg.

„Wenn du ein wenig nett zu mir bist, könnte ich mich vielleicht hinreißen lassen, die ganze Sache zu vergessen.“ Sein Atem, der unangenehm roch, glitt über ihr Gesicht.

„Das würde Victoria sicher nicht gut finden“, presste sie hervor.

„Ach, die ist manchmal so verklemmt. Es gibt einige Dinge, bei denen sie nicht sehr aufgeschlossen ist. Aber du vielleicht schon. Was hältst du davon, wenn ich dich ans Bett fessle und dann heißes Wachs auf deine geilen Brüste gieße?“

Er schob seine freie Hand unter ihre Bluse.

„Lass mich sofort los!“, rief Rebecca und versuchte, sich an ihm vorbeizudrücken. Doch er packte sie grob an der Schulter und presste sie so fest gegen die Wand, dass sie aufschrie.

„Ich mag es, wenn eine Frau Feuer hat.“ Beim Anblick seines Grinsens zog sich ihr Magen zusammen. Randolphs Gesicht kam näher. Viel zu nah! Einen Moment später spürte sie seine feuchten Lippen auf ihrem Mund. Sie bäumte sich auf, versuchte mit aller Macht, seinen ekelhaften Körper von sich zu schieben, aber er packte ihre Hände – ohne den schrecklichen Kuss zu unterbrechen – und presste sie grob gegen den rauen Putz der Wand.

Rebecca hatte keine Wahl. Sie nahm all ihre Kraft zusammen und donnerte ihm ihr Knie in den Schritt.

„Verdammtes Miststück“, keuchte er und krümmte sich zusammen. Sie versuchte, wegzulaufen, aber er erwischte sie am Ellbogen. „Du bleibst hier!“, zischte er mit schmerzverzerrtem Gesicht. „Das ist dein Untergang, du verfluchte Schlampe. Ich rufe Quentin!“

Er schleuderte Rebecca auf den Stuhl, der vor dem Schreibtisch stand. Seine Hand auf seine Weichteile pressend, wankte er zur Tür, riss sie auf und rief irgendjemandem draußen zu, man solle Quentin holen.

Um Rebecca drehte sich alles. Schwer atmend saß sie da, krallte sich an den Armlehnen fest und konnte nur mit hämmerndem Puls abwarten, was passierte.

Es dauerte nicht lange, da stürmte der Boss ins Zimmer. „Was ist hier los?“, rief er sofort.

Randolph straffte sich und stand jetzt wieder ganz gerade. Nur die Schweißtropfen an seiner Schläfe verrieten, dass er Schmerzen hatte.

„Ich habe geklopft, weil ich dich etwas fragen wollte“, erklärte er. „Und wen fand ich in deinem Büro? Unsere Rebecca. Sie war gerade dabei, Fotos von diesem Ordner zu machen.“ Er zeigte auf den Schreibtisch.

Quentins Augen verengten sich gefährlich.

„Was soll das?“, zischte er sie an. Seine Stimme war kalt wie Metall, die Augen pures Eis.

„Das ist ein Missverständnis“, war alles, was Rebecca herausbrachte.

Mit erstarrter Miene kam Quentin auf sie zu. „Das ist das zweite Mal, dass ich Sie in meinem Büro erwische. Es reicht. Packen Sie sofort Ihre Sachen. Sie sind gefeuert. Und wenn ich mitbekomme, dass Sie irgendwelche bösartigen Gerüchte über mich verbreiten, sorge ich dafür, dass Sie nie mehr einen Job bekommen. Nicht in einer einzigen Kanzlei westlich des Rio Grandes und nicht als Tippse in irgendeinem muffigen Büro. Haben Sie das verstanden?“

„Ja“, erwiderte sie, nachdem sie ihre Stimme gefunden hatte. Ihr war so übel, dass sie Angst hatte, vom Stuhl zu kippen.

„Und sagen Sie Ihrem Verlobten, er braucht auch nicht mehr zu kommen“, fügte Quentin hinzu, während er den Ordner zuklappte.

Jetzt richtete sich Rebecca auf.

„Logan hat mit der ganzen Sache überhaupt nichts zu tun“, erklärte sie. „Gar nichts! Er kümmert sich nur um seine Autos und außerdem sind wir nicht mehr zusammen. Lassen Sie ihm den Job!“

„Kein Wunder, dass er es mit einer wie Ihnen nicht aushält. Und nun gehen Sie mir aus den Augen, ich will Sie nie wiedersehen.“

Rebecca sprang vom Stuhl auf, packte ihre Handtasche und stürmte an Randolph vorbei, der ein triumphierendes Lächeln im Gesicht trug.

Alles aus!

Ihre Karriere zerstört. Alles, worauf sie seit Jahren hingearbeitet hatte, wie ein Kartenhaus zusammengefallen. Schluchzend rannte sie den Gang entlang, stieß die Kanzleitür auf und stürmte die Treppe hinunter.

Vorbei.

Die langen Jahre des Studiums, die unzähligen Stunden Lernerei, das viele Geld für das College, für Gesetzestexte, für diesen verdammten Montblanc-Füller. Einfach weg.

Sie glaubte Quentin aufs Wort, dass er sie niedermachen würde, sofern sie auch nur ein Sterbenswörtchen zu irgendjemandem sagte.

Scheiße!

Sie ging die Straße entlang, einfach geradeaus, machte sich nicht mal die Mühe, ihre Tränen wegzuwischen. Hin und wieder warf ihr jemand einen seltsamen Blick zu, aber niemand sprach sie an. In den Straßen von New York kümmerte man sich nicht um eine verheulte junge Frau im überteuerten Kostüm, es gab zu viele Unglückliche hier.

Was sollte sie jetzt tun?

Sie konnte nicht klar denken. Gehen. Das war gut. Weiter und weiter, egal wohin. Einfach in Bewegung bleiben, vielleicht würde dann ihr Gehirn auch endlich wieder seine Arbeit aufnehmen. Die Tränen hörten irgendwann auf, die Füße begannen, wehzutun, aber Rebecca lief weiter und weiter. Spielte die Szene immer wieder durch, roch Randolphs Atem, spürte seinen ekelhaften Mund auf ihrem und kämpfte für einige Sekunden gegen einen heftigen Würgereiz. Sie musste stehenbleiben, sich an einer Ampelstange festhalten, warten, bis ihr Magen aufhörte, sich zusammenzuziehen.

Es war eine Katastrophe.

Ihren Eltern durfte sie das gar nicht sagen, die würden sich sonst nur noch mehr Sorgen machen. Aber wie sollte sie das jetzt mit dem Geld für die Prozesskosten hinbekommen? Selbst wenn sie irgendwelche Jobs annahm, die auf die Schnelle verfügbar waren, konnte sie damit nie so viel verdienen wie in einer Kanzlei. Doch die Gerüchteküche war schnell und Quentin würde garantiert dafür sorgen, dass sie so bald nirgends unterkam. Jeder Anwalt, bei dem sie sich bewarb, würde nachfragen, warum sie so überstürzt die Kanzlei „Armadon, Hall and Piddlefield“ verlassen hatte. So etwas war immer verdächtig, selbst wenn Quentin die wahren Gründe nicht verlauten ließ. Was blieb also?

Sie sah ein Schild an der verkratzten Tür zu einer heruntergekommenen Bar. „Aushilfe gesucht.“ Ein Job als Kellnerin in einem Lokal? Und tagsüber bei 7-Eleven an der Kasse? Damit würde sie gerade mal ihre Miete verdienen.

Ihre Pumps drückten. Rebecca blieb vor einem kleinen Blumenladen stehen und inspizierte ihre Ferse, an der sich eine Blase gebildet hatte. Wie weit sie schon gelaufen war, wusste sie nicht, sie hatte jedes Zeitgefühl verloren. Aber die Umgebung kam ihr bekannt vor.

Der Blumenhändler, ein bärtiger Typ mit einem Grizzlybären auf dem T-Shirt, kam heraus und sah sie besorgt an. „Ist alles in Ordnung?“, fragte er.

Rebecca nickte stumm. Jetzt sprachen sie schon Wildfremde an. Sie musste fürchterlich aussehen. Der Mann drehte sich nach rechts und rief einer jungen Frau etwas zu, die einen Oleander goss.

„Hey, Emilia, hast du eine Tasse Espresso übrig? Ich glaube, diese junge Lady hier könnte etwas Stärkung gebrauchen.“

Erst als Rebecca den Namen der Konditorin hörte, wurde ihr klar, wo sie gelandet war. Offenbar war sie ganz automatisch in Richtung Heimat gelaufen, die ganze Strecke bis hinunter zur 16. Straße. Kein Wunder, dass ihr die Füße wehtaten.

„Rebecca!“, sagte Emilia und winkte sie heran. „Komm doch herein. Du siehst wirklich aus, als ginge es dir nicht gut.“

Dankbar nahm Rebecca die Einladung an. Sie ließ sich von der Italienerin zu einem Stuhl in einem Nebenraum der Konditorei dirigieren. Als Violetta sie hereinkommen sah, grüßte sie sofort herzlich.

„Wo ist denn mein Adonis?“, rief die alte Dame. „Haben Sie bellissimo Logan heute gar nicht dabei?“

„Nein“, sagte Rebecca matt. „Wir sind nicht mehr zusammen.“

„Vio, übernimmst du den Laden?“, sagte Emilia schnell, bevor ihre Großtante sich weiter einmischen konnte. Sie brühte den Kaffee auf und setzte sich dann im Hinterzimmer einfach auf die saubere Arbeitsplatte gegenüber von Rebecca.

„Was ist denn passiert?“, fragte sie, als wäre es das Natürlichste der Welt, dass eine fast fremde Anwältin ihr die Katastrophe ihres Lebens erzählte. Seltsamerweise war es wirklich leicht, hier in dieser nach Vanille duftenden Küche über alles zu reden. Rebecca nahm einen Schluck vom starken Espresso, holte tief Luft und begann zu erzählen.

Einen weiteren Espresso und zwei Pecan Crunchies

später wusste Emilia über alles Bescheid. Die Sache mit Logan hatte Rebecca nur am Rande erwähnt, aber was Quentin betraf, war sie offen gewesen, auch wenn ihr das jetzt dämlich vorkam, sie kannte die Italienerin schließlich kaum. Aber irgendetwas sagte ihr, dass sie ihr vertrauen konnte.

„Es gibt nur eine einzige Möglichkeit für dich", erklärte Emilia, nachdem sie eine ganze Zeit nachgedacht und an einer Praline geknabbert hatte.

„Nämlich?" Gespannt sah Rebecca zu ihr auf.

„Du musst morgen zu der Richterin gehen und ihr alles sagen, was du weißt. Nur sie hat die Möglichkeit, dich voll und ganz zu rehabilitieren. Du bist eine kluge Frau mit guten Referenzen, sie wird dich nicht für eine Spinnerin halten, sondern dir glauben. Wenn sie dann der Sache nachgeht und deinen Boss überführt, wirst du die Heldin sein und dir die Jobs aussuchen können."

„Das glaube ich nicht, niemand stellt gerne eine Anwältin ein, die ihren Boss angeschwärzt hat."

„Ach komm, ein paar Juristen gibt es sicher, denen die Gerechtigkeit etwas wert ist."

Rebecca seufzte. „Da bin ich mir nicht mehr sicher. Aber du hast recht! Die Richterin kann meinen Ruf wieder geraderücken und vor allem Quentin das Handwerk legen. Dann habe ich zwei Fliegen mit einer Klappe geschlagen."

„Logicamente! Du wirst sehen, es wird alles gut. Also fast alles. Das mir Logan tut mir wirklich leid. Ich fand, er passte gut zu dir."

Noch immer gab es Rebecca einen Stich, seinen Namen zu hören. Sie hoffte inständig, dass Quentin ihr die Trennung von Logan geglaubt hatte und ihn weiterhin seine Oldtimer reparieren ließ.

Schwerfällig stand Rebecca von ihrem Stuhl auf. „Ich denke, ich gehe jetzt mal heim. Was bekommst du für den Kaffee und die Pralinen?"

„Beleidige mich nicht", sagte Emilia. „Das geht natürlich aufs Haus. Ich hole mir dafür juristischen Rat bei dir, wenn Richard unsere Tochter in Spitzenkleidchen steckt und nicht auf Bäume klettern lässt. Er will mir am liebsten jetzt schon verbieten, arbeiten zu gehen. Das wird noch was werden." Sie verdrehte lachend die Augen.

„Es wird also ein Mädchen?"

Emilia nickte strahlend und strich sich über den Bauch. „Wenn der Arzt sich nicht täuscht, bekommen wir eine kleine Vittoria."

„Ein toller Name! Klingt ja fast wie Violetta." Sie freute sich mit Emilia, obwohl es gleichzeitig ein wenig wehtat. Sie selbst würde sicher niemals eine eigene Familie haben.

„Ja, deshalb haben wir ihn ausgesucht. Und auch, weil Richard und ich einiges besiegen mussten, bis wir zusammen sein konnten."

„Ich wünsche euch dreien alles Gute", sagte Rebecca.

„Vier!", rief Violetta dazwischen. Sie stand in der Tür. „Ich gehöre schließlich auch dazu. Du wirst noch froh sein, wenn ich dir die Kleine mal für eine Stunde abnehme und mit ihr durch den Park fahre. Hast du den Kinderwagen jetzt endlich bestellt? Es wird wirklich Zeit."

„Tantchen, ich bin erst im fünften Monat!"

Bevor sie noch in einen Familienstreit über Schnullermarken und Stoffwindeln hineingezogen wurde, verabschiedete sich Rebecca und machte sich auf den Heimweg.

EL HOMBRE
Der Blog für echte Männer

Hey Männer,

gestern habe ich unseren Jasper getroffen. Endlich!

Wir hatten das schon lange vereinbart, aber immer kam was dazwischen. Zum Beispiel der Shanty-Chor seiner Frau, zu dem er sie chauffieren musste. Hey, Jasper, sei froh, dass du nicht auch noch bei „My Bonnie is over the ocean" mitgrölen musstest!

Ich denke, ich konnte einige von Jaspers Fragen beantworten. Ein wenig Aufsehen haben wir in der Bar wohl schon erregt, als mir die sexy Bedienung half, diverse Stellungen zu verdeutlichen. Aber ich finde, wenn man unterrichtet, soll man die Lektion anschaulich gestalten. Und die total ausgefallenen haben wir nicht vorgeführt, also keine Panik – Wir wollten ja nicht das Kamasutra durchturnen, sondern nur ein paar Tipps geben.

Ich habe im Gespräch mit Jasper festgestellt, dass es wirklich ganz verschiedene Lebensmodelle gibt. Gewisse Rituale wie der regelmäßige Lunch-Besuch bei den Schwiegereltern sind mir zum Glück bisher erspart geblieben und daran wird sich auch nie etwas ändern. Und gemeinsamen Fernsehabenden bei einer Quiz-Show kann ich auch nur bedingt etwas abgewinnen. Dafür habe ich Jasper ein wenig in mein Metier eingeweiht, das fand er offenbar recht spannend.

Bevor noch mehr Anfragen kommen: Nein, ich bin nicht als Personal Trainer buchbar! Das Treffen mit Jasper war eine Ausnahme, weil er diesem Blog von der ersten Stunde an folgt. Lasst uns gespannt sein, was er von seinen künftigen Ausflügen in die Damenwelt berichtet!

Hasta luego
Euer El Hombre

13. Only lonely friends

„Vielen Dank, dass Sie sich Zeit für mich nehmen", begrüßte Rebecca die Richterin.

Elizabeth Stanton, das Haar wie immer zu einem strengen Dutt nach hinten gekämmt und mit hochgeschlossener Bluse, deutete auf einen Stuhl vor ihrem Schreibtisch. „Machen Sie schnell, ich habe bald die nächste Verhandlung."

„Gut." Rebecca hatte die halbe Nacht lang überlegt, wie sie die Richterin am besten über ihren Verdacht aufklären konnte und hoffte nun inständig, es würde alles wie geplant klappen.

„Es geht um Quentin Armadon", begann sie. „Sicher ist Ihnen nicht entgangen, dass Zeugen, die er ins Kreuzverhör nimmt, oft etwas verwirrt erscheinen. Auch Sachverständige der Gegenseite werden in seiner Gegenwart unsicher."

Sie sah die Richterin an, aber deren Züge blieben hart. Da keine Antwort kam, fuhr Rebecca fort.

„Erst dachte ich, es liegt an Mister Armadons Ausstrahlung. Er hat mit Sicherheit eine Aura, die Menschen beeindrucken kann. Aber ich bin mir inzwischen sicher, es liegt nicht nur an seinem Charisma."

Wieder machte sie eine kleine Pause.

„Sprechen Sie weiter", forderte Richterin Stanton sie auf, ohne auch nur einen Muskel in ihrem Gesicht zu verziehen.

Rebecca schluckte. Jetzt galt es, die Karten auf den Tisch legen.

„Ich habe herausgefunden, dass Mister Armadon die Zeugen durch Drogen beeinflusst", sagte sie und blickte ihr Gegenüber gespannt an.

„Drogen? In meinem Gerichtssaal?" Eine der schmalen Augenbrauen sprang nach oben. „Wie soll das gehen?"

„Durch das Mundspray, das er benutzt. Ich weiß, es klingt unglaublich, aber es ist wahr. Er arbeitet seit vielen Jahren heimlich für Banks Pharmaceuticals, kümmert sich dort um unangenehme Kunden, indem er diese besticht oder einschüchtert. Und als Gegenleistung lässt Roger Banks dieses spezielle Mundspray für ihn herstellen. Ich habe den Namen der Droge abfotografiert, es gibt einen ganzen Ordner zu den Fällen, aber mein Handy kam mir abhanden. Sie müssen der Sache nachgehen!"

Atemlos sah sie die Richterin an. Die hatte nun auch die zweite Braue gehoben. Das war ein gutes Zeichen. Sie glaubte ihr!

„Miss Miller, das ist …", begann sie.

Rebecca ahnte, was folgen würde: ein Skandal. Unverzeihlich. Ein Verbrechen. Sie war unfassbar erleichtert, dass endlich jemand ihren Verdacht ernst nahm. Alles würde gut werden.

„… der größte Unsinn, den ich jemals gehört habe!", fuhr die Richterin stattdessen fort. „Der alleinige Grund, warum Mister Armadon in den letzten beiden Jahren fast jeden Fall gewonnen hat, ist sein Können! Sie werden mir doch nicht unterstellen wollen, dass es in meinem eigenen Gerichtssaal zu Unregelmäßigkeiten kommt? Noch dazu mit der lächerlichen Behauptung, er würde sein Mundspray dafür verwenden!"

Fassungslos starrte Rebecca sie an. „Aber es ist wahr! Er setzt die Zeugen unter Drogen, nebelt sie ein. Sogar bei meinem eigenen Vater hat er das gemacht. Sie müssen mir glauben."

„Das Einzige, was ich glaube, ist, dass Sie nach Ihrer Kündigung alles versuchen, um Mister Armadon zu diskreditieren. Denken Sie ernsthaft, es hat sich noch nicht herumgesprochen, dass er Sie gefeuert hat? Er hat mich sogar vorgewarnt, dass Sie mich vielleicht um einen Termin bitten würden und genauso war es. Und nun kommen Sie daher und vergeuden allen Ernstes meine kostbare Zeit mit derart abstrusen Behauptungen! Sie sollten sich schämen. Ich verstehe sehr gut, warum Quentin Sie entlassen hat."

Rebecca schluckte. Sie hatte kaum noch eine Chance, wollte aber jede kleine Möglichkeit nutzen.

„Was wäre, wenn ich Ihnen das Mundspray bringe? Dann könnten Sie es untersuchen lassen."

„Nachdem Sie es vorher selbst präpariert haben? Für wie dumm halten Sie mich eigentlich, Miss Miller? Ihr Verhalten ist schäbig. Ich werde dafür sorgen, dass ich Sie nie mehr in meinem Gerichtssaal zu Gesicht bekommen werde. Sie kriegen keinen Fuß mehr in irgendeine Kanzlei, das garantiere ich Ihnen."

Die Richterin stand auf und funkelte Rebecca so kalt an, dass sie vom Stuhl aufsprang und fast fluchtartig das Zimmer verließ.

Verdammt! Jetzt hatte sie nicht nur den mächtigen Quentin gegen sich aufgebracht, sondern auch noch eine der einflussreichsten Richterinnen des Staates! So wie es aussah, würde sie nie wieder in dem Beruf arbeiten können, von dem sie ihr Leben lang geträumt hatte. Und dabei war sie im Recht! Quentin war derjenige, der mit skrupellosen Methoden arbeitete, nicht sie selbst. Und sie würde ihn damit nicht durchkommen lassen, jetzt erst recht nicht.

Ihre Karriere war sowieso zerstört, sie hatte nichts mehr zu verlieren. Also würde sie nun ihre ganze Energie darauf verwenden, Quentin zur Strecke zu bringen. Irgendwie musste das zu schaffen sein. Notfalls würde sie sogar über ihren eigenen Schatten springen müssen. Im Krieg war jedes Mittel recht. Und das Mittel ihrer Wahl wohnte drüben in Brooklyn. Dort würde sie jetzt hinfahren.

*

Es kam Rebecca wie ein Déjà-vu vor, als sie erneut über den Hof von „Eddie's Classic Cars" ging und einen

Kollegen nach Logan fragte. Auch dieses Mal waren alle anderen Mechaniker bereits heimgegangen oder packten gerade ihre Sachen zusammen. Er war der Letzte in der Werkstatt. Nur lag er heute nicht unter einem schwarzen Rover, sondern lehnte tief über der geöffneten Motorhaube eines schreiend rosa lackierten Cadillacs.

Sie ging näher an das Auto heran. Logans T-Shirt hatte Flecken, seine dunklen Haare standen in alle Richtungen und es war mindestens drei Tage her, dass er sich rasiert hatte. Trotzdem raubte sein Anblick ihr den Atem.

„Hi“, begrüßte sie ihn. „Ich würde gern mit dir reden.“

Er sah kurz zu ihr hoch, ohne sich ganz aufzurichten. Nicht einmal den Schraubenzieher, mit dem er dem Motor zu Leibe rückte, legte er weg.

„Keine gute Idee“, antwortete er nur und tauchte wieder in die Tiefen des Cadillacs ab.

„Oh, doch“, widersprach sie. „Es ist wichtig.“

Das schien ihn absolut nicht zu interessieren. Er griff nach einer bereitliegenden Zange und schraubte jetzt mit beiden Werkzeugen im Inneren des Oldtimers herum.

„Ich kann mir schon vorstellen, dass es schwer ist, aber wir haben uns entschieden“, erklärte er den Zündkerzen. „Es hat nicht funktioniert mit uns beiden, das ist nun mal so. Da nutzt es auch nichts, wenn wir jetzt alles noch einmal durchkauen.“

„Darum geht es mir gar nicht!“, stellte Rebecca klar.

Er jedoch hörte sie nicht, weil er weiterhin in den Motorraum hineinsprach. „Du und ich, das war von Anfang an zum Scheitern verurteilt. Damit muss man sich einfach abfinden. Außerdem war ich nie ein Freund der nachträglichen Analyse, damit tust auch du dir keinen Gefallen.“

„Logan, deshalb bin ich doch gar nicht hier!“

„Besser ein schnelles Ende, als alles unnötig in die Länge zu ziehen. Sonst tut es doch nur jedem weh. Und ein Neuanfang würde nichts bringen, das wissen wir doch genau, deshalb sollten wir erst gar nicht …“

„Verdammt, Logue, ich will überhaupt keinen Neuanfang!“, brüllte Rebecca und warf einen Schraubenschlüssel auf den Betonboden, dass es schepperte.

Logan fuhr endlich hoch. „Nicht?“, fragte er überrascht.

„Nein, du eingebildeter Macho! Es geht um etwas ganz anderes. Und jetzt tauch nicht wieder in diesen rosafarbenen Walfisch ein, sonst hau ich dir den nächsten Schraubenschlüssel auf den Kopf statt auf den Boden.“

Er schaffte es immer noch innerhalb weniger Sekunden, sie zur Weißglut zu bringen.

„Okay, okay.“ Logan hob die Arme, um Rebecca zu besänftigen, und legte seine Werkzeuge auf dem Regal neben sich ab. „Worum geht es denn dann?“

„Quentin hat mich gefeuert, weil er mich beim Schnüffeln in seinem Büro erwischt hat. Richterin Stanton hat mich ebenfalls rausgeworfen, als ich ihr von Quentins Betrügereien erzählen wollte. Beide sorgen jetzt dafür, dass ich nie mehr einen Job als Anwältin kriegen werde. Ich hab kein Geld, keine Arbeit, aber ich muss irgendwie beweisen, dass er Dreck am Stecken hat, schon allein wegen meinem Dad. Und wegen Benito Alvarez. Aber vor allem, weil er gegen das Gesetz und die Gerechtigkeit handelt. Allein schaffe ich das nicht. Können wir nicht rein platonisch zusammenarbeiten?“

Er sah sie einige Sekunden an. Dann blühte in seinem Gesicht ein kleines Lächeln auf.

„Bravo, Becky“, sagte er. „Im Gegensatz zu Donald Trump kommst du in deinen Ansprachen direkt auf den Punkt und kriegst vollständige Sätze zusammen.“

„Soll das heißen, du rätst mir, in die Politik zu wechseln, statt mich um Quentins Spray zu kümmern?“

Er wischte sich seine öligen Hände an einem ebenso schmutzigen Tuch ab und schien nachzudenken.

„In der Politik könnten sie dich nicht brauchen, du bist zu wenig korrupt“, sagte er.

„Du hingegen erfüllst schon mal eine Voraussetzung: Du schaffst es, Fragen geschickt auszuweichen – zumindest meiner. Deshalb nochmals: Hilfst du mir? Auf rein geschäftlicher Ebene natürlich."

Gespannt sah Rebecca ihn an. Er klappte die Stange ein und ließ die Motorhaube nach unten fallen. Mit einem lauten Knall schloss das rosa Monster sein Maul.

„Du wärst die erste Frau, die ihre Emotionen kontrollieren kann."

„Ich bin nicht als Frau hier, sondern als stinksaure Anwältin, deren Karriere von einem Mistkerl mit verflucht guten Beziehungen zerstört wurde."

Er neigte den Kopf zur Seite. „Das ist allerdings ein Argument."

Logan ging zur gegenüberliegenden Ecke, in der ein Kühlschrank stand. Er nahm zwei Dosen Cola heraus und warf Rebecca eine zu, die sie mit Ach und Krach auffing.

„Was willst du tun?", fragte er, öffnete zischend die Dose und trank einen langen Schluck. Sein Adamsapfel hüpfte, seine Brustmuskeln zeichneten sich unter dem T-Shirt deutlich ab und als er sich gegen die Mauer lehnte, konnte Rebecca ihren Blick nicht von der Beule in seiner Jeans nehmen. Sie fand diesen Mann immer noch viel zu faszinierend.

„Erst einmal muss ich wissen, ob Quentin dich überhaupt noch für ihn arbeiten lässt", sagte sie.

Logan nickte. „Er hat mich gestern angerufen und gefragt, ob es stimmt, dass wir beide nicht mehr zusammen sind. Ich habe es ihm bestätigt. Er klang irgendwie erleichtert und meinte dann, dass wir uns wie geplant am Wochenende sehen."

„Perfekt." Rebecca fiel ein Stein vom Herzen. Mit einiger Mühe schaffte sie es, die Dose zu öffnen und trank ebenfalls daraus. Die Kühle tat ihr gut, denn wie immer in Logans Gegenwart war ihr viel zu heiß. „Wir müssen es um jeden Preis schaffen, eines dieser Mundsprays zu bekommen. Und du bist meine einzige Hoffnung."

Sie schickte ein flehendes Lächeln in seine Richtung.

Lässig drückte sich Logan von der Wand weg und kam mit langen John-Wayne-Schritten zu ihr herüber.

„Meinst du wirklich, wir kriegen das hin? Als Partner in Crime zusammenzuarbeiten?“

Sie musste schlucken, als er ihr in die Augen sah.

„Ganz sicher“, bestätigte sie schnell. „Ich sehe da überhaupt keine Gefahr. Die Dinge zwischen uns sind doch vollständig geklärt.“

„Also gut.“ Seine raue Stimme schmirgelte einen Schauer über ihre Wirbelsäule. Sein Geruch nach Diesel, altem Leder und purem Mann ließ ihre Nackenhaare aufspringen.

„Du hast viel zu hart für deine Karriere als Anwältin gearbeitet, als dass dieser Hygiene-Freak dir das einfach zerstören darf“, sagte Logan. „Und was ich von seiner skrupellosen Prozessführung halte, weißt du ja.“

„Aber wie kommen wir an das Spray?“ Immer wieder kam Rebecca auf diese Frage zurück. Ohne Beweis lief gar nichts.

Er sah sie schon wieder so an, so zum Herzflimmern-Bekommen. Mit diesen dunklen Augen, die sie so vermisst hatte, die ihr jede Nach aus einer anderen finsteren Ecke ihres einsamen Zimmers zugezwinkert hatten. In die sie in jeder verdammten tränenreichen Erinnerung versunken war, unaufhaltsam, wie die Titanic im Atlantik.

„Unsere Rettung heißt Edna“, erklärte Logan. Und schwieg.

Verständnislos sah Rebecca ihn an. Sollte ihr das irgendetwas sagen?

„Wer soll das sein?“, fragte sie. „Deine neue Flamme, die Hypnotiseurin ist und Quentin ausschaltet, damit du ihn beklauen kannst?“

„Ach, ihr Frauen immer mit eurer schrecklichen Eifersucht.“ Er fuhr sich mit der Hand durch seine Strubbelhaare und sah so sexy aus, dass Rebecca ihn am liebsten auf die rosa Motorhaube gedrückt und ausgezogen hätte. Sie trank die Dose leer. Abkühlung war dringend nötig.

„Edna ist Quentins Frau, erinnerst du dich nicht? Und rein zufällig hat sie einen Narren an mir gefressen. Rein platonisch natürlich.“ Er zwinkerte ihr zu. „Ist allerdings nicht schwer, sie bekommt von ihrem Mann null Aufmerksamkeit und ist schon für ein kleines Lächeln wahnsinnig dankbar.“

Logan gab ihr als Beweis eine Kostprobe dieses Wunderlächelns und Rebecca konnte sich hervorragend in Edna Armadon hineinversetzen.

„Und du meinst, die gute Edna drückt dir einfach sein Mundspray in die Hand, wenn du sie darum bittest? Oder wie ist dein Plan dafür?“

Er zuckte mit den Schultern. „Planen ist nicht mein Ding. Ich werde improvisieren. Vielleicht sollte ich vorher viel Knoblauch essen und sie dann beim Sprechen anhauchen.“

Logan lachte, trank anschließend die Dose aus und warf sie in einem perfekten Bogen in den Mülleimer am anderen Ende der Werkstatt.

„Alle Achtung, ‚Magic‘, du bist gut in Form.“

„Von wegen. War ein langer Tag und mir tun die Knochen weh.“ Er streckte die Arme nach oben, um sich zu dehnen. Dabei rutschte sein Shirt hoch und gab den Blick auf ein Stück seines Bauches frei, wo dunkle Haare verheißungsvoll die Richtung nach weiter unten wiesen. Rebecca musste schlucken.

„Hast du denn eine Lady, die dir den schmerzenden Astralleib pflegt?“, fragte sie und verfluchte sich gleich danach für ihre Neugier. Warum konnte sie nicht einfach den Mund halten?

Er kam näher. Ihr Puls reagierte sofort. „Habe ich nicht. Aber was ist mit dir, Becky? Gibt es einen Kollegen im edlen Zwirn, bei dem du dich ausweinen kannst?“

Seinen spöttischen Blick fand sie gleichzeitig ärgerlich und erregend.

„Du redest hoffentlich nicht von Randolph, oder? Er war es, der mich in Quentins Büro erwischt hat. Statt mich sofort zu verpfeifen, drückte er mich gegen die Wand und schlug mir Schweigesex vor. Ich habe ihm einen Tritt in die Weichteile verpasst."

Mit gespieltem Entsetzen wich Logan einen Schritt zurück.

„Oha, du kannst ja richtig gefährlich sein. Aber dieser Lackaffe hatte es echt verdient."

„Allerdings."

„Willst du mit nach oben kommen und mir erzählen, wie es dir im Moment wirklich geht? Ich habe Zeit und saftige Brownies, die hat Eddies Frau mitgebracht. Du isst, ich dusche inzwischen und dann überlegen wir gemeinsam, wo du Job und Geld herbekommst."

Rebeccas Herz machte einen Sprung. „Ja, ja, jaaaa!", hätte sie Logan am liebsten zugerufen und noch angefügt, dass er sich nach dem Duschen erst gar nicht die Mühe mit dem Anziehen machen sollte. Aber zum Glück bekam sie sich noch rechtzeitig in den Griff.

„Ich komme schon zurecht", sagte sie stattdessen. „Irgendeinen Aushilfsjob werde ich sicher finden."

„Wir könnten hier jemanden brauchen. Die Kollegin am Empfang hat ein Baby bekommen und Eddie sucht jemanden als Ersatz. Wäre das was für dich?"

Rebecca schüttelte schnell den Kopf, bevor sie es sich noch anders überlegt. Jeden Tag Logan herumlaufen zu sehen, ihn lachen zu hören, Aufträge mit ihm zu diskutieren – das ginge auf gar keinen Fall.

„Echt nett von dir, aber meine Freundin Gwendolyn fragt sowieso gerade herum, ob dort im Büro jemand gebraucht wird. Ich glaube, da kenne ich mich besser aus als mit euren alten Karossen."

„Okay", sagte Logan und hielt sie mit seinem Blick fest. „Bist du wirklich sicher, es funktioniert mit uns? Rein freundschaftlich und so? Ich will dich nicht verletzen."

Na toll, Mister Selbstherrlich hielt sie wohl für eine der

vielen Frauen, die in seiner Anwesenheit dahinschmolzen und selbst nach einer Trennung noch ständig vor Sehnsucht glühten wie die Kohle beim Barbecue.

„Für mich ist das absolut kein Problem“, beteuerte sie mit viel Nachdruck. „Ist es denn für dich schwierig, weil du so oft danach fragst?“ Angriff war noch immer die beste Verteidigung.

„Natürlich nicht! Du kennst meine Meinung zu Beziehungen im Allgemeinen und unserer im Besonderen. Aber ich komme prima mit dir als Kumpel aus, gar keine Frage.“

„Gut, dann wäre das geklärt. Du lässt deinen Latin-Lover-Charme bei Quentins Frau spielen und besorgst uns das Spray. Ich sorge anschließend dafür, dass das Ding untersucht wird.“

„Wie willst du das machen?“ In seinem Blick entdeckte sie ehrliche Anerkennung, was sie stolz machte. Auch sie selbst fühlte sich jetzt, da sie das Kommando übernommen hatte und nicht mehr kopflos ihren explodierenden Hormonen ausgeliefert war, wieder viel besser.

„Ich habe meine Kontakte. Lass das nur meine Sorge sein.“

„Aye, aye, Captain Sherlock!” Logan grinste sie an. Sein Lächeln war warm und vertraut, es war eines, das Rebecca ermutigte und ihr Kraft gab. Eines, das sie gerne jeden Tag von jemandem bekommen würde, der wie er hinter ihr stand und sich um sie sorgte.

„Ich mache mich auf den Heimweg“, erklärte sie sicherheitshalber. „Ruf mich einfach an, wenn es etwas Neues gibt.“

„Klaro.“

Als sie sich umdrehte und den Hof überquerte, hatte sie das deutliche Gefühl, seinen Blick in ihrem Rücken zu spüren. Logan hatte nicht gewirkt, als wäre es ihm unangenehm, dass sie hier aufgetaucht war. Einen Freund zu haben war doch eine tolle Sache und ganz sicher war das auch zwischen Mann und Frau möglich. Wieso auch nicht. Alles, was sie tun musste, war, ihn als Neutrum zu betrachten statt als Mann. So schwer konnte das nun wirklich nicht sein.

Erst als Rebecca um die Hausecke gebogen war, fiel ihr ein, dass ihr Handy unter den Lilien in Quentins Büro sein nasses Grab gefunden hatte. Aber sie würde jetzt nicht mehr umkehren. Logans Nummer hatte sie irgendwo notiert, sie konnte ihn also erreichen. Außerdem war ja gar nicht klar, dass er das mit dem Spray hinbekam. Es hieß jetzt einfach Geduld haben, was allerdings nicht unbedingt zu Rebeccas Stärken gehörte.

EL HOMBRE
Der Blog für echte Männer

Hey Männer,

Jasper hat vor einiger Zeit mal etwas gefragt: „Will jede Frau, die einen Mann an der Bar anlächelt, wirklich ins Bett mit ihm? Oder kann es sein, dass sie einfach nur befreundet sein mag?“

Ach, Junge, hab ein wenig mehr Selbstvertrauen. Klar will sie mit dir in die Kiste! Keine Frau der Welt lässt sich von einem Kerl auf einen Mai Tai einladen, weil sie einen Kumpel sucht, mit dem sie auf Bäume klettern oder Laubfrösche fangen kann.

Was mich trotzdem zu der oft diskutierten Frage führt: Kann es zwischen Mann und Frau reine Freundschaft geben?

Ich finde: ja!

Es muss natürlich völlig klar sein, dass keiner der beiden vom anderen irgendetwas will. Und damit meine ich nicht, dass jemand bereits vergeben ist, denn das ist ja wohl kein Hinderungsgrund, eine andere Person anziehend zu finden!

Nein, ich meine etwas anderes. Man muss sich einig sein, dass man keinesfalls zusammenpassen würde oder es auch nur zwei Tage als Paar aushalten könnte. Dass es wirklich niemals was werden kann. Und man den anderen ausschließlich als Mensch schätzt und in keiner Sekunde darauf schielt, ob die Señorita sich aufreizend über die sinnlichen Lippen leckt oder der Kerl ein verlockend knackiges Hinterteil vorzuweisen hat.

Wenn das absolut klar ist, dann ist eine Freundschaft zwischen Mann und Frau eine coole Sache. Ist ja doch was anderes, mal mit einem weiblichen Kumpel unterwegs zu sein. Irgendwie ganz andere Gespräche. Tiefsinniger. Und weniger gefurzt wird auch.

Also Harrys: Sucht euch eine Sally, wenn ihr mal was anderes als Gespräche über Quarterbacks und Autoreifen erleben wollt! (Der Vergleich mit dem Filmpaar hinkt natürlich total, aber ihr wisst, was ich meine.)

Hasta luego
Euer El Hombre

14. Helpful Rhonda

In den nächsten Tagen war Rebecca schwer damit beschäftigt, einen Job zu finden. Zur Not eben nur übergangsweise, das war egal. Jamie bot ihr an, als Abteilungssekretärin in der Werbeagentur anzufangen, für die er als Grafiker arbeitete. Sie ging zum Probearbeiten dorthin, fühlte sich aber fürchterlich. Man schickte sie zum Frühstückholen und ließ sich von ihr Kaffee servieren, auch Botengänge durch halb New York sollte sie erledigen, weshalb sie am zweiten Tag statt im Kostüm in Jeans und Sneakers zur Arbeit erschien.
Die Kundenbriefe, die sie kopierte, hätte sie selbst um Klassen besser formulieren können. Doch sie schwieg, lächelte freundlich und spülte am Abend für alle Kollegen das Geschirr ab. Irgendwie musste schließlich die Miete bezahlt werden und auch der Kredit für ihr Studium war noch nicht getilgt.

Am Sonntagmorgen saß sie in ihrem Zimmer, das inzwischen fast so chaotisch aussah wie das von Jamie. Mit der Kündigung durch Quentin war auch der letzte Rest ihres Ordnungssinnes verschwunden.

Nicht mal auf ihre Ernährung und Fitness achtete sie noch so penibel wie früher. Den teuren Vertrag im „Body Kiss" hatte sie gekündigt und da Mo ihren letzten Naturjoghurt vertilgt hatte, steckte sie sich heute zum Frühstück eines der Schokoladentäfelchen in den Mund, die ihr Violetta gegeben hatte. Selbstverständlich verbot sie sich dabei streng, an irgendwelche Körperteile eines gewissen Automechanikers zu denken – Er war ausschließlich ihr Kumpel und keinesfalls ein heißer Typ, den sie vernaschen wollte. Wenn sie sich das oft genug einredete, würde es garantiert funktionieren, das war neurolinguistische Programmierung und wissenschaftlich belegt.

„Nur ein Freund, der mir hilft", murmelte sie und legte sich die nächste hauchdünne Schokotafel auf die Zunge. „Nichts anderes!" Das Zeug schmolz wirklich sofort und schmeckte herrlich nach edlem Kakao und einem Hauch Zimt. Anregend. In jeder Hinsicht.

„Ausschließlich ein Komplize!", rief sie sich selbst etwas lauter zur Besinnung. „Mein Doktor Watson. Rein platonisch!"

Es klingelte an der Wohnungstür, aber sie hörte zum Glück Mo durch den Flur schlurfen. Dass so früh schon jemand von der Band kam, war ungewöhnlich. Dass es kurz danach an ihrer Tür klopfte, war noch ungewöhnlicher.

„Besuch für dich", kündigte Mo an und öffnete die Tür.

„Logan!" Rebecca sprang vom Bett auf.

„Ich habe seit gestern Abend versucht, dich auf dem Handy zu erreichen. Hast du es nicht an?" Er trug an den Knien abgeschnittene Jeans und ein kurzärmliges, helles Freizeithemd, was unglaublich lässig aussah.

„Es ist auf Tauchgang in einer Bodenvase", erklärte sie. Dann räumte sie schnell den einzigen Stuhl frei, damit er sich setzen konnte.

Logan sah die kleine lila Tüte von „Pastry Passion" und untersuchte den Inhalt genau. „Sind das vielleicht diese geheimnisvollen Schokotäfelchen, die Violetta dir empfohlen hat, um uns arme Männer rasend zu machen?"

Rebecca spürte, wie sie rot anlief.

„Du darfst ruhig eines essen", erwiderte sie in möglichst neutralem Ton. „Und mir erzählen, was dich herführt."

In aller Seelenruhe ließ er eine Tafel in seinem Mund verschwinden und nickte anerkennend. Anschließend zog er wortlos etwas aus seiner Hosentasche. Als Rebecca sah, was er in der Hand hielt, quietschte sie laut.

„Du hast es!", rief sie und konnte den Reflex, Logan um den Hals zu fallen, nur schwer unterdrücken. „Wie hast du das hinbekommen?", fragte sie und musterte das wertvolle Stück von allen Seiten, als wäre es ein lupenreiner Diamant.

„Quentin musste weg, kurz nachdem ich gestern mit dem Polieren angefangen hatte. Edna war so freundlich, mir einen Eistee zu machen. Ich trank zwei davon und fragte dann, ob ich das Bad benutzen dürfte."

„Und da stand das Spray einfach so herum?" Atemlos lauschte sie seinen Ausführungen.

„Natürlich nicht. Sie führte mich nur ins Gästeklo, das half mir nicht weiter, also musste ich zu einem Trick greifen. Ich bastelte zum Schein unterm Wagen herum und spritze mich absichtlich mit Öl voll. Tja, da half dann leider nur eine Dusche und die gibt es nur in einem der großen Badezimmer. Erst hatte ich natürlich Angst, dass mich Edna in ihres führen würde, wo nur Parfüm und Puderquasten herumliegen. Aber das Glück war mir hold, ich landete im Marmorbad von Quentin. Und – Bingo – im Spiegelschrank stand gleich neben seiner Zahnbürste eine Reihe dieser Sprays."

„Du bist ein Genie, Logan!"

Er grinste zufrieden. Vorsichtig nahm Rebecca das Mundspray in die Hand. Sie hatte das kleine Ding zwar schon oft bei Quentin gesehen, aber noch nie aus der Nähe betrachtet. Es sah völlig unauffällig aus, etwas größer als ein Nasenspray und mit einem neutralen Aufkleber, auf den „Fresh Breath" gedruckt war. Der Hintergrund war in kräftigem Rot gehalten. Rebecca stutzte kurz. War der Aufkleber sonst nicht grün gewesen? Aber sicher täuschte sie sich.

„Hast du es ausprobiert?", fragte sie Logan.

„Ich habe es zum Fenster hinausgehalten und ganz kurz getestet, ob die Düse funktioniert, mehr nicht. Was machen wir jetzt damit?"

Rebecca stand auf. „Wir fahren nach Queens."

Er sah sie an, als hätte sie Chinesisch gesprochen. „Und was tun wir dort?"

„Meine Schwester Rhonda besuchen. Los, komm. Bist du mit deinem hellblauen Babymobil da?"

Er nickte und hatte immer noch Fragezeichen in den Augen.

„Gut. Dann nichts wie los!" Rebecca öffnete die Tür. Sie steckte bis zu den Haarspitzen voll Tatendrang. Endlich hatten sie einen Beweis und damit eine reelle Chance, Quentin zur Strecke zu bringen und ihren eigenen Ruf wiederherzustellen. Sie musste nicht bis zum Ende ihrer Tage für eingebildete Werbetexter Thunfisch-Sandwiches kaufen und langweilige Briefe tippen.

Aufgeregt dirigierte sie Logan nach Queens und wies ihn an, seinen Kleinwagen hinter Dads Rostlaube zu stellen. Der Motor war noch nicht aus, da sprang sie schon aus dem Auto.

„Hi Mom", begrüßte sie kurz ihre Mutter, die aus dem Haus kam. „Ist Rhonda zu Hause?"

„Ja, sie ist im Wohnzimmer. Aber willst du mir nicht deinen Begleiter vorstellen?" Mom schielte nach Logan, der geschmeidig aus dem Wagen stieg. Ihr begeisterter Blick verhieß nichts Gutes, wahrscheinlich vermutete sie bei ihm bereits den zukünftigen Schwiegersohn. Er lächelte sie freundlich an, wurde aber von Rebecca rasch ins Innere des Hauses gezerrt. Dort thronte Rhonda auf dem Sofa und sah fern.

„Hallo Schwesterchen, ich habe einen Auftrag für dich. Du musst unseren MacGyver spielen!"

Rhonda fuhr hoch und starrte Logan an. „Wer ist das?", wollte auch sie wissen.

„Das ist mein Kumpel Logan. Er hilft mir in einer kniffligen Sache."

Sie wollte weitersprechen und endlich zum Punkt kommen, doch Rhonda unterbrach sie.

„Seit wann seid ihr zusammen?", fragte sie.

„Sind wir nicht! Wir sind nur Freunde."

„Du hattest noch nie Freunde. Außer von deinen beiden Mitbewohnern hast du nie von irgendjemandem erzählt. Wo habt ihr euch denn kennengelernt?" Rhonda musterte ihn voll Interesse und strich sich dabei eilig ihre schlecht gekämmten Haare hinters Ohr.

„Bei einer Vernissage", antwortete Logan grinsend. „Wir interessieren uns beide sehr für Kunst. Nicht wahr, Becky?"

Er fixierte die Packung Peppermint Ponds, die auf dem Couchtisch stand. Rhonda erkannte sofort ihre Chance, setzte ihr süßestes Lächeln auf und bot ihm die Schachtel an.

„Dankeschön. Ich liebe alle Arten von Pralinen", erklärte Logan und zwinkerte der hingerissenen Rhonda zu.

Rebecca grinste. Dieses Mal war es gar nicht so schlecht, dass Logan jede Frau zwischen fünfzehn und achtzig um den Finger wickeln konnte.

„Becky hat mir im Auto erzählt, dass du ein technisches Genie bist", erklärte er. „Ich hoffe sehr, du kannst uns helfen."

Man konnte förmlich sehen, wie Rhondas Brustkorb anschwoll.

„Was soll ich für euch tun?"

Rebecca zog das Mundspray aus ihrer Tasche und erklärte ihrer Schwester in groben Zügen, worum es ging. Mom, die inzwischen ebenfalls ins Wohnzimmer gekommen war, hörte sprachlos zu.

„Du willst gegen deinen eigenen Boss vorgehen?", fragte sie. „Aber du warst doch so stolz darauf, diesen tollen Job zu haben und vor dort aus eine Karriere starten zu können."

„Das stimmt", gab Rebecca zu und kam sich plötzlich schrecklich oberflächlich dabei vor. „Aber er hat mir sowieso gekündigt. Mein Verhalten gefiel ihm nicht."

„Vielleicht kannst du dich bei ihm entschuldigen und er gibt dir den Job wenigstens probehalber zurück? Dir lag doch so viel daran."

„Mir liegt mehr daran, zu verhindern, dass er weiterhin

solche Sachen durchzieht wie bei Dad. Das darf nie wieder passieren."

Die Wärme, mit der ihre Mutter sie jetzt anlächelte, ging Rebecca durch und durch. Sie wusste, dass sie die richtige Entscheidung getroffen hatte. Die Kanzlei mit all ihren Anwälten drüben in Manhattan kam ihr mit einem Mal ganz weit weg vor und erschien ihr wie eine falsche Welt, in die sie gar nicht zurückkehren wollte.

Rhonda hatte mittlerweile ihr Handy am Ohr und telefonierte mit Freunden. Kaum hatte sie aufgelegt, wandte sie sich Rebecca zu.

„Meine alten Kollegen schulden mir noch einen Gefallen. Kommt mit, wir fahren zur Fabrik, dort durchleuchten wir das Spray nach Strich und Faden."

Überrascht sah Rebecca ihre kleine Schwester an, die kaum mehr wiederzuerkennen war. Sie blühte durch diesen Einsatz richtig auf.

„Was produzieren die hier?", fragte Logan, als sie vor der Fabrikhalle parkten.

„Haarpflege", erklärte Rhonda. „Shampoos, Schaumfestiger, Kuren, Haarspray, Gel – was immer Herz und Haar begehrt. Früher war das hier eine andere Firma, ich habe dort im Chemielabor gearbeitet. Aber der Haar-Riese kaufte alles auf, übernahm allerdings nur ein paar Wenige von uns. Meine alten Kollegen Molly und Brent arbeiten in der Entwicklungsabteilung und haben einen Schlüssel."

Ein rothaariger Bär und eine Elfe mit raspelkurzen Haaren warteten tatsächlich schon an der Hintertür. Rhonda umarmte die beiden zur Begrüßung, danach gingen alle schnell in die Fabrik. Brent führte die Gruppe in eine Art Forschungslabor.

„Dann mal her mit dem geheimnisvollen Spray", sagte er.

Staunend sahen Rebecca und Logan zu, wie die drei Chemiker dem Mundspray zu Leibe rückten. Sie untersuchten es mit einem Mikroskop, durchleuchteten es und besprühten diverse Petrischalen. Währenddessen unterhielten sie sich über die Ergebnisse und diskutierten die weitere Vorgehensweise.

Rebecca betrachtete ihre Schwester nahezu ehrfürchtig. Im Gegensatz zu daheim wirkte Rhonda hier selbstbewusst und voller Elan. Es war wirklich jammerschade, dass sie keinen Job mehr in diesem Bereich hatte.

Endlich kam das eifrige Forschertrio zu ihnen. Rhonda übernahm das Wort.

„Also", begann sie. „Ihr hattet absolut recht. Das Baby hier verfügt über zwei getrennte Kammern." Sie hielt eine Art Röntgenbild hoch, auf dem man das gut erkennen konnte.

„Außerdem gibt es eine winzige Düse auf der Rückseite. Wir haben uns den Mechanismus genau angeschaut, ein echt ausgeklügeltes System ist das! Seht mal her." Dieses Mal zeigte sie ihnen mehrere Vergrößerungen, die das Mikroskop gemacht hatte.

„Drückt man oben auf den Knopf, wird einfach nur der Inhalt der größeren Kammer nach vorne gesprüht, so wie bei jedem herkömmlichen Mundspray. Aber betätigt man mit dem Daumen diesen winzigen Knopf am Boden des Sprays, kommt an der Rückseite feiner Nebel aus der zweiten Kammer heraus."

„Ist das nicht irre aufwendig in der Herstellung?", fragte Logan.

Der dickliche Brent schüttelte den Kopf. „Wir haben das auch schon ausprobiert für ein Two-Way-Haarspray. Haarlack für den Pony, Flexispray für den Rest der Frisur, alles in einer Dose. Technisch war das kein großes Problem, aber die Kunden sprangen nicht drauf an."

„Banks Pharmaceuticals ist ja auf Aerosole spezialisiert", ergänzte Rhonda. „Die haben sicher Rohlinge in allen Ausführungen, die man sich nur denken kann. Soweit ich weiß, basteln die auch bei Medikamenten an Mehrkammer-Sprays. Dann kann man künftig Asthma und Heuschnupfen mit nur einem Sprühfläschchen behandeln. Feine Sache."

„Kriegt ihr auch irgendwie raus, welche Droge benutzt wird?"

Rhonda nickte. „Molly versucht, es in die Analyse mit einzuschleusen. Das wird aber ein paar Tage dauern. Sie gibt mir dann Bescheid."

Rebecca war ihrer Schwester unfassbar dankbar und mehr als stolz auf sie. Spontan stand sie auf und nahm Rhonda in den Arm. „Du bist klasse", flüsterte sie ihr ins Ohr. „Ich weiß gar nicht, was ich ohne dich und deine Freunde gemacht hätte. Tut mir leid, dass ich oft so eine arrogante Kuh war."

„Oh ja, das warst du echt! Aber jetzt ist nur wichtig, dass wir diesen Verbrecher drankriegen und unserem Dad dadurch beweisen, dass er noch lange nicht zum alten Eisen gehört."

„Können wir die Bilder mitnehmen?", fragte Logan.

Molly überreichte sie ihm, ohne dabei mit ihm zu flirten. Wer kein Faible für chemische Formeln hatte, konnte bei ihr ganz offensichtlich nicht landen. Das gefiel Rebecca sehr gut, ein paar Frauen gab es also doch, die nicht Logans Charme erlagen. Vielleicht gab es ja auch für sie selbst noch Anlass zur Hoffnung.

„Wir sollten schnell alles sauber machen, damit niemandem auffällt, dass wir hier waren. Fahrt ihr ruhig wieder zurück." Brent öffnete ihnen die Ausgangstür.

Rebecca und Logan bedankten sich mehrmals und stiegen dann mit Rhonda ins Auto.

„Du hast echt tolle Freunde", gab Rebecca zu.

„Absolut." Rhonda lächelte und sah mit dem wertvollen Spray in der Hand so glücklich aus, dass es Rebecca einen Stich ins Herz gab. Es war so ungerecht, dass man ihre Schwester nicht auch dort eingestellt hatte!

„Du kennst dich also mit Chemiesachen gut aus?", fragte Logan.

„Klar, war schon immer mein Hobby."

Er nickte nachdenklich. „Ich hab da eine Idee“, sagte er, verriet aber nicht mehr.

Zu Hause angekommen, versorgte Mom die Truppe mit Cheesecake, von dem Logan zwei riesige Stücke verdrückte. Er spülte mit Kaffee nach und stand dann auf.

„Ich muss mal kurz telefonieren“, sagte er, zückte sein Handy und ging nach draußen in den Flur.

„Eddie?“, hörte man ihn sagen, bevor er die Tür schloss. „Ich habe vielleicht eine Lösung für deine Probleme.“

Nachdem er ein paar Minuten mit seinem Boss gesprochen hatte, kam er zurück und setzte sich neben Rhonda.

„Ich arbeite in einer Werkstatt, die Oldtimer repariert“, erklärte er ihr. „Wir suchen jemanden, der am Empfang ans Telefon geht und die Kunden betreut, aber das ist eigentlich keine Ganztagsaufgabe. Viel wichtiger wäre uns eine andere Sache: Die Besitzer wollen gerne passende Lackierungen, aber natürlich gibt es die Originalfarben nicht mehr. Außerdem verwenden wir jetzt Rostschutz, experimentieren mit Metallic-Effekten und vieles mehr. Wir könnten echt eine Kollegin brauchen, die sich gern mit solchen Details auseinandersetzt, wenn sie nicht gerade mit Kunden zu tun hat. Und da dachte ich an dich, Rhonda. Du wärst ein Glückstreffer.“

„Echt?“ Rhonda setzte sich kerzengerade hin. „Das wäre genial! Ich liebe es, solche Sachen auszuprobieren und so lange zu tüfteln, bis alles passt.“

„Perfekt.“ Logan strahlte sie an. „Dann melde dich am Montag bei Eddie, Becky hat die Adresse. Ich würde mich total freuen, dich im Team zu haben.“

Rebecca sah von ihrer glückselig lächelnden Schwester zum zufrieden wirkenden Logan. Heute war ein Tag, an dem sie ihn am liebsten fesseln und zum Standesamt zerren würde, weil er so unglaublich großartig war. Was natürlich Unsinn wäre, schließlich war er nur ihr platonischer Kumpel und sowieso ein Womanizer. Aber sie fühlte sich in diesem Augenblick so wohl in seiner Nähe, als würde sie nirgendwo anders hingehören.

„Dad, ich hab einen Job!“, rief Rhonda, als man jemanden hereinkommen hörte. Sie sprang auf, rannte in den Flur und überfiel ihren Vater mit der guten Nachricht.

Er kam ins Wohnzimmer und reichte Logan die Hand. „Sie sind also Beckys neuer Freund?“

„Nein, nur ein Kumpel“, stellte Logan klar.

Rebecca fand es heikel, ihrem Dad zu erklären, warum sie hier waren.

„Rhonda hat für uns das Mundspray von Quentin Armadon untersucht“, begann sie, doch ihr Vater winkte ab.

„Ich will nichts mehr hören von diesem Mann oder überhaupt von Gerichtsdingen“, erklärte er barsch und sein Gesicht wurde hart. Er ging zur rückwärtigen Tür, die in den Garten führte. „Der Rasen muss gemäht werden“, murmelte er und verschwand.

Rebecca sah ihm traurig hinterher. Er machte sich immer noch Vorwürfe wegen der Vorfälle im Zeugenstand und das tat ihr in der Seele weh. Sie hoffte inständig, dass sie auch ihm beweisen konnte, welch fiesen Trick Quentin anwendete.

Da er sich an keinen anderen Rasenmäher mehr heranwagte, fuhr ihr Dad mit einem ratternden Handmäher über die Grünfläche. Heute war ein heißer Sommertag, deshalb lief ihm schnell der Schweiß übers Gesicht.

„Ich helfe ihm“, beschloss Logan und ging hinaus. Wie erwartet, ließ sich Dad nicht beim Mähen helfen, drückte Logan aber eine Heckenschere in die Hand.

Mom grinste. „Die beiden scheinen sich ja blendend zu verstehen. Ich mache eine Limonade für die fleißigen Gärtner.“

„Für uns auch!“, rief Rebecca. „Schließlich habe ich ihn angeschleppt.“

Als Mom kurze Zeit später mit eine Karaffe ihrer

berühmten Blaubeerlimonade aus der Küche kam, hatte Dad seinen Hilfsgärtner überredet, ihm beim Streichen der Gartenzaunpfosten zu helfen. Da Logan ihn um einen Kopf überragte und somit ganz leicht an die obersten Latten herankam, war das verständlich.

Rebecca und Rhonda brachten die Getränke nach draußen, wo sich die Männer gerade unterhielten.

„Mit dem hellen Hemd wirst du beim Streichen nicht glücklich werden“, sagte Dad zu Logan und nahm Rhonda dankbar das Glas ab.

„Das stimmt.“ Logan fackelte nicht lange, zog das Hemd aus und warf es Rebecca zu. Dann nahm er einen tiefen Schluck von dem lilafarbenen Getränk, wischte sich mit dem Handrücken über den Mund und tauchte den Pinsel in die Holzfarbe.

Mit offenem Mund starrte Rhonda ihn an. Rebecca packte ihre Schwester am Arm und zerrte sie zurück ins Wohnzimmer. Dort ließ Rhonda sich aufs Sofa fallen, schaute aber nicht wie sonst in Richtung des Fernsehers, sondern betrachtete lieber das heutige Vorabendprogramm im Garten.

„Und du bist wirklich sicher, dass ihr nicht zusammen seid?“, fragte sie Rebecca, ohne die Augen vom Pinsel-Adonis zu nehmen. Rebecca musste zugeben, dass Logan wirklich aussah, als wäre er einem Werbespot für Holzlasur entsprungen. Mit geschmeidigen Bewegungen strich er am Pfosten entlang. Das Spiel seiner Rückenmuskeln war eine Augenweide.

„Ich bin mir total sicher. Wir sind nur Freunde, sonst nichts.“ Irgendwie bedauerte sie es, das sagen zu müssen. Keiner der Männer, die sie mit zu ihren Eltern gebracht hatte, war je auf die Idee gekommen, ihrem Dad im Garten zu helfen. Sie hatten in ihren schicken Anzügen herumgesessen und von Karriere oder gewinnbringender Geldanlage gefaselt. Niemand hatte in der ganzen Familie so viel Begeisterung ausgelöst wie Logan.

„Dann wäre es also null Problem für dich, wenn ich ihn

mir kralle?“, fragte Rhonda. „Immerhin sind wir ja bald Kollegen und ich sehe ihn jeden Tag. Vielleicht backe ich ihm mal einen Kuchen, Cheesecake mag er ja.“

„Klar kannst du ihn haben, stört mich gar nicht“, antwortete Rebecca und merkte, dass das eine Lüge war. Sie wollte nicht, dass Logan etwas mit ihrer Schwester anfing. Oder mit irgendeiner anderen Frau dieser Welt. Er sollte bei ihr sein!

Schnell legte sie sein Hemd, das sie immer noch in der Hand hielt und das verführerisch nach seiner Haut duftete, zur Seite. Himmel noch mal, sie musste endlich in ihr Hirn bekommen, dass es zwischen ihnen aus war und er keine Beziehung wollte!

Zum Glück gesellte sich ihre Mutter mit an den Couchtisch und erzählte von einer Kundin, die neulich eine Flasche Essig über das Kassenband geschüttet hatte. Rebecca war dankbar für die Ablenkung. Sie setzte sich so hin, dass sie ihre Mom ansah statt Logans heißem Sixpack, und unterhielt sich bereitwillig mit ihr.

Zwei Stunden später erstrahlte der Garten in neuer Schönheit. Auf Logans Brust, die nun wieder im Hemd verschwand, waren niedliche Farbspritzer zu sehen. Aber selbstverständlich dachte Rebecca keine Sekunde daran, wie es wohl wäre, diese bei einem gemeinsamen Schaumbad mit einem weichen Schwamm genüsslich abzuwaschen.

Als Dad seine Gartenhandschuhe abstreifte, machte Logan einen Witz und dann geschah etwas, das Rebecca lange nicht mehr gesehen hatte: Ihr Vater lachte. Richtig laut und unbeschwert. Statt der tiefen Stirnfalten, die sich die letzte Zeit in seine Haut gegraben hatte, entstanden lustige Fältchen rund um seine Augen. Er konterte mit einem frechen Spruch, ging schließlich zu Logan und klopfte ihm kumpelhaft auf die Schultern.

„In zwei Wochen grabe ich den Vorgarten um. Bring ihn ruhig wieder mit, Becky“, schlug er Rebecca grinsend vor.

Sie musste schlucken. Wie sollte sie ihrem Vater erklären, dass der heutige Tag eine Ausnahme war, was Logan anbelangte?

Zum Glück klingelte dessen Telefon. Mom und Dad diskutierten mit Rhonda, wie sie am Montag nach Brooklyn kommen sollte, aber Rebecca lauschte.

„Hallo“, meldete er sich. Eine Frauenstimme war zu hören und sofort wurde Logans Ton weicher.

„Ja, natürlich sehen wir uns morgen, Cynthia“, schnurrte er ins Handy. „Ich freue mich doch schon darauf.“ Er beugte sich zur Seite, um ungestörter zu sein. Rebecca spitzte die Ohren.

„Lass uns essen gehen, ich lade dich ein. In der Mulberry Street gibt es ein nettes, romantisches Ristorante. Bei Luigi wird es dir gefallen. Und danach machen wir es uns bei mir gemütlich. Klar hole ich dich ab. Um sieben?“

Das klang nicht nach einer Kundin.

Eilig stand Rebecca auf und trug die leeren Gläser in die Küche. Sie wollte nicht zuhören, was Logan seiner aktuellen Flamme ins Ohr säuselte. Lieber spülte sie das Geschirr der letzten beiden Tage ab, das sich in der Spüle stapelte.

„Wir sollten langsam heimfahren“, kündigte sie an, als er aufgelegt hatte. Ihre Familie verabschiedete sich widerwillig von Logan und nahm ihm das Versprechen ab, bald wiederzukommen. Er sagte zu, was Rebecca ärgerte. Bestimmt würde sexy Cynthia ihr Veto einlegen, wenn er ständig bei einer fremden Familie herumhing.

„Deine Leute sind wirklich nett“, sagte er, kaum dass er den Wagen aus der Einfahrt lenkte. „Und es war toll, zu sehen, wie gut ihr harmoniert. Auch wenn ihr euch mal kabbelt, ist da doch ganz viel Herzlichkeit.“

„Soll das ein Vorwurf sein?“, erwiderte sie spitz.

Überrascht sah er sie an. „Wie kommst du darauf?“

„Na, dir hat es doch nicht gepasst, dass ich mir für Quentin ein Manager-Elternpaar zusammengelogen hatte statt zu meiner Familie zu stehen!“

„Becky, bist du so aggressiv, weil mich gerade eine Frau angerufen hat?“

„So ein Unsinn!“ Sie drehte den Kopf weg und sah aus dem Seitenfenster.

„Wir haben eine Vereinbarung“, erinnerte er sie.

„Das weiß ich!“, zischte sie und ärgerte sich umgehend über ihren Tonfall. Verdammt, sie benahm sich wie eine unausstehliche Zicke.

Logan fuhr rechts ran. Hinter ihm hupte ein Lastwagen, aber er reagierte nicht, sondern bremste und drehte den Motor ab.

„Cynthia ist eine hübsche, kleine Nageldesignerin“, erklärte er mit ruhiger Stimme und sah Rebecca dabei an. „Sie lacht ziemlich schrill, wählt die Republikaner und das einzige Buch, das sie jemals gelesen hat, sind die Beautytipps von Kim Kardashian. Aber sie ist lustig und wir haben Spaß zusammen.“

„Und das reicht dir?“ Es fiel Rebecca schwer, ihn anzusehen.

„Ja. Das ist alles, was ich will. Ein paar nette Stunden, aber keinen Schmerz. Ich bin nun mal nicht geschaffen für eine Beziehung und ich will mich nie wieder auf etwas einlassen, das mich so tief berührt.“

„Du bist ein Feigling.“

Er zuckte mit den Schultern. „Vielleicht hast du recht. Aber ich muss mich eben schützen. Ich will nie mehr so leiden.“

„Ich weiß“, gab sie leise zu. „Es tut mir leid, dass ich dich so angegiftet habe. Keine Ahnung, was da in mich gefahren ist.“

„Becky, ich mag dich sehr.“ Seine Stimme kroch ihr unter die Haut. „Ich möchte gerne dein Kumpelfreund sein, mit dir hin und wieder was trinken gehen, deine Reggae-Brüder anhören. Deinem Dad im Garten helfen. Meinst du, das geht?“

Sie atmete tief durch.

„Ich mag den Gedanken, einen guten Freund zu

haben“, sagte sie schließlich. In ihrer Brust gab es immer noch einen schmerzhaften Stich, wenn sie Logan in die Augen sah, aber gleichzeitig verlieh ihr die Vorstellung von Freundschaft ein wohliges Gefühl.

„Und dann ist es auch okay für dich, wenn ich mich mit Cynthia, Valery oder Chantal-Chloé treffe?“

Sie musste lachen. „Falls du dich jemals mit einer Frau namens Chantal-Chloé triffst, kündige ich dir umgehend die Freundschaft.“

„Auch, wenn sie Unterwäschemodel ist?“ Er lachte ebenfalls.

„Insbesondere, wenn sie Unterwäschemodel ist!“

Er seufzte theatralisch. „Also gut, dann streiche ich Chanty-Maus von meiner Liste. Aber nun mal ernsthaft, Kollegin 007: Wie geht es jetzt weiter mit den Beweisen, die deine Schwester uns besorgt hat?“

„Wir müssen erst einmal abwarten, was bei der Analyse herauskommt. Ich will ganz genau wissen, welche Droge Quentin verwendet, aber das dauert leider noch.“

„Ich könnte mir vorstellen, dass in dem Pfefferminzduft, den er sich in den Mund sprüht, eine Art Gegenmittel drin ist.“

„Ja, das vermute ich auch“, bestätigte sie. „Er verpasst seinem Gegenüber eine Ladung Drogen, wird aber gleichzeitig durch seine Düse davor geschützt. Ganz schön ausgeklügeltes System.“

Er rieb sich über sein Kinn. „Wirst du dann mit den gesammelten Werken noch einmal zur Richterin gehen?“

Rebecca schüttelte den Kopf. „Das bringt garantiert nichts, die lässt mich nicht mal in ihr Zimmer. Ich habe an die Anwaltskammer gedacht, fürchte aber, die reagieren genauso. Quentin hat überall seine Kontakte und er wird dafür sorgen, dass ich unglaubwürdig dastehe. Randolph hat er auf jeden Fall auf seiner Seite.“

„Diesem schmierigen Kerl würde ich einen Faustschlag verpassen, wenn ich nicht so ein friedliebender Mensch wäre“, brummte Logan.

Ein Greyhoundbus rauschte vorbei. Rebecca sah ihm lange nach.

„Ich schätze, ich muss irgendwann weg aus New York", sagte sie. „Egal, wie die Sache ausgeht – hier habe ich keine Zukunft mehr. Ich muss als Anwältin ganz neu anfangen. Irgendwo, wo Quentins Einfluss geringer ist. San Diego. Oder Vancouver. Oder in einer billigen Kleinstadt in Nebraska."

„Nebraska?" Seine Augenbrauen sprangen in die Höhe. „Aber du hast deine Familie hier! Sie brauchen dich. Ihr seid ein gutes Team und du gehörst unbedingt dazu. Außerdem ist dein bester Freund hier in New York!"

„Keine Ahnung, was ich tun werde. Jetzt müssen wir erst einmal überlegen, wie wir Quentin ins gleichnamige Gefängnis bringen."

„Die Presse!", schlug Logan vor. „Ich wette, die Reporter stürzen sich auf so einen Fall. Das ist doch eine Wahnsinnsstory für jede Zeitung."

„Kannst du vergessen. Quentin würde sie umgehend verklagen und jeder Chefredakteur weiß, wie teuer das werden kann. Niemand würde sich darauf einlassen, den berühmtesten Anwalt der Stadt zu diffamieren."

Er legte seine Hand an den Hinterkopf und dachte nach.

„Bleibt also nur noch eine einzige Sache."

„Nämlich?" Gespannt sah ihn Rebecca an.

Statt einer Antwort drehte er sich frontal zu ihr. „Bist du bereit, mit der Sache an die breite Öffentlichkeit zu gehen?", fragte er.

Sie nickte verwirrt. „Klar. Ich war ja auch bei der Richterin und würde sofort zur Presse gehen, wenn das möglich wäre. Jeder soll wissen, was der saubere Mister Armadon treibt."

„Gut." Logan nickte zufrieden, ließ den Motor wieder an und setzte den Blinker. Er dachte nicht daran, eine weitere Erklärung abzugeben. Erst als er sein himmelblaues Gefährt neben der Autowerkstatt geparkt,

Rebecca in seine Wohnung gelotst und in einem Schrank herumgekramt hatte, ging ihr ein Licht auf.

„Eine Kamera?“, fragte sie entsetzt, als er die Kiste auspackte. „Was willst du denn filmen? Quentin im Gerichtssaal, wenn er das Mundspray benutzt? Das kannst du vergessen, die Benutzung von so was ist verboten.“

„Beckylein, streng dein schlaues Köpfchen an. Wo bekommt man eine noch breitere Öffentlichkeit als über die Presse?“

Sie wollte gerade „Fernsehen“ sagen, da verstand sie endlich, worauf er hinauswollte.

„Du willst den Fall ins Internet stellen?“

„Ich wusste, auf deinen Intellekt ist Verlass, wenn man ihm ein bisschen Zeit gibt und ihn hinterm Ofen hervorlockt.“

Sie ging nicht auf seinen Witz ein, weil sie plötzlich aufgeregt war wie ein kleines Mädchen vorm ersten Auftritt beim Schultheater.

„Soll das heißen, wir drehen ein Video, in dem wir erzählen, was Quentin treibt, und stellen es ins Netz?“

„Ganz genau. Wir müssen nur darauf achten, ihn nicht direkt zu beschuldigen, sondern Anspielungen zu machen. Der Zuschauer soll selbst die Schlüsse ziehen, dann sind wir auf der sicheren Seite.“

„Du bist ein Genie!“, rief Rebecca und lief wie ein aufgescheuchtes Huhn im Zimmer herum. „Das könnte tatsächlich klappen! Solche Videos verbreiten sich über Facebook, Youtube und das ganz Zeug total schnell. Und es würde die Richter geradezu zwingen, der Sache nachzugehen. Vor allem wird das gesamte Publikum im Gerichtssaal, inklusive der angestachelten Presse, künftig jede einzelne Zeugenbefragung durch Quentin mit Argusaugen verfolgen.“

„Du sagst es. Wir erzählen den Leuten eine Geschichte, halten das Spray und die Röntgenaufnahmen in die Kamera. Zeigen die Vergrößerungen der Düsen. Und dann probieren wir das Mundspray vor laufender Kamera aus.“

Rebecca blieb abrupt stehen. „Das tun wir?“, fragte sie zweifelnd. „Aber das wird doch sicher jeder für ein Fake halten.“

„Und wenn schon. Es geht nur darum, den Verdacht zu wecken. Jeder, der mal in Quentins Gerichtssaal war, wird sich erinnern, dass es Zeugen genauso ergangen ist. Oder vielleicht kommen sogar die Befragten selbst auf die Idee, dass sie nach dem Einnebeln plötzlich verwirrt waren. Wenn die sich alle melden, müssen die Richter reagieren.“

Das klang logisch. „Okay. Lass uns anfangen!“, beschloss Rebecca.

Das Setting war schnell aufgebaut. Sie installierten die Kamera auf einem Stativ, rückten den Couchtisch zur Seite und setzen sich auf das Sofa, weil hier das Licht am besten war. Die Beweisbilder und das Spray legten sie ebenfalls bereit. Nachdem sie sich über den Ablauf einig geworden waren, drückte Logan den Aufnahmeknopf der Kamera und ein rotes Lämpchen leuchtete auf.

„Mein Name ist Rebecca Miller und ich habe bis vor ein paar Tagen für eine berühmte Kanzlei gearbeitet“, begann sie. „Nennen wir den Boss einfach mal Mister Quinn. Dieser Mister Quinn hat eine seltsame Angewohnheit: Er benutzt gerne Mundspray.“

Sie hielt das Sprühfläschchen in die Kamera und berichtete – ohne dabei Namen zu nennen – über die Vorgehensweise und Wirkung des Sprays, wobei sie die Beweisbilder zu Hilfe nahm.

„Welche Droge genau zum Einsatz kommt, wird im Moment getestet. Wir werden in einem separaten Video darüber berichten. Aber erst einmal möchten wir Ihnen zeigen, wie das Spray wirkt. Mein Kollege hier wird einfache Matheaufgaben lösen. Dann neble ich ihn ein und versuche das Ganze noch einmal. Sie können den Unterschied sehen.“

Obwohl Rebecca furchtbar aufgeregt war, hatte sie das Gefühl, die Fakten nachvollziehbar darzustellen. Die Idee von Logan war wirklich klasse gewesen. So ein sachliches Video würde garantiert für Furore sorgen!

Sie ließ Logan einige Rechnungen lösen, befragte ihn zu politischen Gegebenheiten und aktuellen Nachrichten.

Dann nahm sie mit leicht bebenden Fingern das Sprühfläschchen in die Hand.

„Hier sehen Sie das erwähnte Mundspray. Ich werde meinen Kollegen nun damit einsprühen und vorführen, was dann passiert. Vielleicht erinnert sich der ein oder andere von Ihnen, so etwas auch schon bei Gericht gesehen zu haben. Dann zögern Sie bitte nicht und wenden Sie sich direkt an einen Richter, dem Sie Ihre Beobachtungen schildern!"

Ihr Herzschlag beschleunigte sich, als sie das Spray vor ihre geöffneten Lippen hielt und die obere Düse betätigte. Nichts passierte. Noch einmal presste sie die widerspenstige Taste nach unten, aber es tat sich nichts.

„Du musst mit dem Daumen den unteren Knopf drücken", erklärte Logan und streckte schon seine Hand aus, um zu helfen.

„Das weiß ich, ich wollte nur erst die normale Kammer ausprobieren", flüsterte sie ihm zu. „Aber die scheint zu klemmen."

„Das haben wir gleich." Er wollte ihr das Spray aus der Hand nehmen, doch Rebecca hielt es fest. Sie bekam das selbst hin! Bei dem Gerangel erwischte Logans Finger die Bodentaste und urplötzlich zischte das Fläschchen ganz leise und ein kaum sichtbarer Nebel kam heraus.

Sofort rückte Rebecca ein Stück zurück, denn das Mundspray hatte durch das Herumgezerre nicht nur in Logans Richtung gezeigt. Aber egal, sicher hatte er eine ordentliche Ladung der Droge abbekommen und war nun entsprechend verwirrt.

„Es dauert nicht lange", erklärte Rebecca den Zuschauern, „dann setzt der Effekt ein."

Sie legte sich das Blatt mit den Aufgaben zurecht, die sie Logan noch einmal stellen würde.

„Du hast irrsinnig schöne Augen“, sagte er mit weicher Stimme.

„Bitte?“

Überrascht fuhr sie zu ihm herum. Er beugte sich ihr entgegen und hielt sie mit seinem berühmten Samt-Blick fest.

„In ihnen tanzen winzige Lichtpunkte. Wie Edelsteine. Und sie blitzen herrlich, wenn du dich aufregst. Das wollte ich dir schon lange sagen.“

„Ja …. danke“, erwiderte sie verwirrt. „Jetzt nehmen wir uns aber die Quadratzahlen vor. Was ist zwölf hoch zwei?“

„Und dieses Top, das du trägst … Ich mag diese Kuhle zwischen deinen Schlüsselbeinen so gerne. Die macht mich total an.“

„Zwölf im Quadrat!“, rief Rebecca energisch.

Ihr wurde heiß, wenn Logan sie so ansah. Nun streckte er auch noch die Hand nach ihr aus. Als seine Finger ihre Haut berührten und sanft über ihre Schulter strichen, hielt sie die Luft an. Sie musste sich doch konzentrieren, schließlich ging es um eine wichtige Sache! Auch wenn ihr im Moment vollkommen entfallen war, was genau das eigentlich war.

„Ach komm“, schnurrte er, „vergiss doch den Mathekram.“

Es fiel Rebecca schwer, ihre Gedanken beisammen zu halten. Logan rutschte näher an sie heran. Sein Hemd stand offen, deshalb sah sie die neckischen Farbspritzer auf seiner Brust. Ihr Atem beschleunigte sich.

„Aber wir wollen doch unseren Zuschauen beweisen, dass …“, sagte sie mit einem kurzen Blick auf die Kamera. „… dass … äh …“ Der Text war ihr entfallen.

„Dass du unglaublich heiß bist“, keuchte Logan und presste im nächsten Moment seine Lippen auf die ihren.

Eine Millisekunde dachte sie daran, ihn von sich zu schieben und mit komplizierter Multiplikation zu beschäftigen, aber dann ergab sie sich seufzend seinem

Kuss. Seine Hände waren überall gleichzeitig und auch Rebecca konnte es nicht mehr erwarten, ihm endlich das lästige Hemd vom Körper zu reißen und seine Haut zu spüren.

Die Knöpfe zu öffnen, dauerte viel zu lange. Noch während des leidenschaftlichen Kusses riss sie sein Hemd auf und schob es ihm von den Schultern. Das Verlangen nach Logan schlug wie eine unbezwingbare Welle über ihr zusammen. Er fühlte offenbar genauso, denn seine Finger streiften bereits das Top über Rebeccas Kopf. Als sie sich hektisch an seiner Jeans zu schaffen machte, half Logan sofort mit und versuchte, das überflüssige Kleidungsstück loszuwerden. Dabei hatte er es so eilig, dass er vom Sofa rutschte.

Rebecca war das nur recht, auf dem Fußboden war sowieso mehr Platz. Er musste sich nur noch ganz hinlegen, dann konnte sie sich endlich an seinen Leib schmiegen und schließlich auf ihn setzen. Lange würde sie es nämlich nicht mehr aushalten.

Sie schlüpfte aus ihrer Hose, während er sich an ihrem BH zu schaffen machte. Logan keuchte und in seinen Augen funkelte pures Begehren.

„Komm auf mich!“, ächzte er. Als Rebecca ihren Körper über seinen schob, ließ er sich mit einem langen Stöhnen nach hinten fallen. Dabei knallte seine Schulter an das Stativ. Das ganze Ding schwankte und die Kamera fiel mit einem ohrenbetäubenden Scheppern auf den Boden.

Rebecca zuckte zusammen und hielt in der Bewegung inne.

Was zum Teufel …?

In ihrem Kopf herrschte Chaos, aber sie wusste plötzlich, dass irgendetwas hier falsch lief. Neben Logans Hüfte, die sich einladend an ihre drückte, lag das Mundspray.

„Es war das Falsche!“, rief sie.

„Völlig egal“, keuchte Logan und packte sie an der Taille. „Ich will dich spüren! Jetzt!“

Doch Rebecca entwand sich seinem Griff, was ihr wirklich nicht leicht fiel.

„Du stehst unter Drogen“, erklärte sie ihm mit schwerer Zunge. Es war verdammt verlockend, sich ihm jetzt einfach hinzugeben. Ihr Unterleib pochte aufdringlich und ihre gesamte Hautoberfläche prickelte.

„Quatsch. Ich fand dich schon immer sexy. Und ich will mit dir zusammen sein. Komm schon!“, drängte er und streichelte ihren Oberschenkel, sodass sie die Zähne zusammenbeißen musste, um nicht doch seinen Reizen zu erliegen. Einem nackten Logan, der von Hormonen überschäumend vor ihr lag, konnte sie fast nicht widerstehen.

Entschlossen nahm sie das Spray in die Hand. Ohne den Bodenschalter zu berühren, drückte sie noch einmal mit aller Kraft auf den Knopf für die Pfefferminzkammer. Erst passierte gar nichts, aber als Rebecca den Knopf wie verrückt weiter nach innen presste, knirschte das Plastik und brach ab. Dabei entlud sich die Kammer. Der bekannte Quentinduft breitete sich in ihrem Mund aus und ließ sie in Sekundenschnelle wieder klar denken.

„Mach die Augen zu“, lullte sie anschließend ihren Sexgott ein. „Und öffne deinen Mund.“

Er war immer noch im Erotikhimmel und rechnete wohl mit einem erregenden Zungenkuss, deshalb tat er, was sie sagte. Schnell verpasste Rebecca auch ihm eine Dosis des Pfefferminzsprays, das die Droge neutralisierte. Danach gab die Düse allerdings endgültig den Geist auf.

Logan verzog das Gesicht, als hätte er Kopfschmerzen, dann schüttelte er sich. Nach ein paar Augenblicken sah er sie verwirrt an.

„Was …“, begann er und blickte sich um. „Die Kamera! Wir wollten etwas filmen, oder?“

„Allerdings“, erklärte Rebecca und zog sich schnell wieder an. „Ein Beweisvideo gegen Quentin.“

„Aber wieso bin ich nackt?“ Überrascht blickte er an sich hinunter, als sähe er sich zum ersten Mal.

Sie warf ihm seine Jeans zu.

„Weil du das falsche Spray geklaut hast. Das ist mir jetzt klar geworden. Es gibt welche mit grünem Aufkleber, die verwendet Quentin, um die Zeugen zu verwirren. Und die mit rotem Aufkleber, damit macht er sich Frauen gefügig."

„Eine Art Viagra zum Sprühen?" Seine Augenbrauen schossen in die Höhe.

„So etwas in der Art, ja. Ein starkes Aphrodisiakum. Aber das Spray ist jetzt hinüber und deine Kamera auch. Es bleibt uns wohl nichts anderes übrig, als auf die Analyse von Rhondas Freunden zu warten." Sie seufzte.

Logan zog sich an und fuhr sich durch die Haare. Ein peinliches Schweigen machte sich in der Wohnung breit. Um Rebecca nicht anschauen zu müssen, klaubte Logan die Einzelteile der Kamera zusammen. Schließlich war er damit fertig und sah sie an.

„Es tut mir leid. Ich wollte dich nicht bedrängen, ehrlich. Dummerweise erinnere ich mich kaum mehr, was genau passiert ist, alles ist irgendwie vernebelt. Aber es war nicht meine Absicht, das musst du mir glauben!"

Dass er so nachdrücklich beteuerte, sie nicht gewollt zu haben, versetzte Rebecca einen Stich. Es musste ihm ja wirklich extrem peinlich sein, um ein Haar mit ihr intim geworden zu sein.

„Ist doch klar", erwiderte sie. „Das war der Einfluss der Droge. Hat Quentin ja bei mir auch mal eingesetzt, man kann da nichts machen. Man ist quasi stoned. Mach dir keine Vorwürfe."

Er wollte noch etwas sagen, aber es klingelte an der Tür. Als Logan öffnete, schwirrte ein überdrehtes Persönchen herein.

„Überraschung, mein Schatz!", rief die junge Frau und küsste ihn umgehend ab. „Ich habe es ja üüüberhaupt nicht mehr ausgehalten bis heute Abend und dachte, ich komme einfach jetzt schon bei meinem Süßen vorbei. Auch wenn du noch nicht fertig bist. Wir könnten ja wieder gemeinsam duschen gehen, das war doch so toll beim letzten Mal!“

„Hallo Cynthia“, begrüßte Logan sie und lächelte.

Rebecca war schon nach dem ersten Satz, den das Girlie herausgeflötet hatte, klar gewesen, dass es sich um die Nageldesignerin handeln musste. Schnell schob sie die Unterlagen zusammen und steckte das kaputte Mundspray ein.

„Ach, du hast Besuch?“, fiel der Nageltante jetzt auf.

„Das ist Rebecca“, erklärte Logan. „Sie ist Anwältin.“

Cynthia grinste. Dann wandte sie sich an ihren Schatz und flüsterte ihm etwas zu. „… von denen, die für dich bezahlen?“, konnte Rebecca hören.

„Ich war nur wegen meiner kleinen Schwester hier“, erklärte sie eilig. „Logan hat ihr einen Job in der Werkstatt vermittelt und wir haben einige Formalitäten geklärt. Aber ich wollte sowieso gerade gehen.“

Logan nickte. „Sicher wartet wieder viel Arbeit auf dich. Weißt du, Cynthia, als hochkarätige Anwältin hat man sogar am Wochenende Fälle auf dem Tisch.“ Er legte den Arm um sein Groupie.

„Wirklich?“ Die Kulleraugen weiteten sich. „Also da wäre üüüberhaupt nichts für mich, ich bin totfroh, wenn ich endlich Feierabend habe.“

Sie warf einen Blick auf Rebeccas Hände. „Soll ich Ihnen eine Visitenkarte mitgeben? Eine French Manicure wäre bestimmt superklasse bei Ihnen. Ich würde das nicht so rund machen, wie Sie es jetzt haben, sondern die Kanten eckig feilen.“

„Danke für das Angebot“, sagte Rebecca, „aber ich denke, ich bin kantig genug.“

Damit verabschiedete sie sich von den Turteltäubchen und stieg die Außentreppe hinab.

„Mein Süßer!“, schnaubte sie und schüttelte den Kopf. Wie hielt er es nur mit so einer Tussi aus? Aber sein Verhalten war sehr deutlich gewesen. Er hatte Rebecca seiner Freundin gegenüber nicht mal als guten Kumpel ausgegeben, sondern sie schnellstmöglich hinauskomplimentiert. Somit war alles klar.

Sie machte sich alleine auf den Weg in ihr einsames WG-Zimmer. Er ließ sich bestimmt unter der Dusche vom Cynthia-Häschen jeden einzelnen Farbspritzer von der Brust waschen, worüber diese „totfroh“ sein würde.

Männer waren doch alle Idioten.

EL HOMBRE
Der Blog für echte Männer

Hey Männer,

okay, bisher ging es ja fast nur darum, wie man bei einer Frau landen kann. Da haben wir ja wirklich schon einiges durch und eure vielen Rückmeldungen zeigen mir, dass die Methode richtig gut funktioniert. Klasse!

Besonders stolz bin ich, dass mir sogar zwei New Yorker Musiker geschrieben haben, sie würden jetzt viel mehr weibliche Groupies klarmachen. Dabei dachte ich echt, es reicht, eine Klampfe in der Hand zu halten und die Girls fliegen einem von alleine zu. Aber offenbar zieht „echter Kerl plus Gitarre“ sogar noch mehr. Gratuliere, ihr beiden!

Aber nun zu etwas anderem.

Ich will ganz ehrlich sein: Langsam werde ich wohl alt. Frauen, die auf den ersten Blick ganz witzig und auch total sexy erscheinen, öden mich ab dem zweiten Treffen oft an. Bei vielen ist der Gesprächsstoff dann doch recht beschränkt. Klar, ich hole mir keine Frau ins Schlafzimmer, um mit ihr über Außenpolitik zu diskutieren, aber wenn es dann nur um Haarverlängerung und Glitzernagellack geht, kommt mir das Gähnen.

So was kennt ihr bestimmt auch. Man hat sich eine Señorita aufgerissen, verbringt eine nette Nacht mit ihr, aber mehr als einmal will man sie nicht sehen. Sie hingegen entwickelt sich zur Klette. Sie ruft ständig an oder kommt unangemeldet vorbei, um Wimpern herzuzeigen, die sie sich hat „verdichten“ lassen. (Werde ich nie kapieren. Man lässt sich 3 Stunden lang Einzelwimpern an die Augen leimen? In der Zeit könnte man ein Spiel sehen, ne Menge Bier kippen UND noch ein T-Bone grillen!)

Irgendwann beschließt man dann, dass man die Lady loswerden muss. Nur wie?

Anfangs habe ich den Fehler gemacht, es mit netten Worten zu versuchen. „Süße, wir passen einfach nicht zusammen“ oder „Ich bin nicht gut genug für dich.“

Das könnt ihr vergessen.

Frauen phantasieren sich dann was zusammen. Dass ihr schüchtern seid oder neurotisch oder weiß der Geier was, und sie euch selbstverständlich heilen können.

Also muss die Holzhammermethode her. Hilft ja nix. Ein paar Vorschläge:

1. Sprecht sie beim Sex mit einem anderen – möglichst exotischen – Frauennamen an. („Oh, Angélique, deine Zunge macht mich wahnsinnig!“)

2. Bittet einen Kumpel, euch anzurufen, und verschwindet flüsternd mit dem Telefon im Bad.

3. Stopft einen Damenslip aus roter Spitze unter ein Sofakissen, sodass sie ihn findet. Wichtig dabei: Den Slip eine Kleidergröße kleiner kaufen, als sie ihn trägt! (Alternativ dazu einen Spitzen-BH, natürlich zwei Körbchen größer als ihrer)

Ich garantiere euch, ihr werdet nichts mehr von ihr hören. Erst neulich musste ich das durchziehen bei so einer schrecklichen Kosmetik-Tussi. Kurzzeitig hatte ich sogar Angst, dass sie mich mit ihren bunten Kunstnägeln aufspießt vor Wut, grins. Bin froh, dass ich die loswurde.

Eine Neue werde ich mir erst mal nicht suchen. Keine Ahnung, wieso. Für eine richtige Midlife Crisis bin ich eigentlich noch zu jung, aber mir geht dieses oberflächliche Getue der meisten Frauen immer mehr auf den Sack. Schon irre, oder? Also, dass ausgerechnet ich so etwas schreibe. Manchmal ist mir eben eher nach anderen Dingen. Nach …. ach, ich mach das lieber mit mir selber aus.

Egal. Wir lesen uns wieder.

Hasta luego
Euer El Hombre

15. Awesome Armageddon

„Na, wie war dein erster Arbeitstag?", fragte Rebecca am Telefon.

Ihre Schwester sprudelte sofort los. „Der Hammer! Die Jungs sind alle total unkompliziert und Eddie ist gar nicht so barsch, wie er auf den ersten Blick wirkt. Ich habe heute schon angefangen, mit ein paar Lacksorten herumzuexperimentieren, will das aber noch viel professioneller angehen. Eddie hat gesagt, es sei okay, wenn ich mir ein kleines Labor einrichte."

„Dann kriegst du also doch noch deinen Chemie-Baukasten?"

Rhonda lachte. „Genau! Ich freu mich total. Richtig nett von deinem Logan, dass er mir den Job angeboten hat. Stell dir vor, er erklärt mir sogar immer, woran er gerade herumschraubt. Und wenn ich gut aufpasse, darf ich da mal mithelfen. Ist das nicht großartig?"

„Absolut. Und falls dir aus Versehen ein Fingernagel abbricht, weiß er sicher auch Hilfe", brummte Rebecca missmutig. Sie freute sich natürlich sehr für ihre Schwester, wollte aber von Logan lieber nichts erzählt bekommen.

„Was meinst du damit?"

„Ach, nichts. Aber sag mal Rhonda – du gibst mir doch Bescheid, wenn die Ergebnisse der Analyse da sind?"

„Logo! Das wird aber garantiert noch ein paar Tage dauern. Was unternimmst du inzwischen in Sachen K.o.-Mundspray?"

Rebecca zuckte mit den Schultern. „Mir sind die Hände gebunden, ich kann nichts tun. Morgen werde ich mal in das Café neben dem Gericht gehen. Eine alte Studienfreundin von mir arbeitet in einer Kanzlei in der Nähe und isst dort oft mittags ein Truthahnsandwich. Wenn die Stimmung mir gegenüber entspannt ist, werde ich ihr die Geschichte erzählen. Vielleicht habe ich ja Glück und sie nimmt mich ernst."

„Sicher wird alles gut, wenn wir erst die Ergebnisse haben", ermutigte Rhonda sie.

„Ja, ganz bestimmt." Rebecca glaubte nicht daran, aber das wollte sie ihrer Schwester nicht sagen. „Ich halte dich auf jeden Fall auf dem Laufenden. Und viel Spaß mit deinen Oldtimern!"

„Werd ich haben!"

Rhondas Stimme klang fröhlich wie lange nicht mehr. Das war wirklich schön zu hören. Egal, ob Logan mit seiner French Manicure Lady jeden Abend französische Wasserspiele veranstaltete oder nicht – Rebecca rechnete es ihm hoch an, dass er ihrer Schwester einen so tollen Job vermittelt hatte. Und sie war sehr froh, endlich auch mal für etwas in der Familie gut gewesen zu sein, auch wenn sie nur indirekt daran beteiligt war.

Am nächsten Tag nutzte sie tatsächlich ihre Mittagspause, um das Café neben dem Gerichtsgebäude aufzusuchen. Natürlich hätte sie ihre Studienkollegin Trisha auch einfach anrufen können, aber Rebecca fand, man sollte sich lieber in die Augen sehen. Sie wusste nicht, wie sehr Quentin schon Stimmung gegen sie gemacht hatte und ob Trisha überhaupt mit ihr reden wollte. Sie waren nur oberflächlich befreundet gewesen. Trotzdem wollte sie die Chance nutzen, denn vielleicht gab es ja auch andere Anwälte, die Quentin gegenüber einen Verdacht hegten. Die Konkurrenz war groß und womöglich existierten schon länger Gerüchte, dass bei seiner unglaublichen Erfolgsstatistik etwas nicht mit rechten Dingen zuging. Andererseits hatte er einen sehr großen Einfluss und viele Kontakte. Entsprechend angespannt war Rebecca, als sie das Café betrat. Sie sah sich um und entdeckte Trisha tatsächlich an einem Ecktisch, neben zwei unbekannten Männern im Anzug.

„Hallo Trish", sagte sie, nachdem sie dorthin gegangen war.

„Rebecca!" Das Lächeln der Anwältin fiel sehr schmal aus. „Was tust du denn hier?"

„Ach, ich kam zufällig vorbei." Sie wartete darauf, dass Trisha sie bitten würde, sich dazuzusetzen.

„Ja, schön. Du, wir sind gerade in einen Fall vertieft, sorry. Komm doch gern ein anderes Mal wieder vorbei." Trisha drehte sich wieder ihren Kollegen zu.

Das saß.

Rebecca schluckte hart und wandte sich zum Gehen. „Schon gut, ich weiß Bescheid", sagte sie und verließ das Café.

Eigentlich hätte sie es sich denken können. Quentin hatte sie zur Persona non grata deklariert. Nun wollte sich kein Anwalt der Stadt mehr die Hände schmutzig machen und mit ihr gesehen werden. Ihr Hass auf den Mann kochte gewaltig hoch, als sie auf das Gericht zumarschierte, um dahinter die U-Bahn zu nehmen. Sie hoffte inständig, dass die Analyse etwas Griffiges ergab und sie ihm auf irgendeine Art und Weise das Handwerk legen konnte.

Zwei Frauen kamen aus dem Gebäude und unterhielten sich aufgeregt. Als Rebecca näher kam, erkannte sie, dass es die Angehörigen des Opfers im Alvarez-Fall waren. Linda, die Schwester der Toten, sah verzweifelt aus. „Du wirst sehen, dieser verdammte Anwalt kriegt ihn noch frei. Und dann kann er ab morgen wieder herumspazieren und die nächste Frau umbringen."

Als sie Rebecca erkannte, funkelte sie diese an. „Was wollen Sie?", fauchte sie. „Schickt Sie Ihr Boss jetzt schon, um uns nachzuspionieren? Er wird den Fall doch sowieso gewinnen."

„Nein, nein!" Rebecca hob beschwichtigend die Hände. „Ich arbeite nicht mehr für ihn."

Sie sah an den Mienen der beiden Frauen, dass sie ihr nicht glaubten. Das konnte sie ihnen nicht mal verdenken.

„Habe ich richtig gehört, dass der Prozess schon weitergeht?", fragte sie.

„Wissen Sie das wirklich nicht? Morgen wird der Polizist noch einmal vernommen, der gegen Benito ausgesagt hat. Wenn dieser Armadon wieder hinkriegt, dass der alles widerruft, was er bisher zu Protokoll gegeben hat, kommt Benito garantiert morgen frei. Keine Ahnung, wie dieser schmierige Anwalt das macht, wahrscheinlich besticht er alle Zeugen. Aber das wissen Sie ja sicher am besten."

Abrupt wandte sie sich ab, nahm ihre Mutter an Arm und führte sie von Rebecca fort. Morgen schon?

Das war wirklich schnell. Leider hatte Linda recht, die Chancen, dass Quentin den Mörder freibekam, standen verdammt gut. Und Rebecca durfte nicht in den Gerichtssaal! Das konnte sie keinesfalls akzeptieren. Sie würde heute nach der Arbeit Rhonda anrufen und ihr alles erzählen, vielleicht passierte doch noch ein Wunder mit den Analysen. Und anschließend musste sie eine Möglichkeit finden, bei der Verhandlung dabei zu sein, ohne von Richterin Stanton entdeckt und vor die Tür gesetzt zu werden.

Sie hatte da schon eine Idee.

*

„Ich weiß genau, dass ich noch einen mit Schleicr habe", behauptete Violetta und zog einen Stuhl an ihren Kleiderschrank. Erstaunlich wendig kletterte sie darauf und durchwühlte die Fächer über ihren bunten Kleidern.

Rebecca stand mitten im Schlafzimmer der alten Dame und beobachtete das Geschehen mit gemischten Gefühlen. Vielleicht war es doch eine Schnapsidee, sich als eine von Violettas Freundinnen zu verkleiden, um in den Gerichtssaal zu gelangen?

„Hah, da ist er!" Triumphierend hielt Violetta ein lilafarbenes Hutmonster hoch. Die Krempe war mit künstlichen Blaubeeren verziert, was Rebecca unwillkürlich an die Limonade ihrer Mutter erinnerte. Dazu hing ein dichter Schleier aus schwarzem Tüll herab. Violetta stieg vom Stuhl und platzierte den Hut auf Rebeccas Kopf.

„Va bene! Der steht Ihnen hervorragend. Jetzt brauchen wir nur noch ein entsprechendes Outfit, um Sie als Eleonor zu verkleiden. Ein Jammer, dass meine Freundinnen sich nicht so farbenfroh kleiden wie ich. Aber wir finden bestimmt etwas.“

Sie schob die Bügel mit Kleidern hin und her, bis sie einen langen Cardigan in Schwarz mit Glitzersteinen zu Tage förderte.

„Ziehen Sie den mal drüber, das ist Eleonors Stil. Ich leihe Ihnen dazu noch eine Stola und eine alte Handtasche, dann glaubt kein Mensch, dass Sie unter siebzig sind.“

Die alte Lady kicherte. Rebecca war von der Stola nicht besonders begeistert, denn die hatte ein paar aufgenähte Federn, beugte sich aber Violettas Wünschen.

Vor dem Gerichtssaal gesellte sich noch Myra zu ihnen, eine rundliche Grauhaarige, die sich auf Violettas Wunsch hin ebenfalls mit einem Hut ausstaffiert hatte.

Rebecca zog den Schleier tief ins Gesicht, als sie den Mann von der Security passierten, aber er grüßte die Damen freundlich und ließ sie ungehindert durch. Kurze Zeit später saßen sie als buntes Trio in der fünften Reihe des recht vollen Gerichtssaals. Hinter ihnen füllten sich alle Plätze mit Menschen.

Als Quentin mit seinen ehrfurchtgebietenden Schritten hereinkam, stieg Rebeccas Aufregung. Er sah wie üblich mit selbstbewusstem Blick in die Runde, erkannte sie aber nicht. Erleichtert atmete sie auf. Neben ihrem Ex-Boss nahmen Randolph und der Angeklagte, der sehr siegessicher wirkte, Platz.

Richterin Stanton eröffnete die Verhandlung und rief den Zeugen auf. Officer Lebowsky trug seine Uniform, als er den Saal betrat.

„Wir müssen Sie bitten, Ihre bereits getätigte Aussage noch einmal zu wiederholen“, erklärte die Richterin ihm.

Er nickte und erzählte erneut, wie er Benito Alvarez aufgegriffen hatte.

„Er hat noch auf dem Revier zugegeben, dass er seine

Frau erschossen hat“, bestätigte der Polizist die Frage des Staatsanwalts.

Rebecca wusste jedoch, dass das nichts zu bedeuten hatte. Quentin würde ihn nach Strich und Faden auseinandernehmen, da war sie sich sicher.

Endlich war er mit dem Kreuzverhör dran.

„Officer Lebowsky“, begann er, „wie muss ich mir eine Vernehmung auf dem Revier vorstellen?“

Quentin ließ sich vom Zeugen in aller Ausführlichkeit erklären, wie so etwas ablief. Anschließend hakte er nach, indem er eine seiner üblichen Geschichten erzählte.

„Wissen Sie, ich habe eine kleine Fischerhütte in Vermont.“ Rebecca ballte die Fäuste bei dieser Untertreibung. „Und als ich da neulich hinfuhr, lief mir in der Dämmerung doch glatt ein Reh vors Auto. Es gab einen fürchterlichen Knall und ich bin total erschrocken. Dann stieg ich aus und ging zu dem armen Tier, das blutend auf der Straße lag. Natürlich rief ich einen Förster, aber der konnte nichts mehr für das Reh tun. Wirklich schlimm. Als ich endlich ankam, war ich so durch den Wind, dass ich sogar vergaß, mein Auto abzusperren und mich später nicht mehr erinnerte, wo ich den Schlüssel hingelegt hatte. Können Sie sich das vorstellen?“

Er sah ins Publikum und in die Jury, wo einige Köpfe nickten. Rebecca krallte die Finger in die Sitzbank. Merkten die Leute denn nicht, worauf Quentin hinauswollte?

„Dieser Mann hier“, er deutete auf Benito Alvarez, „kam nach Hause und fand seine Frau tot vor. Nicht ein verdammtes Reh, sondern seine geliebte Ehefrau! Ist es da nicht verständlich, dass er Ihren Fragen gar nicht richtig zuhörte und einfach irgendetwas antwortete, nur um seine Ruhe zu haben?“

Mit angehaltenem Atem starrte Rebecca auf den Zeugen.

Officer Lebowsky blieb jedoch völlig gelassen.

„Er war keineswegs verwirrt“, bekräftigte er. „Ich bin

seit fast dreißig Jahren im Dienst und kann das sehr gut unterscheiden. Dieser Mann war völlig klar im Kopf, als er sein Geständnis machte."

Ein Raunen ging durchs Publikum und das Lächeln auf Benitos Gesicht gefror.

„So so, völlig klar im Kopf. Das ist in der Tat erstaunlich. Das muss ich erst kurz auf mich wirken lassen." Quentin setzte ein nachdenkliches Gesicht auf und holte ganz nebenbei sein Mundspray aus der rechten Sakkotasche.

Er tat es! Rebeccas Puls schoss in die Höhe.

Quentin wiederholte die letzten Worte. „Wirklich bemerkenswert. Er hat also entweder seine Frau erschossen, wie die Anklage behauptet, oder sie tot aufgefunden, wie ich vermute. Trotzdem soll er völlig ruhig gewesen sein?"

Er ging nahe an den Polizisten heran, als ob er ihm in die Augen sehen wollte. Gleichzeitig zückte er das Spray und verpasste sich fast vor dessen Nase eine Ladung Pfefferminzduft in den Mund.

„Er tut es schon wieder", raunte Violetta ihr zu. Rebecca nickte nur stumm. Ihre Augen waren starr auf den Zeugen gerichtet.

Wie üblich hielt Quentin jetzt einen kleinen Monolog, wobei er sich mit gelassenen Schritten durch den Saal bewegte. Er musste Zeit schinden, bis die Droge wirkte, das war Rebecca klar.

Endlich kam er zu dem Polizisten zurück.

„Ich würde gerne den ganz genauen Wortlaut der Fragen hören, die Sie Mister Alvarez gestellt haben."

Lebowsky kratzte sich hinterm Ohr und sah mit einem Mal gar nicht mehr so sicher aus. „Das ist schon eine Weile her", sagte er langsam.

„Vorher waren Sie sich doch noch ganz sicher."

„Ja, klar. Aber die genauen Worte?" Der Officer schien zu überlegen.

„Na gut", meinte Quentin. „Dann eben die Aussage

des Angeklagten. Was genau hat er denn zur Tat gesagt?"

„Er gab zu, dass er dort gewesen war", fiel dem Polizisten nach einige Sekunden Bedenkzeit ein.

„Das wissen wir. Aber sagte er, dass er seine Frau tot gefunden oder getötet hätte?"

Der gesamte Saal blickte auf den Polizisten, dem plötzlich Schweißtropfen auf der Stirn standen.

„Das klingt irgendwie ganz ähnlich", gab er zu. „Tot oder getötet. Ich kann mich im Augenblick nicht mehr genau daran erinnern."

Rebecca blickte fassungslos im Saal herum. Bekam denn niemand außer ihr mit, welch perfides Spiel Quentin Armadon trieb? Es musste doch auffallen, dass Zeugen sich bei seinen Verhören plötzlich widersprachen.

„Dann sind Sie sich also nicht mehr sicher, dass er den Mord an seiner Frau zugegeben hat?"

Im Gerichtssaal war es so still, als wären alle Zuschauer versteinert.

„Ich fürchte, ich kann das nicht ganz bestimmt sagen", presste Lebowsky heraus. „Vielleicht habe ich da wirklich etwas verwechselt."

Rebecca konnte nicht anders. Sie riss sich den Hut vom Kopf und sprang auf.

„Merkt denn niemand, dass Quentin Armadon den Zeugen beeinflusst hat?", rief sie laut. „Er hat ihn mit seinem Mundspray eingenebelt, wie er es immer macht, und dadurch unter Drogen gesetzt. Das muss doch irgendjemandem auffallen!"

Allgemeines Murmeln setzte ein. Die Richterin klopfte mit ihrem Hämmerchen mehrmals auf den Tisch.

„Ruhe!", befahl sie. „Und Sie, Miss Miller, verlassen sofort meinen Gerichtssaal!"

„Das werde ich nicht!", beschloss Rebecca. „Jeder hier soll hören, mit welch gemeinen Tricks dieser Mann arbeitet."

Elizabeth Stanton blieb jedoch weiterhin Herrin der Lage, sie winkte einfach einen der Uniformierten heran.

„Bringen Sie diese impertinente Frau hinaus“, ordnete sie an.

Verdammt, jetzt würde man sie am Ende noch verhaften und Quentin kam wieder durch mit seinem Betrug! Und Benito? Sie sah ihn lächeln. Dieser Hurensohn würde glatt frei kommen, obwohl er ganz sicher ein Mörder war!

„Moment noch“, ertönte plötzlich eine Stimme von weiter hinten.

Rebecca fuhr herum.

Logan?

Sie traute ihren Augen nicht. Er hatte offenbar einige Reihen hinter ihr gesessen und stand nun auf. Perfekt in Anzug und Krawatte gekleidet, ging er nach vorne, um besser Gehör zu finden. Was hatte er vor?

„Damit hier keine leeren Anschuldigungen hängen bleiben, möchte ich die Sache gerne aufklären“, sagte er.

Quentin wollte etwas sagen, aber Logan hob die Hand. Das erstaunte den Big Boss so sehr, dass er tatsächlich ruhig blieb und zuhörte.

„Ich arbeite für Quentin Armadon“, sagte Logan und klang dabei wie ein Anwalt. „Und mir sind die Märchen bekannt, die Miss Miller sich seit einiger Zeit zusammenreimt. Die Jury sollte wissen, dass sie nicht mehr in der Kanzlei arbeitet, sondern ihr aufgrund untragbaren Verhaltens gekündigt wurde.“

Rebecca knickten fast die Beine weg.

Logan arbeitete mit Quentin zusammen und somit gegen sie? Er hatte ihr die ganze Zeit etwas vorgespielt? Nicht nur, was die Beziehung anbelangte, sondern sogar in der Mission gegen Quentins Betrügereien?

Ihre Hände zitterten so sehr, dass sie es kaum schafften, sich in die Holzbank vor ihr zu krallen. Die ganze Welt hatte sich gegen sie verschworen. Sie wollte am liebsten wegrennen, weit fort von diesem Gerichtssaal und von Logan, doch ihre Füße ließen sich keinen Zentimeter bewegen.

„Seither setzt sie alles daran, ihren ehemaligen Chef, der ein absolut integrer Anwalt ist, zu diskreditieren."

Sie musste sich an der Rückenlehne vor ihr festhalten. Wollte Logan sie in den Knast bringen? Womit zum Teufel hatte dieser Bastard Quentin ihn bestochen, dass er sich so gegen sie wandte?

„Immer wieder taucht dabei der Vorwurf auf, Mister Armadon würde mit einem Mundspray Menschen unter Drogen setzten. Miss Miller scheint völlig besessen von dieser Idee zu sein. Auch wenn das natürlich völlig lächerlich ist, möchte ich das jetzt im Sinne eines reibungslosen Prozesses ein für alle Mal aus der Welt schaffen."

Rebecca ließ sich auf die Sitzbank fallen. Ihr war übel und in ihrem Kopf wütete ein Wirbelsturm. Logan war auf der Seite ihres Bosses, hatte sie gemein hintergangen! Das Stechen in ihrer Brust ließ sie sich vor Schmerz zusammenkrümmen.

Inzwischen ging Logan auf Quentin zu und lächelte diesen an.

„Ich darf doch, oder?", fragte er und griff in die linke Sakkotasche des Anwalts, aus der er das Mundspray holte.

Einen Moment lang überlegte Rebecca. Hatte ihr Boss das Spray nicht vorhin in die rechte Tasche zurückgesteckt? Aber bestimmt täuschte sie sich.

Logan ging damit zur Richterin.

„Ist es für Sie in Ordnung, wenn ich mir dieses Spray in den Mund sprühe, um zu beweisen, dass weder mit Ihnen noch mit mir irgendetwas passiert?", fragte er sie mit weicher Stimme.

Elizabeth Stanton nickte. „Selbstverständlich!", sagte sie.

Mit dankbarem Lächeln kam ihr Logan noch ein Stück entgegen und verpasste sich dann eine Ladung Pfefferminzduft.

Endlich verstand Rebecca. Die plötzliche Erkenntnis ließ sie wieder aufspringen und hoch konzentriert nach vorne schauen.

Was für ein genialer Schachzug!

Logan hatte die Richterin dazu gebracht, dass sie ihm erlaubte, vor ihrer Nase das Mundspray auszuprobieren. Er war unfassbar.

„Und um nun allen zu beweisen, dass Sie trotz des Pfefferminzduftes, von dem Sie vielleicht ein paar Moleküle eingeatmet haben, noch alle Sinne zusammen haben, bitte ich Sie, ein paar Rechenaufgaben zu lösen“, schlug er vor. „Damit haben wir dann gezeigt, dass an Miss Millers Vorwürfen absolut nichts dran ist.“

Er ging zum Whiteboard, das neben dem Zeugenstand aufgestellt war, und schrieb ein paar einfache Aufgaben darauf, sodass jeder sie sehen konnte.

„Du bist großartig“, murmelte Rebecca. Ihr wurde erst allmählich klar, was Logan auf sich genommen hatte. Einen Gerichtssaal zu betreten, war für ihn ein gewaltiges Opfer. Sie erinnerte sich gut an die Geschichte, die er ihr erzählt hatte, wie schrecklich diese Erfahrung gewesen war, wie sehr seine Eltern gelitten hatten. Und auch in seinem Gesicht hatte unsagbar viel Schmerz gestanden, als er ihr davon berichtet hatte. Niemals hätte sie damit gerechnet, dass er je einen Fuß in ein Gerichtsgebäude setzen würde. Doch nun war er hier, war über diesen finsteren Schatten gesprungen, was sicher verdammt schwer gewesen war. Nur weil er ihr helfen wollte! Nein, sie korrigierte sich schnell. Weil er gegen die Ungerechtigkeit kämpfen wollte. Mit ihr selbst hatte das sicher gar nichts zu tun.

Was er vorhatte, wusste sie genau: Die Richterin würde vor aller Augen bei den Aufgaben versagen und daraufhin gezwungen sein, etwas gegen Quentin in die Wege zu leiten oder zumindest das Spray untersuchen zu lassen.

Logan war ein Genie.

Elizabeth Stanton stand auf und ging zur Tafel, allerdings blieb sie nicht vor den Aufgaben stehen, sondern schritt direkt auf Logan zu.

„Sie sind ein unglaublich attraktiver Mann", schnurrte sie. „Wieso habe ich Sie noch nie in meinem Gerichtssaal gesehen?"

Was?

Entsetzt starrte Rebecca die kühle Richterin an.

Logan wirkte genauso verblüfft und gab ihr einen Stift in die Hand. „Wenn Sie jetzt bitte diese Aufgaben ausrechnen würden?"

Sie lächelte ihn an. Lächelte! Dabei hatte Elizabeth Stanton den Ruf, das niemals zu tun. Sie klopfte mit dem Hämmerchen, lehnte Einsprüche ab, verschoss finstere Blicke und strich sich streng ihre Haare zurück. Lächeln gehörte absolut nicht zu ihrem Repertoire.

Anschließend fasste sie an ihren Hinterkopf und löste die Haarnadeln, die ihren straffen Dutt zusammenhielten. Eine nach der anderen ließ sie auf den Boden fallen. Dann schüttelte sie ihre dunkelblonden Haare auf, die ihr in weichen Wellen über die Schulter fielen.

„Verraten Sie mir Ihren Namen, mein Lieber?", raunte sie Logan mit verführerischer Stimme zu.

Da lief irgendetwas gehörig falsch. Rebecca machte sich lang, um einen Blick auf Logans Hand zu werfen, in der er immer noch das Fläschchen hielt. Es hatte einen roten Aufkleber.

Scheiße. Logan hatte das Falsche erwischt!

Offenbar trug Quentin nicht nur das grüne Spray mit sich herum, mit dem er Zeugen verwirrte, sondern auch noch das Aphrodisiakum! Und jetzt hatte die kühle Richterin etwas davon abbekommen.

„Was soll der ganze Zirkus?", mischte sich Quentin ein. „Wir sollten die Verhandlung vertagen. Das hier führt doch zu nichts. Völliger Blödsinn. Außerdem arbeitet dieser Logan Rodriguez gar nicht wirklich für mich, er ist nur …"

„Halten Sie den Mund, Quentin", fuhr Elizabeth Stanton ihn an. „Das ist mein Gerichtssaal und ich entscheide, was hier passiert!"

Sie wandte sich erneut an ihren neuen Schwarm. „Logan heißen Sie also? Ein schöner Name. So maskulin. Aber sagen Sie mal, Logan, finden Sie es hier nicht auch warm? Gerade unter meiner schwarzen Robe ist diese Hitze kaum auszuhalten."

Sie zog ihr weißes Halstuch aus dem Kragen und hob dann tatsächlich ihre Robe an, um aus dieser herauszuschlüpfen.

Voll Entsetzen dachte Rebecca daran, wie bei ihr und Logan die Verabreichung der roten Droge gewirkt hatte. Was, wenn die Richterin nun vor aller Augen über Logan herfiele? Rebecca wusste, wie schnell man die Beherrschung verlor.

„Sie können doch nicht …", begann Quentin, doch Elizabeth Stanton warf ihm einen so vernichtenden Blick zu, dass er schwieg.

Der Staatsanwalt war aufgesprungen, wusste aber nichts zu sagen und verfolgte das Geschehen fassungslos.

„Würden Sie mir vielleicht helfen, meine Bluse aufzuknöpfen?", bat Elizabeth Logan und reckte ihm ihr flaches Dekolleté entgegen. „Und Sie dürfen selbstverständlich auch Ihr Sakko ausziehen."

Sie fuhr mit den Händen über seine Brust und schlüpfte unter sein Sakko, um es ihm von den Schultern zu streifen.

„Außerdem riechen Sie ganz himmlisch", stellte sie fest. „Da kann eine Frau schon mal schwach werden."

Logan nutzte die Nähe zu ihr, um die Hand zu heben und ihr eine Dosis des pfefferminzigen Gegengifts zu verabreichen.

Für einen Moment wirkte sie verwirrt, dann kam sie allmählich zu sich. Angewidert machte sie einen Satz von Logan weg.

„Was ist hier passiert?", rief sie, jetzt wieder mit ihrer üblichen harten Stimme, die jedes Schmeicheln verloren hatte.

„Woran erinnern Sie sich als Letztes?", fragte Logan.

Sie atmete schwer.

„Das Mundspray“, stieß sie hervor. „Sie haben es unmittelbar vor mir benutzt.“

„Ganz genau. Und danach waren Sie – nun – etwas durcheinander.“

Sie blickte an sich herunter, griff nach ihren offenen Haaren, zog hörbar die Luft ein.

Dann machte sie ein paar Schritte nach vorne, direkt auf Quentin Armadon zu.

Ihr sehniger Finger zeigte auf ihn und ihr Gesicht war kreidebleich. Wie ein Racheengel aus einer griechischen Sage baute sie sich vor ihm auf.

„Sie haben mich zum Gespött der Leute gemacht!“, fuhr sie ihn an.

„Aber nein, Richterin, das ist ein Missverständnis“, versuchte er, sich herauszureden.

Doch sie unterbrach ihn. „Ist das Ihr Mundspray oder nicht? Jeder hat gesehen, dass Sie es verwendet haben.“

Rebecca quetschte sich an Violetta vorbei, verließ die Sitzbank und ging nach vorne. „Er hat noch eines, in der anderen Sakkotasche. Das sollte dringend von Gerichts wegen untersucht werden.“

Die Richterin winkte einen Sicherheitsmann herbei. „Nehmen Sie Mister Armadon in Gewahrsam!“, befahl sie. „Stecken Sie ihn in eine Zelle. Und alles, was er bei sich trägt, wird untersucht!“

Dann schritt sie in unnachahmlicher Autorität zum Richterpult, schlug mit dem Hammer auf den Tisch und erklärte die Verhandlung für vertagt.

Im allgemeinen Tumult dauerte es lange, bis sich der Saal leerte. Alle redeten durcheinander, Quentin protestierte lautstark, die Richterin gab Kommandos. Erst nach und nach verließen die Menschen den Raum, Quentin zusammen mit einem Uniformierten durch die Seitentür.

Rebecca sah ihm nach und konnte noch nicht fassen, was gerade geschehen war. Als die aufgeregte Violetta sie ansprach, wechselte sie ein paar Sätze mit ihr und bedankte sich für das wunderbare Outfit. Aber sie wusste kaum noch, was sie gesagt hatte.

Die Zuschauer verließen eifrig schnatternd den Raum. Rebecca schickte die beiden alten Damen nach draußen. „Ich bleibe noch einen Moment hier und schnaufe ein wenig durch", sagte sie und setzte sich in eine der Bänke.

Hinter ihr wurde es ruhig. Sie atmete tief ein. Geschafft. Immer noch kam es ihr wie ein Wunder vor, dass sich alles so gut gefügt hatte. Dabei hatte sie nicht mal einen ausgearbeiteten Plan in der Tasche gehabt, als sie hier angekommen war, und noch viel weniger hatte sie mit Logan gerechnet. Als sie an ihn dachte, stahl sich ein Lächeln in ihr Gesicht. Er war so stark gewesen, so konzentriert und bestimmt. Sogar Quentin hatte sich einfach das Spray von ihm wegnehmen lassen.

Ob Logan geahnt hatte, dass sie hier sein würde?

Es tat gut, einen Augenblick hier im leeren Saal zu sitzen und zu versuchen, die Gedanken zu ordnen. Nur der Staatsanwalt war noch da, aber der beachtete sie kaum, weil er seine Unterlagen zusammenräumte. Die Kappe seines Füllers fiel hinunter und er bückte sich unter den Tisch, um nach ihr zu tasten.

Plötzlich näherten sich schnelle Schritte von hinten. Rebecca fuhr herum und sah Randolph auf sich zu kommen, in den Augen blanker Hass.

„Du verdammtes Miststück", zischte er. „Du bringst uns alle in Verruf! Deinetwegen kann ich jetzt meine Kanzlei-Partnerschaft begraben, die mir schon sicher war."

„Ich habe nichts Falsches getan. Quentin war derjenige, der gelogen und betrogen hat!"

„Unsinn, er hat nur ein wenig getrickst." Er funkelte sie böse an.

„Und du wusstest über alles Bescheid. Sogar den Ordner kanntest du", fiel ihr ein.

Er lachte schrill. „Ich habe oft genug für Banks den Boten gespielt oder bin Quentin zur Hand gegangen, wenn er für dessen Firma etwas gerade gebogen hat. Und dank dir fehlt mir nun auch noch das Geld, das ich dafür bekommen habe. Ich mach dich fertig, du Schlampe!"

Sein Kopf war knallrot vor Wut. Rebecca sprang auf, als er immer näher kam, und wich vor ihm zurück. Er folgte ihr.

„Dein Leben wird ab sofort die Hölle sein, dafür sorge ich", fauchte er.

„Soll das eine Drohung sein?", Logan tauchte hinter Randolph auf. „Mir kommt es so vor, als hättest eher du Rebeccas Karriere vermasselt, mein lieber Randy, als andersherum."

Randolph fuhr herum. „Was willst du Idiot hier?"

„Idiot?", wiederholte Logan gelassen. „Das ist eher jemand, der sich mit einem kriminellen Kanzleichef verbündet und auch noch seine Kollegin sexuell belästigt. Du tust mir wirklich leid, wenn du das nötig hast. So etwas tun nur Versager."

Randolph holte aus und wollte Logan gerade einen brutalen Faustschlag versetzen, da rief jemand: „Stop!"

Sein Arm verharrte in der Luft und seine Augen weiteten sich, als der Staatsanwalt von seinem Tisch aus näher kam. Er hatte alles mitangehört.

„Mir scheint, es gibt noch einen Mitwisser in der Sache Quentin Armadon", stellte er nüchtern fest. „Ich sorge dafür, dass er ebenfalls in Gewahrsam genommen wird." Er ließ den nach Luft schnappenden Randolph abführen.

Rebecca konnte nur stumm nicken.

Die letzte Stunde war einfach zu viel gewesen, sie war vollkommen am Ende. Plötzlich tanzten schwarze Punkte vor ihren Augen. Logan drückte sie sanft auf eine Bank. „Ich hol dir was zu trinken", sagte er und verschwand.

Das nächste, was Rebecca sah, war das strahlende Gesicht ihres Vaters.

„Dad?", rief sie überrascht. „Ihr seid hier?" Neben ihm tauchten Mom und Rhonda auf, die sofort das Wort übernahm.

„Hast du gedacht, wir lassen uns entgehen, wenn du diesen Schmierenanwalt zur Strecke bringst?“

„Aber ich hatte doch gar nicht vor, das zu tun! Ich bin einfach nur hergekommen, um den Prozess zu beobachten.“

Rhonda lachte. „Beckylein, ich kenne dich schon mein ganzes Leben. Und mir war klar, dass du nicht einfach stumm zuschaust, wie ein Schuldiger freikommt. Das kannst du gar nicht. Deshalb habe ich alle angeschleppt.“

Ihr Vater kam auf sie zu. „Ich bin so stolz auf dich, Becky“, sagte er. „Du hast dich richtig entschieden. Ich habe eine Tochter, die es mit dem mächtigsten aller New Yorker Anwälte aufnimmt! Das ist unglaublich.“

Sie sprang auf und nahm ihn in den Arm. Es tat so gut, sein Lachen zu fühlen. Fast meinte sie, zu spüren, wie seine Lebensgeister zurückkehrten und er wieder der Alte wurde.

Jeder in ihrer Familie redete auf sie ein, wollte irgendetwas wissen oder sie beglückwünschen. Selbst Violetta und Myra tauchten noch einmal auf und mischten sich munter in das Gespräch ein. Zu allem Überfluss erschien ein Gerichtsdiener, der ihr mitteilte, dass Richterin Stanton sie für eine Aussage erwartete.

Logan kam nur kurz dazu, drückte ihr eine herrlich kühle Dose Eistee in die Hand und beugte sich zu ihr herab.

„Halb neun auf der Brooklyn Bridge?“, flüsterte er in ihr Ohr.

Kaum hatte sie genickt, war er schon verschwunden.

*

Der Himmel war von marmorierten Wolken bedeckt, die fast bis an die Spitze der Brücke herunterreichten. Die Doppelbögen in den beiden mächtigen Pfeilern wiesen wie ein Wegzeichen nach oben in die Wolken. Fast so, als würden sie im nächsten Augenblick ihre unzähligen hellbraunen Steine neu sortieren und noch höher wachsen, um endlich einen Blick hinter die silbergraue Schicht zu werfen, die die Sonne verhüllte.

Die Luft war schwer und diesig, das Licht fiel nur gedämpft auf die Wolkenkratzer, die zusammengerückt waren, um ein sanft geschwungenes Panorama abzugeben. Ein Weichzeichner hatte sich über das sonst so klare Bild der Stadt gelegt. Sogar alle Geräusche klangen gedämpft und alles schien viel geruhsamer zu laufen als an anderen Abenden. Gerade so, als würde man einen Film ein klein wenig langsamer abspielen.

Es passte perfekt zu dieser schwülen Behäbigkeit, dass Logan Rebecca nicht entgegenjoggte, sondern in gemächlichen Schritten auf sie zukam.

Das war gut so, denn sie brauchte Zeit, um ihre Gedanken ihn betreffend zu ordnen. Leider reichte die halbe Meile dazu nicht aus, viel schneller als erwartet stand er vor ihr.

„Du warst im Gerichtssaal“, entfuhr ihr statt all der vielen Worte, die sie sich zurechtgelegt hatte, um möglichst platonisch auf ihn zuzugehen. „Dabei ist das doch für dich mit so schlimmen Erinnerungen verbunden!“

„Vielleicht ist mir ja die Gegenwart wichtiger als irgendwelche Erinnerungen?“ Er lächelte sie so warm an, dass ihr ganz flau wurde.

Schon wieder war er so nah, so innig, so sehr für sie da! Das machte ihr Hoffnung und schnürte ihr gleichzeitig die Kehle zu. Sie musste auf sicheres Terrain, sonst wäre sie verloren.

„Stell dir vor“, sagte sie schnell, „Emilia hat seit Tagen versucht, mich zu erreichen! Aber mein Handy ist ja auf dem Vasengrund versunken.“

„Was wollte sie denn von dir?“

„Richard Stone hat einen Job für mich! Er will mich in seine Rechtsabteilung integrieren und ein paar ganz neue Sachen mit mir zusammen aufziehen. Ich kann es noch gar nicht glauben.“

Sie blieb am Geländer stehen und blickte auf den East River hinab, der in aller Gemütlichkeit unter der Brücke hindurchschlenderte. Ein paar Möwen segelten über das Ufer. Zwei davon kamen näher heran und fanden einen Platz in den filigranen Verästelungen der Seile, die die Brücke auf geradezu magische Weise in der Höhe hielten. Mitten zwischen den kleinen Wellen des Flusses sah Rebecca einen silbernen Fisch herausblitzen.

„Das freut mich ungemein für dich", sagte Logan und hob die Hand, um ihr eine Strähne aus der Stirn zu streichen, die der leise Wind aus ihrer Frisur gelöst hatte. Die Berührung war nur ein Hauch, aber voll Zärtlichkeit.

„Hat dir Cynthia heute frei gegeben?" Ihr Mund war trocken. Meinte er es vielleicht doch ernst mit ihr? Sein Auftauchen im Gericht sprach dafür. Aber sie hatte schreckliche Angst davor, erneut zu hoffen. Ihn hier so nah bei sich zu spüren und dann weggehen zu sehen – das konnte sie nicht ertragen. Allein bei dem Gedanken, dass er sie hier allein stehen ließ, kam es ihr vor, als würde die alte Brücke bedrohlich schwanken und dann krachend auseinanderbrechen. Sie selbst würde in die Tiefe gerissen werden, ins Wasser eintauchen und sinken, einfach nur immer weiter sinken …

Er lachte leise. „Cynthia ist längst Geschichte."

Seine Hand an ihrer Schläfe ... seine Finger sanft durch ihr Haar fahrend … sein Gesicht so nah an ihrem … Rebecca musste den Atem anhalten, sonst hätte sie laut aufgeseufzt.

Sie zitterte, rang nach Luft und verlagerte ihr Gewicht, um ein bisschen Abstand zu ihm zu bekommen. Abstand war gut. Sich beruhigen, bevor er ihr vollständig die Sinne verwirrte. Denken, sie musste denken, brauchte ihren klaren Verstand. Die Verhandlung. Das war gut, darauf konnte sie sich konzentrieren, darüber konnte sie reden.

„Danke", stieß sie hervor.

Er blinzelte. „Was meinst du?"

„Du hast mich gerettet."

„Ach das ..." Wegwerfend gestikulierte er durch die Luft. „Ich bin nur auf den Zug aufgesprungen, den du losgeschickt hast."

„Nein, das war großartig. Du warst großartig. Wie du die Richterin mit dem Spray eingenebelt hast ... War das von Anfang an dein Plan gewesen?"

Wieder sein Lächeln, innig. Winzige Falten um die dunklen Augen. Ihr Brustkorb kurz vor dem Zerspringen.

„Du kennst mich doch." Seine Stimme wie Samt. „Ich hatte keinen Plan. Es passierte alles ganz spontan."

„Aber wieso warst du dann überhaupt da? Du musst dir ja extra freigenommen haben, um zu Verhandlung zu kommen."

Er nickte und kam so nah an sie heran, dass sie unwillkürlich seinen Duft einsog, seinen Atem auf ihrer Haut spürte.

„Rhonda hatte es mir erzählt. Ich wusste sofort, dass du ebenfalls da sein würdest. Und ich konnte dich doch nicht allein lassen, mein kleiner Sherlock. Dein Doktor Watson ist schließlich immer zur Stelle, um sich um dich zu kümmern. Könnte ja sein, dass du mich brauchst."

„Das tue ich wirklich. Ich brauche dich", flüsterte Rebecca und stockte. Hatte sie das ausgesprochen? Verdammt, das war nicht gut, Logan sollte das nicht wissen. Ihr Mund führte ein Eigenleben. Verzweifelt presste sie die Lippen aufeinander und schlug die Augen nieder. Sie wagte es nicht, ihn anzuschauen. Was redete sie da nur?

Sie spürte seine Finger an ihrem Kinn. Er wollte, dass sie ihr Gesicht hob und ihn ansah. Abwehrend schüttelte sie den Kopf, versuchte, sich freizumachen – bis von einem Moment auf den anderen jedweder Widerstand in ihr zusammenschmolz. Sie blickte langsam auf. Seine Augen, so warm, so tief, so voller Liebe. Ihr Herz stolperte, ihre Knie gaben nach, sie schwankte.

Doch er kam näher, ganz nah, legte seine Arme um Rebecca und zog sie an sich. „Und ich brauche dich,

Becky“, raunte er ihr zu. „Mehr als sonst irgendetwas auf dieser Welt.“

Er hielt sie fest. Hielt sie einfach nur an sich gepresst. Umfing sie mit seiner Umarmung, gab ihr mit seinem ganzen Körper Halt, lehnte seinen Kopf an ihren. Sie schloss die Augen. Endlich vereint.

Keine Lügen mehr zwischen ihnen, kein Quentin und kein Muttermal, keine Cynthia und nicht mal eine Shelley. Nur sie beide und die uralte Brücke, die viel mehr verband als die Stadtteile Brooklyn und Manhattan.

Rebecca verharrte geborgen an seiner Brust. Sie wollte nie wieder weg, nie mehr. Einfach hier stehen bleiben, an Logan geschmiegt, seinen Atem spüren, die Wärme seines Körpers aufsaugen. Seine großen Hände an ihrem Rücken, seine Bartstoppeln an ihrer Schläfe, seine Liebe in jeder kleinen Berührung. Diese Umarmung sollte am liebste eine ganze Ewigkeit dauern. Und noch darüber hinaus.

Doch irgendwann löste sich Logan ganz vorsichtig, um Rebecca erneut anzusehen.

„Willst du es mit einem eingebildeten Gigolo versuchen?“, fragte er sie und wirkte dabei so unsicher, dass sie ihn schon alleine dafür lieben musste.

„Oh ja. Das will ich“, sagte sie und stellte sich auf die Zehenspitzen, um ihn küssen zu können. Seine Lippen erwarteten die ihren, öffneten sich, verführten sie mit seiner Zunge, während sich seine Finger in ihr Haar versenkten und er seinen Körper sehnsuchtsvoll an sie drückte.

Es war der Himmel.

„Weißt du, was komisch ist?“, fragte er in einer Atempause und grinste wie ein kleiner Junge. „Violetta hat mir nach der Verhandlung ein kleines Päckchen zugesteckt. Sie sagte, du wüsstest, was damit zu tun sei.“

Er holte die dünnen Schokotäfelchen heraus.

Rebecca musste lachen. „Ich habe tatsächlich eine Idee, was man damit anstellen könnte“, flüsterte sie ihm zu.

„Worauf warten wir dann noch“, sagte Logan und zog

sie in Richtung Brooklyn. „Schließlich sind du und ich doch offiziell verlobt. Also hat wohl keiner etwas dagegen, wenn wir diese Nacht miteinander verbringen. Und noch viele mehr."

Rebecca legte ihre Hand in seine und ging neben ihm her, ihre Finger verschränkten sich ineinander. Sie wusste, Logan würde sie nicht mehr loslassen. Nicht heute, nicht morgen und an keinem einzigen Tag, an dem der East River sich gemächlich unter der rötlich schimmernden Brooklyn Bridge hindurchschlängelte.

EL HOMBRE
Der Blog für echte Männer

Hallo meine lieben Brüder,

hier ist Jasper.

Unser Freund El Hombre kann den Blog nicht mehr weiterführen, ihm ist nämlich eine Frau dazwischengekommen. Hättet ihr jetzt nicht gedacht, nicht wahr?

Es sieht ganz so aus, als hätte er seine Einstellung bezüglich der großen Liebe geändert. Das freut mich sehr. Ich war zweimal mit ihm ein Bierchen trinken, und er wirkte beim letzten Mal beneidenswert glücklich. Würde mich nicht einmal wundern, wenn wir eines Tages vor dem Traualtar für die beiden Spalier stehen dürften!

Aber wir sind so eine nette Runde, es wäre doch wirklich schade, wenn wir uns hier nicht weiter austauschen könnten! Deshalb habe ich El Hombre darum gebeten, den Blog übernehmen zu dürfen. Dank seiner Hilfe habe ich neuerdings viel, viel bessere Karten bei den Frauen, könnt ihr euch das vorstellen?

Neulich hat mir sogar eine ihre Telefonnummer zugesteckt. Okay, ich hab sie nicht angerufen, aber den Zettel heimlich zwischen meine Sportsocken geschoben, damit meine Frau ihn nicht findet. Man kann es ja auch langsam angehen, denke ich.

Außerdem habe ich meiner Schwiegermutter tatsächlich gesagt, dass ich keine zweite Portion Sauerkrautpizza mag. Wow, hat sich das gut angefühlt! Ich glaube, in mir steckt doch ein richtiger Mann und ich bin El Hombre sagenhaft dankbar, dass er den aus mir herausgeholt hat!

Gut gemacht, Bruder!

Da ich euch nicht so richtig viel über Anmache und so

erzählen kann (ich arbeite aber hart daran!), dachte ich, wir tauschen uns hier vielleicht über Hobbies aus? Oder teilen unsere besten Rezepte für Grillsoßen?

Ich bin gespannt auf eure Kommentare dazu.

Also dann bis zum nächsten Mal!

Und ganz viele Grüße an El Hombre. Ich wünsche dir alles Glück der Welt. Du bist der Beste.

Euer Jasper

ENDE

New York Lovestorys – Die Reihe

März 2016:„Sweet Temptation – Ein Milliardär zum Anbeißen“ von Karin Koenicke und Lotte Römer
In ihrer Konditorei „Pastry Passion“ begegnet Emilia dem attraktiven Richard Stone, was fatale Folgen für ihr Geschäft hat. Denn Richard ist Boss des Schokoladenkonzerns „Sweet Temptation“. Hat der charmante Milliardär es wirklich auf Emilia abgesehen oder eher auf ihre exquisiten Pralinenrezepte?

Juni 2016: „Pretty Womanizer – Ein Gigolo zum Vernaschen“ von Karin Koenicke

Juli 2016: „Body Kiss – Mit Geld nicht zu bezahlen“ von Lotte Römer
„Pummelchen“ hat ihr Boss sie genannt, direkt nach dem Sex! Lexi ist tief getroffen. Sie meldet sich im Fitnessstudio „Body Kiss“ an. Bestimmt hat ihre Mom Recht und nur Frauen mit Size-Zero-Figur schaffen es, ihren Traummann zu erobern. Im Gym gibt es gleich zwei Männer, die Lexi interessant findet: Fitnesscoach Oscar und Kletterer Jason. Doch Oscar hat ein Geheimnis und Jason ist ein Mann mit zwei Gesichtern. Warum will Lexis Mutter, dass ihre Tochter ausgerechnet mit Oscar zusammenkommt?

Rezepte

Blueberry Muffins with Cinnamon Crust

125g Butter
1 Tasse Zucker
2 Eier
1 Pk. Vanillinzucker
2 TL Backpulver
2 Tassen Mehl
1 Prise Salz
½ Tasse Milch
2 Tassen Heidelbeeren

2 EL brauner Zucker
½ TL Zimt

Butter, Zucker und Eier schaumig rühren, die restlichen Zutaten hinzufügen, zuletzt die Heidelbeeren unterrühren. In gefettete Muffinförmchen füllen und mit dem Zimtzucker bestreuen.
Bei 200 Grad für 25-30 Minuten backen, abkühlen lassen und an den Automechaniker deines Vertrauens verschenken.

New York Cheesecake

125g Vollkornkekse
2 EL Zucker
80g geschmolzene Butter

1 Becher Sauerrahm
600g Frischkäse
4 Eier
150g Zucker
2 TL Zitronensaft
2 Pk. Vanillinzucker
2 EL Mehl

Kekse in Gefrierbeutel geben und zerbröseln, mit Zucker und Butter mischen, auf dem Boden einer Springform verteilen. 15 min in den Kühlschrank stellen. Restliche Zutaten kurz mixen (nicht zu lange!) und auf den Boden geben.
Bei 150 Grad eine gute Stunde backen, im Ofen auskühlen lassen, dann in den Kühlschrank stellen.
Kleine Stücke schneiden, außer man ist vorher viermal über die Brooklyn Bridge gejoggt.

Blueberry Lemonade

125g Zucker
250 ml Wasser
1 Tasse Blaubeeren
Saft von 3 Zitronen
Mineralwasser

Zucker und Wasser erhitzen, bis der Zucker sich aufgelöst hat. Blaubeeren dazugeben und 3 min köcheln lassen. Mit der Gabel zerquetschen, durch ein Sieb drücken. Abkühlen lassen, dann den Zitronensaft dazugeben. Mit Sprudelwasser auffüllen und kalt genießen, während man Logan beim Rasenmähen zuschaut.

Enjoy!

Mehr von Karin Koenicke
Die Pia-Serie

Domina aus Versehen
"Meine Karriere als Domina begann mit einem Gurken-Schoko-Kuchen …"
Die frisch verlassene Pia wird von ihrem WG-Kumpel im Internet als Domina angepriesen. Nun muss sie sich nicht nur mit einer Horde Online-Sklaven herumschlagen, die nach Befehlen von ihr lechzen, sondern auch noch mit einem knackigen Gemüsehändler.

Einen Cowboy küsst man nicht
Pia, ein Lasso und vierhundert Rinder.
Ausgerechnet auf einer Guestranch im Wilden Westen findet Pia Arbeit! Dort bekommt sie es mit einem waschechten Indianer zu tun, einem rabenschwarzen Kalb namens Rufus und einem rauen Cowboy. Den kann sie nicht ausstehen, doch eine Klapperschlange und eine Gewehrkugel ändern einiges …

Die Warum-Engel-Serie

Warum Engel Sixpacks brauchen

Ein knallharter Auftrag für Engel Nekael: Er soll das himmlische Fitnessstudio verlassen und Erdenfrau Sarah das Fluchen austreiben. Dummerweise erweist sich die hübsche Dekorateurin als harte Nuss, außerdem fahren seine Flügel genau in den unpassendsten Momenten aus.

Ende 2016 erscheint

Warum Engel nie Mundharmonika spielen

Im Himmel ist die Hölle los, denn der prestigeträchtige European Schutzengel Contest beginnt. Chorleiter Pasiel soll den himmlischen Ruf retten und trifft auf eine teuflisch toughe Londonerin.

14650985R00234

Printed in Poland
by Amazon Fulfillment
Poland Sp. z o.o., Wrocław